U0643981

John Updike

TASTE

I have, alas, no taste —
Talleyrand; that
ally of the mannered;
taste, that [illegible] of
between the draped and the drape
that [illegible] in tricks of
[illegible] 'twixt the drape and the draped,
[illegible] the draped, the drape, and the draper;
that advocate of the right as it [illegible]
in its [illegible] shame to the [illegible] of [illegible],
beneath the airy [illegible] of not quite enough.

My first wife had taste, [illegible]
[illegible] her answer
[illegible] walls were all [illegible], and, [illegible]
to the attic. Nothing [illegible] her, or [illegible],
but elegance and emptiness,
and a [illegible] Oriental rug as full
of dust and virtue as made me sneeze,
[illegible] as it was for [illegible] ancestors,
exemplary in [illegible] in the China trade.
Yet she was right, I knew: she right in all things,
and draped herself in [illegible] [illegible]
of [illegible], her arms [illegible] white.
(perfect as [illegible]?)

I know a man with taste
[illegible] alone on the [illegible] floor of a [illegible]
and [illegible] [illegible] that mean nothing,
but [illegible] impressions of [illegible],
of [illegible], [illegible], and [illegible].
the [illegible] in a single [illegible],
[illegible] [illegible] [illegible] [illegible] pencil drawings

厄普代克作品

# 东镇女巫

John Updike

# The Witches of Eastwick

〔美〕约翰·厄普代克 著 黄协安 译

上海译文出版社

**图书在版编目(CIP)数据**

东镇女巫/(美)厄普代克(John Updike)著;黄协安译.
—上海:上海译文出版社,2017.8
(厄普代克作品)
书名原文:The Witches of Eastwick
ISBN 978-7-5327-7507-1

Ⅰ.①东… Ⅱ.①厄… ②黄… Ⅲ.①长篇小说—美
国—现代 Ⅳ.①I712.45

中国版本图书馆 CIP 数据核字(2017)第 101137 号



**东镇女巫**
[美] 约翰·厄普代克/著　黄协安/译
策划/冯涛　责任编辑/宋玲　装帧设计/张志全工作室

上海世纪出版股份有限公司
译文出版社出版
网址:www. yiwen. com. cn
上海世纪出版股份有限公司发行中心发行
200001　上海福建中路 193 号　www. ewen. co
浙江新华数码印务有限公司印刷

开本 890×1240　1/32　印张 9　插页 6　字数 217,000
2017 年 8 月第 1 版　2017 年 8 月第 1 次印刷
印数:0,001—5,000 册

ISBN 978-7-5327-7507-1/I·4580
定价:68.00 元

# 目 录

# 第一章　女巫聚会

"他就是一块大黑石头，冷冰冰。"

——伊索贝尔·高狄①，1662年

"训诫结束后，他走下讲坛，让他的随从亲吻他的耳朵，大家都说他冷得像冰，他的身体硬得像纱锭，他竟然变成这样，大家都感到很惊讶。"

——艾格尼斯·参孙②，1590年

"操，"简·斯玛特说。她说话很简洁，很有力，如果有咝擦音，她会发得特别响亮，也习惯拉长，像小孩将一根刚熄灭的火柴头烫在皮肤上似的，"嘶——"，让人听了毛骨悚然。"苏吉说有个人买下了雷诺别墅。"

"什么人？"亚历山德拉·斯波福德问。她被吓了一大跳，今天早上一直勉强维持着的平衡，这一下子都被打破了。这消息实在太震撼。

"一个纽约人。"简的语速很急，不过她的尾音很重，如雷贯耳，像是吼叫出来的，这是显著的马萨诸塞的口音。"没老婆没孩子。"

"哦，是吗？"听到简用东北口音说有个同性恋从曼哈顿入侵她们的地盘，来到这个小小、神秘的罗得岛，亚历山德拉不知道该说什么好。她出生在西部，那里山脉连绵，有白色的，有紫色的，天上飘着白云，地上长着一望无际的风滚草，有些人管这种草叫“流浪草”，终年跟地平线较着劲。

“苏吉自己也不很确定。”简还是像放连珠炮似的，一个字跟着一个字，中间没有一点停顿，不过最后那个“定”字还是掷地有声。“她说他长得很魁梧，手背上毛茸茸的，让她大开眼界。他在佩里房产公司说，他是个发明家，有自己的实验室，所以需要这么大的地方。而且，他还有许多架钢琴。”

亚历山德拉忍不住咯咯地笑出来。在科罗拉多的时候，她还是个小女生，那笑声几乎没变过，不像是从她喉咙里发出来的，更像是一只落在她肩膀上的不知道什么鸟叫出来的。说实话，她已经开始觉得电话让她的耳朵受不了了，拿着话筒的手臂也早就感到疼痛，这会儿慢慢有些麻木了。“一个大男人能有几架钢琴？”

这个问题似乎让简很不高兴。她说话的声音变得很像黑猫的皮毛摩擦发出来的，听的人俨然可以看到皮毛的光泽。“哦，苏吉是昨天晚上参加马槽管理委员会会议的时候听玛吉·佩里说的。”在东镇的镇中心，历来放着一个蓝色大理石马槽，以前让马喝水的，这个委员会就是管理这个马槽的。东镇有两条主要街道，围绕着纳拉干湾的一个小角，街道走向让小镇看起来像个英文字母L，镇中心正是在两条街道的交汇处，一条街道叫“码头街”，是东镇的商务区，另一条街道叫“橡树路”，镇上的那些老房子和豪宅，都在这条街道上。玛吉·佩里整天浓妆艳抹，风风火火，精明能干，不管做什么，都要予取予夺，像有巫术似的，只不过她的巫术与简、亚历山德拉和苏吉不在同一个档次上，而她的老公哈利·佩里却是个小男人，成天修剪着他们家的连翘树篱，把树篱剪得光秃秃的。他们在树上和篱笆上挂了许多“房屋待售”广告布条，这些布条都是淡黄色的，让人瘆得慌，随风来回飘荡，暗示着人们随着经济和时尚的起起落落从镇上进进出出。几十年来，东镇一直很

---

① 一名苏格兰女子，1662年因施行巫术而受审。

② 苏格兰治病术士，传说中的女巫。

平稳，有些沉闷，当然也有过一些时尚潮流。“协议已经签字了，”简将“签”字拉得很长，用极大的力度将那个字塞进亚历山德拉的耳朵里。

“然后用毛茸茸的手交换的吧，”亚历山德拉若有所思地说。她的脸上毫无表情，就像厨房里那只木柜子的门板一样。说起那扇门板，上面隐约还可以看到一些刮痕和一些斑点，但经常重新刷漆，整得白花花的。她知道，这样的表情通常掩盖着有超大能量的情绪，此时，这种情绪正盘旋着，形成一个可怕的漩涡。她眼前似乎有个水晶球，她从水晶球里似乎可以看到，她会见到这个男人，也会爱上这个男人，但最终不会有什么善果。“他有名字吗？”她问。

“啊呀，我真笨，”简·斯玛特说。真是好笑极了，“斯玛特”这个姓的本意“聪明”，她却说自己笨。“玛吉告诉过苏吉，苏吉也告诉过我，可是，你看，我竟然想不起来，可能是因为这件事太震撼了吧。可能有个‘凡’字，也可能是‘万’，好像还有个‘德’字。”

“好吧。”亚历山德拉敷衍着，她的心思已经飞到了远方，飘去等着那个人入侵她的领地。那肯定是个身材魁梧、肤色黝黑的欧洲人，肯定是被人家剥夺了古老悠久的传承，流放到了这个新世界，一路上遭受各种诅咒……“他想什么时候乔迁？”

“据她说，他说很快就会搬。可能现在已经住进去了吧！”简的声音透露出她有些恐慌。亚历山德拉想象着，电话另一端的那个女人干瘦的脸上，两条又粗又黑的眉毛肯定高高地拱了起来，围成一对半圆，围住她充满幽怨的双眼。在印象中，简的眼珠颜色是很深的，可是，与她面对面的时候，大家又会觉得没有那么深。在三个女巫中，亚历山德拉历来举止大大咧咧，随便人家爱怎么想就怎么想，而在内心，她比较慵懒，比较平静，相比之下，简的脾气就比较急、比较冲，对事情也比较专注，如果有什么事情，她的心眼会缩得像铅笔尖那么细，苏吉·鲁日蒙则喜欢整天在镇中心逛，收集一些小道消息，见人就打哈哈，最不像是个女巫。亚历山德拉想了想，挂断了电话。她们是这个世界的一个铁三角。如果说这世界上有魔法，那不如说是大自然的规律，万物都有各自必然的形状，而对于她们而言，世界就是明亮的，有机的，构成一个等边三角形。等边三角形是世界的基本结构。

然后，她又回去接着将她的意大利面酱装到梅森罐子里去。有一只颜色斑驳的锅在炉子上冒着蒸汽，压得炉子上的绕圈架咯吱咯吱地颤抖着。她要把锅里的面酱舀出来，装到一个又一个罐子里去。她的意大利面酱日积月累，至今有了多少罐，真是数不清，这么说吧，即使她和她的子孙遭到诅咒，穿越回到意大利的童话世界里去生活几百年，也肯定用不了那么多面酱。她隐约觉得，她做这么多意大利面酱，是因为她的现任情人是一个意大利裔的管道工，做意大利面酱算是对他献殷勤吧。她做意大利面酱不需要洋葱，只要两瓣大蒜头，切碎后在热油里炒三分钟(必须不多不少，正好三分钟，这是秘诀所在)，炒的时候要放许多糖，这样能抵消酸味，还要放一颗胡萝卜抽丝，辣椒要比盐多放一些，当然，真正壮阳的是一勺子捣烂的罗勒草，不过，罗勒草还要掺一些颠茄，这是为了缓释罗勒的壮阳效力，单吃罗勒的话，人的阳气太旺，是要憋死的。这些东西炒好之后要和番茄搅拌。她通常提前几个星期挑好了番茄，放满了每一个窗台，到时候切成碎片，和炒好的东西搅拌在一起，意大利面酱就算做好了。自从两年前的那个夏天，乔·马里诺开始上她的床之后，每一天下午，当阳光从西南方穿过柳枝斜射进来的时候，在房子旁边的菜园里，那些神奇地挂着沉甸甸的果实的番茄，枝条都似乎松软无力，颜色惨淡，就像粗制滥造的绿色纸，有些受不了这么多果实的重压扭曲了，有些甚至被压断了。番茄如此多产，真的有些疯狂，就像小孩大哭大喊着盼望爸爸妈妈可怜或宠爱。在众多植物中，番茄是最有人性味道的，很情绪化，很脆，很容易烂。摸着那些橙色的番茄，亚历山德拉感觉就像摸着情人的睾丸。她在厨房里忙活的时候发现，血红的面酱浇到白色的意大利面上，有一些令人伤感的女性生理意义。那些白白胖胖的意大利面条，会转化成她身上的白色脂肪，而作为一个女人，她一直在努力控制着体重，对于已经三十八岁的她，这件事越来越难，越来越违背自然规律。为了吸引情人，她是否真的必须像从前的圣人一样，像神经病人似的管住自己的嘴巴？必须符合自然规律身体才会健康，如果有胃口，就必须满足，满足胃口是宇宙的必然规律。可是，她有时会觉得自己太懒，甚至鄙视自己怎么勾搭了这么一个来自极端容忍肥胖身材的民族的情人。

离婚之后几年中，亚历山德拉勾搭了几个情人，他们大多是有妇之夫，曾被各自的女人牢牢掌控，偶尔摆脱了她们的魔掌来到她的身边。她自己的前任丈夫奥斯瓦尔德·斯波福德，现在已经变成了一把五颜六色的尘土，装到一个罐子里，拧紧了盖子，放在厨房的架子上。自从他们家从康涅狄格州的诺里奇搬到了东镇之后，她的自我权力欲望就不断膨胀，最终将他变成了现在这个样子。奥斯[1]对颜色十分在行，他原来在诺里奇的一家灯具工厂工作，诺里奇是一座山城，那里有很多白色老教堂，白色墙面都已经开始脱落。后来，他跳槽到原来的竞争对手那，那家工厂在普罗维登斯的南边，从一头到另一头有半英里远，路上铺的都是煤渣，在这个美国最小的州，这家工厂显得异常地大。他们是七年前搬来的，在这里，她的权力欲望迅速膨胀，像真空中的煤气一样，渐渐将亲爱的奥斯掌握在自己的手掌中，整天乘坐四路车上下班的他，首先变成了一个凡人。如果说他原来身上披着皇家卫士的盔甲，如今在东镇，妻子的母性就像是弥漫的咸空气，将盔甲彻底侵蚀，已从他身上脱落。后来，他既有长期的需求，对于她满足他的需求的方式，他也无条件接受，于是，他日渐显出可怜相，完全落入她的掌握之中。再后来，她内心的宇宙不断扩张，而他却日渐与这个宇宙失去联系，他的活动圈子变成几个儿子的少年棒球联盟俱乐部以及公司的保龄球队。于是，亚历山德拉给他戴上了绿帽子，先是找了一个情人，然后同时和几个情人鬼混，她的老公彻底沦落成了一个玩偶，晚上和她一起躺在来者不拒的大床上，就像是一块从路边捡回家的肉色木头，也像是一条鳄鱼绒布玩具。到了他们最终离婚的时候，她从前的君主或主人变成了一把泥土：她扫了一把彩色土，装到了罐子里，算是对他的纪念。

---

① 奥斯瓦尔德的昵称。

另两位女巫的夫妻关系也经历过类似的转变。简·斯玛特给前夫山姆·斯玛特做的纪念品，现在就挂在平房的地下室里，和那些干草药在一起，不时地弄一点出来，拌成春药寻求刺激。苏吉·鲁日蒙给老公做的纪念品，和另两个女巫不一样，是一张可以长久保存的塑料餐桌垫布。这是最近才发生的事。亚历山德拉还记得，蒙蒂穿着马德拉斯品牌的夹克和绿色宽松长裤参加鸡尾酒会，高谈阔论那天高尔夫球场的情况，痛骂四个女人打得太慢，他们等了一整天，竟然打不完一场球。他痛恨盛气凌人的女人，包括当官的女人，歇斯底里地反抗战争的女人，当医生的女人，包括美国前总统夫人约翰逊夫人，甚至恨屋及乌，也包括约翰逊夫人的两个女儿。他认为她们都是假女人真男人。在高谈阔论的时候，蒙蒂露出一口漂亮的牙齿，很长、很整齐，没有一颗假牙，不过，他脱下衣服的话，大家就会发现，他的双腿很细，浮着蓝色的血管，甚是可怜，和他打高尔夫练成的棕色小臂完全不同，他的小臂甚至比大腿还要粗壮。他的屁股也很可怜，两边都松弛下垂，和中年妇女的奶子差不多。他曾是亚历山德拉最早的情人之一。如今，苏吉给的苦咖啡罐子放在光滑的塑料垫上，平常洒下的咖啡形成一个圈，亚历山德拉心里感到怪怪的，也很奇怪地产生了一丝满足感。

东镇的空气对女人的权力膨胀很有利。亚历山德拉此前没呼吸过这样的空气，只有一次例外，那是她大约十一岁的时候，她和父母一起坐车路过怀俄明州的一个地方，当时，爸爸妈妈让她下车，到路边的山艾树丛里去尿尿，她看着原先干燥的地上“刷”的一下子湿了一片，她想，“没关系的，一会儿就蒸发了。”大自然无比广阔，什么都容纳得下。小时候的这个观察，一直伴随着她，当然，她也一直没有忘记在路边尿尿时的情景，这是个甜蜜的记忆，最重要的是，她居然发现了那么重大的自然规律，感觉自己当时真像是个圣人。东镇时刻与大海亲密接触，码头街两边都是时尚商品店，他们大多都有卖香氛蜡烛和彩色玻璃串的窗帘拉索，目标顾客就是夏天来这里度假的游客，街上常有一个推车排档，摆在一家面包房的旁边，还有一家理发店，旁边紧挨着一家眼镜店，再过去是一家平时都挺热闹的报社，还有一家五金店，这家五金店店面很长，平时都黑乎乎的，店主是个亚美尼亚人。码头街紧临海边，被又咸又苦的海水缠绕着，街道下面的涵洞和柱子，也就是说整条马路的路基，都时常受到海水的拍打和冲刷，当地人从“海湾小超市”拎着橙汁、低脂牛奶、午餐肉、全麦面包和过滤嘴香烟出来的时候，他们的脸上也都会忽明忽暗地映着海水的蓝光。虽然叫做小超市，但它是当地较大的一家超市，人们每个星期会到这里去采购一次东西，位置算是较靠陆地的，这里曾经是东镇的农田，在十八世纪，拥有大量奴隶和牛羊群的贵族种植园主，会骑着马到这里来消遣，通常会有一个奴隶跑在马的前头，帮主人把一扇扇栏门打开。现在，在商场停车场的沥青地面上方萦绕着铅含量相当高的废气，可是，在记忆中，这里原来种了许多包菜和土豆，周围的空气是十分清新的。土著印第安人发明的农作物玉米也在这周围欣欣向荣了不知道多少代人的时间，但这些玉米地，现在也变成了没有窗户的小工厂，叫这个名字那个名字，基本上都是高科技工厂，它们制造的是很神秘很精密的部件，工人都要戴塑料帽子，防止头皮屑掉落到那些精细得不得了的机电产品上去。

罗得岛州，在美国五十个州中是最小的，但又似乎是美国所有州中空地最多的州，这里除了一些没有规划的工业厂房、已经废弃的农庄和旧豪宅之外，大片的土地都还处于原始状态，稀稀拉拉地建了几条笔直的黑色的马路，沿着海湾随意地长着几片水草，海滩到处都显得相当荒凉，海水就像楔子一样插入这个州的首府的心脏部位。殖民时期著名清教牧师科顿·马瑟称这里是“上帝创造的世界的末尾……是新英格兰的污水排放口”。这个州从来没指望成为独立的国家，自从被清教主流所不容的安妮·哈钦森[1]来到这里并老死在这里之后，这里就有了种种传说和故事。这里见得最多的是成对的路标箭头，分别指着两个方向。除了几个散落的穷人聚居点之外，其他很多地方都是大富豪们的游乐场。这里曾经是清教贵格派和唯信仰论

---

① 新英格兰宗教领袖，1638 年移居罗得岛，帮助设立朴茨茅斯市。1642 年又迁至长岛，最后至纽约。死于印第安人之手。

者的避难所，现在已经被天主教徒给占领了，他们在这里建造了辉煌壮观的教堂，和当地简陋的房子相比，这些教堂就像在龌龊海面上航行的大轮船。大萧条时期建的房子的屋顶瓦板上，都深深地镶着一种绿色的金属釉，这是别的地方见不到的。你从外面跨过州界线，不管从普塔基特还是卫斯特利，就会发现一些微妙的变化，相比之下，这边显得杂乱无章，貌似根本不在乎外表，懒得收拾。除了几处用隔板搭成的贫民窟之外，还有一个去年留下来的卖黄瓜的摊位，正是这个摊位，证明了人的欲望的存在，证明了人对自然界的干涉。

现在，亚历山德拉正开车经过这片土地，去偷偷看一眼那座雷诺别墅。她开着南瓜色的斯巴鲁旅行车，顺便还带着她的黑色拉布拉多“科尔”。出门的时候，她把刚消过毒的几罐面酱放在厨房的灶台上，还给她的四个小孩留了一张便条，用史努比形状的磁贴贴在冰箱门上：“牛奶在冰箱里；奥利奥饼干在面包盒里；我一个钟头以后就回来。妈妈。”

罗格·威廉姆斯还在世的时候，雷诺家族连哄带骗，占了土著纳拉干族印第安人的大片土地，成了他们的领地。在雷诺家族历史中，曾经有一位将军参加了美洲原住民与新英格兰英国移民之间的“菲利普国王战争”，并在一次战役中牺牲。这场战役塑造了新英格兰移民的自我认同与团结，为美国国家的形成做出了很重要的贡献。一两百年后，这位将军的第四代孙埃默里在 1815 年的哈特福德会议上发表慷慨陈词，极力主张新英格兰退出联邦。可是，自此之后，这个显赫的家族就开始走下坡路，亚历山德拉来到东镇的时候，雷诺家族就只剩下一个老寡妇了，这个老寡妇名叫阿比吉尔，人们经常听到她在路上被小孩子们用石头扔得哇哇叫，这些小孩在回答当地警察讯问的时候通常会辩护说，他们受不了她邪恶的眼神，向她扔石头也算是自卫。雷诺家族占有的大片土地也被人家瓜分了。到雷诺家族最后一位男人当家的时候，在家族仅有的土地上，也就是在东滩后的盐碱地上，建了这一座砖头宅子，外观风格和新港在镀金时代建成的富丽堂皇的“夏宫”没什么差别，就是规模小很多。尽管在别墅前面建了一条堤道，而且后来还经常填砂石，但海水涨潮的时候，这条堤道就会被淹没，别墅也就跟陆地隔离了。1920 年之后，雷诺别墅曾更换了几任主人，这些主人没有好好爱护这座别墅，让它一点点破落，到现在已经惨不忍睹了。屋顶的瓦板原来漂亮极了，有些是红色的，有些是蓝灰色的，可是，冬天大风一阵阵地将这些瓦板吹落下来，现在一片片地散落在好久没有人整理过的杂草里，像是一块块无字墓碑。雷诺别墅原来有工艺水平极高的铜质排水沟和挡水板，现在已经生了厚厚的绿色的锈，估计已经都锈透了。别墅的屋顶是八角形的，原来可以瞭望到四面八方，现在已经朝西面明显倾斜。别墅的烟囱相当庞大，像是一捆风琴管，也像是肌肉发达的喉咙，目前，石灰墙面已经完全脱落，甚至砖块也不断在掉落下来。尽管如此，从远处看，雷诺别墅的轮廓还是那么令人震撼，亚历山德拉心想。她把车停在海滩公路的路肩上，隔着差不多四百米的湿地看到雷诺别墅，就感到相当震撼。

这时已经进入九月份，在这个季节，海水就在这个时间满潮的。就在今天下午，从亚历山德拉到雷诺别墅之间的湿地，就是一片天蓝色的海水，水面上只露出几根干枯变黄的水草。要等到雷诺别墅前的堤道露出地面，汽车能够通行，还要过一两个小时的时间。现在已经过了四点，周围十分安静，天空阴沉得很，像是用一块布把太阳遮了起来似的。在别墅大门前，沿着那条堤道的两边，曾经种了两排榆树，但是这些榆树后来都得了荷兰榆树病，原来枝繁叶茂的设想完全落空，现在只剩下光秃秃的树干，像是包着裹尸布的人，也像是罗丹的巴尔扎克，没有双手，只有躯干。别墅的正面十分对称，令人肃然起敬，但是那么多的窗户，都显得小了些，尤其是三楼的那一排，就在屋檐下整整齐齐地排成一列，几乎没有任何差别；这一层是给仆人住的。亚历山德拉几年前曾经到雷诺别墅里去过，当时她还在尽力做贤妻良母，她跟老公奥斯瓦尔德一起去参加在别墅里举行的慈善音乐会。至于当时的情况，她已经忘得差不多了，她只是还记得每一个房间都有点咸味，有点发霉，几乎没有了生机。屋顶的瓦板颜色本就很暗淡，此时，北方的天空似乎一下子也暗下来，屋顶的轮廓也有些分不清了。哦，不是，天上并没有乌云，而是从左手边的烟囱升起了薄薄的白烟，聚拢成一团，遮住了北边的一片天。这说明别墅里有人。

肯定是手上毛茸茸的那个人。

那是亚历山德拉未来的情人。

她又想了想，最终认定住在里面的更可能是那个人雇的工人，或帮他看房子的人。她一直专注地眺望着那座别墅，眼睛慢慢觉得有些疼，她的五脏六腑也像天空一样变得混沌起来，她觉得自己就是个可怜的旁观者。最近，报纸杂志都在说女人的欲望，说近来两性的天平已经倒向另一边，甚至好人家的姑娘也开始主动追求长相野蛮的摇滚明星、五大三粗胡子拉碴的吉他手，不管这些人是来自利物浦还是孟菲斯的贫民窟，似乎都有什么不可告人的魅力，黑色的太阳已经将这些曾经温室里的花朵晒成了有自杀倾向的放纵主义者。亚历山德拉联想到了她家里的番茄，番茄表面丰满、光鲜，但里面装的却是有暴力倾向的汁液。她也想到了她的大女儿，她常常一个人待在她自己的房间里沉浸在摇滚乐里面，那些乐队的名字也很恶心，有一支叫猴子乐队，还有一支叫甲壳虫乐队[①]，这总让她这个妈妈天天睡不着觉，眼睛都肿了。

她赶紧把眼睛闭上，闭得紧紧的，希望把一切都挡在外头。然后，她带着科尔回到车里，又开回到了沙滩那边。

旺季过后，这里人不多，要是人都不在了，在这里遛狗就不用给狗套绳子。可是今天天气还比较热，狭窄的停车场上停满了老轿车和大众厢式货车，都拉着帘子，装饰着迷幻条纹。隔着澡堂和匹萨快餐店，有许多年轻人穿着泳装，拿着收音机，懒洋洋地躺在沙滩上，似乎夏天和青春都永远不会消逝。亚历山德拉在车子后座的地板上放着一段绳子，以备不时之需。她将绳子穿过科尔的项圈的时候，科尔退了一小步，表情狰狞。科尔力气很大，也似乎很急切，拖着她一路走过绵软难走的沙滩。中间她停下了一次，

---

① 即披头士乐队。

脱掉她那双米黄色的帆布鞋，而当她在脱鞋的时候，那条狗一直张着嘴巴。她把鞋子扔在一簇杂草后面，这堆杂草正好连着一段木板小道，最近有一次潮涨得很凶猛，将这条木板小道冲刷成了几个小段。那次潮水还冲上来了几个高乐氏漂白水瓶子和几个啤酒罐子，这些东西可能在海水里泡了很长、很长的时间，标签都看不清字了。现在，这些看不清标签的瓶子就横七竖八地散落在沙滩上，看起来挺恐怖的，就像恐怖分子制造的炸弹，他们要在公众场所制造爆炸，引起人们的恐慌，最终中止某个地区的战争。科尔拖着她继续向前走，经过一堆附着甲壳生物的方块石头，当海滩还是富人专属地的时候，还没有成为公共场所而人满为患的时候，这些石头是防洪堤的一部分。这些石头都是花岗石，颜色很淡，上面有些黑点，在最大的一块上面，搁着一个还拴着螺丝的角撑架，可能被丢弃好多年，这个架子锈得不成样子，估计已经和瑞士超存在主义雕塑大师贾科梅蒂①的作品差不多脆弱了。那些年轻人的收音机播放着比较轻的摇滚乐，她一边走一边听着，忽然觉得自己很沉重，她想，她光着脚丫子，穿着宽松的男式牛仔裤，陈旧的绿色锦缎外套，人家一看肯定就觉得她是个邪恶的巫婆。这些衣服是十七年前她和老公到巴黎度蜜月的时候买的，是阿尔及利亚货。到夏天，亚历山德拉的皮肤会变成橄榄色，像吉卜赛人似的，其实，她有北欧人的血统，她的娘家姓是索伦森，刚要结婚的时候，她妈妈整天跟她唠叨说结婚后马上改姓会遭报应，报应经常落到孩子身上，但是亚历山德拉偏偏不信邪，她迫不及待地接连生了好几个人，玛茜就是在巴黎怀上的，他们在一张铁床上做爱，然后就怀上了。

亚历山德拉的头发就编一条辫子，通常垂在背上，有时候，她会把辫子盘在头上，像是脊柱的延伸。她的头发不是北欧人的那种金色，而是有些土灰色，现在白头发变得多了，就显得更加暗淡。她的大多数白头发都长在前面，相比之下，她的颈背还是和那些躺在沙滩上晒太阳的姑娘们一样细嫩。

① 贾科梅蒂（1901—1966），瑞士超现实以及存在主义雕塑大师、画家。

她一路走过来看到了那一双双细腿，大多是焦糖色的，长着白色的绒毛，感觉是那么的整齐，像排列过似的。一个姑娘的比基尼泳裤闪着光，整个臀部十分结实，十分光滑，像顺光的鼓面。

科尔继续向前冲，一边喷着鼻息，似乎闻到了什么异样的气息，海边咸得发腻的空气气味中混杂着一股浓得化不开的动物气味。有一对年轻的夫妇在沙里挖了个洞，两个人缠绕着躺在洞里面，那个小伙子嘴都快要伸到姑娘的喉咙里去，在里面叽哩咕噜地不知道说什么，从外面看起来像是在对着麦克风说话。再往前面有三个肌肉男在玩飞盘，大喊大叫，气喘吁吁，他们都留着长头发，跑动的时候长发飘飘，潇洒得很，亚历山德拉故意让她的拉布拉多拖着她从他们三个人中间跑过去，那三个人看到那只黑色的强壮的狗，才停下来，不再那么目中无人地大喊大叫。她走过去后似乎听到他们说了声“巫婆”，也可能是说“吓人”，她没怎么听明白，她想这可能是在海边声音会失真，甚至可能不是他们在说什么，而是海水在拍打沙滩的声音。她接着走向一堵水泥墙，这堵墙已经被海水侵蚀得很厉害，上面装着铁丝网，表明公共沙滩到这里就算到了头，这里还有一些年轻人和追逐青春梦想的人，所以她不能把可怜的科尔放开，尽管它一直在咬着项圈，一直扯着绳子想挣脱，把亚历山德拉的手磨得滚烫。大海安静得很不正常，感觉像被催眠了似的，只有远处喷起来几个泡沫似的浪花，浪花“刷”地一下子也就消失了。在另一边，野豌豆和毛茸茸的野草从沙堆上爬下来，因为这段沙滩比较狭窄，什么东西都看得比较清楚，她可以看到成堆的瓶瓶罐罐、烂木头和聚乙烯泡沫，还可以看到好多避孕套，就像被晒干萎缩了的海蜇尸体。沙滩上几乎随处可以看到粪便，海水冲刷掉了人的脚印，却没有将这些粪便带走。混凝土墙上也被人家喷了一连串的名字。

沙堆有一个地方比较低，亚历山德拉可以从这个地方看到雷诺别墅，不过只是看到一个角，而且由于距离很远，只能看得模模糊糊的，看得比较清楚的是两只烟囱，分别竖立在八角顶的两边，像一只秃鹰弓着背张着两只翅膀。亚历山德拉感到很烦躁。她的五脏六腑像在翻滚，也像被灼伤了似的，刚才那些人说她是“巫婆”，那是对她的侮辱，他们想用这种侮辱人的方式让她不要放开她的狗，社会上还有许多人采用这样的方式，让她管好自己的朋友和熟人。她决定叫来一场风暴，把这些人都赶走，让这片沙滩干干净净地专属于她和科尔。人内心的气象，和外在的气象总是有很多联系，要叫来一场风暴其实不难，她只要让体内的气流逆转，但更关键的是作为一个女人，她要在生活中扮演重要的角色，这样就拥有神奇的力量。亚历山德拉之所以拥有神奇的力量，就是通过实现自我角色转换获得的，不过那也是在过了中年之后才有的事情。在中年之前，她都没有觉得自己有什么存在的理由，她一直觉得上帝创造了她，是让她给男人做伴的，就像著名的《女巫之锤》[①]里说的那样，女人是上帝掰下男人的一根肋骨做成的。到了中年之后，她才认识到自己也是上帝的宏伟计划的核心部分，她是妈妈的女儿，她的女儿以后也还会生女儿的。亚历山德拉闭上眼睛，这让她身边的科尔吓得浑身颤抖，嘴里直哼哼。她尽情发挥她的想象力，她想起了人类的老祖宗，想到了类人猿，想到了蜥蜴等低级动物，想到了藻类原生生物，想到了地球上的第一个 DNA 螺旋结构。她的大脑中浮现了人类的完整进化历程，在此期间，人的形态不断演化，有了脉搏，有了血液，能适应寒冷气候，能承受紫外线，习惯了日渐膨胀但日渐虚弱的太阳。她调动内心最深处的所有能量，目的是要让空中的水汽凝结成云，让白云变成乌云，让乌云相互碰撞产生雷电。这时，北方的空中果然传来了隆隆的声音，当然，这时的雷声很微弱，只有科尔听得到。它的耳朵竖了起来，不停地摇动，连接着头皮的耳根也动了起来。她的嘴巴里叽里咕噜喊了一些魔鬼的名字：摩尔塔利亚、穆萨利亚、多法蒂亚、欧尼玛利亚、兹坦瑟伊亚、戈尔德法伊拉和德都尔瑟伊拉。无形之中，亚历山德拉似乎变得极其高大，她动用巨大的母性力量，掌控了九月平静的世界里的所有轱辘，她的眼睛一张开，就像司令官一样，能让所有轱辘

---

① 天主教修士兼宗教裁判官的克拉马与司布伦格在 1486 年所写的有关女巫的条约的书，第一版于 1487 年在德国出版。

都转动起来，引起全世界的力量碰撞。接着，一股冷空气从北方呼啸而来，冷风将远方一家澡堂的员工身上披着的毛巾刮到天上去，像一面面旗帜似的在空中飘扬。一大群光着身子的年轻人，异口同声地惊呼起来，然后，随着风越刮越大，大家开始兴奋起来，一起放声哄笑。普罗维登斯那边的天空像是凝固了，像一块半透明的紫色的石头。她继续喊了几个魔鬼的名字：戈米纳伊亚、葛格罗普利亚拉、塞达尼、吉尔瑟尔和格狄亚波。刚才，天空中的云朵还像飘落在池塘水面上的花朵一样纯洁，此时已经变成了黑得像墨汁的卷积云，像一面大石崖，石崖下方像烧开的水壶，在乌黑的天空中，石崖的边缘显得十分明亮。整个世界的空气似乎也改了性，海滩上那些长期为男人的欲望和低劣审美观所害，备受他们的鞋子践踏的杂草，此时贴在亚历山德拉的光脚旁边，像相片的底片，也像突然变成了薰衣草，更像是涨大充血的膀胱的表皮。沙滩上那些冒冒失失的年轻人，看见自己扔出去的飞盘像风筝一样飞到天上去，一下子急傻了眼，然后匆忙将丢得到处都是的收音机、厚纸板箱、衣服、牛仔裤和针织背心收起来。那对在沙滩上挖了个坑将自己埋在里面的小两口，现在慌张得不行，女的只知道哭，无论如何也平静不下来，男的想帮女的把松掉了的比基尼胸罩重新扣好，但手忙脚乱、笨手笨脚，摸了很久才扣上。科尔对着空气狂吠，一会儿朝一个方向，一会儿朝另一个方向，准是气压骤降让耳朵受不了。

那片一望无际的大海，刚才还风平浪静，从沙滩直到布洛克岛之间，海面平得像镜子一样，可是现在也似乎感受到了世界的变化。海面上开始泛起涟漪，然后起浪，风刮到的地方，就好像被火烧沸腾了似的。海上摩托艇的马达声突然尖叫了起来，帆船的帆布被大风刮得七零八落，纷纷启动引擎，匆忙朝港口疾驶而去。接着，风停了下来，再接着就下雨，雨点像冰雹一样那么大，那么冷，打到身上很疼。一对对刚才还黏糊糊的情人从亚历山德拉身边跑向停在远处澡堂旁边的汽车。这时，人们听到一阵阵轰隆隆的雷声，看起来像断崖一样、像墨汁一样黑的天空中，飞速飘过一块块雨云，有的长得像鹅，有的像手舞足蹈的演讲者，有的像正在散开的绞纱。接着，像冰雹似的雨滴变小了，但变得比刚才更密，然后像有人从天上泼水下来，整个世界白花花的，一阵阵风吹拂着雨幕，就像有人在弹奏竖琴。亚历山德拉站着一动不动，任凭冰冷的雨水浇在她的身上，继续默默叫着魔鬼的名字：艾佐伊尔、木希尔、普利和塔门。站在她脚边的科尔还哼哼叫，像人在哭泣，套绳已经在腿上绕了好几圈，身上的毛紧紧地贴在肌肉上，很光滑，看得出它在不断颤抖。透过雨幕，她看到沙滩上已经空无一人。她打开科尔的套绳，放它自己跑。

但是，科尔没有跑，而是蜷缩在她的脚边，接二连三的雷声把它吓坏了。亚历山德拉每数到"五"，雷声就会响一次。通常，她呼唤来的大风雷雨能覆盖直径两英里的范围。这次的雷声有些粗暴，比往常多了些诅咒的味道。这时，沙滩上有几十只小沙蟹从洞里爬出来，横着身体迅速朝沸腾的海水奔去。这些沙蟹的壳上有许多花点，和沙子很像，所以它们在沙滩上跑，是不大容易看见的。亚历山德拉抬起她的光脚，用力踩这些可怜的沙蟹。这是必然的牺牲，总是有东西要做出牺牲的。这是自然的法则。她像跳舞似的，踩碎了一只螃蟹就去踩另一只，一只只地将它们踩碎。在她的脸上，雨水像河水一样从发际线流到下巴，形成一层液体膜，光线照射到脸上的时候会形成彩虹。闪电不停地照射着她的脸。她的下巴有一道裂痕，鼻尖上也有一道，只是鼻子上的这一道比较细，几乎看不到。她对称梳到两边的刘海下面有一对比较粗的眉毛，表明她性格坦率，她那双微微凸起的眼睛里，枪灰色的眼珠子把眼睑撑起来，黑色的瞳仁仿佛都是防磁的，像千里眼似的。她的嘴巴很大，嘴角很深，让人觉得她一直在微笑。十四岁的时候，她的身高就长到五英尺八英寸，到二十岁，她的体重达到了一百二十磅，现在大约有一百六十磅。成了女巫，有一个好处就是不用像以前一样成天称体重，算是解放了。

和那些在沙滩上几乎隐形的小沙蟹一样，浑身湿透的亚历山德拉也感觉和滂沱大雨融为了一体，她的体温，她的血液，都也和雨水没有什么区别。在大海的上空，此时形成了横向飘舞的水雾，原来气势磅礴的雷声弱化成了含糊不清的呢喃,原来瓢泼的大雨也变成了毛毛雨,还感觉有些暖和。这种雨是不会上气象图的。刚才最早被踩到的沙蟹现在还张着爪子,像被微风吹动的灰色小羽毛。科尔的恐惧也终于消退了,开始绕着亚历山德拉一圈圈地跑,圈子越跑越大,在沙滩上留下了一串串脚印,跟海鸥和黑雁的爪痕以及螃蟹留下的虚线做伴。这些痕迹表明螃蟹是横行的,黑雁是用脚将食物踢到嘴里的,但这些动物痕迹已经被雨水销毁了。沙滩被雨水浸透了,像被浇了一层水泥。她的衣服,乃至内衣,都贴在皮肤上,让她看起来像西格尔的雕像,浑身纯白,所有筋骨都蒙着一层雾水。亚历山德拉大踏步走向公共沙滩的尽头,来到扎着铁丝网的墙下面,然后又扭头走回去。她走到停车场,捡起刚才放在那里现在已经完全湿透的一双帆布平底鞋。那里有一簇沙滩草,这种草的叶子狭长,现在被雨水淋过之后完全绽开,闪闪发光。

她打开斯巴鲁的门,回头却看不见科尔,她想它可能跑到沙堆后面去了,于是大喊了一声。"科尔!"她的喊叫有些像在唱歌。"来吧,我的宝贝!来吧,我的天使!"那些包着湿漉漉的毛巾、浑身起满鸡皮疙瘩、躲在澡堂里面或者匹萨店的雨篷下面的年轻人发现,亚历山德拉身上似乎一点水迹都没有,绿色的外套是干的,这简直是奇迹。这个未经验证的印象很快在东镇传播开,镇上的人们就都说她会巫术。

亚历山德拉是一位艺术家,主要做一些小公仔,大多是躺着的和坐着的女公仔。她用的工具很少,就牙签和不锈钢黄油刀,大多是用手捏的,她在赤裸的胴体上涂颜色鲜艳的油漆,就算是公仔的服饰。她的公仔主要放在本地两家小店里面卖,这两家小店分别叫"啰嗦狐狸"和"饥饿绵羊",每个公仔卖十五到二十美元。亚历山德拉不是很清楚谁买她的公仔,也不清楚自己为什么要做公仔,更不清楚有谁在掌控着她的手。她做雕塑的天赋和其他超能力一样,是在奥斯刚变成五颜六色的尘土之后的那段时间降临的。有一天早上,孩子都去上学了,她洗好了碗碟,孤独地坐在餐桌边,突然产生了做公仔的冲动。刚开始,她用孩子们的培乐多彩泥做,不久之后,她就改用一种纯度很高的陶土。这种陶土是在附近的考文垂镇挖的，那里住着一个老寡妇，她家的后院有一块地，露出油腻腻的白土。很巧的是，那里放着一辆报废的别克车，那是世界大战前的车，现在只剩下车架子，亚历山德拉的父亲以前恰恰开过这样的车，他曾经开着到过盐湖城、丹佛和阿尔伯克基，以及这些大城市之间的一些小城镇。他的生意是贩卖工作服、外套和蓝色牛仔裤，不过，当时这些服饰还没有变成流行货，更没有成为全球时尚。亚历山德拉带着麻布袋去挖土，挖一袋土付给那个老寡妇十二美元。如果袋子太重，老寡妇会帮忙扛到车上。她和亚历山德拉一样强壮，尽管至少有六十五岁了，但她还把头发染成亮晶晶的黄铜色，还穿着天蓝色或紫红色的裤装，而且，裤头紧得将她腰下面的肉扎成了香肠卷。挺好。亚历山德拉从中获得了这样的启示：如果能保持健康和活力，活到老也还是很快乐的。老寡妇喜欢纵声大笑，经常拨开黄铜色的头发，生怕人家不知道她戴着一对很大的金耳环。在杂草丛生的院子里，有一两只公鸡在草丛中散步，一步一回头，貌似犹豫不决，其实是在整理羽毛，在梳妆打扮。老寡妇的房子是用很单薄的隔板搭的，背面的漆面已经掉了，露出了灰色的木头，不过前面漆得雪白。亚历山德拉每次从这里回去之后，她就会感觉备受鼓舞，对生活充满激情，相信喜欢在一起搞阴谋诡计的女人是维护世界秩序的力量。

她的小公仔其实是很原始的。不知道是苏吉还是简给它们取了个外号叫“波波”，因为这些女公仔和女人的大奶子没什么区别，又矮又胖，大约四五英寸长，没脸也没脚，通常是卷曲或弯曲仰卧的姿势，拿在手上比预期的更沉。人们可能觉得这样的公仔挺亲切，于是就买了，销量虽然不大，但也很稳定，夏天会有所增加，即使是在一月也卖得动。做裸体公仔的时候，亚历山德拉会用牙签刺一个肚脐眼，再刮一道凹痕作为女公仔的外阴，这可能是她觉得小时候玩的娃娃太光滑，因此借机会拨乱反正。然后，她会给公仔画上外衣，有时是泳衣，有时是紧身外套，花纹有圆点、星星和卡通波浪条纹。没有两个公仔是完全一样的，虽然都长得像姐妹。她的“艺术”完全来自她自己的感觉，她想，在实际生活中，人们每天早上起床都是赤条条的，然后再穿上衣服，那么，公仔的衣服应该是画上去的，不应是在黏土上刻的。她烤公仔的“窑”是一台瑞典产的电炉，每一批烤两打。电炉放在厨房外面的工作间里，这个工作间是毛坯房，但是地板是木头的，与隔壁的一个房间不同，那里的地面是泥土的，主要存放旧花盆及草坪耙、锄头、雨靴和修枝剪。亚历山德拉自学成才，已经做了五年的公仔，是从离婚之前开始的，其实，她做公仔也是一种宣示自我的方式，也是离婚的潜在原因之一。她的孩子们，尤其是玛茜，当然也包括本和埃里克，都极其讨厌这些“波波”，认为这些玩意儿很低俗，有一次，他们真的忍受不了，将一批刚出炉正在冷却的公仔摔得粉碎，不过，现在他们都老实多了，像犯过错的小孩子一样。小孩子就是小孩子，都是一个德行，不管嘴上多么犟，不管眼神多么叛逆，终究是要服软的。

简·斯玛特也有艺术特长。她的专长是音乐。她平时教钢琴课赚一点钱，也在教堂唱诗班担任替补指挥，但她的真爱是大提琴，在天气暖和的晚上，在夜光之下，从她家小平房拉着窗帘的窗口，会传出大提琴的忧郁旋律，能让人感受到木材的质地。她的房子位于五十年代建成的“海湾家园”，这个小区的面积只有四分之一英亩，里面却住着许多人家，每次听到她的琴声，这里的男女老少，甚至狗，都会被吵得受不了，大家讨论着要不要叫警察。当然，他们最终不会这么干，因为他们不好意思，也可能是被简的琴声中赤裸裸的华丽和伤感给吓坏了。也许，如果她练习波帕尔练习曲中的双音音阶，一开始三度，然后六度，或者贝多芬 A 小调第十五弦乐四重奏第二行板中的十六分音符，可能更容易让人睡着。简不善于也懒得弄她的院子，里面的杜鹃花、八仙花、侧柏和伏牛花都常年不修剪，都长成一团乱麻，将她家的小房子团团围住，也消掉了从窗户传出去的一些声音。这是个喧嚣的年代，庸俗音乐横行，每家超市都在播放“你是我的，宝贝”作为背景音乐，三三两两的年轻人聚在一起，就会高唱摇滚乐，张扬着伍德斯托克的精神。大家之所以觉得受不了，并非因为简拉琴的声音有多么高，而是因为大提琴的音质和她的旋律一直那么沉闷，几乎没有起伏。亚历山德拉常说，那些忧郁的音符和简的浓密眉毛以及她炙热、坚定的嗓音很不相称，她的个性就像是总在解方程式，她认定什么秘密都可以解开，亚历山德拉则坚信秘密是无所不在的，弥漫在空气中，无色无味，成了鸟儿和飘零的种子的养分。

苏吉没有所谓的艺术天赋，她更关注社会现象，同时也由于离婚后生活拮据，所以给当地的一家周报《东镇闲话》写稿子，算是一份工作。她每天迈着轻松的步伐，在码头街上上下下走来走去，听人家聊家长里短，往一家家店铺里张望，揣测他们最近是否财运亨通。她会看到亚历山德拉放在“啰嗦狐狸”店里卖的公仔，也会看到亚美尼亚人开的五金商店的窗口贴着一张海报，预告当地一神会教堂将举行室内音乐会，曲目包括简·斯玛特的大提琴演奏，看到这些，她都会像在沙滩上踩到一片碎玻璃，或在肮脏的人行道上偶然看到一颗闪光的石英一样，精神为之一振。这些都是日常生活中自带的密码，是沟通内心世界和外部世界的纽带。那是她的两位好友，她爱她们，她们也爱她。今天，写完了对镇政府估税委员会会议（无聊，还是那些有地无钱的寡妇申请减税）和规划委员会会议（人员不足，因为委员之一普林兹还在百慕大度假）的评论之后，苏吉就迫切地等着亚历山德拉和简到她家里来。她们每星期四会聚会一次，三人轮流做东。苏吉住在东镇的中心位置，位于橡树路旁边的“黑木洛克弄堂”，上班很方便，尽管房子很老，是1760年建的，是不对称双坡顶的“盐盒子”，比现在遍地开花的别墅差一些，一共有四个房间，她还有一辆客货两用车、一辆运动汽车和一辆吉普车，还有四条狗。她的两个闺蜜常常给她的老房子带来生机，每次到她家来聚会，都会穿着不知道从哪里翻出来的奇装异服，像在戏里扮小丑一样，或者插科打诨。今天，亚历山德拉披着镶金丝的巴黎围巾，弯着腰从厨房的边门进来，手里拿着两罐辣味罗勒番茄酱，像两个哑铃，也像还粘着血的杀人凶器。

两个女巫很亲热地蹭了脸。“亲爱的，我知道你最喜欢脆的，”亚历山德拉说。她的女低音很厉害，声音是从喉咙最底部发出来的，像俄罗斯女子说话一样。苏吉接过礼物。她的手很修长，手背看起来和纸一样，还有一些淡淡的雀斑。亚历山德拉接着说：“可是，今年番茄像疯了一样，不知道为什么，结得累累坠坠。我做了一百罐，前几天我再也不干了，在黑暗中跑到园子里大喊:'操你妈,剩下的都烂了吧!'"

"我记得有一年西葫芦也疯了,"苏吉说。她装模作样地把两罐番茄酱放到碗橱里,其实,她是再也不会把它们拿下来的。亚历山德拉说得对,苏吉更喜欢脆一点的,例如芹菜、腰果、杂烩饭、椒盐卷饼,还有让人类祖先猴子愿意待在树上的小果实。家里只有她一个人的时候,她从来不会坐下来吃饭,她就在酸奶里拌一些麦片,站在厨房里的水槽边几口吃完,或者拿一袋洋葱味的薯片和一杯波旁威士忌,躲到电视房里去。"我不知道做了多少花样,"她跟亚历山德拉说。她的双手挥舞得极其夸张,几乎挥到了自己的视线之外。"西葫芦面包、西葫芦汤、西葫芦沙拉、西葫芦煎蛋饼,还搞了一些噱头,将汉堡包塞到西葫芦里边去,然后放到烤箱里烤,有时也切成块放油里炸,有时切成条蘸东西吃。真好玩!我甚至扔很多到搅拌机里搞成酱,让孩子们用西葫芦酱代替花生酱涂在面包上。蒙蒂简直绝望了,他说大便都有西葫芦味。"

苏吉说的是她还没离婚前的好日子,本是有些得意的,但是,这违背了她们不提前夫的潜规则,亚历山德拉想笑也笑不出来。苏吉是三个寡妇中间最年轻的,也是最晚离婚的。她身材修长,长着红色头发,扎在背后,双手很长,手上有许多的斑点,颜色和雪松木头差不多,像削铅笔留下的屑似的。她戴着紫铜手链,脖子上挂着一条很细很廉价的项链,吊着一个五角星坠子。亚历山德拉的脸型和希腊人一样,直鼻深眼,她很喜欢苏吉像类人猿那样的脸型,下巴突出一点更让人觉得积极向上。苏吉牙齿很粗,把鼻子下面的上嘴皮撑起来,形成一条突出的曲线,比下嘴皮更长、更复杂,两边比中间更肥厚,显得她始终是乐呵呵的。她的眼睛是淡褐色,圆圆的,双眼靠得很近。苏吉的厨房显得相当落魄,十分拥挤,什么东西都挤在一起,水槽又脏又小,下面散发着东镇老祖宗的穷酸味,这些几个世纪前用双手盖起来的房子本来就不算时髦,应该说已经破损了,但他们也没有整体翻新,只是像打补丁似的,坏一块补一块。苏吉在里面腾挪年头长了,动作已经练得很灵活,一只手从碗橱架子上拿下一罐啤酒坚果,这种坚果是卡夫卡的牌子,甜得很，另一只手从水槽上方包着橡胶皮的沥水架上拿起来一个涡纹镶黄铜边的碟子，把坚果放到碟子上。接着，她飞快撕开一袋薄脆饼干，倒在一个大浅盘上面，绕着一块高达奶酪一圈，盘子上还有一听从超市买的酱，包装还没有打开，包装上面的那只鹅还咧着嘴笑着。那个盘子是陶盘，颜色和煮熟的螃蟹[①]接近。这不是肿瘤的颜色吗？亚历山德拉吓坏了，这个世界似乎到处都是肿瘤的影子，石头旁边或者泥塘旁边的那些犄角旮旯里的蓝莓，厨房窗户外面的日渐腐朽的凉亭上的葡萄，在家门口的沥青路边拱起一个个土堆的蚂蚁，似乎都潜伏着癌细胞，这恶毒的玩意儿正迅速蔓延。"和往常一样吗?"苏吉轻声问刚进入厨房的亚历山德拉。亚历山德拉没那么年轻，她叹了口气，没有摘下围巾，弯下腰，走进厨房，找到一个容得下她的座位，那是一只蓝色的旧椅子，实在是太难看了，放在其他任何地方都不合适，每个接缝都开了口，扶手的角上闪闪发光，不知道被多少只手摸过了。

"我们该喝点汤力水吧，"亚历山德拉想了想说。几天前下雷雨后天就渐渐凉了。"家里还有伏特加吗?"有人跟她说过，伏特加不像金酒那样会让人发胖，对胃的刺激也没那么厉害。刺激是一种生理反应，也是一种心理反应，甚至是致癌的因素。只要抵挡不住诱惑就会遭殃，只要一个细胞出问题就够了。大自然似乎一直在等着你心理防线崩溃，只要你有所放松，她就会乘虚而入，置你于死地。

苏吉笑了，笑得比从前更灿烂。"我备着呢。"她拿出一瓶还没开过的哥顿伏特加，包装上面的野猪头瞪圆了橙色的眼睛，红色的舌头伸了出来，一只弯曲的獠牙伸得还更长。

亚历山德拉微笑着看着这只友善的野兽。"这个热量肯定够!"

那瓶酒在苏吉的手上发着泡，似乎在批评着她。亚历山德拉想，也许，癌细胞就像碳酸饮料的泡泡，人喝下去之后，它会渗透到血液里去。不行，她不能再想它了。

---

① 女主人公由螃蟹联想到了巨蟹座(Cancer)，Cancer也指肿瘤。

“简还没来吗?”她问。

“她说会晚一点到。她在排练一神会教堂的音乐会。”

“和那个恶心的内夫在一起吧?”亚历山德拉问。

“对,和那个恶心的内夫在一起,”苏吉像是一堵回音壁,几乎一字不落地重复着亚历山德拉的话。她舔了一下溅到手指上的奎宁水,打开冰箱看看里面有没有酸橙。雷蒙·内夫是中学里的音乐老师,长得胖乎乎,有些娘娘腔,不过已经和他那个穿着邋遢、脸色蜡黄、戴着铁框眼镜的德国老婆生了五个孩子。和大多数老师一样,他性情专横,油腔滑调,说话不容人家反驳。尽管如此,他看到哪个女人都想上。他真的得逞了。他现在在跟简睡。亚历山德拉以前和他睡过几次,但没有在她心里留下什么波澜,苏吉根本看不出来他们有过交往。苏吉本人也似乎和内夫没什么关系,但她毕竟才刚成了自由身。在一个小镇里,离过婚的女人就像是玩“大富翁”游戏的人,所有的“财产”终究都要被她染指。两个朋友都想拯救简,但简总是急不可耐地想把自己卖掉。她们之所以不希望简和内夫搞在一起,是因为内夫的那个老婆,那个女人简直恶心死了,头发像稻草一样,剪短了也像割过的草地一样,说话拿腔拿调,却总是用词不当,戴着那副沉重的眼镜,和你说话的时候总是盯着你,想把每一个字都听清楚。要是和一个有妇之夫睡觉,有时候也感觉是在和他的老婆睡觉,所以,要找男人一定不能找有这种老婆的男人。

“简的条件真的挺好的。”苏吉常这么说。此时,她正在冰箱里忙活着,想多弄出来几个冰块。作为一个巫婆,她可以在瞬间将水变成冰,但是,将冰化成水却没那么容易。在她和蒙蒂还没离婚的时候,他们家养了四条狗,有两条是银棕色的魏玛猎狗,其中她留了一条,名字叫“汉克”,现在就挨在她的脚边,抬头看着她,希望她在冰箱里忙活就是在给它找吃的。

“可是她不珍惜。”亚历山德拉把苏吉没说完的话补上。她接着解释说,所谓“不珍惜”是从前的概念,因为这时越南战争如火如荼,战争已经完全扭曲了这个概念。“如果她真的想搞音乐,就应该到大地方去,到城里去。一个音乐学院的毕业生在一个破教堂里给一帮听不见声音的老太婆拉提琴，真是太浪费了。”

“她可能觉得在这里比较安全吧，”苏吉说。难道她们不觉得这里很安全吗？

“她自己都不洗澡，你闻过她身上的味道吗？”亚历山德拉问。她说的不是简，而是内夫的老婆，格雷塔·内夫，当然，苏吉完全跟得上主题的转换，她们很默契，有一模一样的波长。

“那副奶奶级别的眼镜也很恶心！”苏吉附和着说。“看着就像列侬。”她做了个很严肃、眼睛里充满伤感的表情，那是典型的列侬表情。接着，她又模仿格雷塔说话的腔调说：“我想我们可以喝饮料了吧！”这完全不像美国口音，每个音好像都是从上腭发出来的，元音都拉长成了双元音。

两个女人端着饮料，一路咯咯笑着走到小书房里去。这间小书房实在是小，而且很旧，墙纸脱落得像老松树皮一样，天花板鼓起来像挺着小肚子似的，屋顶的一个角落像被切掉，突然斜下来，因为这个小房间是在楼梯下面的，楼梯就在小房间的上方通往像阁楼一样的二楼。房间里有个窗户，但这个窗户太高，这些女人要站在凳子上才能往外看，窗户用的是菱形玻璃，很厚，中间还发了一些泡，很像玻璃瓶底。

“她身上有一股卷心菜味，”亚历山德拉说。她自问自答，有些显摆的味道。她端着饮料坐到双人沙发上，那双人沙发套着华丽却又破旧的绒线刺绣，有些地方拧成了一团，有些地方露出沙发的架子。“这种味道传到了他的衣服上，”她说。同时，她想起了蒙蒂的身上也有些西葫芦味。她也知道，她这么说，显然是要让苏吉想到她也和内夫睡过。为什么要这样？这种事没什么好夸口的，但也是可以说说的。内夫的汗流得太厉害了。和别人丈夫睡觉很有趣，可以让你间接了解他们的老婆，男人对自己的老婆的了解，是别人都比不了的。在内夫的眼里，格雷塔是可怜又可恨的阿尔卑斯山孤女海蒂，是他从危险而浪漫的山峰顶上摘下来的雪绒花。他们是在德国法兰克福啤酒节上认识的，当时他没有去参加朝鲜战争，而是被派遣到西德驻扎。那么，蒙蒂呢？亚历山德拉斜着看了一下苏吉，努力回忆着蒙蒂到底说了苏吉什么事情。他好像没说过什么，毕竟他自诩是个绅士。当然，他也曾经说漏过嘴，有一次，他到银行办事碰到钉子之后来找亚历山德拉，在床上做爱时很不专注，他心事太重了，于是不知怎么了就说："她很可爱，就是运气有点背。我不是说她自己背，是和她在一起的人都背。"这是真的，蒙蒂本来家底很厚，但自从和苏吉结婚之后，就坐吃山空败光了，大家都认为这是因为他这个人太笨、太软弱。他真的很软弱，他从来没有流过汗，和那些养尊处优的人一样，患有荷尔蒙缺乏症，脑子里根本没有艰苦奋斗的概念。他的身体十分光滑，一根毛都没有，屁股软得和娘们一样。

"格雷塔在床上肯定很厉害，"苏吉说。"生了好多孩子。有五个了。[①]"

内夫曾经跟亚历山德拉透露过，格雷塔欲望强烈，很猛，高潮来得很慢，但每次都要搞到高潮才停。如果她是女巫，那肯定是可怕的女巫，德国人都是不要命的角色。"我们要对她好一点，"亚历山德拉这次说的是简。"我昨天和她在电话里聊了一会儿，她说话口气好冲，把我吓了一跳。这个女人心里一团火，烧得真厉害。"

苏吉瞥了这个朋友一眼，觉得有些不对劲。亚历山德拉又有新对象了。就在这一瞬间，汉克伸出灰色舌头，卷走了陶盘上的两片脆薄饼。陶盘放在一只有许多顽固污渍的海松箱子上，这只箱子很旧，旧货商收购后翻新，卖给人家作咖啡桌。苏吉很喜欢这种破玩意儿，破玩意儿很有腔调，一件破礼服可以让人联想到歌剧第二幕的女高音。汉克的舌头又要伸出来卷盘上的奶酪，不过被苏吉用余光看见了，她重重地拍了它的口套，可是那副口套是硬橡胶做的，和汽车轮胎一样，就拍了这一下，她手指都疼得钻心。"哇，你这个畜生！"她是骂狗，但她也在影射她的朋友。"比别人都厉害吗？"别人就是指她们俩。她喝了一大口波旁威士忌，咕噜噜很刺耳。她一般在夏天和冬天喝威士忌，具体的原因她自己也忘了，在康奈尔大学的时候，她有一个

---

① 原文为德语。

男朋友,他曾经跟她说过,威士忌可以让她绿色的眼睛放出金色的光彩。也因为这个原因,她更喜欢穿棕色系的衣服,喜欢穿能体现野兽本色的绒面革服装。

“哦,是的,我们比她可爱多了,”那个身材更高大年龄也更大的女人回答说。这个玩笑让她想起了她和简聊天的主题:镇上来了一个新的男人,他已经成了雷诺别墅的主人。不过,尽管她有些分心,她还是能注意到苏吉真的很可爱,不管她是不是真的很背运。虽然在打字机上忙活了一整天,在强烈的灯光下拼命爬格子,头发甚至连眼睫毛都有些散乱,但她穿着奶绿色毛衣和深色绒面革裙子的身材还是很挺拔,很苗条,她的肚皮平坦,胸部高挺,屁股结实有弹性,猴脸的嘴唇厚实、性感,有让人难以抵挡的诱惑力。就像飞机刚起飞时,乘客虽然很揪心,因为这个时刻特别危险,但往窗外看,看到地面的场景,还是会感到十分激动,感到大自然真伟大,一格格一块块的,和地图一模一样,看看那些屋顶和烟囱,真精致,那些湖泊就像圣诞节爸爸妈妈趁着我们睡觉摆在院子里作装饰的镜子似的,真是感慨万千!

“哦,那个人我了解!”她懂得亚历山德拉的心思。“我可以爆很大的料,但我现在不想说,我要等简来了再说。”

“没关系,我不着急,”亚历山德拉说。突然间,她就像打了个寒战,后悔让那个人和那个房子占了她的心思。“这裙子是新的吗?”她很想摸一摸像鹿皮的裙子,也很想摸摸裙子下面结实的大腿。

“是旧的,天凉了才找出来的,”苏吉说。“现在的裙子都太长了。”

厨房的门铃响了,铃声断断续续,像有人在窃笑,也像在撕破布条似的。“这家伙迟早也会把我的房子给烧了。”苏吉说着就冲出小书房,可是简已经自个儿闯进来了。她脸色苍白,双眼通红,像烧着熊熊的火焰,头上戴着一顶松软的皮毛苏格兰帽,帽子上的格子图案很夸张,和肩上的围巾很搭,这个搭配显得很刻意。她还穿着凸条长筒袜。简的身材不像苏吉那么诱人,而且还有些地方显得不那么对称,但是,她还是很有魅力,就像搓成一团的长丝也能闪光。她的头发很黑,嘴巴比较小,但很严肃,很笃定。她本是波士顿人，这个身世渊源给了她一定的神秘感。

“内夫真混蛋，”她一开口就大骂，一字一顿，好像她的喉咙里藏着一只青蛙，现在将它用力吐出来。“他让我们一遍遍地排海顿的曲子，他说我的发声太刻板。他说我刻板！我都哭出来了，我说他是恶心的臭男人。”她越说越激动。“我恨死这些臭男人！”

“你消消气吧，”苏吉轻轻地说。“他们都是这样折腾人的，就想让你多爱他们一点。你要喝什么？亚历喝的和往常一样，伏特加兑奎宁水。我最近越来越喜欢波旁威士忌。”

“真受不了，真他妈的伤自尊！算了，我就放纵一回吧。我要喝马提尼。”

“哦，亲爱的，对不起，我家里可能没有烈酒。”

“没关系，亲爱的。就喝金酒吧，用葡萄酒杯，里面放几块冰。家里有柠檬皮吗?”

苏吉的冰箱里有许多冰块，也有许多酸奶和芹菜，但别的东西很少。她的中午饭通常在镇中心尼莫餐馆里吃，和报社就隔三个门，一个镜框店，一个理发店，另一个“基督教科学”阅览室。最近，她也常到那里吃晚饭，因为她在尼莫餐馆可以听到各种小道消息，在那里，东镇不存在什么秘密。老头老太会去那里，警察和高速公路服务人员会去那里，不出海的渔民会去那里，暂时破产的生意人也会去那里。“好像连橙子也没有，”苏吉说。她拉开两个蔬果抽屉。抽屉的把手是铁的，绿色的，黏糊糊的。“不过我在路边的水果摊上买了一些桃子。”

“我敢吃桃子吗?”简问。“我得穿上白色的法兰绒裤子，到沙滩上去走走。”苏吉轻微皱了眉头，好像被吓到了，看着简的那双很不安分的手，一只手长期压琴弦，筋腱突出，很修长，另一只手是拿弓的，肌肉比较松，也比较短。她拿着一把锈迹斑斑的胡萝卜刨刀，刨着一只黄色的桃子，那只桃子肥肥胖胖的，一看就知道水分很多。简将刨下来的桃皮扔到杯子里，这时大家谁也没做声，这本来很小的声音听得很清楚。“我不能这么年轻就开始喝这么干的金酒。”简说话的口气体现了极其朴素的满足感，不过她的面容还是显得很憔悴，像惊魂未定的样子。然后，她迈着习惯性的僵硬的步伐，进了小书房。

亚历山德拉赶紧起身，拿起遥控器，关掉电视机，那个形象猥琐、下巴灰不溜秋的总统正在宣布一件对全国上下都很重要的事情。

“嗨，你这个家伙，”简大喊。这个小书房实在小，她这么一叫让人觉得很刺耳。“别起来，我知道你们坐得好好的。不过，你得告诉我，那天的雷雨是不是你弄的？”

桃皮在她的饮料杯里，看起来像颜色鲜艳的标本肉泡在酒里。

“和你通话后，我就去了沙滩，”亚历山德拉坦白说。“想去看看那个人是否住进了雷诺别墅。”

“我想你是动了心了，可怜的宝贝，”简说。“他在吗？”

“烟囱上有烟，但我没开过去。”

“你就应该开过去，碰到他，就说你是湿地管委会的，”苏吉对她说。“镇上都在说，他想建一个码头，还想在岛后面填出一片地来建网球场。”

“这肯定行不通，”亚历山德拉懒懒地对苏吉说。“白鹭都在那里筑巢。”

“不一定，”苏吉回答说。“那个物业已经有十年没向镇里纳税了，只要他把税交齐，管委会的人可以把白鹭赶走。”

“真他妈的！”简说。她好像觉得受到了冷落，突然冒出这句话，很突兀，口气很冲。四只眼睛盯着她看，她就马上编话圆场。“今天格雷塔到教堂去了，”她说。“内夫刚批评我的发声刻板，她就来，还笑我。”

苏吉模仿德国人的笑声：“吼吼吼！”

“他们还操吗？”亚历山德拉懒懒地问。不过，她的朋友并没有接话，而是让她随便浮想联翩。“他怎么受得了呢？最近他身上肯定是德国泡菜的味道。”

“不是，”简毫不犹豫地说。“是醋焖牛肉的味道。他们都喜欢吃那个玩意儿。”

“那东西得在醋里腌，”亚历山德拉说。“放大蒜、葱和香叶。我想肯定也放了辣椒。”

“是他告诉你的吗？”苏吉问简。她有意挑逗。

“我们不说这种事，亲热的时候也不会说，”简冷冷地说。“他只跟我说过，她每星期要吃一次，不然就会砸东西。”

“是个会闹的鬼，”苏吉貌似很开心地说。“活见鬼。”

“没错，”简说。她其实没明白苏吉的幽默。“你说得对。她极讨厌，迂腐，自以为是，简直是纳粹分子。只有雷[①]看不见，真可怜。”

“我不知道她能猜到多少，”亚历山德拉有些自言自语地说。

“她不会去猜，”简说。她语气十分肯定，最后一个字顿得特别重。“她猜到的话，肯定会弄出大动静的。”

“会把他扫地出门，”苏吉替简把话说明白。

“那么我们都得当心点，”亚历山德拉说。在她的眼中，那个胖乎乎的猥琐男是一只欲望的鱼雷，极其贪婪，简直无边无际。人的欲望平时看不见，但一释放出来，就会产生极大的破坏力。

“加油啊，格雷塔。”简终于明白了苏吉的意思，和她们合上拍了。

于是，三个女人一起咯咯地笑起来。

这时，边门重重地甩开了，她们听到有脚步声缓慢而有力地走上楼。那不是闹事鬼，而是苏吉的一个孩子放学回家了，他们通常在学校有许多课外活动，不会很早回家。楼上的电视机打开了，同时伴随着一些人声，这些声音让她们放下心。

苏吉贪婪地抓了一大把坚果塞到嘴里，用手掌托着下巴，以免渣子掉下来，但是她还忍不住想笑，喷出来了不少碎片。“那个新男人的事情，你们想不想听？”

“不是特别想，”亚历山德拉说。“男人不是答案，我们不是早就这么说

---

① 雷蒙德的昵称。

的吗?”苏吉发现,有简在,亚历山德拉就会不一样,有些难相处。简不在的时候,她不会掩藏对那个男人的兴趣。苏吉和亚历山德拉都对自己的身体很满意,她们都觉得自己挺漂亮,亚历山德拉年纪较大,她比苏吉大六岁,她们俩在一起的时候,她甚至有些当妈妈的气派,相比之下,苏吉比较活泼,比较多嘴,亚历山德拉比较慵懒,更像巫婆。三个人在一起的时候,亚历山德拉更像是主角,常常一言不发,一动不动,让其余两个围着她转。

“男人不是答案,”简·斯玛特说。“没错。但他们可能是问题。”她的金酒已经喝掉了三分之二,杯子里的桃皮像一个即将进入尘世的婴儿。在渐渐黯淡的菱形窗户的外面,有几只黑鹂鸟正准备回巢,叽叽喳喳,今天算是打发了。

苏吉站起来,郑重地宣布:“他很有钱,今年四十二岁,单身,来自纽约,生于荷兰世家。曾经是钢琴神童,喜欢搞发明。东边的大房间,现在还放着台球桌,还有下面的洗衣区,都改造成他的实验室,都要安装不锈钢水槽和过滤管道等等,西边曾经是雷诺家族的暖房,常种些乱七八糟的东西,他要在那里挖一个大澡盆,四周的墙壁上会铺设电线,安装立体声音响。”她一双圆圆的眼睛在黑暗中闪着绿光,也闪出了她内心的冲动。“乔·马里诺接了这个改造工程合同,这都是他跟我说的,昨天晚上,规划委员会准备开会讨论这件事,但是普林兹去了百慕大,没告诉任何人,弄得会开不成,乔也去参加了,他见到我跟我说的。乔兴奋极了,对方问都没问估价,一切都要最好的,反正是不计成本。澡盆要用柚木的,直径达到八英尺,那个人不喜欢盆底瓷砖的感觉,所以整个要换成细纹的石板,这种石板很特殊,需要从田纳西订购。”

“他说得很夸张,”简说。

“有没有说这个土豪叫什么名字?”亚历山德拉问。她觉得苏吉不仅会写家长里短的闲话,还是很浪漫的人。她也在想,如果再喝一杯伏特加汤力水,等会儿会不会头疼。过一会儿,她就要回家,回到那个杂乱无章的“农舍”,回家后只会听到小孩子们有节奏的呼噜声,只有焦躁不安的科尔和恶心的月光陪着丝毫没有睡意的她。如果是在西部,她可能听到远方土狼的嚎叫,也可能听到州际列车拖着蜿蜒几英里的车厢在遥远的地方轰隆隆地开过去,这些声音会带着她的心思飞向窗外,消融在星空下的夜色之中。但是,在十分拥挤、到处都是水的东部,什么东西都挨得那么近,深夜的种种声音都紧紧围绕着她的房子,就像长得乱七八糟的灌木树墙一样。她们几个女人窝在苏吉的小书房里,确实很温馨,但还是过于拥挤,甚至简嘴上黑乎乎的胡子,苏吉手臂上琥珀色的绒毛,都逃不过亚历山德拉的眼睛,或者说让她的眼睛逃脱不掉。这个男人让她嫉妒不已,因为还没有看到他的一点影子,这两个女人就已经兴奋成这样了,上个星期四,还有以前她们聚会的时候,她们都为她而疯狂,她拥有君临天下的超能力,像猫见到老鼠,只要闭上嘴,扑过去,就能除掉它。这几次星期四聚会,三个闺蜜都会一起发功,形成魔法锥,搅动东镇的小生灵,让它们不得安生,在黑暗中到处乱叫、乱跑、乱飞。如果心情正好,她们喝了第三杯酒之后,会让她们的魔力在空中汇聚,像一个通天的帐篷,她们就可以知道镇上谁生病了,谁债台高筑了,谁有人爱了,谁在抓狂,谁的心在燃烧,谁刚摆脱厄运的折磨正在酣睡,但是,今天,这一切都不会发生。她们的惯例被打破了。

“他的名字是不是很好玩?”苏吉盯着窗外,外面的天已经彻底黑了。她看不透那些菱形的窗玻璃,但是她心里十分敞亮,可以“看到”后院那棵孤零零的梨树,虽然种下没几年,还不够结实,但硕果累累,一颗颗黄色的梨沉甸甸的,像礼服上的珠宝挂在一个小孩身上似的。这段时间,她每天都能感受到干草的存在,这是成熟的季节,平时在路边不那么显眼的翠菊,现在就像人家随便扔的垃圾似的。“昨天晚上,大家都在说他的姓名,我之前听玛吉·佩里说过,这几天,我一张口就能说出这个名字……”

“我也是,”简说。“他妈的,像我们念的咒语似的。”

“哆—哒—嘟,”亚历山德拉念起了她的咒语。三个女巫突然都闭上了嘴,她们都意识到,她们已经中了别人的魔咒,而且这个人的魔力比她们强很多。

这个人的姓名叫达里尔·范·霍恩，星期天晚上，他出席了一神会教堂的室内音乐会。他皮肤黝黑，留着胡子，卷曲的头发留得很长，几乎盖住了耳朵，在背后堆成一团，所以从侧面看，他的头型就像一个把手粗得吓人的啤酒杯子。他穿着灰色的法兰绒裤子，膝盖窝后面有些宽松，上身穿着苏格兰花呢夹克，肘上有个补丁，绿色和黑色相间的图案显得有些杂乱，里面的粉红色牛津布衬衫属于五十年代流行的，扣子扣得很紧，脚下穿着黑色尖头平底皮鞋，有些偏小。他穿戴这样的行头，显然是来造势的。

“你就是我们本地的雕塑家，”他在音乐会后的招待会上对亚历山德拉说。招待会是在教堂的休息室举行，出席者有参加音乐会的人，也有他们的亲戚朋友，供应未加酒精的潘趣酒，颜色和防冻液很像。教堂很漂亮，是希腊复古式建筑，走廊不深，竖着几根多利安式的柱子，顶上蹲着一个八角形塔楼。教堂位于橡树路后面的卡昆斯卡索克大道上，是公理会教友在1823年盖的，但大约二十年后，也就是过了差不多一代人，这个教堂就变成了一神会教堂。近年来信仰日渐淡漠，但是，教堂内部还到处装饰着十字架，休息室的墙上挂着主日学校制作的古埃及圣安东尼十字架①，那是一个象形文字，本意是“生命”，看起来像一面巨大的毛毡旗帜，旁边围着四个三角形炼金术符号，象征着大自然的力量。“演员及亲朋名录”中并没有范·霍恩，他是自己凑进来的，他的到来，让在场所有人更加兴奋。他说话的时候，从嘴巴里冒出来的声音和他的嘴型变化不大一致，让人觉得有些做作，他的面部表情也有些奇怪，好像有几块肌肉不大和谐，同时，唾沫也似乎多了些，有时他得停下来用袖子抹掉嘴角上的唾沫。不过，他显得很有底气，显得很有教养，有大户人家的做派，和亚历山德拉说话时会弯下腰，显得彬彬有礼。

“都是一些小玩意儿，”亚历山德拉说。因为旁边站着这个黑乎乎的大

---

① 即T形十字架。

块头，她突然觉得自己那么娇小，感到有些害羞。在这个季节，她对特殊的气场极其敏感，她能看到每个人的头顶都有个光环。这个让大家倍感兴奋的陌生人，他头顶的光环是深棕色的，像潮湿的海狸毛皮。“朋友们叫它们‘波波’。”她觉得很不好意思，感到脸热热的，但她努力控制不让它红起来。可能因为过于刻意控制自己，她觉得有些头晕，在场的所有人，包括这个新来的人，都和从前熟悉的不一样。

“是小玩意儿，”范·霍恩顺着她的话说。“但都很有魅力。”他说完伸手去抹掉嘴上的唾沫，然后接着说，“每一个都有十足的精神力量。我很震撼。那个叫什么店？哦，好像是叫‘吵闹绵羊’吧，那个店里的公仔我都买下了。”

“有一家叫啰嗦狐狸，”她说。“还有一家叫饥饿绵羊。饥饿绵羊在小理发店的旁边，隔两扇门。你去那里理过发吗？”

“没有，我很少理发。妈妈以前说我是参孙，一剪掉头发就会失去力量。呀，我也记不得哪家店。反正我都买下来了，还给我一个朋友看过，那个朋友在纽约五十七大街上开了一家艺术馆，很有鉴赏力。我不是要向你承诺什么，亚历山德拉，我能这么叫你吗？不过，如果你可以创作大一点的雕塑，我保证我们可以帮你安排一次展览。你可能成不了马里索[①]，但你肯定可以成为妮基·桑法勒[②]，你肯定知道，她创作的《娜娜》系列风靡了整个世界。现在她也做大了，我是说，她真的开放了，不再闭门造车了。”

亚历山德拉认定，她自己有些讨厌这个人，这让她反而松了一口气。这个人太强势，太粗暴，还喜欢信口开河。他买下饥饿绵羊店里的所有公仔，对她来说就像是强奸了她，如此一来，她就得重新开炉，提前再做一批。这个人给她产生了无形的压力，让她从早上一起床就开始的痛经更加强烈，这次痛经比往常早来了好几天。这也是癌症的征兆，说明她的生理周期已经紊乱了。而且，她出身于西部家庭，对印第安人和墨西哥人一直持有地区偏

---

① 马里索(1930—2016)，委内瑞拉裔美国流行艺术女雕塑家。

② 妮基·桑法勒(1930—2002)，法国雕塑家、画家和电影导演。

见，在她的眼里，达里尔·范·霍恩是个不洗澡的粗人。你可以看到他的皮肤上有不少黑点，像是没有进化好的。她沉默了一会儿，试图找一个诚实又不失礼的托词。这时，他用毛茸茸的手擦了嘴，嘴唇抽了抽，像是失去了耐心。对她而言，和男人打交道已经成了一项日常琐事，她已经日渐失去激情。“我不想变成下一个妮基·桑法勒，”她说。“我就是我。你说我的公仔有魅力，那是因为它们很小，可以拿在手里把玩。”她的脸终于红起来，毛细血管里的血液流动快了许多，她已经认定这个男人是个骗子，不真实，因此她觉得很兴奋，这正是她脸红的原因，于是，她不自觉地笑了起来。关于这个人，可能只有他的钱是真的。

他的眼睛很小，水汪汪的，好像刚用力揉过似的。“是的，你是亚历山德拉，但那是什么样的人呢？你视野小，最终成就也会很小。你守着这些礼品店，就是拒绝发达的机会。这些玩意儿卖那么便宜，我都不能相信，本应可以卖到五位数价格，你却只卖二十刀一个。”

这个人就是纽约的土豪，她不会看错，也为他感到惋惜，他怎么就来到了这个优雅的地方。她想起来，从雷诺别墅的烟囱里冒出来的烟，看起来还是很委婉，很有内涵。于是，她不跟他较真，而是切换了话题。“你的新房子怎么样？住进去了吗？”

他有些激动地说：“那个鬼地方！我每天都工作到很晚，我到晚上才有灵感，但是，每天早上大约七点出头，那些可恶的工人就来了，干活的时候还他妈的开着收音机！不好意思，我说粗话了。”

他似乎认识到自己冒犯到了对方。不过，他一直在冒犯着亚历山德拉，他的手势和整个身体姿势都那么粗鲁，那么夸张，人家不见怪才有鬼。

“你得找个时间去看看，”他说。“我希望你提一些意见。我以前都住在公寓楼里，什么事都有别人管着。我请的那个水管工是个混蛋。”

“你是说乔吗？”

“你认识他？”

“这里的每一个人都认识他，”亚历山德拉说。她有必要让这个陌生人知道，在东镇，侮辱本地人的人是交不到朋友的。

可是，他的大嘴巴和笨舌头还是拐不过弯来。“他那顶帽子真滑稽，还成天戴着。”

她必须点头，但不想笑出来。她记得他戴着那顶帽子和她做爱的样子。

“他每天都到外面去吃饭，”范·霍恩说。“他开口闭口就说棒球大联盟，要么是波士顿红袜的投手又崩溃了，要么就是新英格兰爱国者的防守还是那么烂。做地板的那个老家伙也不是什么好货色，我用的石板是从田纳西买的，贵得很，但他在铺的时候竟然有一半粗面朝上，矿山凿的痕迹清清楚楚。这里干活的人都像杀猪的，要是在曼哈顿，他们干不到一天就得滚蛋。你别介意，我知道，你肯定也在骂我混蛋。我猜想那些干装修的乡下人没有受过多少训练。难怪罗得岛州还这么乱七八糟。嘿，亚历山德拉，我就喜欢你这样气鼓鼓、冷冰冰的模样，你气得都说不出话了吧！你的鼻尖也很可爱。”说完，他竟然伸出手来摸她的鼻子。她对鼻尖上的裂痕十分敏感，但他的动作实在太快，她也没料到他会做出这样不礼貌的动作，被他摸了一下。她感到有点冷，有点刺痛。

她不仅不喜欢他，还恨他。可是，她还是站在那里笑着，她感觉自己被套牢了，有些发蒙，肚子里不断翻滚着。她不知道那意味着什么。

简·斯玛特朝他们走过来。表演的时候，她必须把腿张开，所以她是聚会上唯一穿着长裙的，那是蚕丝面料的，闪闪发光，还装饰着蕾丝，和婚纱没什么差别。“啊，我们的艺术家来啦！”范·霍恩大喊一声，一把抓住她的手，他不是要和她握手，而是像一个美甲师在检查她的手指似的，将她的手放到他宽厚的手掌上，然后又把它放掉，因为他所要的是她的左手，那是她压弦的手，手指上长满了茧子，筋骨相当强壮。那个男人将那只手夹在他的两只毛茸茸的手掌之间。“你的音色真好，”他说。“揉音真棒。真的！你可能以为我是个讨厌的疯子，但我真的懂音乐。只有音乐会让我平静下来。”

简的眼睛一下子亮起来，而且是闪闪发亮。“你不觉得刻板？”她问。

"我们的指挥老是批评我的发音刻板。"

"混账,"范·霍恩说两个字喷两次唾沫,然后抹掉嘴角的唾沫。"你的音很准,那绝对不是刻板。音一定要准,然后才会有情感。如果音准不好,其余的还有什么意义?你的大拇指形态保持得很好,力度十足,许多男人都撑不住,用力很疼。"他拉着她的左手凑近他的脸,抚摸着她的大拇指。"看到了吧?"他对亚历山德拉说,他挥舞着简的手,好像那是一只断手,是一件艺术品,让人拿在手里玩赏的。"这个茧子好漂亮。"

简把手抽回去,她感觉到有人在盯着他们。一神会教堂的牧师埃德·帕斯利注意到了他们的谈话。范·霍恩很能吸引观众,因为他动作相当张扬。他放掉简的左手,又去抓她的右手,握着那只手,几乎蹭到她愕然的脸上。"就是这只手,"他大声喊着。"美中不足的是这只手。你的弓法很糟糕!我的天啊!你的跳弓拉得像顿弓,你的连弓像分弓。亲爱的,这几节要连着拉,你拉断了,一个个分得那么开。你应该一节节地拉,要拉出人的呐喊。"

简的嘴巴一向挺严肃,现在张得很大,亚历山德拉的眼睛聚集了不少泪花,像多戴了一层镜片似的,她的眼珠子通常是玳瑁色的,现在的颜色比平常更淡一些。她们像是在默默地呐喊着。

帕斯利牧师凑到他们身边。他看起来挺年轻的,但他的表情总让人觉得末日即将到来,像一张英俊的脸照在扭曲的镜子上似的,鬓角到鼻孔的距离那么长,很不自然,他的嘴唇太厚、太夸张,他一笑起来,会让人觉得长错了地方,像有人来到一个陌生的国家,人家说的话一句都听不懂,却在错误的站台下了车。尽管他只有三十几岁,但在这个年纪,他已经不再是可以吸着迷幻药砸窗户、支持反战运动的斗士,这让他更觉得自己是对社会没有用的人,尽管他也经常组织和平示威游行、守夜和宣读活动,并向这个教区里过着趣味索然但尽职尽责的生活的教民建议,让这座漂亮的老教堂作为逃避兵役者的避难所,让他们享用这里的帆布床、电炉和厕所。这里也是举办文化活动的场所,音响效果真是好极了,从前的建筑师确实有些未传下来的秘诀。但是，亚历山德拉从小在荒凉的西部长大，那里曾经拍摄过无数的牛仔电影，她更觉得历史本不浪漫，我们之所以觉得过去的事情有趣，那全是后人渲染的，当时的人们很可能觉得他们的生活也是很无趣的，就和我们大家都觉得当代生活沉闷一样

埃德抬起头，好像很不解地看着达里尔·范·霍恩。他身材不高，这是他的另一个遗憾。接着，他用不屑的语气对简·斯玛特说："你拉得很漂亮，简。你们四个人都无可挑剔。我刚才对克莱德说的，我们的宣传工作做得不够好，本应从新港多招呼一些人来，我知道该说的话他在报纸上已经都说了。他觉得我是在指责他，他最近脾气挺大的。"苏吉最近常和埃德睡觉，亚历山德拉知道，也许简也曾经和他睡过。和你睡过觉的男人，包括多年前睡过的，在和你说话的时候，他们的声音会比较粗糙，像没有涂漆的木头长期放在室外遭受风吹雨打似的。亚历山德拉对人们的气场十分敏感，尤其是在来例假或者痛经的时候，她觉得埃德的气场有些病态，和法国查特修道院僧侣酿制的查特酒有些相似，充满焦虑和自恋，这个印象主要来自他的头发，他的头发梳得很直，虽然不花白，但也不黑，好像是无色的。简还在努力控制她的眼泪，现场有些尴尬，于是，亚历山德拉只好给两个男人相互做介绍。

"帕斯利牧师……"

"别这样，亚历山德拉。我们都是好朋友，别这样拘束。叫我埃德吧。"苏吉和他睡觉的时候肯定跟他说过很多她的事情。很奇怪，似乎不论到什么地方去，人们对你的了解总是比你对他们的了解更多，感觉到处都有间谍似的。"埃德"两个字是亚历山德拉说不出口的，她很讨厌他那种不死不活的气场。

"……这位是范·霍恩先生，他是雷诺别墅的新主人，你应该听说过那个地方。"

"的确听说过。在这里和你见面，有些意外，也很高兴，先生。但没有人跟我说过你喜爱音乐。"

“你是说我半吊子吧？没关系。我也很高兴见到你，尊敬的牧师。”他们握了手，握手的时候牧师有些畏缩。

“不用叫我牧师。这里的所有人，不管是朋友还是敌人，都叫我埃德。”

“埃德，这个房子真有年头，买火灾保险要花很多钱吧？”

“不用花钱，是主给我们保险。”埃德·帕斯利开玩笑说。这个有些亵渎神灵的玩笑，让他那病态的气场进一步弥漫。“说正经的，这样的房子是不可能重建的，年纪大的教友都抱怨台阶太高。合唱团就有一些成员因为爬不上合唱台退了团。而且，我觉得，像这样有历史的房子，不利于传播一神会和普救派教会希望传播的现代信息。我倒希望在码头街重新建一座教堂，那里年轻人多，那里也有许多企业和商户，他们就在那里干那些龌龊勾当。”

“什么龌龊勾当？”

“不好意思，我刚才没听清你名字。”

“达里尔。”

“达里尔，我知道你喜欢跟人家开玩笑。你是个很聪明的人，和我一样明白，在东南亚的战火，和老石头银行在小市场旁边新开的汽车柜面有直接而密切的关系，这一点我想我是不用多说的。”

“没错，朋友，你不用多说，”范·霍恩说。

“财神一跺脚，山姆大叔就会跳起来。”

“阿门！”范·霍恩说。

男人和男人说话真有意思，亚历山德拉心里咕噜着说。他们都咄咄逼人，火力十足。他们的对话让她感到相当兴奋，有一次她到海边树林散步，看到沙滩上有杂乱的爪子痕迹，还有许多散落的羽毛，肯定是有两只鸟在那里殊死搏斗过，当时她也感到和现在一样的兴奋。埃德·帕斯利以为范·霍恩是一个银行家，是国家体制的具体实施者，他也肯定以为，在那个大个子男人的眼里，他只是个说话刺耳但软弱的自由主义者，是上帝的代理人，上帝既然不存在，这个代理人自然一无用处。埃德希望自己是另一个体制的代理人，希望这个体制和现行体制同样凶猛，同样拥有广泛的影响力。他穿的牧师袍领子很硬，让他的脖子看起来像婴儿一样，那么瘦弱，而且，对于他这样级别的牧师，这样的领子是不多见的，所以，穿这样的袍子，像是要折磨他自己，也像是在表达抗议。

“刚才我好像听到你在点评简的提琴演奏，”他说。

“我在说她的弓法，”范·霍恩说。突然间，他貌似感到有些害羞，身体有些踉跄，下巴也貌似合不上，流出了许多唾沫。“我说整体很好，只是弓法不够流畅。天啊，在这里我得小心谨慎，一不小心就要得罪人。我刚才跟亲爱的亚历山德拉说，承包我的管道工程的人很笨，结果这个人竟然是她最亲密的朋友。”

“不是，不是最亲密的朋友，是一般的朋友。”她感觉她有必要插嘴。亚历山德拉觉得，就通过这次邂逅，她就可以看出来，这个人有一种粗暴的天赋，善于挑逗女性，让她们不开口也不行。他对简有些无礼，她却痴痴地看着他，就像狗被主人抽了鞭子还抬着头摇着尾巴巴结主人似的。

“贝多芬的曲子特别棒，你说呢？”帕斯利还盯着范·霍恩不放，他指望着对方做出一些让步，这样双方就可以达成某种默契，以后再见面就比较方便。

“贝多芬的最后几个四重奏，出卖了他的灵魂，”那个大个子不大耐烦，但很有威严、不容反驳地说。“十九世纪的那一帮人，都出卖了他们的灵魂，包括李斯特和帕格尼尼。他们都没有人性。”

简终于开口说话。“我练得手指都流血了，”她说。她仰着头看着范·霍恩用袖子抹掉嘴唇上的唾沫。“尤其是第二个行板的那些十六分音符，特别恐怖。”

“你得不断地练习，简。你知道，这种东西主要靠肌肉记忆。肌肉有了记忆，你心里就会跟着节奏唱。在此之前你都会觉得很乱。你已经开始有感觉了。好吧，什么时候你到我那里去，我们随便挑一些贝多芬的曲子合奏，我弹钢琴，你拉大提琴，好吗？他的A调奏鸣曲绝对好听，如果你害怕快板的话。勃拉姆斯的E小调也可以，那首曲子棒极了！那么感伤！我想我的手指还有一些记忆。"他将手指伸到旁边三个人的面前，夸张地伸展了几下。范·霍恩的手毛茸茸，但绒毛下面的皮肤苍白得有些怪异，像是戴着紧绷绷的手术手套。

埃德·帕斯利感到很尴尬，于是转身和亚历山德拉悄悄地说："你的朋友似乎什么都懂。"

"别这样看我，我也是刚认识他，"亚历山德拉说。

"他小时候就是个神童，"简·斯玛特对他们说。她有些不高兴。她的气场通常是淡紫色的，平时比较黯淡，但今天突然爆发，像一朵朵兰花，这表明她已经觉醒了，尽管是谁让她觉醒的还不很清楚。亚历山德拉发觉，在这个休息室，各种气场跳跃着、交融着，笼罩着所有人，像香烟的烟雾一样让人恶心。她感觉有些头晕，甚至产生了一些幻觉，她希望回家去和科尔单独待着，静静地守着那个炉子，那些刚挖回来的陶土，还装在麻袋里，湿漉漉黏糊糊的，正等着她回去塑造。她闭上眼睛，祈盼着周围混杂的气场，不管是简的觉醒，还是别人的厌恶、激动、不安全感，乃至那个陌生人的阴险等等，都尽快消散。

有几个老年教友挤了过来，希望同样能够获得帕斯利牧师的关注，于是，他转过身去恭维了他们几句。几个老太婆白发苍苍，但头发上抹了许多摩丝，形成了一个个卷，中间点缀着一些世上最精细的金玉首饰。雷蒙·内夫向他们走来，他虽然汗流浃背，但因为音乐会的成功，所以容光焕发，得意洋洋，一边敷衍着潮水般的祝贺，他一把拉着简的手就离开了。简是他的情妇，也是他的音乐战友，她也和他一样，因为在表演中相当投入，现在兴奋未消，满面红光，乃至肩膀和脖子也似乎闪闪发光。亚历山德拉注意到了，深受感动。简到底看中了内夫什么？一样，她也不知道到底苏吉看中了埃德什么？这两个男人走到一起的时候，亚历山德拉可以清楚地闻到他们的味道，融合在一起臭不可闻。相比之下，乔·马里诺的皮肤有点酸，也有点甜，有点像婴儿皮肤上散发的乳臭味，如果你把脸凑到婴儿的身上，你会觉得很软很暖和，也会闻到这种清新的气味。突然间，她又是一个人面对范·霍恩，她很害怕和他说话，和他说话就像在胸口压着一块重物似的。不过，这时无所畏惧的苏吉从人群中挤了出来，经过亚历山德拉有些腼腆地做了介绍之后，就风风火火地开始了常规的采访活动。

“请问范·霍恩先生，你为什么会来参加这次音乐会？”

“我家的电视机坏了，”他口气有些阴沉地回答。亚历山德拉发现他更喜欢主动，这样被人问话有些不高兴，的确，苏吉的采访有些咄咄逼人，她的猴脸闪闪发光，像一枚崭新的硬币。

“你为什么要来到这个地方？”她接着问。

“我就是想离开哥谭[1]，”他说。“太乱，房价也飞上天去了。这里的价格还行。这几句话不会上报纸吧？”

苏吉舔了舔嘴唇说：“我给《东镇闲话》写专栏，这个专栏叫‘东镇耳目’，我可能会提到你。”

“天啊，你别这样，”这个穿着宽松花呢外套的大个子说。“我到这里来，本来就是想躲避媒体的过度曝光。”

“冒昧问一下，你在那边有什么事被媒体曝光过？”

“如果我告诉你，你是不是也会写到你的《闲话》里去？”

“可能吧。”

亚历山德拉十分佩服苏吉，她的这个朋友是那么大胆，简直无所顾忌。苏吉的气场是黄褐色的，混杂着黄铜色，和她的头发颜色很和谐。这时，范·霍恩似乎要转身离开，于是她就抢着问：

“人们都说你是发明家，请问你发明了什么东西？”

“算了，即使我花一整天一整夜跟你解释，你也不会懂的。都是化学品。”

“我不信，”苏吉不依不饶地说。“你说说看，看我懂不懂。”

---

① 纽约市的别称。

“要是你把这些都写到《闲话》里去，不就等于向我的对手透底吗？”

“你放心，东镇人是不会看《闲话》的，即使有人看，他们也只会看广告，看看他们的名字有没有印成铅字。”

“你听着，小姐——”

“叫我鲁日蒙太太。我结过婚的。”

“你老公是什么人，加拿大的法国人吗？”

“他常说他的先祖是瑞士人。他真的很像瑞士人。瑞士人不都是方脑袋的吗？”

“我不知道。他的姓里有鲁字，说不定是中国人呢。中国人的脑壳子也很像水泥块，不然成吉思汗怎么能把他们杀得那么干净。”

“我们是不是跑题了？”

“我告诉你，关于发明的事，我是什么也不会说的。大家都盯着呢。”

“我们都很好奇，”苏吉说。她笑起来，露出了两排相当健康的牙齿，厚实的上嘴唇堆起了褶皱，像一块美味的奶酪，把上面的鼻子也顶起来许多皱纹。“就跟我们随便说说，行吧？我们旁边只有亚历山德拉一个人。你觉得她怎么样？她很漂亮吧？”

范·霍恩僵硬地转过他的大脑袋，似乎想再看看亚历山德拉是不是很漂亮。亚历山德拉从他布满血丝的眼睛中看到了她自己，那双眼睛不停地眨着，像一只倒过来的望远镜，她可以从这个望远镜里看到自己，她的影子真小，好像到处都有裂痕，头上长着一簇灰色头发。他决定回答苏吉的第一个问题。“最近我在研究一种防护涂层，可以作为地板抛光剂，地板涂了这种材料，在固化了之后，你用牛排刀也伤不了它。如果喷到热得发红的钢铁上，钢铁冷却后，这种涂料会和碳分子结合。汽车的车身会出现金属疲劳症，然后就会氧化。这个新鲜玩意儿，名字叫合成高分子，宝贝，这种新材料会风靡整个世界。胶木从 1907 年开始，合成橡胶从 1910 年开始，尼龙从二十世纪三十年代开始，他们都曾经风靡整个世界。如果你要写这些内容，最好查证好这几个时间点。最关键的是，这种材料刚刚诞生，就算这个世纪结束了，它也是个婴儿，再过一百万年，或者到地球爆炸的时候，合成高分子材料也不会过时。它最大的好处，在于它的原材料是可以种出来的，等到没土地种了，还可以在大海上养。哎呀，大自然，我们的母亲，我们已经把你征服了！我目前也正在寻找一个重要的交界面。”

“什么交界面?”苏吉接着问。她一点也不觉得不好意思。

亚历山德拉听人家说话通常会点点头，即使自己真的不懂，也要装得好像已经懂得了似的，她还保持着女性的传统矜持，要彻底解放还有很长的路要走。

“太阳能和电能的交界面，”范·霍恩告诉苏吉。“目前还没有人找到这个交界面，一旦找到，就能将太阳能转化成电能，你就可以在屋顶发电，供给家里的所有电器，甚至还有剩余的电，晚上给电动车充电。太阳能很干净，很充足，而且是免费的。很快就能利用了，宝贝，我们很快就能用上太阳能了。”

“那些面板丑死了，”苏吉说。“我们镇上有一个嬉皮士，他在旧车库上装了一个，用来烧热水，可是我不懂他为什么始终没洗过澡。”

“我说的不是太阳能热水器，”范·霍恩说。“那是什么玩意儿？和福特的T型车一样，过时了!”他看了周围一圈，头在脖子上转着，就像一只桶在地上斜着转一样。“我发明的是涂料。”

“涂料?”亚历山德拉不解地问。她感觉自己要为这个对话做一点贡献。至少，这个男人帮她打开了一些思路，除了番茄酱，从此以后她也可以思考一些别的事情。

“对，是涂料，”他语气坚定地对她说。“这是一种很简单的涂料，你用刷子一刷，你们温馨的家里的房顶就可以变成巨大的低压电池。”

“这叫什么来着?”苏吉说。

“哦，叫什么?”

“这叫触电吗?”

范·霍恩很生气，嘴巴一下子张开了。“操，我要是知道你这个笨蛋只会调情，那就不会浪费心思跟你说这些，真是对牛弹琴。你会打网球吗？”

苏吉挺起身。亚历山德拉有一点冲动，想摸摸苏吉从胸部到腰部以下的这段身体，大概很多男人看到她都会有这种冲动，就像看到猫仰躺在地上伸懒腰的时候，肚皮朝天，毛茸茸的，人们看了都有摸一下的愿望。苏吉身材真好。“会一点，”她笑着说。她的舌头吐了一点出来，顶着上嘴唇。

“过几个星期，我的网球场就要建好了，到时你来。”

亚历山德拉迫不及待地打断他的话。“你不能把湿地填掉，”她说。

这个大个子陌生人抹了一下嘴唇，貌似很厌恶地盯着她。“以前是湿地，填好了就不是湿地了，”他说。他的声音好像不太同步，有些模糊。

“白鹭要在那里筑巢的。”

“算了吧，”范·霍恩说。

他的眼睛里突然闪着光，她怀疑他是不是戴着隐形眼镜。他说话好像有些费劲，他一直在努力让自己保持专注。“哦。”亚历山德拉看着他的眼睛，渐渐感到有些迷糊，好像从一个深不见底的小洞往下看似的。他的气场已经完全看不见了。他的油腻的头发上方，已经彻底没有了气场，他就像一个死人或者一个木偶。

苏吉笑了起来，笑声像敲了大钟似的，身体几乎前仰后合，她那勾魂的圆肚皮，尤其是裙子腰带下面的部分，随着她的笑声一阵阵地起伏。“你说得真好，范·霍恩先生。湿地填掉了就不再是湿地了。这个标题行吗？就说这是一位新市民的看法？”

这样的调情让亚历山德拉很反感，于是，她转身走开。此时，在场所有其他人的气场十分刺眼，像车前窗上积了许多水珠，透过车窗看高速公路两边的灯光，就是这样的感觉。同时，她下意识地感觉到，她的内心也有一些潮湿，这些潮气正逐渐凝结。她迷上了这个大个子男人。这个男人有很强的吸引力，将她的心从她的胸腔里吸了出来。

这时，勒夫克拉夫特老太太朝亚历山德拉走过来，她的气场是俗气的紫红色，这是对生活十分满意，随时准备到天堂上去见上帝的人常见的气场。老太太一边走一边像小羊一样咩咩叫着。“亲爱的山德，你最近好久没去园艺俱乐部了，我们好想你。你不能这样把自己关起来。”

“我把自己关起来了吗？我感觉一直很忙。我这段时间一直忙着收番茄。今年长得太厉害了。”

“我知道你在忙，每一次我和老公开车经过果园路，我们都很能看到你家里的作物，羡慕得不得了。大门边的那一小块地上，菊花开得密密麻麻。我好几次跟他说进去看看吧，然后我又跟他说不行，你可能在做什么玩意儿，我们不能打扰你。”

做什么玩意儿？她不就想说我在和乔·马里诺做爱吗？亚历山德拉想。在东镇这样的小地方，秘密是不存在的，关键在于你想不想回避。她和奥斯刚搬到这里的时候，他们经常晚上去和勒夫克拉夫特老太太和她老公以及其他一些可爱的老头老太混在一起，现在，亚历山德拉已经彻底远离了这些人所代表的体面生活和所谓的稳重娱乐。

“过了秋天我会去的，到时就没什么事可做了，”亚历山德拉说。她不和老太太较真。“我对自然的爱好还是那么强烈。”她这是嘴上说说而已，实际上，她知道她是不会再去了，平平淡淡的娱乐已经无法满足她了。“那些英国人种园子的幻灯片，我很喜欢，你们现在还放吗？”

“下星期四来吧，”老太太很果断地说。她像那些小有成就的人那样挥着手，小储蓄银行的副总裁，或者“飞剪船”船长的孙女，都喜欢这样夸张地挥手。“黛西的儿子瓦里克去了伊朗三年，这几天刚回来，他在那里混得不错，给人家当顾问，好像是做石油生意的。他说伊朗国王简直会玩魔术，在首都盖了那么多那么漂亮的现代楼房。他们的首都叫什么来着？是不是叫新德里？”

亚历山德拉知道伊朗的首都叫德黑兰，但她没有帮老太太解围。这时魔鬼已经悄悄进了她的心里。

“管它呢，反正下星期四瓦里克会给我们放幻灯片，给我们介绍东方地毯。你知道吧，亲爱的桑迪[①]，在阿拉伯人的眼里，地毯就像我们的园子，是帐篷里的'自然'，他们的宫殿都在沙漠里面，没有真的花草，他们就把花草绣到地毯上，当然，他们绣得挺抽象，一下子还不容易看出来。我这样说你不动心吗？"

"动心，"亚历山德拉说。勒夫克拉夫特老太太的下巴皱巴巴的，像路基长期被洪水冲刷，露出一道道沟，马上就要坍塌似的，脖子上戴着一串人造珍珠，中间一颗很大的珍珠贝母，很旧，很像古董，上面还镶着一条很细的金丝。心里很烦躁的亚历山德拉聚拢了她的意志力，诅咒那一串珍珠断掉，于是，那串假珍珠在不知不觉中从老太太的脖子上顺着已经凹陷的胸前掉落到地上。

教堂休息室的地板上铺着暗绿色的工业地毯，所以，珍珠掉落到地上，几乎听不到任何声音。大家过了一会儿才意识到老太太的尴尬，然后，紧挨着她的人都蹲下来帮她捡珍珠。勒夫克拉夫特老太太受到惊吓，脸色苍白，但因为有关节炎，身体僵硬，所以自己蹲不下去。亚历山德拉蹲在老太太水肿的脚的旁边，心里又起了恶念，诅咒老太太脚上那双曾经很时尚的蜥蜴皮鞋的带子松开。生恶念就像吃美食，开始很容易，结束很艰难，人的胃口总是越来越大。亚历山德拉站起来，将六七颗珍珠放到这个可怜的老太太捧着的手上，那双手不停颤抖着，绿色的筋脉一条条看得清清楚楚。然后，她转身从那些蹲在地上捡珍珠的人群中穿了出去。这些蹲在地上的人，个个都像由肌肉、欲望和衣裳包裹成的大包菜，形状是那么怪异，他们上方的气场都很混乱，像各色水彩混在一起，形成了灰色调。走到门口的时候，她遇到帕斯利牧师，他帅气光滑的脸上，带着培尔·金特[②]式的玩世不恭。他和许多男人一样，是在清晨刮胡子的，到了晚上，脸上就长出了黑乎乎的胡

---

① 亚历山德拉的昵称。

② 挪威著名剧作家易卜生的代表作《培尔·金特》的主人公。易卜生通过纨绔子弟培尔·金特放浪、历险、辗转的生命历程，探索了人生目的的重大哲学命题。

子碴。

“亚历山德拉，”他极力压低声音，大家都几乎听不见他说什么。“我一直很盼望在这里见到你。”他想得到她。苏吉他已经操腻了。他显得有些紧张，不自觉地伸手去摸梳得滑亮的头发，同时，他的猎物却趁机使了邪法，让他那只镀金欧米茄手表的伸缩表带崩断。他感觉到手表松了，赶紧抓住刚好被袖口卡住的带子，避免了手表掉到地上的厄运。就在这瞬间，亚历山德拉摆脱了那张惊恐的脸，飞快走到教堂的外面，来到更有安全感的黑暗中。不过，回想帕斯利牧师的惊恐，她感到有些愧疚，觉得她要去和他睡觉，才可以弥补过去。

这时，天上没有月亮，四周蟋蟀一如既往地叫着。经过教堂的汽车灯光闪烁，周围的灌木丛几乎落光了叶子，在车灯的照射下，树枝看起来像一只只巨大昆虫的触角，也像是它们的腿。空气中可以闻到苹果腐烂的味道，教堂后面的果园里有些苹果树，但属于教堂财产的果园，正等着开发商开发，苹果掉落了一地也没有人理睬，都在那里腐烂着呢。沙土停车场上的汽车只看得见轮廓，她自己的斯巴鲁，在她的心目中就像是一条南瓜色的隧道，在隧道的另一头是她自家安静朴素的厨房，科尔正摇着尾巴欢迎她回家，她还可以听到孩子们在各自房间里睡觉的呼噜声，他们也可能在装睡，他们可能看到她的车灯射进窗户，就马上关掉电视、钻进被窝里去。她会去瞧瞧，看是不是每一个人都在各自的房间里睡着了，然后，她就去从烤炉里拿出二十个烤好的波波，将波波放进烤炉的时候都小心翼翼，不会粘在一起。这些波波好像会一边冷却着一边跟她诉说她不在家的时候家里发生了什么。收拾好波波，尿好尿，刷好牙，她就会回到自己的床上，那张床就是她的王国，那是一个没有国王的王国，那是她一个人的。亚历山德拉会在床上读一本长篇小说，那是一个有三个名字的女作家写的，闪亮的书套上用喷枪喷了她自己的照片，小说里几乎全是穿梭于悬崖和古堡之间的历险，虽说是历险，但情节都无关紧要，所以，她看了几页，就会稀里糊涂地进入梦乡。她的梦可谓天马行空，她常在梦中飞上天，有时会进入她从前的房间里去，房间里很乱，她从前的事情也很混乱，但房间貌似很真实，她就站在里面，她从妈妈的针线篮里拿起一个苹果形状的针垫，就可以看到一个幽灵，好似是那么伤感，她也像是站在窗口，看着远方白雪皑皑的山头，等着一个已经死去多年的玩伴给她打来电话。在她的梦中，有各种征兆在她的周围跳跃着，像是游乐园门口塞到小孩子手里的广告传单。不过，我们对梦不能有什么期望，我们的梦，和传奇故事里写的鬼魂游历没什么两样。

突然，有一粒石子“啪”的一声打到她的背上，同时，在黑暗中有一个人碰了一下她的上臂，她感觉这只手冰冰凉的，是不是自己发了高烧？她吓得跳了起来，那个人却咯咯地笑了起来。“里面刚才发生了见鬼的事情。那个老太太珍珠撒了一地，然后又踩到自己的鞋子摔了一跤，大家都很害怕她会不会把屁股摔坏了。”

“真的吗？”亚历山德拉说。“好可怜！”她是真的可怜那个老太太，可是她此时有些心不在焉，她自己也刚受到了惊吓，情绪还不稳定。

达里尔·范·霍恩凑了过来，在她的耳边悄悄地说：“别忘了，亲爱的。你要开阔视野。我会和纽约那边确认一下。我们保持联系。晚安！”

“你真的去了？”亚历山德拉给简打电话，用沉闷又兴奋的口吻问她。

“当然去了，”简语气很坚定地说。“他真的会弹勃拉姆斯 E 小调奏鸣曲，而且弹得棒极了，弹得很像李伯拉斯①，只是少了些笑容。你很难想象的，他的手平时看起来不像那么灵巧。”

“就你们两个人在一起？你记得那张香水广告吗？”在那张香水广告上有个年轻的男性小提琴家，给他伴奏的是一个穿着低胸礼服的女子，两人眉目传情，十分暧昧。

---

① 李伯拉斯是美国著名的艺人和钢琴家。意大利和波兰混血，他因为精湛的演奏技巧和华丽的表演风格为大众所知，演艺生涯长达四十年。举办音乐会、发行唱片、电影电视的演出和广告代言，多栖发展。在 20 世纪 50 年代到 20 世纪 70 年代，他是世界上收入最高的艺人，台下生活也非常的奢华。

“别那么粗俗，亚历山德拉。我没有把他当成男的，而且旁边有很多工人，包括你的那个乔·马里诺，他还是戴着那顶帽子，而且，房子后面在建网球场，铲土机一直在推鹅卵石，声音几乎没有停过。他们肯定用炸药炸过那地方。”

“他怎么能这样糟践湿地呢？”

“我不知道，亲爱的，但他有许可证，还把许可证挂在一棵树上。”

“那些白鹭真可怜。”

“算了吧，亚历，罗得岛那么大，它们总是可以找到地方的。在自然界，要能适应才能生存。”

“强调适应要有限度，超过了限度，就伤感情了。”

十月的夕阳是金黄色的，现在就照在厨房的窗户玻璃上，葡萄架上那些硕大的叶子正一点点变成棕色，一般是从边上开始变色，左边靠粪池边有几棵桦树，秋风一吹来，就从树上掉下来好几片颜色鲜艳的尖叶子，掉到草地上，像闪闪的星星似的。“你们待了多久？”

“哦，”简犹豫了一下，然后还是说了谎话。“大约一个小时吧。也可能有一个半小时。他对音乐真的很有感觉，他也很优雅，和那天在音乐会的时候不一样，那天他真像小丑。他说在教堂里，即使是在一神会教堂，他都会觉得很不舒服，我想他是在给自己壮胆，他其实很腼腆。”

“亲爱的，你通常上手了就不会放，对吧？”

亚历山德拉可以感受到简·斯玛特的愤怒，她的嘴唇肯定歪到了耳根。那个男人说，胶木是人类最早的合成高分子。她听到简气呼呼地说：“我不觉得这是放不放手的问题，是喜不喜欢的事情。你不是喜欢穿着男人的裤衩到处晃吗？你不是喜欢烤公仔吗？这种事情你可以一个人干，但是音乐不行，搞音乐你得有人和你配合。”

“那些不是公仔，我也没有到处晃。”

简自顾自地接着说：“你和苏吉总是取笑我和内夫在一起，可是，这个人还没有来的时候，在这个镇上也只有内夫可以和我一起做音乐。”

亚历山德拉也没退让。她说："我做的是雕塑，可是，就因为它们不够大，不像考尔德，也不像摩尔。你和那个人一样粗俗。他居然说我应该做大一些的，那样才能拿到纽约画廊里去卖大价钱，他们还想抽五成。我的作品在那里能不能卖出去，我还很怀疑呢。那个地方那么浅薄，那么庸俗。"

"那是他说的吗？这么说来，他也看上你了。"

"我不觉得他看上了我。我觉得纽约人都那样自以为是，本来不相关的，他们都要凑一份子。他们都没事找事。"

"他肯定迷上我们了，"简·斯玛特斩钉截铁地说。"我们为什么要将青春浪费在荒漠里呢？"

"你告诉他，像他那样的混蛋，应该待在纳拉干西特湾，他来这里干什么？"

"我想啊，"简用马萨诸塞的口音说。"他肯定认为，他到哪里，哪里的人就要为他疯狂。不过，他真的喜欢那个大房子，里面真宽敞。他有三架钢琴，真的，尽管其中有一架是直立式的，他把那台放在他的书房里面。他有很多书，很漂亮，看起来都很有年头，封面都是皮革的，书名是拉丁文。"

"他请你喝什么？"

"就喝茶。他的那个男佣，说西班牙语的，把茶杯放在一个很大的盘子端给我们，盘子上还有许多旧瓶子装的酒，瓶子不像是这个年代的，像是从尘封几个世纪的老窖里拿出来的。"

"你不是说就喝茶吗？"

"哦，真的，我就喝茶。亚历，我没骗你，可能也喝了一小口黑莓甘露酒，也可能是麦斯卡尔酒吧。我早知道要向你做详细汇报的话，我就把名字记下来了。你比中央情报局的人还坏。"

"对不起，简。我可能是有些嫉妒你。也可能是我刚好来例假吧，已经来五天了，从开音乐会那天就来了，左边的卵巢有点痛。你说我是不是要到更年期了？"

"三十八岁就更年期了？不可能吧，亲爱的。"

"不然就是得癌症了。"

"不可能。"

"为什么不可能?"

"因为你不是别人。你法力那么强,怎么会得癌症呢?"

"有几天我都感觉不到我有什么法力。别人不是也有法力吗?"她说的是吉娜,乔的老婆。吉娜肯定很恨她。意大利也有很多巫师巫婆,乔跟她说过,在西西里岛,大家都相互怀疑,不知道对面的人会不会使巫术。"那几天,我感觉五脏六腑都搅在了一起。"

"你去给帕特森医生看看吧,如果你真担心的话,"简说。她真的有些同情亚历山德拉。亨利·帕特森医生和她们年纪差不多,身材较胖,脸色红润,眼睛曾经受过伤,常常泪汪汪的,他触诊的时候,手上很有力。他的老婆几年前就跑了,他一直弄不明白她为什么跑了,也一直没有再婚。

"我觉得他怪怪的,"亚历山德拉说。"他总是给你盖一层被子,然后在被子下面乱摸。"

"可怜的男人,他想干什么呀?"

"他不该这么偷偷摸摸。我身材不错,他知道,我也知道。我们为什么要盖什么被子呢?"

"这是医生的规矩吧,"简说。"如果在诊治的时候,诊疗室里没有护士在场,医生会被起诉的。"旁边有卡车经过的时候,电视机屏幕上就会出现雪花,声音会沙沙响,她说话的声音就是这种感觉。

她打电话来不是要说这个事的。她心里还有别的事。

"你在范·霍恩家里还了解到什么?"亚历山德拉问。

"哦,你答应我不跟别人说,我就告诉你。"

"跟苏吉也不能说吗?"

"特别是不能跟苏吉说。就是关于她的事。达里尔真的很厉害,什么都瞒不过他。那天我们走了以后,他还在那里待了很久。你走后,我也走了,我去铜桶和乐团的伙伴们喝啤酒了……"

"格雷塔也去吗?"

"哦,是的,去了。她跟我们大谈希特勒的故事,说她父母都受不了希特勒,因为希特勒的德语说得很差,在发表广播讲话的时候,他使用动词的位置很不规范。"

"大家听得很难受吧。"

"是的,你那天是先作弄了可怜的勒夫克拉夫特老太太后偷偷回家的吧?"

"什么作弄?"

"别装了,亚历。你太淘气了。我还不了解你吗?你还弄了她的鞋子,害她摔了一跤,这几天都躺在床上,不过我猜想她没有骨折,大家都担心她的髋骨会不会碎。女人到她这么大的年纪,骨骼要缩掉一半,所以也很脆,这个你知道吧?她运气好,只是有些挫伤。"

"我不知道,看到她的话,我会想,我到她那个年纪的时候,会不会和她那样讨人厌,我也怀疑我能不能活到那个年纪。我看到她,就像照镜子一样,看到我自己的未来,我就很难受。抱歉。"

"没关系,亲爱的,伤不到我。哦,我刚才想说,那一天我们走了以后,达里尔留下来帮忙清理那个地方,他注意到,帕斯利牧师的老婆布兰达在教堂厨房里忙着收拾塑料杯和纸盘子的时候,牧师和苏吉两个人就一起消失了,可怜的布兰达在大家面前还要硬装笑脸,你想想这是多大的耻辱呀!"

"他们是应该更小心一些。"

简没接话,而是等着亚历山德拉接着往下说,她应该能领会的,可是她心不在焉。记着癌症,癌症就像星云一样盘旋在她的脑海里面,在黑暗的夜空中,偶尔留下几颗小星星。

"他是个废物,"简终于忍不住,给埃德做了个评价。"问题是她总是跟我们说她已经把他给甩了。"

此时,亚历山德拉的意识跟着那对情人消失在黑夜之中,苏吉苗条的身材就像被剥掉了皮的树枝,但是很有韧性,还有接近男性的肌肉,她是这几个女人中最有阳刚之气的，朝气蓬勃，在她身上男性和女性几乎没有了界限，男性的阳刚也常常蕴含着女性的阴柔，男人的生命就像一支支箭，从小时候开始，就学会了牺牲自己，与敌人同归于尽。他们为什么不这样教女人？因为大家都知道，所谓生了女儿就不会死是鬼话。“我可能得去找个诊所，”她说。“找个没人认识我的诊所。”她说得很大声，她明确拒绝了帕特森医生。

“嗯，我倒是想说，”简说。“你别继续折磨自己了，这样太没劲了。”

“我想，苏吉之所以对埃德来劲，”亚历山德拉说，“可能是因为她的职业需求，她需要与群众保持密切接触。我觉得吧，她和他保持关系没什么，倒是那个范·霍恩居然那么关心他们，这算不算是外来人在向本地人献殷勤。”她想尽可能和简保持步调一致。

“亲爱的亚历山德拉，你要解放自己的思想。男人也是人，这个你知道的。”

“我知道这个理论，但没有遇到过这样的男人。他们都是碰巧被父母生成了男人，那些男基佬也是这样子。”

“你记得当时我们还怀疑他是不是男人吗？现在，他对我们三个人都有兴趣。”

“我还以为他对你没感兴趣呢！你们俩不都只对勃拉姆斯感兴趣吗？”

“没错，我们都对勃拉姆斯很感兴趣，真的，亚历山德拉。你别这么跟自己较劲。你得放开一些。”

“我心里很乱。明天会好的。这个星期轮到我，你不记得吗？”

“哦，是的，天啊，我差点都忘了。我打电话也是为了这个。我这次不能参加。”

“不能参加我们的星期四聚会？怎么啦？”

“这个，你肯定要鄙视我，但这次真的是因为达里尔的缘故。他说有几首韦伯的钢琴小品，希望和我一起练练，我跟他说能不能换成星期五，他说那天会有日本投资人要来看看他的涂料。今天下午，我们要去果园路，我儿子说放学后有足球比赛，他叫我去看看，但我只能去露个脸，你要不要一起去?”

“算了,谢谢你,亲爱的,”亚历山德拉说。“我今天下午有客人要来。”

“哦,”简说。她的声音冷冰冰的,像冬天路边的霜,还经常混着些灰烬,所以不那么洁白。

“也说不定能去,”亚历山德拉口气软了一些。“他们也不一定会来。”

“亲爱的,我能理解。你不用多说。”

这话听起来像是在斥责她,让亚历山德拉很不高兴。她对她的这个朋友说:“我原以为星期四是神圣的。”

“是的,一直是。”

“但我想,在这个世界里,没有什么是神圣的,星期四也自然不是真的神圣。”她为什么这么伤心?怎么说话这么冲?三个人每周一次的聚会对她很重要,是神圣不可侵犯的,是她的力量的来源。但她的声音不能透露这一点,所以她才用这么冲的腔调。

简觉得很不好意思。“就这一次……”

“没关系,亲爱的。我还是要做魔鬼蛋[①]的。”简·斯玛特喜欢吃魔鬼蛋,喜欢用红辣椒和干芥末调味,也喜欢用一点细洋葱点缀,有时也用凤尾鱼,装在蛋白里面,像蛤蟆的舌头一样。

“你真的做魔鬼蛋了吗?”简好像做了错事似的。

“没有,当然还没有,”亚历山德拉说。“我就准备了一些撒盐饼干和奶酪。我得挂了。”

一个小时之后,亚历山德拉抱着乔·马里诺,任凭他在她身上发泄,他精力旺盛,动作凶悍,把床滚压得不停摇晃,嘎吱嘎吱地叫,她很喜欢他身上那种酸酸甜甜的味道,很像婴儿的乳臭味。这时,越过他毛茸茸的肩膀,亚历山德拉似乎看到了另一番景象,她看到了雷诺别墅,那不是依稀模糊的景象,而是十分清楚,和挂历上的照片一样清楚,而且,和前几天一样,她看到

① 西餐中的开胃菜。

了一股青烟从烟囱冒出来，这股烟有些忧郁，让她想起简说过，其实范·霍恩是个很腼腆的人，只是有时会让人觉得像小丑。亚历山德拉更觉得他是属于没灵魂的那种，像是一个戴着面具或者耳朵里塞着棉花的人，看不清也听不清。“你专注点行吗?”乔对着她的耳朵喊了一声。可能是因为突然生气，他一下子就泄了，毛茸茸的身体一起一伏，到第三次颤了颤，汽车发动机积碳太多也常会这样抖。她想好好配合下，可是他已经泄掉了。

“对不起，”他沉闷地说。“我觉得我们一开始配合不错，你怎么就走神了?”他对她已经很够意思了，她月经迟迟不能干净，他也始终都没说什么。

“是我不好，”亚历山德拉说。“是我的问题，你很棒。我不好。”他们一直很来劲，简曾经这么说。

接着，她看到了别墅里的天花板，特别清楚，好像是第一次看得这么清楚，天花板差不多是正方形的，像一副十分平静的面孔，看不出什么表情，不过她好像看到上面有一些很小的污点，但她自己分不清那是她自己眼球上的黑点，还是真的天花板上有污点，于是，她转动了眼球，她发现自己眼球中的黑点就像水池里面游动的小生物，也像淋巴癌细胞在转移。乔圆圆的肩膀，还有他的脖子，和那个天花板一样，没什么激情，也好像有些黑点，这些黑点平时她不太在意，但是，有时看到了就显得那么刺眼。这是老人斑吗?我们人就像雪球一样，在滚下山的时候，通常会越滚越大，时常会粘上许多沙土。

她感觉到她的正面，包括胸部和腹部，都流淌着乔的汗水。这个感觉让她重新意识到乔的存在，重新感受到他的身体，他的身体很有弹性，很有分量，散发着男性的气息。她这么清晰地感受到他的存在感，在这个大奇迹不多、小奇迹不少的世界里，这个也算是个不小的奇迹。他并不总是在她这里。通常，他会在吉娜那里。他发出一声很受伤的叹息。她真的伤害到了这个地中海人的虚荣感。他皮肤黝黑，头顶早就谢光，闪闪发光的头壳上有些波纹，像一本翻开的书放在室外，被露水沾湿然后再晒干了一样，所以，他一般都戴着帽子，这可能也是出于虚荣心吧。当然，他也说过不戴帽子会感到有些冷。戴着帽子,他会显得更年轻,他的鼻子尖得像钩子,和意大利作曲家贝里尼有些相似,眼睛下面有两个挺深的凹槽,让他有了些忧郁美。他的表情懒洋洋,玩世不恭,这对她很有吸引力,她似乎看到了意大利的大公、总督或者黑手党首领,这些人都不把生死放在眼里,像吃家常便饭似的。有一次,她的马桶漏水,整个晚上哗啦哗啦地响,所以她请他帮忙维修,并趁机将他勾引到床上,可是,勾引到手之后,她却发现他并不是那样的人,他不是真的爱玩的人,他是个认真的有产者,极其热爱自己的事业,还养着五个不到十一岁的孩子,而且亲戚遍天下。他的亲戚基本上是吉娜娘家的亲戚,从马萨诸塞的新贝德福德湾到康涅狄格的布里奇波特,她们家的亲戚几乎覆盖了大半条海岸线。乔的归属感十分强烈,他的心不知道归属于多少支运动队,包括 NBA、NHL① 和 NFL② 大联盟的球队,也包括 NCAA 等大学球队,这些队伍的名称,她有许多听都没听说过。他每个星期来她这里一次,每一次来都尽心尽力。他觉得通奸是一种恶行,但是,他把这种恶行当成了义务,即使死后要下地狱也必须履行这个义务。当然,在她身上发泄,也是他节育的一种方法,他的生育能力实在旺盛,他自己都受不了,他在亚历山德拉的子宫里泄的精子越多,吉娜的压力就会越小。他们在一起已经三年,亚历山德拉本应甩了他,可是她很喜欢他的气味,有点咸,有点甜,像牛轧糖,也喜欢他光秃秃的头顶冒出来的气息。他的气场很善良,颜色很纯粹,他的思想和他的手一样,善于也乐于维护良好的状态。

刚才,她确实看到了雷诺别墅的清晰景象,看到了别墅墙上的砖头,用花岗石做的窗台,像阿耳戈斯③的眼睛一样的窗户,这个景象是那么真实,恐怕得坐飞机在湿地的上空盘旋才能看到。不过,这个景象飞速缩小,仿佛是飞机突然掉头离开,不一会儿就缩得和邮票一样大小,她马上闭上眼睛,

---

① 北美冰球职业联盟。

② 美式橄榄球联盟。

③ 希腊神话中的百眼巨人。

否则这个景象肯定会像一粒豌豆一样从马桶排到阴沟里去。就在她闭上眼睛的那一刹那，他又射了一次。这时，她感觉有些迷糊，四肢无力地摊开，好像是她自己也到了高潮。

“也许，我应该和吉娜结束，和你重新开始，”乔说。

“别胡说，你不会做这种事的，”亚历山德拉说。在天花板的上空，有一群大雁顶着大风排列整齐地飞向南方，一只只都在叫着，似乎在相互鼓劲，似乎在说：我在呢，你还行吧？“你是虔诚的罗马天主教教徒，有五个小孩，还有很不错的生意。”

“那么，我在这里算是怎么回事呢？”

“你是中了我的邪。很简单。我在《东镇闲话》上撕下你一张参加规划委员会的照片，在照片上涂经血，你就中招了。”

“天啊，你真恶心！”

“你不是很喜欢吗？吉娜不恶心，她和圣母一样可爱。如果你有种，就用舌头帮我舔干净，现在已经没多少血，虽然还不干净。”

乔做了个痛苦的表情。“能不能等下次？”他一边说，一边寻找要穿的衣服。虽然他正在发福，但他的体形还不错，他上学的时候曾经是运动员，什么球都会打，只是个子太矮，成不了明星。他的屁股很有张力，尽管小腹上已经有了些赘肉。他的背上有一大撮毛，像一只很大的蝴蝶，翅膀伸展到了他的肩膀，蝴蝶的脚踩到了他的髋部。“我得去看看范·霍恩那边的活干得怎么样了，”他说。他看到有一只阴囊从弹性短裤的一边露出来，忙着把它塞回去。他穿的是比基尼型花色短裤，主色调是紫色的，这是新流行的款式，和当今男不男女不女的趋势很吻合。乔是很实诚的人，他不仅是很多运动队的忠实拥趸，也很注意跟随男性时尚的变化。他曾经是东镇上最早穿牛仔休闲服的男人之一，也是最早预见到帽子将再次流行的男人。

“哦，那边干得怎么样了？”亚历山德拉懒洋洋地问。她不希望让他走。她突然感觉到那个天花板变得那么苍凉。

“我们从西德订购的镀银水龙头还没有到货，还得去克兰斯顿买薄铜片垫在澡盆下面，这样才能确保不渗漏。真希望早日完工。我觉得这里面有些不对劲。那个家伙每天睡觉到中午还没醒，有时候去了一个人都没有，只有一只长毛猫在那里乱跑。我很讨厌猫。”

“猫很恶心，”亚历山德拉说。“和我一样。”

“别，你不要这么说，亲爱的。你是我的母牛。我的白色母牛。[①] 你是我的一大盘冰淇淋。我这么可怜的人还能说什么呢？我每一次准备跟你说正经的，你都那么无情地拒绝了我。”

“我害怕正经，”她很正儿八经地说。“我知道你是在逗我玩。”

可是，这一次是她在逗他玩。他蹲下去系那双血红色科尔多瓦皮鞋的鞋带，可是，他刚刚系好，她就使魔法让鞋带松开，来回几次，乔只好拖着松开的鞋带落荒而逃，管不了什么衣着整齐，管不了什么自尊心了。他的脚步声在楼梯上渐渐减弱，显然已经跑到了楼下，但还是能听到一脚重一脚轻的差别，接着只听到他一甩手把门拉上，那个声音很轻但很干脆，像俄罗斯套娃最里面的一个套进去似的。这时，一只八哥唱着歌从院子旁边飞过去，飞到远处沼泽边去觅食野黑莓。同时，亚历山德拉感觉她的床突然变得那么宽阔，也感到自己的欲望并没有得到满足，可是就这么被人家给抛弃了。那个景象再也没清晰过，她只能看到一片模糊的幻影，特别苍白，像一个扔在阁楼里很多年的信封，邮票已经自行脱落。

## 发明家、音乐家和艺术品爱好者<br>忙着修缮雷诺别墅

作者：苏吉·鲁日蒙

达里尔·范·霍恩举止优雅，声音低沉有磁性，虽然穿着随意、胡子拉碴，但看起来依然很英俊，他已经从曼哈顿人变成了东镇的纳税

① 原文为意大利语。

人。当记者提出访问他的“小岛”，范·霍恩欣然表示欢迎。

是的，这是他的小岛，因为这幢著名的雷诺别墅，恰恰坐落在湿地中间，涨潮的时候，雷诺别墅的四周就全是海水。

雷诺别墅建于1895年，是英国风格的砖楼，正面对称，两边各有一根巨大的烟囱。雷诺别墅的新主人现在正对这幢老别墅进行改造，将它变成多用途建筑，要变成可以进行化学和太阳能研究实验的设施，变成一座能容纳三台钢琴的音乐厅（他弹得相当专业，请相信我），变成一座大型画廊，别墅里面的墙壁上将悬挂劳申伯格、欧登伯格、印第安纳和詹姆斯·范·登等当代大画家的杰作。

修缮中的雷诺别墅里正新建一个豪华日光浴室，里面将安装日式大澡盆，安装外露的黄铜水管，铺精心抛光的柚木地板。同时，别墅外正在建网球场，所以，这个私人小岛被锤子和锯子的声音笼罩着，那些美丽可爱的白鹭，只能离开它们筑在别墅下风向的窝，暂时到别的地方寻找避难所。

进步都是有代价的！

范·霍恩先生虽然热情接待记者，但他对于自己的事业相当低调，希望享受一定的清净，能有机会在自己的寓所里面进行深入的思考。“罗得岛对我的吸引力，”他告诉记者，“在于它有这样的空间，这么美丽。在这个嘈杂的时代，在整个东海岸很难得到这样的清净。我感觉已经很适应这里，像回到了家一样。”

“这是个活见鬼的地方！”这是在开玩笑。范·霍恩先生和记者一起站在其实已经荒废了的雷诺别墅老码头，一起看着周围的湿地，看着远处的冰堆丘、海峡、灌木丛带，眺望着更远的只能在二楼上才看得清楚的天际线。

雷诺别墅里铺着镶花枫木地板，天花板装着精致的吊灯，吊灯上方贴着玫瑰花团状的石膏，四周还有齿状的装饰，但是，那天记者去访问的时候，因为是秋天，所以感觉有些阴冷，新主人的设备和家具，还包在坚固的包装箱里面,但他告诉记者说,尽管冬天即将到来,我们这位主人绝对有办法对付。

范·霍恩先生计划在别墅的屋顶安装许多太阳能板,安装完毕后,雷诺别墅就不再需要化石能源。这就是新主人的完美计划。我们盼望那一天快点到来!

别墅外的地上,现在长满了杂草杂树,有漆树、臭椿树和苦樱树等,新主人将把这块荒地改造成一个热带乐园,种植各种珍稀植物,并为它们建造暖房,让它们在冬天也保持翠绿,也能盛开花朵。别墅外面那条像凡尔赛一样曾经熙熙攘攘的商业街,两边曾经有许多雕像,可是经过多年的风吹雨打,已经锈蚀不堪,有些甚至少了胳膊,有些少了鼻子,这位志向远大的新主人计划修复这些雕像,将这些雕像搬到别墅里去,用玻璃纤维复制品陈列在整饰一新的商业街两边,就像希腊雅典帕台农神庙的女像柱一样,这可以让镇上的老人回想起从前的辉煌。

对于门口的那条堤道,范·霍恩挥着他特有的夸张手势说,他会在最低洼的路段铺设铝浮桥,这样就不用担心涨潮的时候被水淹没。

“有个码头真好。”他主动提起那个码头,用惯有的幽默对记者说。“从这里驾驶水翼船可以直接到达新港,也可以直达普罗维登斯。”

范·霍恩先生就一个人住在这极其宽敞的别墅里,严格地说还有一个助手兼管家菲德尔·马拉古尔陪着他住在这里,还有一只被戏称为“拇指夹”、可爱的毛茸茸的安哥拉小猫,因为这只小猫的几只脚上都多长了一根脚趾。

范·霍恩先生是个远见、热情的人,记者欢迎他来到这个神秘的小镇。记者表示她是代表众多邻居对他表示欢迎的。

雷诺别墅再次成为众人瞩目的地方!

“你已经去了!”亚历山德拉在电话里用嫉妒、嗔怪的口吻对苏吉说。她肯定读过《东镇闲话》上的那篇文章。

“亲爱的,是报社让我去的。”

“是谁的主意?”

“是我的主意,”苏吉承认。“克莱德还觉得这不算新闻。有时候,我们发表文章说某人的家很好很可爱,随后这家人家就可能被盗窃,然后会起诉我们报社。”《东镇闲话》的总编辑克莱德·盖布利尔是个身材瘦弱的男人,精神总是萎靡不振,他有一个好管闲事、让人讨厌的老婆。苏吉内疚地、怯生生地问:“你觉得那篇文章写得怎么样?”

“哦,亲爱的,写得很好,但坦率地说,你有些随意,你别不高兴,你得注意下分词的用法,有许多地方不符合逻辑。”

“要是不到五段,你肯定什么都看不出来。那天他把我灌醉了,先是在茶里混朗姆酒,然后干脆就给我朗姆酒,里面一点茶也没有。那个西班牙管家蹑手蹑脚,用一个巨大的银盘子端给我们。我从来没见过那么大的盘子,简直和桌面一样大,盘子上雕刻得精致极了,有各种飞禽走兽。”

“那个人怎么样?他表现得如何?我是说达里尔·范·霍恩。”

“哦,他真是口若悬河,口水横飞,我像是用他的口水洗了一次澡。他说的一些事情很难判断真假,例如铺设浮桥。他说浮桥下面的浮筒要漆成绿色的,这样就能和水草融合在一起了,他说网球场也要涂成绿色,连围栏都要涂成绿色的,他还说等网球场建好了,他希望我们在天气不太坏的时候一起去玩玩。”

“谁一起去?”

“我们三个人,你、我和简。他似乎对我们挺感兴趣,我跟他说了一些我们的事情,都是大家知道的事情,包括我们都已经离婚,恢复了自由身,尤其是你,我觉得简最近有点不对劲,她好像背着我们在找老公。我不是说那个讨厌的内夫。格雷塔和那些小孩已经把他套牢了。说到小孩,天啊,小孩不都是这样的吗?我就天天和我那几个干仗。他们说我老不在家,我每次跟他们说,我必须工作才能养活这些小王八蛋。”

亚历山德拉盯着苏吉和范·霍恩的那次见面。“你把我们的那些龌龊事都告诉他了？”

“我们有什么龌龊的？我跟你说实话，我的嘴巴是比较紧的，亚历。你要抬起头，挺起胸，跟自己说：去你妈的，我每天就是这样进进出出的。我当然不会把我们给卖掉。我一直都是留着神的。不过，他的确逼问得很紧。我想他喜欢的可能是你。”

“我可不喜欢他。我讨厌皮肤那么黑的。我也受不了纽约人的嚣张。而且，他的脸型和嘴型不大和谐，声音也不大对，我感觉。”

“我却认为这样很好玩，”苏吉说。“他有些笨拙，笨得挺可爱。”

“他怎么笨拙了？是不是把朗姆酒洒在你大腿上了？”

“然后帮我舔干净？哦，没有。我就是感觉他手忙脚乱，一会儿让我看他收藏的画，天啊，墙上几乎挂满了，接着就带我参观他的实验室，然后又给我弹钢琴，我想他弹的是艾灵顿公爵的《芳心之歌》，再接着他就跑到别墅外面去，差点让推土机撞到坑里去，他想带我到炮塔上去，那里可以看得比较远。”

“你没跟他上炮塔去吧？你第一次跟人家约会是不会干这种事的。”

“宝贝，你别老是这么说。我不是去跟他约会，我是去完成采访任务的。没有，我当时想我已经采访够了，必须回来把稿子赶出来，而且，我有些醉了。”她说到这里就停下来。昨天夜里风很大，今天早上，亚历山德拉从厨房的窗户看到，外面的桦树和葡萄架都掉了许多叶子，所以感觉光线很足，她看到天上的颜色一夜之间就变了，冬天的天空灰色的，地面的轮廓十分清晰，一户户人家看起来挨得更紧了。“他好像，”苏吉说。“我猜想，很渴望上报纸。可是，我们只是本地的小报纸，好像……”

“好像什么？”亚历山德拉说。她用额头顶着冰冷的窗玻璃，似乎想让窗外灿烂的光线给她的大脑解渴。

“我是在想，他的生意真是做得那么好吗？还是在吹牛给自己壮胆？如果他真的做那些生意，不就得有工厂吗？”

“你说得对。他问了我们什么事？或者说，你跟他说了我们什么事？”

“我搞不懂你为什么要打破沙锅问到底。”

“没有啊。”

“我不用什么都向你汇报吧?”

“是我不对。你接着说吧。”

亚历山德拉不希望因为自己的僵硬,妨碍苏吉说“闲话”,把她打开的窗口重新关上,自己因此看不到外面的世界。

“哦,”苏吉心不在焉地应着。“我跟他说我们都是闺蜜,跟他说我们更喜欢女人,不大喜欢男人。我就跟他说这种事情。”

“你这样说他有没有不高兴?”

“没有,他说他也更喜欢女人,说女人的有些机制比男人优越。”

“机制?”

“他就是这么说的,好了,我的天使,我得跑了,真的。那些头头们正在开会,讨论丰收节的安排,我得去采访。”

“在哪个教堂开?”

说完,亚历山德拉闭上眼睛,似乎看到一团彩虹色逶迤前行,像一只看不见的手拿着一颗钻石,随着苏吉的思绪,在黑暗中飞速前进。“你知道的,就是一神会教堂。大家都觉得那不像基督教堂。”

“我能不能问下,你这几天感觉埃德·帕斯利怎么样?”

“哦,老样子。他挺好,但感觉好冷。都是因为他老婆,太一本正经,让人受不了。”

“她怎么一本正经?他有没有说?”

几个女巫之间有一种默契,对于男女关系的具体细节,大家都只是心照不宣,可是,苏吉这次并没有遵守这个潜规则:“她什么也不为他做,亚历。上神学院前,他受过不少打击,他知道自己缺什么。他一直想潇洒一回,想加入我们这个运动。”

“他年纪太大了,他过三十了吧。这个运动不会要他的。”

“他知道,甚至很鄙视自己。所以,我每一次都舍不得拒绝他,感觉他太可怜了。”最后一句，苏吉是喊出来的。

帮男人疗伤，满足他们的要求，是她们的本分，如果这个世界上有人谴责她们破坏人家夫妻和睦，说她们诅咒人家家庭破裂，造成人家感情冷淡，搞得人家鸡飞蛋打，如果人们不仅谴责她们，还将她们活活烧死，那是她们的报应。将自己的身体像膏药似的贴在男人心灵的伤口上，让他们看到女巫脱掉衣服，在汽车旅馆里光着身体晃来晃去，让他们封闭的心灵得到一定的放纵，这是她们的本能，是女人的本性。亚历山德拉并没有责怪苏吉继续为埃德·帕斯利服务。

小孩不在家里，家里也没有别的人，亚历山德拉沉闷地熬过了两个小时，像一条懒洋洋的鱼在海底漫游似的。她感觉自己没有用，还有这幢房子也没什么花头，这是一幢十九世纪中期的农舍，里面的房间都那么小，好像都发霉了，到处可以闻到油毡布的气味，她在里面都快要窒息了。她想要吃点东西，这也许能提提神。不管什么东西，即便是庞大的海牛，都能吃，从本质上说，这些东西，包括有牙齿的，有蹄子的和长翅膀的，都经历过了几百万年的血腥进化。她用全麦面包夹火鸡胸脯肉和生菜做了一个三明治，这些东西都是她今天早上从海湾小超市里买的，同时她还买了一瓶加尔贡硬水软化剂，还买了一本这个星期的《东镇闲话》。做午饭太繁琐，她实在受不了。她得把肉从冰箱里拿出来，打开鲜肉店包的保鲜膜，在架子上的众多酱罐子和沙拉油罐子中间找到蛋黄酱，还要扯掉包着生菜的塑料纸，然后将这些食材用盘子装着排列在灶台上，接着从抽屉里拿出一把刀子来摊蛋黄酱，找一把叉子从罐子里捞腌菜，最后，她还得烧一杯咖啡，喝咖啡能帮她洗掉嘴里的火鸡和腌菜味。每一次她把盛咖啡粉的小塑料勺子放回到抽屉里去，都会落几粒咖啡在抽屉里，有些塞到缝里去，根本清除不掉，如果她长生不老，还坚持煮咖啡喝的话，这些落下的咖啡粉可能堆成一座棕色的阿尔卑斯山。她家里到处都堆积着灰尘，床下有，书后面有，暖气片的中间也有。她饿的时候就拿出来各种食材和设备，做好了就吃，吃好了就随便放回去。当然，她有时也做点家务活。人为什么只能睡在床上，而且睡觉的床每天都要重新铺呢？人为什么要用那些盘子碟子吃饭，而且吃完之后这些盘子碟子都要洗干净呢？从前的印加女人可没这么惨。她就像范·霍恩说的一样，有一种“机制”，就像一个机器人，对每一个动作，像每一次家务活，都记得清清楚楚，像得了慢性病一样，不断积累，成了巨大的负担。

她曾经是个宝贝女儿，在西部高原的小镇，那里的街道很宽敞，有一个草不那么密的橄榄球场，药店、杂货店、伍尔沃斯连锁店和理发店等像有毒的杂草一样遍地生长，分布在镇上的各个角落。小时候，她是全家人的宝贝，几个兄弟都像傻帽，反衬出她的机灵和气质。在那里，男孩子都很强、很阳刚，但他们就像套在车上的马，很傻、很机械。她的爸爸是销售李维斯牛仔裤的，觉得亚历山德拉就像一棵茁壮成长的树，每一次他出差回来，就觉得她又长了新枝，又吐了花苞。随着她长成大姑娘，她偷走了她妈妈的健康和力量，像吸了妈妈乳房里的乳汁似的，她长得花枝招展，她妈妈却一天天枯萎了。有一次，她骑马从马上摔下来，摔破了处女膜。她后来学会了坐摩托车，摩托车的座椅和马鞍差不多，她坐在摩托车上，通常会紧紧抱着骑摩托车的男孩子，脸紧紧贴着他的后背，男孩夹克后背上的装饰纽扣常常在她的脸颊上留下深深的印记。她妈妈死后，爸爸送她到东部上大学，她高中的老师帮她挑了一所叫康涅狄格女子学院的大学，这所大学位于新伦敦，名字听起来很安全，她在这个学校学习美术，后来成了学校曲棍球队的队长。上学期间，她穿过东部鲜艳的特色服装，包括四个不同季节的不同色彩，读三年级的六月的某一天，她穿上了白色礼服，第二天，她的衣橱里就挂满了作为妻子该穿的各种制服。她和奥斯是在长岛参加开航日活动时认识的，他们用塑料杯子喝酒，一杯接着一杯，她自己一会儿就喝得晕乎乎，而他却一点都没有变化，这让她对他产生深刻的印象。奥斯也很喜欢她，因为她身材丰满，行为举止中有西部人的豪爽，很有男性气概。后来，海上的风向变了，帆船偏离了航线，可是他被太阳晒红、喝了酒之后变得更红的脸上依然挂着微笑，让人觉得十分笃定。他的笑容有些腼腆，和她爸爸有些相似。于是，她投入到他的怀抱里。从此，她开始了新的生活历程，品尝了生活的一个个高潮。她当上了妈妈，参加了园艺俱乐部，和人家一起拼车，也参加了鸡尾酒会。她曾经早上和清洁女工一起喝咖啡，半夜和丈夫一起喝白兰地，错误地以为醉酒之后的泄欲就是夫妻化解矛盾和增进和睦的捷径。她的世界也不断扩展，她从两条大腿中间生下一个又一个孩子，于是，他们就挨着原来的房子搭新房间，奥斯的工资也随着通货膨胀一起增长，她感觉她一个人在养着整个世界，而不是整个世界在养着她一个人。后来，她得了抑郁症，而且越来越厉害，她去看医生，医生给她开了盐酸丙咪嗪，她也去看了心理治疗师，也寻求了牧师的帮助。当时，她和奥斯还住在诺维奇，他们的家距离教堂很近，可以听到教堂的钟声。在冬天的下午，在孩子们放学回家之前，亚历山德拉会躺在床上，她每听到一响钟声，就觉得受打击一次，后来她觉得自己像瘫痪了似的，像几天前在高速公路上被车轧成饼的松鼠。还是小姑娘的时候，她会躺在山城的家里的床上，无忧无虑，为自己的身体感到自豪，感到兴奋，她常在镜子面前仔细瞧着自己的模样，她看到了下巴的那道裂痕，看到了鼻尖上的那个莫名其妙的凹痕，她会退后一小步，欣赏她自己的宽阔的肩膀和像葫芦一样的大乳房，她的小腹像一只倒放的浅碗，下面就是毛茸茸的三角地带，再下面就是两条结实的椭圆形的大腿。她一定要善待自己的身体，像保护朋友一样，千万别糟践了。躺在床上的时候，她会欣赏自己的脚踝，把脚抬起来，对着窗口的光线，看到两个脚踝的筋骨是那么强壮，看到那一条条浅蓝色的静脉神奇地传输氧气到身体各个部位，她有时也会拍拍自己的丰满、锥形、毛茸茸的小臂。结婚一段时间后，她开始厌恶自己的身体，奥斯每一次提出要和她的身体做爱，她都觉得是在嘲讽她。她觉得真正美丽的是窗户外面的那个身体，她喜欢外面的那个阳光灿烂的绿茵茵的世界，离婚时，她感觉似乎被抛到了窗户外面。拿到离婚证书的第二天早上，她四点钟就起床，就在月光下，一边唱着小曲，一边拉起那些快死的豆苗。月光照射在一块白色石头上，让那块石头变成了除月亮之外的又一盏灯，不过，石头的面貌冷漠，甚至谈不上男女，那是上天之物，不染凡尘的。东部的破晓一般都是灰色的，和猫的颜色相近。外面的这个身体，也是有灵性的。

现在,这个世界像一盆水,她则像一条管道,这盆水顺着她这根管道流到了阴沟里去。女人就是一个洞,亚历山德拉曾经读到一个妓女的回忆录,那个妓女就是这么说的。她自己感觉女人与其说是个洞,倒不如说是一块海绵,是床上一块软乎乎的大海绵,专门吸收空气中的失落感和悲伤,战争没有赢家,但疾病大多已经被攻克,所以,以后大家要死的话,都会死于癌症。不一会儿,她的那些小鬼就都会回家了,他们是麻烦的小鬼,每个人都吵吵闹闹,对她又那么依赖,都指望着她抚养,可是在他们面前,她不像是个母亲,而是个已经发胖的孩子,这个孩子受过了一次次惊吓,已经不像从前那样可爱,不再是她爸爸从前眼中的宝贝。她爸爸的骨灰两年前已经用撒农药的飞机撒在他们最喜欢去的山坡上,他们从前常去那里摘野花,包括高山夹竹桃、草乌头、樱草和山赤莲,山赤莲通常长在山上潮湿的地方,尤其是在高山积雪边缘。她爸爸通常会带一本采花指南,山德拉则会给他摘一些娇嫩的小花,花枝感觉冰凉凉的,不过她觉得,在寒冷的高山上待了一整夜,能这样就很不容易了。

亚历山德拉和啰嗦狐狸店的离了婚的室内装饰师马维斯·杰瑟普在卧室窗户上挂了印花棉布窗帘,印花的图案是巨大而鲜艳的牡丹花。窗帘的褶皱构成了一个小丑的脸型,那是一张粉红和白色混杂的小丑脸,脸上有一张大嘴。亚历山德拉越看越觉得那张小丑脸刺眼,越觉得不吉祥,像魔鬼的脸,让人不抑郁都难。她想到了那些等着她去捏的公仔,这些公仔都和她长得一样,呆头呆脑,面目模糊。喝一杯酒,吃一片药片,可能提振她的精神,让她精神焕发,但她也知道其中的代价,过两个小时,她的感觉会更加糟糕。她的思绪在空中飘荡着,似乎搭上了穿梭飞机,在机器的咔哒咔哒声中,抵达了雷诺别墅,看到了住在里面的那个人,那个皮肤黝黑的王子,他已经把她的两个姐妹勾了去,却把她落下,他这样是不是成心侮辱她?不过,即使她感觉受到了侮辱,感觉恶心极了,她还是要努力争取,要施展施展她的精神的力量。于是,她希望天下雨,让她消除空洞洞的天花板给她产生的压抑，但是，当她朝窗外看的时候，她发现灿烂的阳光并没有消失，天气一点都没有变化。紧挨着窗户的那棵枫树上还残留着几片叶子，像是给窗户玻璃镶上了金边。亚历山德拉有气无力地躺在床上，感觉这个世界是那么沉重，让她无可奈何。

科尔跑进她的卧室，它是一条很贴心的狗，能嗅出她的伤感。它的身材修长，皮毛光滑，闪闪发光。它跑过用布条编织的椭圆形地毯，轻松跳上她的床，舔了舔她显得忧心忡忡的脸，接着又舔了她的双手，然后用鼻子亲着她的腰，她腰上原来系着李维斯皮带，这条皮带用久了脏了有些变硬，所以刚才她将它松开，透透气，这样舒服一些。她拉开上衣，露出更多乳白色的小腹，科尔发现她肚脐旁边有一个突出的肉瘤，这块肉瘤不算大，很有弹性，是几年前出现的，帕特森医生摸过，他安慰她说这是良性的，不是恶性肿瘤。他说他愿意帮她切掉它，但她害怕刀子。这块肉瘤摸着没什么感觉，但是，科尔用鼻子亲那个地方的时候，她感觉周围的肌肉有些刺疼，像拽着她的乳头似的。狗的身体散发着温暖，有淡淡的腐肉气味。在这个地球上，到处都是腐烂的东西，都是粪便，不过，亚历山德拉并不讨厌，甚至觉得挺帅挺漂亮的，和编织得很精致的彩格子图案一样赏心悦目。

突然，科尔似乎亲累了，瘫倒在她颓废的身体在床上躺出来的窝里，随后就睡着了，打出很响的鼾声，鼾声里还有一种像用吸管吸水的声音。亚历山德拉盯着天花板，期待着重大事情发生。她原来湿润的眼皮感觉有些热，像仙人掌一样干。她的眼珠子像两根黑色的刺，但那是朝里面扎的。

苏吉写好那篇关于丰收节筹备会的稿子："捐赠义卖会：一神会教堂节庆计划报道"，到报社交给克莱德。当时，苏吉找到克莱德的时候，克莱德正伏在桌子上打盹。他听到苏吉将稿子扔到钢丝篮里的声音，抬起头来，两只眼睛布满血丝，不知道是因为刚刚哭过，还是睡得太多，还是昨晚通宵未睡，她说不清楚。不过，她听说他不仅喜欢喝酒，还拥有一台望远镜，有时候会坐在他家屋后的走廊上，一连几个小时一动不动，观察天上的星星。他的头发有些花白，和橡木的颜色差不多，头顶有些稀，平时不大梳理，他有两个挺大的眼袋，脸色和新闻纸一样暗淡。“对不起，”她说。“我想你可能急着要发稿，就冒昧打扰了。”

他没有怎么抬头，斜着眼看了看她的稿子。“笨蛋，”他说。显然，他被人看见这么精神萎靡，有些尴尬，有些不高兴。“这玩意儿还用得着两行标题？不就是一个反战牧师说了几句废话吗？”

“这些不是埃德说的，我采访的是委员会主席。”

“哦，是吗？抱歉，我忘了你一直是帕斯利的铁杆粉丝。”

“你说什么呢？我和他什么关系，对文章有什么影响？”苏吉站得特别挺直地说。和这些龌龊猥琐的男人打交道，是一种不幸的遭遇，如果你不站得笔挺，你就会被他们拉下水，这个臭男人说话阴阳怪气，把报社的一些同事弄得卑躬屈膝，这在镇上臭名远扬。不过，苏吉觉得他这时真的有些歉意，只是用酸溜溜的语气来掩饰而已。年轻的时候，他肯定长得很帅，面相很好、很富贵，前庭饱满，嘴巴宽大，眼睛有神，睫毛很长，可是，到了这个年纪，他已经失去了雍容富贵的面相，也不像从前那么帅气，因为长期酗酒，已经明显干瘪掉，像饿死鬼似的。

克莱德年纪五十出头，他在办公桌后面的墙上装了一个插钉板，上面钉着各种标题样本，还有一些前任管理层对现任编辑的褒奖题词，此外，他还钉了好几张他女儿和儿子的照片，不过他老婆的照片一张也没有，虽然他和老婆并没有离婚。他女儿至今未婚，长着和满月一样的圆脸，显得很单纯、很漂亮，现在是芝加哥迈克尔里斯医院的 X 光技师，有可能成为女医师，蒙蒂常拿女医师开玩笑。克莱德的儿子对演戏很感兴趣，大学没读完就退了学，今年整个夏天都在康涅狄格跟着《夏令剧目》的剧组混。他的眼睛和他爸爸一样是灰色的，嘴巴噘着，和古希腊雕像有些相似。克莱德的老婆叫菲莉希亚，曾经光彩照人，但现在变成了尖嘴猴腮的小女人，口若悬河，啰嗦得很，对这个世界，她几乎什么都看不惯，在她眼里，美国政府乱七八糟，抗议者也不是善类，战争很恶劣，毒品更恶劣，电台上播的音乐很低俗，药店里卖的《花花公子》杂志更淫乱，镇政府不作为，镇上的居民同样游手好闲，他们夏天的穿着和行为举止很伤风化，反正一切都和她的理想相差很远。“菲莉希亚刚打电话来，发了一通脾气。”克莱德主动交代，算是解释他刚才为什么会萎靡不振。“她说范·霍恩违背了湿地规定，她还说你写的那篇文章，纯属在拍他的马屁，她说她听说他在纽约干过不少坏事。”

“她听谁说的?”

“她没说，也不会说。她口风很紧。她可能是听小埃德加·胡佛那个傻瓜说的吧。”相信傻瓜的话的人肯定也是傻瓜，一说自己老婆的坏话，他脸上就显得兴奋一些，以前，他也常嘲讽菲莉希亚不会花钱。他的长睫毛背后的精气神已经没有了，墙上挂着的两个大小孩继承了他的妖魔相，那个女儿的脸像个空洞洞的圆圈，那个儿子的表情很神秘，让人毛骨悚然，他们的嘴唇都胖乎乎，头发都自然卷，脸都很长很苍白。克莱德的苍白脸色，早上刚喝了威士忌、吸了香烟，所以染上了些棕色，也因为他刚吸了香烟，他的脖子上还散发着一种莫名其妙的焦味。苏吉没有和克莱德睡过觉，但是，她处于天然的母性，觉得她可以给予他更多的关爱和健康。他整个人就要塌下去了，他紧紧抓住书桌，好像一个落水的人死命抓住翻过来的船一样。

“你看起来很累，”她很主动地对他说。

“是的。苏吉，我真的很累。菲莉希亚每天晚上都给我打电话，每次都跟我发一通火，说完话我就得喝很多酒，这样才能忘了这些乱七八糟的。我以前常用这台望远镜，但是我最近真的没力气，土星的光环都看不见。”

“带她去看看电影吧。”

“去过，有一次我们去看芭芭拉·史翠珊主演的一部片子，天啊！那个女人的声音真厉害，能像刀子一样刺透人的心，可是，她居然看了片头就受不了，说里面有暴力镜头，所以跑出去找电影院经理投诉，等她投诉完回来，电影已经放了大约一半，可是，她又觉得受不了，因为史翠珊穿着上世纪末的长袍，一弯腰，她的大奶子就露出来了。这还算是正儿八经的电影，不是儿童不宜的电影，就像老式有轨电车的乘客在一起高唱一样，她就受不了了!”克莱德想笑,但他的嘴唇已经没了这个习惯,所以,他只是在脸上挤出来一个小酒窝,让人既可怜又害怕。苏吉有一点冲动,很想脱掉可可棕色的羊毛衫,解开胸罩,将她神气活现的奶子塞到这个快死的男人的嘴里,让他吸个够,可是,她已经给过埃德·帕斯利,不能同时哺育两个人,也可以说不能同时祸害两个人。最近,她每和埃德·帕斯利睡一个晚上,他在她脑子里的分量就减轻一分,所以,当她接到达里尔·范·霍恩的电话时,她就可以轻松地穿过浸着海水的湿地,很快抵达那个小岛。那是大家都害怕去的地方,那油腻腻的海水持续不断地拍打着码头下面的桩基,发出的声音和反射的光线,会让为履行公民和基督徒的义务而经过那里的东镇居民觉得恐怖极了。

不过,苏吉的奶头还是挺了起来,她充分意识到她有这种给男人疗伤的功能,她的身体里藏着足够的解药和补药,能帮助任何男人化解疾患,补充能量。她的乳头周围有点刺痛,小孩吸奶的时候或者她和简以及亚历山德拉一起发功时也会这样刺痛,在发功的时候,她会感觉像有一股寒气穿过她的骨骼,甚至穿过她的手指头和脚指头,她整个人像是一条管道,畅流着冰冷的水流。克莱德低下头去做一点编辑工作,几缕松散的花白头发之间露出颜色暗淡的头皮,这个景象让人动容,可是他自己从来没有看到过。

苏吉离开《东镇闲话》编辑部,走到码头街,准备去尼莫餐馆吃午饭。她一路上感觉人行道和两边的店面都像松紧带一样缠在她的身上,越拉越紧绷。码头外面泊着许多帆船,一根根桅杆竖着,像涂过油漆的小树。在码头街南端的登陆广场,花岗石战争烈士纪念碑周围的山毛榉树形成一堵黄色的高墙,每一阵轻风吹过,榉树的叶子就刷刷地往下掉。冬天到了,海水已经逐渐变冷,颜色也变成蓝色,所以,街道靠海一边的房子的白色护墙板显得尤其苍白,每个钉孔都十分显眼。真美啊!苏吉想。同时,她担心自己的美貌和活力无法持久,终有一天会失去的,她会像拼图游戏中间的某一块拼图一样,不知咋的就找不到了。

简·斯玛特正在练巴赫的D小调第二组曲,引子部分的那些十六分音符一会儿升，一会儿降，一会儿又骤然上升，像一个男人在说话的时候突然抬高嗓门一样，老巴赫一如既往地在里面设置了变调。慢慢地，简变得讨厌这种变调，这些音符那么男性化，而且随着主题变换，指法越来越古怪。这个路德会教徒，平时戴着假发，表情那么刻板，竟然凭着他的音乐天赋获得了爵位，娶了两个太太，生了十七个小孩，但是，他就不管她的指头会有多么疼，也不管她的情绪起伏有多么不习惯，那些军号似的音符是他死后还嚷嚷的声音，延续着他的威风。于是，她突然想反抗，放下琴弓，给自己倒了一杯干苦艾酒，拿着酒去打电话。此时，苏吉已经下班回家了，拿了一些花生酱和果酱扔在几个可怜的孩子面前，然后就准备去参加那天晚上要召开的白痴市民自治会。

“我们必须想办法让亚历山德拉到达里尔那里去一下。”简给苏吉打电话，就为了说这一句话。“我星期三晚上顺路去了一下，虽然她叫我不要去，因为我们不能参加星期四聚会让她很伤心，她对星期四聚会太眷恋了，情绪看起来很低落。我想主要是因为羡慕嫉妒恨，首先是嫉妒我，其次是勃拉姆斯，然后就是你的文章，我得说，你的文笔让她羡慕得很，我问她怎么样，她死也不说，我自己不敢再往下问她为什么没有得到邀请。”

“可是，亲爱的，他对她和对我们没什么区别的。上次我去采访他的时候，他给我看了他的那些艺术品，当时他还拿出一本画册，十分精致，是那个叫妮基什么的在巴黎开的画展，他说他要把这本画册留着给亚历看看。”

“哦，是吗？不过，如果没有正式邀请，她是不会去的，我看得出她心也痒得很。我想你应该想想办法。”

“亲爱的，为什么要我想呢？你跟他更熟，这段时间你总是去那里跟他交流音乐。”

“我一共才去了两趟，”简说。她最后两个字说得很重。“你比较会说，这是你的专长。我说话太直，容易让人家产生误会。”

“我都不知道他看了那篇文章后是不是喜欢，”苏吉说。“他就没打电话给我。”

“他怎么会不喜欢呢？你写得很好，把他写得那么浪漫，那么潇洒，让他成了万人迷。玛吉·佩里把那篇文章贴在她的公告板上，跟她准备发展的客户都说，他就是她的客户。”

简可以听到苏吉那边有一个小女孩在哭，可以听到在她哭闹的间歇，有一个大一点的男孩在跟苏吉解释他妹妹为什么哭，接着就听到苏吉啪啪啪地训斥那个女孩，让她不要看关于狮子交配的教育纪录片，要她先跟哥哥一起看在特高频频道重播的《霍根英雄》。这个小女孩嘴巴上粘满了花生酱和果酱，她金黄色的头发像一团乱麻。苏吉很想在那个小孩的脏脸上打一个巴掌，让那双被电视闪迷糊了的眼睛醒一醒。现在的电视节目都在宣扬贪欲，都在掏空人们的脑子。达里尔·范·霍恩跟她说过，电视是当今一切乱象的根源，人们的反战情绪都是被电视节目煽动起来的，此外，电视节目中不时插播商业广告，不断切换节目频道，严重损伤了年轻人大脑中用于进行逻辑思考的神经细胞，这就是大家都相信“要做爱，不要作战”是真理的原因。

“我再考虑一下。”她匆忙答应简，就挂了电话。她要赶着去参加高速公路委员会的一次紧急会议。二月底突然刮了一阵暴风雪，所以他们已经用完了今年的积雪清理和道路撒盐预算，而且，委员会主席艾克·阿森诺尔威胁要辞职。苏吉希望能够早点出门，在会议开始前先去朱迪思角的汽车旅馆和埃德·帕斯利约会。首先，她得解决好家里的电视争夺战。孩子们在楼上有电视机，但他们都非得看她的那个频道不可，家里常吵得不可开交，他们喝牛奶和可可饮料的杯子总是在用水手储物箱改造的咖啡桌子上留下一圈圈痕迹，而且，双人沙发的两个垫子中间，还有许多面包屑，已经都发绿了。她大吼一声，一甩手，让那个最粗鲁的小子负责将那些盘子塞到洗碗机里。“那把刮花生酱的刀子一定要好好擦，不然加热了以后就再也搞不掉了。”在离开厨房之前，苏吉打开一个“爱宝”血色马肉罐头，将肉放在一个小孩子用变色笔写着“汉克”两字的盘子上，放在地板上，等会儿那条魏玛狗就会一口将它吃掉。她然后抓了一把盐腌西班牙花生塞到嘴巴里，有一些红色的花生皮粘在她丰满性感的嘴唇上。

然后，她就走上楼去。苏吉去卧室要先走上一段狭窄的楼梯，先向左转走过一间用木板隔出来的小厅，木板上白花花，没有任何装饰，那间厅也是斜着的，然后向右转就来到卧室的门，那扇门是正宗的十八世纪古董货，上面钉着许多方形钉子，钉子在门上成了X形状，这样门就不会倒下来了。她关上门，用一根熟铁门闩把门给闩上，房间里糊着墙纸，墙纸的图案是老式的葡萄藤，像豆藤顺着杆子向上爬似的，天花板上有许多蜘蛛丝，有几块像吊床一样向下垂。天花板上有几块石灰泥摇摇欲坠，苏吉用大号的垫圈将它们固定住。房间只有一扇小窗户，窗台上养着一盆天竺葵，现在已经奄奄一息了。苏吉睡的双人床已经凹陷，床上铺着一条瑞士圆点床单，已经很旧，露出了许多线头。她记得床头有一本上星期的《东镇闲话》，她翻到了"发明家、音乐家和艺术品爱好者"那一页，拿出一把指甲剪，小心翼翼地将文章剪下来，她眼睛不好，所以特别瞪大了眼睛，以防把与达里尔无关的内容剪下来，然后朝那张纸上吹了一口热气。接着，她将这张纸字朝内包在亚历山德拉两年前送给她作为三十岁生日礼物的一个小脚大屁股裸体公仔上，这个公仔代表着它的创造者。再接着，苏吉从火炉旁边的小橱柜里拿出一根精心保存的绳子，那是一根毛茸茸的淡绿色黄麻绳，像种花种菜的人用来捆绑花草和蔬菜的那种，这种绳子不会妨碍生长，而且还能帮助花草蔬菜生长。她把这根绳子密密麻麻地缠在包着纸张的公仔上，一直缠到看不到纸张。在缠绳子的时候，她先后鞠了三次躬，这就算是在作法。那个咒物拿在手里感觉挺好，像男人长长的生殖器，表面摸起来像编织得很紧密的篮子。苏吉担心这样法力不足，就将咒物轻轻地碰了一下她的额头，再碰了下两边的乳房，再碰了下她的肚脐眼，肚脐眼是女人孕育生命的根源，最后她撩起裙子，将咒物放到外阴部上面。为了保险起见，她还亲了一下那个咒物。"好好玩吧，你们俩，"她说。接着，她记得在学校里学过拉丁文，就随便找了个词，在嘴里稀里糊涂地念着。然后，她跪下去，将这个毛茸茸的咒物放到床下。在放咒物的时候，她看到床下积了十几堆灰尘，还有一双连裤袜，不知道什么时候拉在里面的，她平时太忙，都顾不上弄出来。这时，她的乳头已经变硬，很坚挺，她似乎可以看到埃德·帕斯利和他的那辆黑色轿车已经到了汽车旅馆，朱迪思角灯塔上的灯在四处散射，埃德已经付了十八美元的房钱，她甚至可以预见到他得到满足之后絮絮叨叨地说他是罪人。

那天下午，天气寒冷，天空阴沉沉，亚历山德拉心想东滩可能有很大的风，所以，她把她的斯巴鲁停在海滩路的路肩上，距离雷诺别墅门口的通道不远。这里有一大片湿地，水草刚被潮水冲刷过，一片片被压得很服帖，科尔可以在这里好好跑一跑。在通道上的花点鹅卵石中间，有几只死海鸟和一些螃蟹壳，狗通常都喜欢嗅这些东西，喜欢在中间找吃的。这里还有一座大门的遗迹，有两根砖头柱子，柱子顶头各有一个水泥碗，上面还残留着铁门的枢轴销，铁门早已经消失了，残留的枢轴销锈迹斑斑。她站着望着那幢门面对称的别墅，就在这时，别墅的主人开着奔驰车静悄悄地来到她的身后。这辆车是白色的，因为比较旧，所以看起来挺脏，前保险杠有个凹陷，后保险杠明显修理过，然后漆成了象牙白色，和其他部位有些色差。亚历山德拉怕风，扎着一条红色印花头巾，所以，她转过身来的时候，她从这个皮肤黝黑、笑脸盈盈的男人的眼珠子里看到自己的脸型是椭圆形的，和修女一模一样，这让她自己吃了一大惊。

他的车窗缓缓降下来。“你终于来了，”他冲着她喊。这个声音不像那天音乐会时那么像逗人开心的小丑，倒更像是个匆匆忙忙的生意人，说话语气很平很直接，像在宣布什么事项。他的脸上笑容可掬，在他旁边的前排座位上有个锥形的阴影，那是一只牧羊犬，但在皮毛的三种颜色中，黑色占的比例高得很，比寻常的牧羊犬更高得多。这时，忠诚的科尔不再寻找吃的，而是迅速跑到了它的女主人的身边，引得车里的那条狗狂吠不已。

她抓住科尔的套绳，不让它冲出去，所以，它只是龇牙咧嘴。然后，她用比狗吠更高的声音说：“我就在这里停一会儿车，我不是……”她的声音听起来很嫩，比她的实际年龄更年轻。她已经中招了。

“我知道，知道，”范·霍恩貌似很不耐烦地说。“进去喝一口吧。你还没有进去看过呢。”

“我一会儿就得走。小孩马上就要放学回家了。”亚历山德拉虽然嘴里这样说着，但她还是硬拽着科尔朝她的车走过去。科尔一路反抗着，哼哼着，准是想要说它还没跑够，它还想要跑一会儿。

“你不嫌弃就坐我的破车吧，”那个男人大喊。“马上要涨潮了，别被水淹了。”

“会吗?”她心里想，不过，她还是很机械地听他的话，把科尔单独锁在斯巴鲁里面。它很希望她带它回家，可是，它的女主人把它给出卖了。她把驾驶座的窗户摇下来一点点，让车里能通点风，然后把车门重重地关上。科尔的脸一下子皱了起来，它不敢相信这是真的。它的耳朵竖得老高，耳朵里面的褶皱全部张开，她经常坐在火炉旁边抚摸着这些褶皱，检查里面有没有虱子。不管科尔怎么样，她都不为所动，冷漠地转身离去。“我真的只能去一小会儿，”她吞吞吐吐地对范·霍恩说，说话的样子很笨，但手脚却很利索，好像年轻了好几岁。

苏吉的文章没有提到那只牧羊犬，她打开奔驰车门的时候，它一改刚才的凶悍，很乖巧地溜到后座上去。汽车内饰用的是红色皮革，前排座位垫着羊毛朝上的绵羊皮坐垫。车门关上的时候，声音很浑厚，显得很贵重。

“跟客人打招呼，尖鼻子，”范·霍恩转过头冲后座的牧羊犬说，他转头的时候感觉很别扭，像戴着太宽松的头盔。那条狗的鼻子确实很尖，亚历山德拉伸手过来，它就将鼻子凑过去。这个鼻子尖尖的，有些潮湿，她像摸到了冰柱的尖头似的，很冷。她马上将手收回来。

“涨潮还得等几个小时吧，”她说。她尽量让自己的声音有女人味。别墅通道上没有水，倒是有许多坑。他的改造工程还没有到达这里。

“我这个混蛋骗你的，”他说。“你最近怎么样了? 你看起来不大高兴。”

“是吗? 你看得出来?”

“看得出来。有些人可能觉得秋天比较压抑，有些人讨厌春天。我就一直讨厌春天。什么都在长，这个自然界是真他妈的受不了。也不是它想要这样，肯定不是，它也是没办法。真他妈的折磨人，树干吗要发芽，草长那么茂密，肯定生很多虫子，连种子都要花力气记住自己的DNA，记住要朝什么方向发育，然后那么多植物竞争那么一点氮气，天啊，这多么残忍啊！我可能过度敏感了吧。我打赌你肯定很喜欢春天。女人对这种事情没那么敏感。”

她点点头，汽车颠簸不断，让她晕乎乎的。她看到远处两根砖砌的柱子，就站在那个小岛的大门口，那个大门虽然没有了，但依然能看到残留的铁枢轴，上面爬满了野葡萄藤和常春藤，中间还长着好几棵小树，包括几棵湿地枫，它们的小叶子已经变红，红得很娇嫩，像玫瑰花。其中一根柱子顶部的装饰水果已经消失了。

“女人挺喜欢折腾，”范·霍恩接着说。“我呀，我可受不了。我连家里的苍蝇都懒得拍，反正这东西没几天就会死的。”

亚历山德拉打了个寒战。她记得，在她睡觉的时候苍蝇会飞到她嘴唇上，毛茸茸的小脚好像带着电，碰着她的嘴唇，她就觉得像碰到电熨斗露在外面的电线似的。“我喜欢五月，”她弱弱地承认。“不过，你说得对，我也觉得一年比一年更累。我们喜欢园艺的都有这种感觉。”

乔·马里诺的绿色卡车并没有停在别墅前面，这让她松了一口气。建设网球场的基建工程似乎已经完成了，这里没有苏吉在文章里提到的金黄色推土机，只有一些光着膀子的年轻人，他们发出微弱的声音，忙着将套着绿色塑料表皮的围栏安装到金属柱子上去。她顺着车道远远地看过去，那个地方原来有几棵枯死的榆树，白鹭喜欢在树上做窝，可是，现在那里变成了两块空地，像巨大的扑克牌，那里也只剩下草青和土黄两种颜色，白线特别显眼，她下意识地联想到了巫师画的图案。范·霍恩停下车，让她好好看一看。“我也考虑过石粉硬地球场，但是，即使不考虑初始投资，后续的维护费用也十分吓人。用这种复合材料就方便得多，只要隔三差五扫扫落叶就行了，如果运气好，到十二月还可以用。再过几天就要完工了，我想到时办个开张仪式，第一场球我和你还有你的两位闺友一起打，我们四个人一起为它洗礼。”

“我的天啊，我们有这么大的荣幸吗？我这个样子……”她是想说她球技不行。奥斯和她曾经配双打，和别的夫妻打双打，但后来，她就几乎不碰网球了，虽然苏吉曾经叫她到南镇附近一个破破烂烂的公共球场打球，星期六去打，一共去了几次。

“那你就锻炼锻炼，”范·霍恩说。他热情高涨，说话唾沫横飞。但她理解错了。“你要多动动，减掉赘肉。三十八岁还很年轻。”

他居然知道我的年龄？亚历山德拉感到惊讶，但她没有恼火，心里反而很舒坦。一个男人很了解你，那是好事，不难堪，真正难堪的是将自己硬塞给哪个男人，和他们喝得烂醉，满嘴疯话，然后将自己的身体扒光，将自己身上的隐私都暴露给他们，将自己松弛的身体像不受欢迎的圣诞礼物一样送给他们，这才是难堪的事情。但是，你仔细想一想，女人爱的不就是裸露在他们眼前的那个自己吗？在心动和冲动之后，脱掉所有衣服，不就做回真正的自己了吗？她感觉到，这个令人难以抗拒的陌生人，已经将她看透、摸透了。当然，他有两个得力的帮手。

他启动车子，沿着环形车道，来到别墅大门口停下来。他们下车走两步台阶，走上竖着两根柱子的门廊，地板上镶着绿色大理石，这些大理石构成了一个巨型字母L，这是“雷诺”的首字母。大门是刚刚漆成黑色的，巨大无比，亚历山德拉担心推开门的时候门轴会不会垮掉。过了门厅，她就闻到一股化学品味道，硫磺味很重，范·霍恩没有任何反应，这毕竟是属于他的“元素”。他带着她往里面走。他今天没有穿宽松的粗花呢，而是穿着黑色的西装三件套，很正经，像刚去谈了生意似的。他的手一会儿向左挥，一会儿向右挥，兴奋个不停，但也很僵硬，落下来的时候，就像杠杆折断了似的。“实验室在那边，在那台钢琴后面，那里原来是舞厅，但现在什么也没有，只有一吨设备，其中有一半还没拆包装，我们还没来得及拆，不过等我们拆开以后，我们就可以生产炸药，炸开了会和烟花一样漂亮。这另一边是书房，我一半的书都还放在地下室的箱子里，里面有些古籍，得等到空调设备都安装到位了才能摆出来，这些古籍都是线装本，你懂的，如果不小心，一打开箱子，这些线就会像木乃伊一样瞬间化成灰，这房间不错吧？这些是鹿角，还有鹿头。我不是猎人，不会凌晨四点就跑出去猎杀一头大眼睛鹿。我从来没有用枪伤害过世界上任何人或者任何动物，那是疯子干的事情。现在的人很多都疯了，你要相信，这个世界上有许多坏人。这里是餐厅，桌子是桃心木的，其实，举办宴会的话，我更喜欢更小一点的桌子，大家坐得更紧凑一些，坐四个人，最多六个人，这样大家都有机会充分表现自己。如果一大群人在一起，就会产生羊群效应，一大群人听一两个头领在那里扯淡。我有几盏超级漂亮的吊灯，是十八世纪的，现在也还没打开包装，经过一位我认识的专家鉴定，那是罗伯特·约瑟夫·奥古斯特①的作品，虽然上面没有刻艺术家的标识，法国人不像英国人那样喜欢刻这种标识，但雕刻极其精致，让你都不敢相信，葡萄藤栩栩如生，卷须可以看得清清楚楚，你甚至还可以在叶子上看到一两只小虫子，你可以看到虫子是怎么啃叶子的，所有细节都是按三分之二比例雕刻的。我得等到防盗系统安装完毕，确保万无一失，才会将它们挂起来。当然，我也知道，一般的贼不会光临我们这个地方，这里只有一个入口，没有别的出口，他们更喜欢光临有逃跑通道的地方。但这样也不一定很保险，现在的贼胆子越来越大，这些王八蛋吸了毒品就天不怕地不怕，简直无法无天，我听说过有人刚出门半个小时家里就被洗劫了，他们一盯上你，就会天天跟着你，把你的行动规律摸得一清二楚，宝贝，你要记得，在这个世界上，总有人盯着你，这是这个世界上唯一肯定的事情。”

对于这个论断，亚历山德拉没有什么反应，她没有什么感觉，她觉得这只是主人怕冷场开的玩笑罢了。她跟着他，但跟他保持着一定的距离，害怕被这个手舞足蹈的大个子男人撞到。当他尽情挥舞着双手夸夸其谈的时候，她所看到的，除了那个动作夸张的黑影，还有一个不大和谐的景象：这里面空荡荡，角落里还有些破旧，地板上没有铺地毯，有许多刮痕很刺眼，天花板上的裂痕和补丁看起来也有年头了，房间里摆着的木器家具原来是白

---

① 著名雕塑家，法国国王路易十五和路易十六的御用金匠，曾为两位国王打造皇冠。

色的，但是由于老旧，现在已经发黄，而且累积了不少缺口，墙上贴的墙纸是大师手绘的，但几个角落和一些连接部位已经脱落，墙上有几个地方存在方形和椭圆形色差，那里显然曾经挂过油画和镜子，不过现在这些东西都不在了。尽管新主人说有那么多贵重物品还没有拆封，但就目前而言，这几个房间还都简陋得很，范·霍恩拥有强烈的创造者本能，但目前似乎遭遇到巧妇难为无米之炊的尴尬。所以，亚历山德拉觉得有些同情他，她可以在他身上看到一些自己的影子，可以看到她做的那些可以拿在手里的公仔。

"你看，"他用很响亮的声音说，好像在宣布什么重要决定，也似乎为了打断她的浮想联翩。"这是我一直想让你看看的房间。抵抗之家[①]。"这是一间起居室，很长，里面的壁炉气势恢宏，两边的柱子和寺庙正门前的很相像，那是古希腊爱奥尼亚式的柱子，壁炉台上面挂着一面很大的镜子，镜子上装饰着斜面和浮雕，镜子反射着房间的其他角落，让这个房间看起来更加开阔，更加大气。她看着镜子里面的自己，顺手摘掉头巾，将原来盘着的头发甩松，让它散落下来。今天她没有扎辫子，但是因为头巾包了很久，所以头发显得挺卷的，而且有些黏糊。她刚才说话的声音很年轻，让她自己吓了一跳，此时，在那面古老的镜子里面，她也显得比实际年纪更年轻。她抬头看着有些歪的镜子，发现她下巴下面的肉并没有显露出来，这让她很高兴。在她自己家浴室的镜子里，她看起来总是那么丑，嘴唇是裂开的，鼻子是凹陷的，静脉血管好像是断裂的，在开车的时候，她偶尔从后视镜看到自己，她觉得自己的样子更糟糕，脸色惨白，像僵尸，眼神发散，下眼睑有一根睫毛是横过来的，像甲壳虫的一条腿。还是小姑娘的时候，亚历山德拉曾经想象，每一面镜子的背后，都有不同的一个人在向外张望，代表着一个不同的灵魂。和许多儿时的直觉一样，这个直觉后来被她自己证明是正确的。

范·霍恩在壁炉旁边放了几只像盒子一样的填充凳子，一张带四个垫子的曲线型沙发，那显然是从纽约的公寓里搬过来的，已经很旧，不过，房间

---

① 原文为法语。

里的家具和装饰品大多都是艺术品，还有几个站在地上的，其中有一个是巨型汉堡包，颜色斑驳，是个吹了气的乙烯气球，还有一个白色石膏女人像，她站在一个真正的烫衣板旁边，她的脚踝旁边还有一只真猫，不过那是死的，是从标本店里买来的，旁边还有一堆硬纸盒子，不过走近仔细一看，就发现那不是硬纸板做的空心盒子，而是一堆实心的、不可移动的方块，外面包裹着图案精美的布料，图案是用丝网印刷的，所以不仔细看不出区别，还有一盏弧形霓虹灯，没有插电，上面积了许多灰尘。

那个男人拍着一个特别丑陋的"艺术品"，那是个裸体女人，她仰面躺着，两腿叉开，用几根铁丝串着一堆轧扁的啤酒罐子，用一个旧瓷器尿壶做她的肚子，镀铬汽车保险杠碎片若干，还有几件用漆和胶水固化的内衣裤。她那张凝视着天空或者天花板的脸，是一个亚历山德拉过去经常玩的石膏公仔的脸，眼睛是青瓷色的，脸颊粉红，显得天真无邪，这张脸是从原来的公仔上切下来、连接到一块木头上，木头上用蜡笔画了密密麻麻的头发。"这是一笔天才的投资，"范·霍恩说着用两根手指擦干嘴角的唾沫。"这是金霍尔茨[①]的作品，狂野版的马里索。你知道，他的雕塑强调触觉，拒绝单调和约定俗成。你应该多看看这样的作品，意义很丰满，很多元化，充满歧义。说实话吧，亚历，你的那些小公仔千篇一律，没有创造性。"

"我做的不是公仔。我觉得这座雕像太粗俗，是对女性的嘲弄，"她说。她的语气很弱，感觉四肢瘫软，眼神涣散，这就是她此时的感觉，她感觉到好像整个世界正从她身上滑过去，也好像是她从世界的这头滑向那头，这种方向错乱，就像火车慢慢从站台开动时，乘客会觉得是站台在向后退。"我的小波波不嘲弄任何人，它们都充满爱。"可是，她的手还是在那个艺术品裸女身上游动，感觉到表面很光滑，但又有与真人一样的摩擦滞留感觉。这个长方形房间的墙上，曾经挂着雷诺家族十八世纪以来的成员肖像，现在那里挂着的是一些模仿日常用品的花哨而拙劣的作品，包括画在松垮垮的帆布上

① 美国前卫装置艺术家、波普艺术家。

的巨型公共电话、厚涂的美国国旗、超大高仿真美元钞票、不是戴在眼睛上面而是嘴唇上面的石膏眼镜，以及超级放大版的广告标识、电影明星、瓶盖子、糖果、报纸和交通信号灯。这些都是我们平日里用的，用完看也不看就扔掉的，可是这些都挂在这里的墙上，十分显眼，成了永恒化的垃圾。范·霍恩一边贪婪地看着这些东西，一边打着喷嚏，不停用手擦着嘴角的唾沫，领着亚历山德拉从一面墙看到另一面墙，实际上，她看到他收到的这些波普艺术品还是有较好质量的。他有钱，需要有个女人帮他花钱。他的黑色马甲胸前悬着一条黄金表链，显然他是有家底的人，但他并没有处理好自己的家底。

掺朗姆酒的茶送来了，但是和苏吉的描述有些出入，动作不是那么夸张，而是十分安静。管家是个模范仆人，一点声音都没有，他的一边脸颊上有一条整齐的疤痕，像是他咖啡色皮肤上的一道装饰，是为了掩饰身材矮小而故意装饰的。那只名叫"拇指夹"的毛茸茸的安哥拉小猫，和苏吉在《东镇闲话》上写的一样，每只脚多了一只脚指头，就当亚历山德拉准备喝茶的时候，跳到了她的大腿上，差点把她的茶水打翻。从这个房间透过巴拉甸风格的窗户可以看到大海。海平面也十分安静，她觉得，这个世界不就和平静的水面一样吗？她似乎看到了大海深处，那里的水冰冷，压力也特别大，只有那些没有眼睛的鼻涕虫才能在那种压力下爬行，接着，她又似乎看到了秋天树林里的水塘，水塘上方笼罩着秋天特有的雾水，顺着这条视线，她又似乎看到了空气稀薄的外太空，我们的宇航员穿过大气层，不会制造任何波澜，所以天空的蓝色不会泄露。于是，她终于感到了平静，这是她没有预料到的。这里的那么多房间基本上都是空的，只有那些恶俗的艺术品，充分说明这个单身男人需要什么。这时，这里的主人也似乎变得可爱温柔了些。想和你睡觉的男人，举止通常都带有一定的挑逗，有一定的攻击性，不断地试探着，如果成功把你钓上手，他就会更加疯狂，可是，范·霍恩今天没有一点这样的举止。他显得很疲倦，坐在铺着蘑菇色灯芯绒布的破旧交椅上，整个人都像要塌下去。她猜想，他刚才穿着三件套正装去谈的生意肯定不顺利，也许他是去申请银行贷款，结果被人家拒绝了。他拿起管家放在他手边的奇峰朗姆酒瓶，往他的茶杯里倒了很多，这更证明他现在的精神状态不好。“你怎么收集到这么多艺术杰作的？”亚历山德拉问。

“是投资顾问的建议。”他的这个回答挺让人失望的。“除非能在后院里挖出石油，否则最聪明的投资就是购买还没有出名的艺术家的作品。大战前，有两个俄罗斯人在巴黎买了毕加索和马蒂斯的画，当时价格十分低廉，但现在这些画就珍藏在列宁格勒，人家想见一眼也见不到。再想想杰克逊·波洛克[①]落魄的时候，有人用一瓶威士忌的价格就可以买走他的一幅画，当时显得很傻，但结果像中了大奖。总有中奖的，也有没中奖的，但平均而言总比投资股票更合算。如果你买到了贾斯培·琼斯[②]的一幅画，就算你同时还买了一大堆垃圾，那也是赚的。而且，我也很喜欢垃圾。”

“我看得出，”亚历山德拉说。她很想帮他理好这个家。但是，她怎么样才能让这个邋里邋遢的大男人喜欢她呢？他就像是一幢大房子，里面有许多房间，每个房间都有许多扇门。

她的回答让他差点从椅子上跳起来，让茶水泼了出来。显然，碰到这种事情，他的第一反应是叉开双腿，让茶水溅到地毯上，所以地毯上有一块是棕色的。“东方人的最大优点，”他说，“是他们善于掩藏他们的恶习。”他用一只尖头黑皮鞋的鞋底将地毯上的茶水污迹揉掉。他的脚不知为什么那么细，和他魁梧的身材很不相称。“我很讨厌，”他又主动地说，“五十年代的那些抽象玩意儿。我的天啊，这些玩意儿让我想起艾森豪威尔，他习惯空话连篇，无聊透顶。我希望艺术能启发心智，让我看清楚自己的处境，就算说我已经进了地狱，那也没关系，对不对？”

“我猜想你是对的。在艺术方面，我也是半吊子，”亚历山德拉说。这时，他真的开始挑逗她了，她就开始觉得有些不舒服。他是不是想窥探她穿着什么内衣？她最后一次洗澡是什么时候的事？

---

① 著名美国画家、抽象表现主义运动的主要力量。

② 被誉为美国当代最伟大的艺术家之一，主要媒介为油画和版画，代表作有《旗帜》。

“所以，当波普艺术开始流行的时候，我就想，天啊，这才是我的东西。所以，我感到他妈的兴奋，就越来越沉溺在里面，和罗马帝国晚期的人一样，玩物丧志。你读过佩特罗尼乌斯[①]的书吗？好笑吗？很好笑。天啊，你看劳申伯格把山羊放在轮胎上，你可以笑整整一天。几年前，我在纽约五十七大街的那个美术馆待过，我跟你说过，我希望你到那里去展览，我想当时你不耐烦听，可能没有放在心上，馆主密斯卡笨手笨脚，大家都叫他笨蛋，不过我要给他说句公道话，他的知识倒是很渊博，他拿了两个啤酒罐子给我看，那是琼斯用青铜做的，但涂的颜色很温馨，细节十分逼真，但也有些琼斯特有的随意，其中有一个是开过的，顶上有个三角形，另一个是没开过的，原封不动。密斯卡对我说，拿一个吧。我问他说，哪一个？随便哪个都行。所以，我挑了那个没开过的，那个更重一些。他劝我拿另一个，说另一个好。我说真的吗？他说听他的准没错。我就听他的，拿走那个轻的。啤酒已经喝掉了，其实，什么狗屁艺术价值也不存在。不过，那玩意儿很逗，看着它我鸡巴竟然硬起来，差一点就泄了。”

他感觉到亚历山德拉不介意他说粗话。其实，她很喜欢，听到这种话，她觉得很舒服，很亲密，就像闻到了科尔身上的腐肉味。她得走了。她的狗还关在车里面，它的大心脏肯定要炸了。

“我问他这些啤酒罐子什么价钱，密斯卡说了个价格，我说没门。做人要有底线。这两个仿制的啤酒罐子能值几个钱？亚历山德拉，我不是跟你开玩笑，如果我当时心一狠，我的财富就可能增加四倍，而且，那是很多年以前的标准。这些罐子的价值，比同等重量的纯金罐子更高。说实话，我相信，后代人回头看我们的时候，当你和我都变成了灰装在那些他们强卖给你的盒子里的时候，这些盒子又贵又愚蠢，我们的头发和骨头还有指甲被那些殡仪馆的老板掰开来分别要钱的时候，他妈的，我倒下了，他们就可以随便

---

① 古罗马作家，作有欧洲第一部喜剧式传奇小说《萨蒂利孔》，描写当时罗马社会的享乐生活和习俗。

处置我的尸体,想怎么扔就怎么扔,我说是,等到我们都死掉了以后,这些啤酒罐子,就变成了当代的蒙娜丽莎。现在,金霍尔茨已经家喻户晓,你知道他曾经把一辆道奇车给锯开,在半截车里,还有一对男女在做爱。那辆车就放在一片人造草皮上,在不远的地方,他另外铺了一小片阿斯特罗人工草皮,大约有国际象棋盘那么大小,上面放着一只空啤酒瓶子!他想表现的是啤酒已经喝光了,这是要给两个正在做爱的人制造一定的氛围。这是天才的创意!尤其是那一小片人造草皮,以及啤酒瓶子和半截子汽车的距离。换成别人,啤酒瓶子就会放在那大片的草皮上面,但是这样一分开,就产生了艺术感。很可能,那就是我们的蒙娜丽莎。我当时去了洛杉矶,看着这辆被疯子锯开的汽车,我的眼睛一下子就被泪水蒙住了。我没有骗你,亚历,我真的流泪了。”他抬起蜡白的双手,放在双眼前,似乎是要将两只水汪汪、布满血丝的眼球从脑壳上摘除。

“你喜欢旅行吗?”她说。

“不如从前喜欢。我现在挺开心。我觉得吧,不管去哪里,都是你自己打开包裹,你还是你,那些包裹还是那些包裹。你们这些女孩很不错,找个没有人知道名字的地方,自己营造自己的空间,不过,不久之后,各种垃圾也会尾随而至,现在电视节目无所不在,整个世界变成了地球村,一切都完了。”他蔫蔫地坐在蘑菇色的凳子上,终于找不到词了。尖鼻子牧羊犬在房间里跑来跑去,然后来到主人旁边蹲着,将长长的鼻子藏在尾巴下面。

“说到旅行,”亚历山德拉说。“我想起来,我真的得走了。我的狗还锁在车里,我的孩子们也已经放学了。”她放下茶杯,茶杯上印着一个字母N,很奇怪,不知道为什么不是范·霍恩的姓名首字母。她把茶杯放到那张玻璃桌子上,那张桌子虽然很旧,有很多刮痕,但那是密斯·凡德罗的作品,和她身高差不多一样高。她穿着浮花阿尔及利亚夹克,里面穿着银灰色高领棉线衣,裤子是绿色哔叽呢。她站起来的时候,腰部突然感到一阵疼痛,这让她意识到,这本来很松的裤子,现在已经变得很紧了。她曾经发誓要减肥,但冬天是最不利于减肥的季节,人们总想多吃一口以抵御寒冷,反正天黑得早，而且，这个大个子男人现在正盯着她高耸的胸部看，在一定意义上，她觉得也没必要改变自己的身材。乔曾在亲密的时候叫她“奶牛”，说她是他的一个半女人。奥斯也曾经说过，晚上和她睡觉，比多盖两条毯子更暖和。苏吉和简都说她的身材了不得。她发现紧紧裹住她的盆骨的哔叽呢裤子上有几根那条牧羊犬落下的毛，她随手将那几根毛拍掉，飞快从沙发转角上拿回包头巾。

“可是，你还没去过实验室呢！”范·霍恩说。“浴室你也没去过。我们终于把澡盆安装好了，就剩下一些附件没安装到位。还有楼上呢。我那些大件劳申伯格平版印刷作品都放在楼上。”

“下次吧，”亚历山德拉说。她的声音终于有些像女低音。想到要走了，她很高兴。而且，看到他慌里慌张的样子，她对自己的能量也更有信心了。

“你起码得看看我的卧室，”范·霍恩用恳求的口吻对她说。他突然站起来，像是跳起来似的，小腿撞到了玻璃桌子的一角，痛得他脸上的五官都变了形。“都是黑色的，甚至床单也是黑色的，”他说。“真正黑色的床单他妈的很难买到，许多说是黑色的，其实都是藏青色的。楼上有几幅刻意弄得很粗糙的油画，是一个叫约翰·韦斯利的画家画的，这个韦斯利不是卫斯理公会的那个，他们没任何关系。他是个刚冒尖的年轻画家，他画的画都像儿童寓言书的插图一样，但你仔细看，就会发现其中的奥妙。松鼠交配是他最喜欢的主题。”

“是吗？挺好玩的。”亚历山德拉说着，一边迈起曲棍球运动员的步伐，与此同时，那只椅子挡住了他，他只能眼睁睁看着她走出那间装着丑陋艺术品的房间，穿过藏书室，走过音乐室，来到装着大象腿的大厅，那里有很强烈的臭鸡蛋味，但总算可以呼吸到室外的新鲜空气。从外面看是黑色的大门，内侧还是保留着橡树的天然本色。

管家不知道从哪里冒出来，伸手搭在那根黄铜门闩上面。亚历山德拉感觉他没有看着她，而是看着她身后的那个主人。他们不让她走吗？她准备心里数到五就开始大喊，但是，肯定是那个主人点了头，所以她数到三的时候，那根门闩就拉开了。

范·霍恩在她背后说："我本想开车送你回去，但是潮水可能涨得太高了。"他说话上气不接下气，好像是因为抽了太多的烟所以得了肺气肿，也可能是因为在曼哈顿吸入了太多的汽车尾气。他真的需要有个老婆照顾。

"你刚才不是说时间还早吗？"

"我怎么可能知道？我还不如你们熟悉这个地方呢。我们一起走过去瞧瞧吧。"

门口的车道两边列着石灰石雕像，现在被天气侵蚀得破破烂烂，有些还被盗贼切断了手臂，有些丢了鼻子，这条车道直接连着堤道，而堤道则通向这个小岛的外边。爬满藤蔓的大门两侧，杂乱地长着各种水草，有黄花草和苍耳等等，冷风吹过被灌满海水的湿地，这些野草不停地颤抖着。天空阴沉沉，最显眼的是一只很大的鹭鸟，但不是白色的，这时正慢悠悠地向海滩方向飞去，它的鸟喙是黄色的，和她的斯巴鲁很接近。堤道已经有几个地方被海水淹没了。亚历山德拉的喉咙里痒痒的，像是涌起了一股和泪水相似的东西。"这怎么可能呢？我们刚进去了不到一个小时！"

"玩得开心的时候都这样……"他喃喃地说。

"也没怎么开心呀！我回不去了。"

"好吧，"范·霍恩凑到她耳边说。他用手指抓住她的大臂，很轻，但她能感觉到。"回去吧，给孩子们打电话说一下，我们让管家给我们做顿便饭。他有几道辣菜做得很棒。"

"关键不是那些小孩，是我的狗，"她高声喊。"科尔会疯掉的。水有多深？"

"不知道。大约一英尺吧，中间可能有两英尺。我可以开车蹚过去，不过要是在中间熄火了，我的德国发动机就算完蛋了。制动片泡过海水以后，车开起来的感觉就完全不一样。就像樱桃树被砍掉了一样。"

"用不着，我自己走过去，"亚历山德拉说。她想甩开他的手指，但是，他好像读懂了她的心思，突然用力抓住她，像镊子一样捏得很痛。

“你的裤子会湿掉的，”他说。“这个季节的水是冰冷的。”

“我会把长裤脱掉，”她说。她靠在他身上，脱掉运动鞋和袜子。手臂上被他捏到的地方很痛，像火在烧，可是，她没有表现出痛感，也没有责怪他。刚才，他有些像小孩子，稀里糊涂的，把茶水也溅了，但也是狂热的艺术爱好者。此时，他更像个魔鬼。她赤脚走在碎石上很刺疼。如果她真的要走，她就不能犹豫。“我脱裤子了，”她说。“你别看。”

她拉开裤子侧面的拉链，将裤子从腰部拉下来，她的大腿雪白雪白的，在这个灰蒙蒙阴沉沉的地方，和刚才那只鹭鸟一样显眼。她害怕脚下的石头会松动致使她摔倒，所以，她小心翼翼地将绿色哔叽呢裤子慢慢推到粉红色的脚踝，推到有不少蓝色静脉的脚板下面，然后抬脚走出来。受惊的风吹着她裸露的双腿。她将运动鞋和长裤卷成一团，沿着堤道走去，把范·霍恩留在身后。可是，她虽然没有回头，还是可以感觉到他的眼睛盯着她，盯着她肥硕的大腿。她回头一看，他果真张着一双布满血丝的疲惫的眼睛盯着她。亚历山德拉忘了今天早上穿了什么内裤，不过，她往下一看就放心了，她发现自己穿着米黄色的内裤，没有恶俗的花纹，款式也很体面，不像最近店里专门卖给苗条年轻嬉皮士或追星族的那种，那种内裤大多露出半个屁股，裤裆细得和绳子差不多。海风吹到她皮肤上觉得很凉爽，她通常很喜欢自己的胴体，四五月份天开始变暖之后、虫子大量繁殖之前，特别喜欢午饭后到后院躺在毯子上晒日光浴。

自从雷诺家族离开之后，这么多年来，这里一直空置着，所以这条堤道上的草已经长得很密很厚，她光着脚踩在路中间感觉很柔软。路上的大米草已经褪了颜色，两边的水草也干枯了。当海水刚漫过路面的时候，路上密密麻麻的草像透明的海藻轻轻摇晃着。海水像过滤器，发出沙沙、嘶嘶的声响。在她的身后，达里尔·范·霍恩正在喊着，但不知道在喊什么，可能是鼓励她，也可能是警告她或向她道歉，但是，亚历山德拉刚被海水没过脚指头，刚受到了刺激，所以很专注，也就没有听到他喊什么。这海水多冷啊！很不舒服。这是和她的血液完全不同的另一种元素。路上棕色的鹅卵石也在盯着她，看起来也是那么冰冷、陌生、无情，不会产生哪怕一丁点儿联想，就像看到不认识的字母一样。水草已经变成了海藻，也显得那么傲慢，不带一点温情，随着潮水不断升高，这些海藻都向左边倾斜。她自己的双脚在海水里受到折射看起来也很小，和那些鹅卵石一样。她必须赶快蹚过去，趁现在还没有什么感觉。潮水淹过她的脚脖子，这里距离露出水面的路还很长，她扔个石子恐怕也扔不到那里。她又走了十几大步，水就淹到了她的膝盖，她可以感觉到那无情的海水冲刷着她，将她向另一边推。潮水是无情的，不管她在不在这里，潮水是要涨也要落的，她还没有来到这个世上，潮水就存在，就一会儿涨一会儿落，等到她死了之后，这个规律依然存在。她不认为她会被潮水冲倒，但她的确感觉有一股力量推着她，而且这股力量越来越大。她的脚脖子已经开始疼了，刚才的麻木感已经消失了，她感到刺疼，如果不是不得不忍，她是肯定忍受不了的。

亚历山德拉已经看不到自己的脚了，水草也再也露不出水面和她做伴。她开始跑起来，溅起许多水花，水花的声音太大，虽然那个男人还在她背后喊着什么，她一概听不见。她瞪大眼睛看着前方，她的斯巴鲁的影子终于越来越大，她可以看到科尔坐在驾驶座上翘首以盼，耳朵竖得老高，它肯定嗅到了它的救星在不断靠近它。冰冷的水淹到她的大腿，她的内裤也溅湿了。她太傻了，简直是个傻瓜，是个虚荣、虚伪的笨女人，居然抛弃她自己唯一的朋友，她真正的朋友，最单纯的朋友，这些罪是她应得的。狗是通人性的，它们的眼睛亮晶晶，那是因为它们渴望和人类相互理解，对它们而言，一个小时和一分钟没什么区别，它们的世界里是没有时间概念的，它们的世界里也不存在指责和宽恕，因为大家都不能预见什么。冰冷的海水淹没到了她的裤裆，她轻轻吼了一声，虽然这声音吓不到人，但足够吓到一只飞得离她很近的白鹭，那只受到惊吓的白鹭先是愣了一下，急促地拍了几下翅膀，就像一个老人紧急抓住椅子扶手似的，然后伸长了两只脚，舒展开翅膀，向高空飞去。亚历山德拉转头朝这只白鹭飞行的相反方向看去，就在海滩上的灰色的沙堆上，看到一只白色的鸟，这白鹭和刚才飞走的那只，肯定是一对。

随着那只白鹭飞走，冷得要人命的海水终于从她的大腿上退下去一些，对她的冲击力也减弱了一些，她慢慢走上坡，上气不接下气，差点就哭出来，刚才的遭遇让她感到既害怕又可笑。她终于走上干地，走到她的汽车旁边。其实，刚才在海水最深的时候，她曾经感到很兴奋，现在海水退了，她的兴奋感也退了。亚历山德拉开始感觉到冷，像落水的狗抖了一下，然后开始笑自己傻，笑自己因为花痴差点就被淹死了。人有时候需要一点傻劲，就像要吃东西才能保持身体的能量，才能更健康。她曾幻想自己被淹死了，变成了惨白的僵尸，面容因为痛苦而恐怖，像温斯洛・霍默①的油画《回头浪》中两个抱在一起的女人一样，不过，这个幻想没有变成现实。她身上慢慢干了，这时她身上却感觉到处在刺疼，像被一百只黄蜂叮到一样。

出于礼貌，她回头朝范・霍恩挥了挥手，有些嘲弄他，也有些和他调情的意思。这时，他站在貌似要坍塌的大门前，双手举得很高，也在和她挥手致意，看起来像个Y字形黑影。他在鼓掌，掌声飘过水面，和他的动作有些时间差。他还在大喊着，但她只能大概听到“你可以飞”这样的话。她用红色头巾擦干起了鸡皮疙瘩的大腿，穿上裤子，这时科尔在车里不停地吠着，尾巴不停地敲打着车门。它很开心，而且它的欣喜之情很有感染力，让她露出了微笑。她想该先给谁打电话呢？是苏吉还是简？她终于也上了他的船。刚才被他捏过的手臂，现在还感觉很痛。

那些小树，包括蹲在地面上的糖枫和小红橡树，是最早发芽的，似乎绿色是力量的表现，力量最小的最早衰败，也最晚复苏。十月初，紫红色的弗吉尼亚藤突然覆盖了她家后面的大石头墙，同时，漆树的下垂的果实也红里透着黄。黄色就和大铜锣的漫长余音一样，染遍了整个树林，桦树的树皮是棕黄色的，山胡桃也点缀着金黄色的果实，檫树的长得和连指手套一样的叶子是黄油色的，连指手套有些有一个手指，有些两个手指，有些没有手指。

---

① 美国风景画画家和版画家，是19世纪美国最重要的画家之一。

亚历山德拉经常发现，两棵相邻的一模一样的树，很可能是两颗种子在同一天被同一阵风吹到地上长起来的，但是，它们长叶子的节奏却不一样，其中一棵树的叶子像是被漂白了似的，颜色越来越惨淡，而另一棵树的每一片叶子却像野兽派画家亲手画的，红红绿绿，纷繁复杂，好不显眼。贴在地上的蕨草，快被人踩没了，但叶子的形状却也是形态各异，每一棵都在喊着“是我，是我”，所以，经过了夏天的一起疯长之后，到了秋天，大家都在着力凸显和表达自我。从布拉克岛海峡沿岸的海滨李和杨梅，到普罗维登斯大学山街道两边的悬铃树和马栗树，都呼应着亚历山德拉的温柔但复杂的心理，她和树木逐渐融合在一起，她感觉自己是一根僵硬的树干，有许多树枝不断向前伸展，叶子很茂密，最终伸展到了天上，变成了一片孤独的云，她也想象自己是一只蛤蟆，从割草机经过的地方跳到更茂密更潮湿的草丛里去。她就是那只蛤蟆，也是割草机上的那些刀片，在马达的带动下，干着恶毒的事情。从湿地到山上，叶绿素在全面减退，这时亚历山德拉飘了起来，像一股青烟，也像悬浮在地图上方的一双眼睛。即使新港那边很多的外来物种，包括英国胡桃、中国黄杨树和日本槭树，都免不了向季节变化屈服。这是大自然的法则，叶子不可能总留在树上。人也一样，什么东西都不会一成不变，顽固地守护着什么都是枉然。我们要解放思想才能生存。想要安全，就要减负，要放轻松，要给予新鲜血液足够的空间。人要足够傻，才善于放弃，最终收获新生。那个小岛上的那个男人可能就是新鲜的生命，他肯定是新鲜的，很有吸引力。她重温了他们在一起喝茶的每一个瞬间，就像地质学家拿着一块石头翻来覆去地看着，舍不得放下。有几棵小枫树在背后阳光的照射下，中间一团黑影，围绕着一圈刺眼的光环。路边的树林逐渐掉光了叶子，变得光秃秃的灰色，平日显得沉闷的常绿针叶树这时成了最耀眼的明星。十月的天，可谓秋高气爽，十分适合在室外打网球。

简·斯玛特穿着洁白的网球服，她将球高高抛起，球在空中变成了一只蝙蝠，翅膀起初显得比较短，挥舞的半径不大，不过，半径很快放大，像一把黑色雨伞，飞行的速度相应提高许多，把简吓得大叫。她扔下球拍，朝球网的另一边大喊："别玩这个了！太吓人！"其他女巫大笑，还有范·霍恩，他似乎挺喜欢这个玩笑。他的击球姿势很专业，很有力量，但似乎看不见球，可能是傍晚的太阳穿过落叶松林斜射进来，照在球场上，反射起来刺激了他的眼睛。落叶松树的针叶正在掉，落在球场上，得经常打扫。简的视力很好，这好像是天生的。蝙蝠的脸，在她眼里，就像小孩子的脸贴在糖果店的橱窗上，从店里面看是扁的。范·霍恩不合时宜地穿着篮球鞋，上衣是印着马尔克姆·X① 的文化衫，下身是黑西装裤，他的脸上也有和小孩子一样的淘气和贪婪，虽然这时候他的表情有些困惑，眼睛也比较呆滞。他的目标是得到她们的子宫，这是简的判断。她准备再抛发球，但是，她拿在手里的球突然变得黏糊糊，而且会蠕动。她们肯定又在玩把戏了。她装得若无其事，慢慢走到绿色护栏边，将一只蛤蟆放在血红色地胶上，看着它跳出护栏。范·霍恩的那只尖鼻子牧羊犬飞快地跑到护栏外面，去看看到底是怎么回事，但等它跑到那里，那只蛤蟆已经蹦到了被推土机推起来的土堆里去了。

"你再玩一次我就不打了，"简朝球网的另一边大喊。她和亚历山德拉在一边，苏吉和那个男主人在另一边。"你们三个人就打一对二吧，"她说。不过，范·霍恩的文化衫上印着一张戴着眼镜的脸，现在似乎有五个人。她这次拿在手里的网球似乎在快速变着形，起初像鸡鸭胗，然后似乎变换成了海胆，但是，她坚决不看，坚决不承认这个现实，果断高抛起来，奇怪的是，这个玩意儿在空中竟然又变成一只毛茸茸的黄色威尔逊网球，于是，她根据读过的教科书的说法，把网球看成钟面，擦击相当于钟面的两点钟位置。她巧妙挥舞球拍，精准地击打在那个幻影上面，根据手上感受到的冲击力，她预感这次发的肯定是好球。球从地上反弹起来，直奔苏吉的喉咙而去，苏吉赶紧拿拍子用反手护着胸部。可是，她的拍子的线被人家变成了面条，球碰到她的拍子后啪嗒落在她的脚边，滚向边线。

---

① 美国黑人伊斯兰教教士与人权运动者。

“妙！”亚历山德拉细声对简说。简知道，她的同伴很喜欢对面的两位对手，只是色情意义不同。她们这样分组，是苏吉在比赛开始前用转球拍定的，让亚历山德拉感到羡慕嫉妒恨。对手两个人属于魅力组合，苏吉古铜色的头发扎成了马尾辫，随着她的跑动不断跳跃，她穿着紧身网球裙，苗条的四肢不停摇摆，虽然有些斑点，但真好看。范·霍恩动作迅速准确，也可以说很机械，但和天才弹钢琴一样灵动，只是因为他视力不好，有时会挥拍打空，让人捧腹大笑，还有，有些球他本来可以轻轻切到空当就可以得分，可是他常常大力击打到底线外。

简准备发给他，这时苏吉笑着大喊：“脚误①！”简低头一看，看见她的鞋尖并没有跨过底线，而是底线在后退，绕过她的鞋子，像捕熊夹一样紧紧缠住她的脚。她赶紧一晃头甩掉这个幻觉，马上把球发给达里尔·范·霍恩，范·霍恩用正手把球抽打回去，亚历山德拉很敏捷地将球抽回到苏吉的脚下，苏吉拉了个小弧线回去，简在同伴抽球的时候就来到网前，刚好赶上，她也提拉了个小高球回去，范·霍恩眼睛里好像燃烧着火焰，准备将球扣死，可是，就在这时，球场上突然刮起一阵旋风，这种风在世界上许多地方叫做“小尘暴”，让他下意识抬起右手遮住眼睛，同时骂了一声脏话。他是个左撇子，戴着隐形眼镜。他难受地眨了眼，眼睛睁开时球就在他的腰部的位置，于是，他用正手使劲击打，球从黄色变成了绿色，因为球场护栏正好也是绿色，所以简几乎看不到球，她凭感觉挥了拍子，感觉打正了，力气也很大。苏吉被迫轻轻将球挡回去，亚历山德拉发力将球抽回到对方的前场，球蹦得很高，甚至比夕阳还要高，几乎肯定是够不到的，可是，范·霍恩飞速后退，动作比水下的螃蟹更快，然后将金属拍子扔向空中的平流层，拍子在空中旋转着，形成银色的光环。神奇的是，拍子不仅碰到球，还将球回了过去，虽然没有太大力量，但也落在底线里面。比赛继续，球员不断交叉换位，一轮又一轮，有时朝顺时针方向转，有时是朝逆时针方向转，节奏清晰，十分好看。

① 发球时踩线或双脚离地。

简·斯玛特感觉，四个人，八只眼睛，八只手，八条腿，在穿过落叶松的斜阳的照射下，奏出了优美的旋律，而落叶松的针叶子不断落到球场上，也是在为他们鼓掌欢呼。比赛终于结束了。苏吉说："我的拍子死沉。"

"你应该用肠线，不要用尼龙线，"亚历山德拉善意地建议。比赛的结果是她们这对赢了。

"真的好沉重，拿久了小臂疼死了。刚才是哪个贱人在捣鬼？太不公平了。"

范·霍恩也为失败找借口。"我的隐形眼镜也真见鬼，"他说。"居然进了一粒沙子，他妈的像一把锉子刺我的眼睛。"

"我还是喜欢纯粹的球赛，"简斩钉截铁地说。通常，她觉得她应该扮演和事佬的角色，像家长，更准确地讲，她经常像老处女姑妈，虽然面无表情，但其实内心已经在沸腾。

白天已经宣告结束了，天迅速暗下来，他们整理好装备上路的时候，别墅的许多窗口已经亮起了灯。进了别墅，三个女人来到范·霍恩装满艺术品但还是有些荒凉的狭长客厅里，并排坐在转角沙发上，喝着管家给她们送来的饮料。她们的主人有各种各样饮料，有龙舌兰酒、石榴汁、黑醋栗果酒、橙皮甜酒、塞尔兹碳酸水、蔓越莓汁、苹果白兰地，他可以用这些饮料随意勾兑，还有一些不知道名字的添加剂，这些东西都储藏在一只十七世纪的荷兰橱柜里，橱柜上方摆着两个天使头，因为木头年头太长，天使的脸已经开裂，眼球裂成了两半。从客厅的巴拉甸窗户看出去，大海的颜色已经变成了葡萄酒色，也像山茱萸即将掉落的叶子的颜色。在壁炉的两根爱奥尼亚柱子中间，在沉重的壁炉台下面，有两个瓷雕的牧神和女神，是裸体的白蓝色雕像。管家给他们端来了拼盘点心，有海鲜糊、馅饼和墨鱼汁海鲜饭，小墨鱼是透明的，它们的墨汁，好像它们的血，黏糊糊的，他们一边吃一边大喊，感觉好恶心。时不时，三个女巫中间会有一个忽然叫起来说家里的小孩没人管，所以得回去做晚饭，至少要打电话给大女儿，让她担起责任。很巧的是，今天是万圣节，今晚肯定要乱套，有些孩子可能参加派对，有些孩子会走上阴暗弯曲的街道，挨家挨户讨要礼物，小男孩会成群结队，变成小强盗，沿着栅栏或者树篱不断推进，小灰姑娘会戴着鬼脸面具，眼珠子在洞眼里面乱转，也还会有一些“鬼”套着枕套，扛着购物袋，突然袭击卖 M&M 和好时巧克力的商店，每家每户的门铃也会不停地响。几天前，亚历山德拉已经带琳达去过购物中心的伍尔沃斯食品连锁店，当时，四周一片漆黑，而这个垃圾店铺却灯火通明，貌似勇敢得很，店里那几个年纪不小体重不轻的伙计，卖了一整天专门勾引小孩子的垃圾食品，已经显得很疲惫，亚历山德拉通过九岁小孩张得圆圆的眼睛，又看到了这些廉价货的象征意义，这些哥布林面具、服装，还有用来讨礼物的塑料麻袋，单价都是三点九八美元，但它们具有丰富的含义。美国是这么教小孩子的：每一个节日，都可以转化成购物节，每一次感情冲动都可以转化成购物冲动。于是，亚历山德拉和她的小孩一样，在一排排货架之间徘徊，货架上的东西，主要是摆放在和视线同高的那些商品，每一件都散发着墨水或者橡胶或者糖的强烈气息，但似乎都成了宝贝疙瘩。可是，随着她终于找到了自我，变成了半个女神，这种身份感觉超越了她的其他角色，这种充满母爱的瞬间已经越来越少。苏吉坐在她旁边，一边弯下腰扯着超级短的网球裙遮盖露出来的白色加褶内裤，一边打着哈欠说：“我真的得回家去。我那些小鬼还眼巴巴地等着我呢。我们家在镇中心，肯定被包围了。”

范·霍恩正坐在她对面罩着灯芯绒罩子的扶手椅上，头上的汗水闪闪发光。他在马尔克姆·X 文化衫外面套了一件爱尔兰编织毛衫，是纯羊毛的，可以闻到绵羊的骚味。“别走，朋友，”他说。“再待一会儿，我要洗澡了，你也洗一洗。我感觉身上发臭了。”

“洗澡？”苏吉说，“我回家也能洗。”

“你家里肯定没有八英尺长的柚木澡盆，”那个男人一边说一边很顽皮地甩了一下他的大脑袋，这个动作实在夸张猛烈，把坐在他大腿上的牧羊犬吓了一跳，那只狗跳着跑开了。“我们一起好好泡泡，管家可以趁这段时间给我们做晚饭，海鲜饭或者玉米粉蒸肉饭什么的。”

“玉米粉蒸肉，玉米粉蒸肉，”简·斯玛特机械地说。她坐在沙发的一头，在苏吉的另一边，亚历山德拉觉得她面部线条清晰，像一个人生气了板着脸似的。简是三个女巫中个子最小的，但最不胜酒力，现在正努力控制自己。简也感觉到大家都在关注着她，于是，她一双火热的眼睛盯着亚历山德拉的双眼。“亚历，你呢？你怎么想？”

“我呀，”亚历山德拉含糊其辞地说，“我也觉得很脏，而且身上到处酸痛。像我这样的老太太，打三盘太多了。”

“过了今天，你会希望每次打一百万盘，”范·霍恩安慰她说。接着，他对苏吉说：“你这就回家去，安顿下你的小家伙儿，然后赶紧回来。”

“顺便到我家去一下，也帮我安顿下，可以吗？亲爱的。”简·斯玛特紧跟着说。

“好吧，”苏吉伸了个懒腰，又露出修长的腿，腿上有不少晒斑，脚上的运动鞋已经脱掉，小巧的脚上穿着法国品牌的袜子，像一双兔子脚。“我可能不会来了。克莱德希望我做一期万圣节专题。我想我应该去市中心，到橡树路上采访几个讨礼物的小鬼，找警察问问有没有谁家被砸，也可以到尼莫餐馆里去，找那几个老顾客，听他们忆苦思甜，他们肯定会说他们以前怎么搞鬼，例如在人家窗户上涂香皂，在人家东西上面放虫子。”

范·霍恩像火山爆发地说：“你怎么还在给那个混蛋克莱德喂奶？他太猥琐了，简直有病。”

“就是因为他有病，”苏吉马上回答说。

亚历山德拉发现，苏吉和埃德·帕斯利终于要分手了。

范·霍恩不依不饶。“也许我得请他到这里来一趟。”

苏吉站起来，将盖在脸上的黑发甩到后面去，有些淘气地说：“你要请他来可以，但别说是为了我，我和他是同事，每天都见得到。”然后，她抓起球拍，将浅褐色的毛衣随意地甩在脖子上，像一条围巾，这样的架势，让大家弄不清楚她到底会不会再回来。接着，大家听到她的汽车“咔嚓”一声启动了，那辆浅灰色的雪佛兰前驱敞篷车，那是六十年代的最佳车型，车屁股上还挂着由前夫名字的字母构成的个性车牌。汽车从堤道上开走了。可能因为今晚是满月，潮位很低，许多古锚和平底小渔船都暴露在闪闪星光之下，平常，这些东西都被海水淹没，一个月也就冒出来几个小时。

苏吉的离去，让其余三个人感到更加舒服，不会为自己相对不那么完美的皮肤感到焦虑。他们还穿着被汗水浸透的网球服，他们的手指上还沾满了墨鱼的墨，他们的喉咙和肚子都被管家的海鲜饭和玉米粉蒸肉饭刺激得火辣辣的。他们一边喝着饮料一边走进音乐房，然后两位音乐家向亚历山德拉展示了他们演奏勃拉姆斯 E 小调的熟练程度。那个男人的十根手指弹键盘，就像打雷似的，他的手不像是凡人的手，凡人的手没那么强壮，也没那么宽，他的手简直和割草耙一样宽，而且一点也不笨拙，他弹出来的旋律十分优美，相当纯熟，不过有几节应该是比较舒缓的，但他弹得缺少表现力，似乎他的音乐里面不存在表达温情所需的慢节奏和低音。亲爱的小个子简为了跟上同伴的节奏，双眉紧蹙，脸色越来越苍白，过了一会儿，她拿弓的手就显然感到疼痛，另一只手上下换把，飞速移动，似乎琴弦太烫，她不敢停留片刻。在一段激烈的节奏结束时，亚历山德拉用力鼓掌，这是她的母性责任。

“这不是我的琴，”简一边整理粘在眉毛上的黑发，一边给自己圆场。

“那是斯特拉迪瓦里的琴，”范·霍恩说。他是在开玩笑，但是，随后他觉得亚历山德拉会真的相信他，因为她现在已经迷恋上了他，不管他说什么她都会相信，所以，他随即更正说：“我刚才是开玩笑的，我这把是切鲁蒂制作的琴，他也是克雷莫纳人，只是年代较晚，毫无疑问，他也是制琴大师。你可以到处问问，看有谁收藏他的琴。”忽然，他抬高嗓门，像是要和他的钢琴比音高，这让那些薄薄的深色窗户玻璃跟着颤动起来，像是给他和声。“菲德尔！”他朝空荡荡的房间里大喊。“准备玛格丽特鸡尾酒！带她们去泡澡！快点！”

这就是说，脱衣服的时间到了。为了给简壮胆，亚历山德拉率先站起来，马上跟着范·霍恩出去，当然，简在这幢别墅里已经练过了好几次琴，所以她不需要别人帮她壮胆。亚历山德拉和简以及苏吉的关系说不大清楚，反正她是三个人中的领导，是三个巫婆中法术最高明的，但也是最晚进入这幢别墅的，她有些落后，因此是比较纯洁的。另两个都比她年轻，所以比她更开放，不那么矜持，拥有较少温水煮青蛙的耐性，或者按部就班的老传统。

三个人穿过置放现代艺术品的长房间，然后又经过一间堆着许多工具和纸箱的较小房间，穿过一扇双层门，里层门的后面贴着黑色聚乙烯垫，范·霍恩在原来铜屋顶的暖房隔出来一块地方，装了澡盆建成浴室，就和那个小房间挨着，所以这黑色聚乙烯垫用于防止浴室的热气和潮气渗透到房间里面去。浴室地上铺着田纳西石板，天花板上有许多孔，孔里面装着灯，像倒挂的杯子。“我装了可变电阻器，”范·霍恩用空洞刺耳的嗓音解释说。他转动一个闪亮的球形按钮，随即，那些倒挂的杯子就发出强烈的光线，和照相用的闪光灯差不多亮，然后又逐渐变暗，最终和冲洗胶片的暗室一样黑。这些倒装的灯并不是整齐排列的，而是随意散开，像天上的星星。他让浴室保持昏暗的状态，可能是顾及她们身上的皱纹和斑点，而且，她们都装着激凸得很夸张的假奶头，这是女巫的身份特征，如果灯光太亮，马上就露馅了。隔着一堵厚玻璃板墙，暖房里的灯光也是相当昏暗，灯泡也是陷在天花板上的，灯光是紫色的，让那些花草显得更加翠绿，更凸显出各种奇异的形状，显得很陌生，可能有些真的是剧毒植物。在另一边有一排更衣小隔间和两个淋浴头，都是黑色的，像内凡尔森的雕塑作品中常见的盒子，在这一边，就在澡盆旁边，蹲着一头貌似正在酣睡的巨型鹿或者麝，柚木澡盆抛得十分闪亮，亚历山德拉感觉和那天蹚过冰冷的海水截然不同，这里面的水很热，甚至整个浴室里的空气都是热的，热得她脸上逐渐渗出汗来。在澡盆的一边，在靠近她的这一边，有个像马桶样的东西，她想这可能就是控制台。

“你要是觉得身上脏，就先冲一下，”范·霍恩对她说。不过，他自己并没有朝淋浴头那边走去，相反，他走向另一面墙，那面墙很像荷兰画家蒙德里安的作品，只是没有颜色，墙上割出来几道门，显得有些神秘，他打开一扇门，从里面拿出一个白色的盒子，实际上那不是方形的盒子，而是一个长形的白色头骨，可能是山羊或者是鹿的头骨，然后，他从头骨里面取出一些碎屑和一叠老式的香烟纸，然后笨手笨脚地摆弄，像一头熊在弄蜂巢似的。

亚历山德拉的眼睛逐渐适应昏暗的环境。她走进一个小隔间，脱掉脏兮兮的衣服，发现小隔间里有一条紫色大毛巾叠好放在那里，于是她拿了那条毛巾裹在身上，像做贼似的闪到一个淋浴头下面。不一会儿，打网球流出来的汗，对留守在家里的小孩子们的愧疚，以及很奇怪的像刚当新娘似的害羞，都被水冲得干干净净。她抬起头迎着水，像是要冲刷掉从娘胎里带出来的所有印记，这些印记都像指纹或者社保号码一辈子跟着她。由于头发淋透了，她的头觉得比开始更重，而她的心却越来越轻，像一辆小车在铝合金轨道上疾驶，向那个有些陌生、有些粗暴的男主人飞去。擦干身子后，她发现毛巾上绣着一个字母，好像是M，也好像是男主人的名字的首字母V和H连在一起。她裹着毛巾走回到昏暗的浴室，她光着脚，感觉地上的石板有些粗糙，像爬行动物的鳞片，感觉很舒服。她闻到一股呛人的大麻气味，像鼻子被宠物的毛戳了似的。范·霍恩和简·斯玛特已经泡在澡盆里面，肩膀闪闪发光，正分享着一根大麻烟。亚历山德拉走到澡盆边缘，看到澡盆里的水大约四英尺深，她让毛巾从身上滑掉，然后自己溜进澡盆。好热！简直要烫掉她的皮。古时候，人们在火烧女巫的时候，通常会用烧得通红的钳子从女巫身上夹下几块肉，据说这是要在女巫的身上挖出一扇窗户，通向她即将前往的炼狱。

“是不是太热?”范·霍恩问。他的声音比刚才更空洞，更不像人声，这可能是因为浴室里水汽太多，而且与外面隔绝的原因吧。

“没事，一会儿就适应了，”她低沉地说。她看到简已经适应了。简似乎因为亚历山德拉居然也在这里而感到很愤怒，所以她翻动水花，同时将自己浸没到水里去。亚历山德拉感觉到她的乳房向上漂，被水托起来了。她慢慢再向下溜，直到水淹没了她的脖子，范·霍恩将大麻烟递给她的时候，她没有干的手去接，所以，范·霍恩将大麻烟塞到她的嘴里。她狠狠吸了一口，将烟含在嘴巴里面，不吐出去。她感觉到淹没在水下的咽喉在燃烧。不久之后，她感觉水的温度和她的皮肤温度差不多，她往水里看，看见三个人的身体都缩小了许多，简的身体还有些变形，两条腿变成了楔子形的，不停摇晃,范·霍恩的阴茎没有割过包皮,像一颗灰色的鱼雷一样漂浮着,十分光滑,和城里药店卖的香草塑料振动器一样,性解放早已消除了禁忌,药店的橱窗里常可以看到这样的成人玩具。

亚历山德拉伸手到背后拿刚才包裹身体的毛巾,擦干了手和手腕,等大麻烟传到她这里的时候好去接。那大麻卷烟和蚕蛹一样脆,在他们三个人中间一轮一轮地传着。她从前也吸过大麻,她的大儿子本在他们家的后院种过,就在番茄的后面种了一小块,大麻的叶子和番茄有些相像,一般人看不出来。不过,她们三个巫婆每周四聚会的时候从来没有吸过,她们只会喝点酒,吃点高热量零食,瞎聊一些家长里短,有些事镇上的人们可能已经流传很久了。吸了几大口之后,也因为浴室里水汽缭绕,亚历山德拉感觉到自己正在变化,身体在水里变轻了,那个头骨好像是她自己的。头骨传过来的时候,波浪会很大,他们都得用力去接,她感觉看着这个澡盆像看着整个宇宙,也像看着挂毯的背面,在这个昏暗的浴室里,接缝和线条都看不清楚,就是挂毯的背面,是阳光灿烂的大自然的对立面。她感觉自己已经摆脱了所有烦恼。简的脸上依然可以看到烦恼,她男性化的眉毛和坚定的嗓音再也不能对亚历山德拉构成任何威胁,她们俩又黑又浓密的阴毛在水下前后飘动,看起来都像男人的阴茎。

“他妈的,”达里尔·范·霍恩大声宣布。“我真想当女人。”

“为什么?”简很理性地问。

“女人的身体真厉害,能生小孩,然后能产奶喂小孩。”

“你的身体也很厉害,”简说。“能把你吃的变成屎。”

“简!”亚历山德拉喊了一声。简的这个类比让她受不了,当然,如果深入理性思考,大便其实是人类创造的一个奇迹。接着,她对范·霍恩说:“是很厉害。在生小孩时,女人是没有自我意识的,在那个时候,她就是一个通道,是延续生命的通道。”

“肯定很激动,”他说。

“那时打了大剂量麻醉,没什么感觉,”另一个女人酸酸地说。

“简，你说的不对，起码我不是那样的。我都是顺产的，奥斯总是陪着我，他一直待在产房里，给我拿冰片，我当时脱水严重，我还出现呼吸困难，他就在旁边帮助我呼吸。生两个小的时候，我们甚至没有请医生，我们自己接生。”

“你知道吗？”范·霍恩貌似很认真，很学究，一本正经，这一点让亚历山德拉很喜欢，表明他从前肯定是个挺笨挺腼腆的男孩子。他说：“历史上之所以存在巫术恐慌，而且搞死了那么多巫师巫婆，那是因为从十四世纪开始，医学开始发展，医生开始成为职业，绝大多数是男人，他们抢走接生婆的活。他们有麦角[①]，有阿托品，而且，即使他们的生殖知识不是很丰富，但也有些具备正确的直觉。抢到这项活之后，男性医生通常蒙着眼睛干，接生的时候头上蒙着被单，所以出了许多问题，不知道死了多少可怜的女人。”

“这很正常，”简语气很冲地说。她显然已经认定，她必须表现得很恶劣，才能让范·霍恩一直注意到她。“我讨厌大男子主义，”她对他说，“但我更讨厌那些为了钻进女人的内裤整天把女性主义挂在嘴上的人。”

可是，亚历山德拉觉得她的声音渐渐慢下来，也柔弱了许多，可怕是因为热水由外而内、大麻由内而外消耗掉了她的精力。“亲爱的，你经常不穿内裤的吧！”亚历山德拉提醒她说。这算是她的优点吧。浴室里越来越昏暗，尽管没有人去调控制器。

“我没有开玩笑，”范·霍恩紧跟着说。他还是那么一本正经，像个学究，渴望他的观点得到认可。他的脸朝下，眼睛盯着水面，头发和施洗者约翰一样长，有些披在肩膀上，和绒毛融合在一起。“我是真心的，你们能懂吗？我喜欢女人，我妈妈就是一个聪明美丽的大好人，真的。从前，我常常看她整天在家里干活，还为我这个小家伙不停折腾，我常责问自己，我这个窝囊废是来这个世上干什么的。我老爸也是个辛苦工作的窝囊废。我想问问，你们奶水流出来的时候有什么感觉？”

---

① 用于催产、产后止血和促进子宫收缩复原。

“那么，”简又反问，“你生出来的时候有什么感觉？”

“算了，别再说了，再说下去就龌龊了。”

亚历山德拉看到那个男人脸色阴沉。这是一种警报，不是闹着玩的。男人也有扛不住的时候。

“我不觉得有什么龌龊的，”简说。“你们不是在说生理问题吗？我说的就是女人所没有的生理反应。反正我们不会自己从那里出来。阴蒂这个词你喜欢吗？”

亚历山德拉没有理睬她，而是回答范·霍恩关于奶水的问题。“感觉就像尿尿一样。平时想尿尿不出来，你觉得有了，就自然会尿出来。”

“这就是我喜欢女人的原因之一，”范·霍恩说。“女人是温馨生活的真正代表，对她们而言，丑陋一词是不存在的。男人嘛，他妈的，脑子里都是猥琐的东西，想的净是鲜血、蜘蛛和口交等龌龊玩意儿。有许多物种的母体生下幼崽后会吃掉胎衣，你知道吧？”

“我想你不明白，”简说，“你的歧视性很强。”她的声音听起来很干涩，很奇怪。她从澡盆里踮着脚站起来，一对乳房浮在水面上，闪着银光，有一只比另一只大一些，浮得更高。她站在那个男人和另一个女人中间，双手托着乳房，似乎那是她的存在证明，这样的证明大家都有，但人们很少这么张扬。她解释说，“我一直都希望我的乳房长得更大一些，希望和亚历一样大。她的奶子很大、很可爱。给他看看你的奶子吧，亲爱的。”

“简，别这样。你说得我多不好意思！我不认为乳房大小对男人有多重要，他们要的是女人的整个身体。关键是你自己怎么看，如果你自己感到满意，别人也会喜欢。我说得对不对？”她问范·霍恩。

可是，他并不愿意充当男性的发言人。他也站起来，抬起毛茸茸的手，将手掌放在他的乳头上，那是已经退化了的男性乳头，像被几条黑蛇包围着的小肉瘤。“人类的进化真了不起，”他说。“人类的生理分工真奇妙，一种性别可以为婴儿制造足够的食物，比实验室里弄出来的配方还更好，而且还有专用的管道给婴儿喂食。而且人类能享受性爱的快感。鱿鱼能享受性爱吗？更低级的浮游生物呢？当然，它们不用动脑子，而我们要绞尽脑汁，要生存，要玩各种花样，有人还会制造陷阱，人们就要竭力避开陷阱，这需要无穷的精力和智慧，国家花费纳税人不知道多少亿的金钱制造乱七八糟的侦察机，最终还是要被人家击落下来，相比之下，这还算是简单的。如果不是通过进化产生这样的智慧，人就不会你操我我操你，人种就不会进步，甚至会消亡，大家都只会傻傻地欣赏日落，什么毕达哥拉斯定理都是废话。”

亚历山德拉很喜欢他的思维方式，她完全跟得上。“我很喜欢这个房间，”她梦呓般地说。“刚开始我有些不适应，太暗，我就喜欢乔安装的那个铜管。乔很可爱，尤其是他脱掉帽子的时候。”

“乔是哪个？”范·霍恩问。

“我们是不是搞错了，”简说。她的腔调火气十足。“怎么聊起这么原始的话题？”

“我放点音乐吧，”范·霍恩说。他以为简觉得无聊。“我们来感受一下四声道立体声。”

“嘘！”简说。“我听到外面有汽车声音。”

“是来讨礼物的吧，”范·霍恩说。“我们准备了一些刀片苹果，菲德尔可以搞定他们。”

“可能是苏吉回来了吧，”亚历山德拉说。“我爱你，简，你的耳朵真灵。”

“挺管用的吧？”简一点也不客气。“我的耳朵长得也很漂亮，我爸爸也常这么说。你看！”她撩起盖在一边耳朵上的头发，然后转过头，亮出另一边的耳朵给亚历山德拉看。“只有一个问题，有一边比另一边高一些，所以我戴眼镜有些偏。”

“不会吧，我觉得很正，”亚历山德拉说。

简听了很高兴。“挺好，挺贴的。苏吉的耳朵翘得老高，像猴子似的，你有发现吗？”

“有。”

“她的两只眼睛太近了，还有，她长着一口狼牙，小时候就应该矫正好。

她的鼻子就一团肉。我真的不晓得，她的五官长成这样，她是怎么干活的。”

“我想苏吉不会回来了，”范·霍恩说。“管这个镇的那些人都是神经病，都是小人，不会那么容易放过她的。”

“不会吧，”有人说。亚历山德拉以为这是简说的，但声音又像是她自己的。

“我们这样不是很舒服吗？”她大声说，她是想试试看刚才的声音到底是不是她自己的。这时她的声音很沉，像男人的声音。

“这里是家外面的家，”简说。亚历山德拉觉得这话里面有刺，也很酸。简说话总是带刺，味道很重，和她说话很难达到绝对的和谐。

简听到的声音不是苏吉的，而是管家的，他给她们送来了玛格丽特鸡尾酒。他是将鸡尾酒放在一只巨大的盘子上端来的，那是一只银盘子，上面雕刻着精致的花纹，苏吉曾经用崇拜的口吻跟亚历山德拉描绘过。盘子上的酒杯很大，但杯脚很细很长，酒倒得很慢，边上漂浮着颗粒挺大的海盐。亚历山德拉已经习惯了裸体，她看到管家并没有裸体，而是穿着军绿色的制服，看起来和睡衣差不多，她看起来倒觉得有些奇怪。

“这个不错，女士们，”范·霍恩喊。他这样自夸有些孩子气，他翻着白眼，也显得挺淘气。他已经从澡盆里走出来，正摸着墙上的一块标度盘，大家随即听到头顶传来一声顺滑的辘轳声，波纹状的金属天花板向两边滑开，露出漆黑的天空和天空中的点点繁星。亚历山德拉认出蜘蛛网似的昴星团和红色灿烂的金牛座。这些星体看起来是那么的遥远，吹进来的秋风出乎意料地暖和，虽然也是有些萧瑟，墙上那些像雕刻似的装置现在看起来十分精致，她也看清楚了自己胖得像球茎似的身体，感觉终于回到了现实，腾腾的蒸汽和手指夹着的玻璃酒杯脚都那么真实，刚才的种种感觉都那么虚幻。天上的星星就像一滴滴眼泪，似乎由外而内地蒙了她的眼睛。她无意间将手里的玻璃酒杯变成了一朵肥硕的黄色玫瑰花，然后做了个深呼吸，闻着花的香气。她闻到了酸橙汁的气味。她喝了一口，嘴唇沾满了和露珠一样大小的盐晶体。玫瑰花茎上的一根刺刺到了她的手指，她看到一滴血从指尖冒出来。达里尔·范·霍恩正弯着腰拨弄着别的控制器,他白花花的屁股闪闪发光,这是他身体上唯一不长毛的部位,她看起来觉得十分真实。她很想吻一下他这块平时看不见的光滑的屁股。简递给她一个有点烫的东西,她顺从地拿到嘴边吸了一口,顿时,她的喉咙感到一阵炽热,她还发现简正盯着她,眼光中燃烧着愤怒,而且,她的这个朋友的一只手伸过来,滑过她的肚子,捏着她高耸的乳房,像鱼咬着她似的。简曾经说过,她很羡慕亚历山德拉,渴望也有像她那样的乳房。

"嘿,你们别光顾着自己玩。"范·霍恩没说完就扑到水里,打断了她们之间的"交流",因为简的小手已经拿走了。她的手指尖上结着茧子,真像鱼的牙齿。三个人又恢复口头的交流,但是,他们说的话不着边际,没有实际意义,亚历山德拉的意识中似乎有个黑洞,时间像烟,绕成了一个个似有似无的圈,飘到黑洞里就消失了,直到苏吉真的回来了,时间才又变成了现实。

苏吉急匆匆地冲进来。她穿着麂皮裙,腰上系着生牛皮带,花呢夹克刚刚齐腰,背后打着两个褶,这身打扮像个女猎人,有一点秋天的味道。她的网球服装肯定脱下来扔在家里的洗衣篮里了。"你的孩子们都很好,"她对简·斯玛特说。她看到三个人都在澡盆里,没有觉得尴尬,似乎她对这种情况已经司空见惯,这个房间里的每一条石板,以及另一边的花花草草,乃至天花板上方的天空和星星,对她来说都是熟悉极了。她手脚十分干净利落,先是把一只挂包似的皮袋子放在一只亚历山德拉刚才没有发现的椅子上,浴室里有一些家具,包括椅子和垫子,因为光线太暗,很不容易发现,接着她开始脱衣服,先是蹬掉那双低跟方头鞋,然后扒掉猎装上衣,然后解开牛皮皮带,将裙子推到屁股下面,再接着解开米黄色丝绸衬衣的纽扣,这个颜色和肤色基本一样,再接着将玫瑰花茶色的短衬裙连同里面的白色短裤一起脱下,最后解开胸罩,弯着腰,双手向前一伸,胸罩就顺着手臂滑到手里,两只乳房终于获得了自由,不停地颤抖着。苏吉的乳房不大,但比较坚挺,圆锥形的,锥尖黑乎乎的,但乳头不那么张扬,不像纽扣。亚历山德拉觉得她的身体像一团火焰,一团白色的火焰。苏吉很平静地将她刚刚撸下来的衣服从地板上抓起来，扔到一只影影绰绰的椅子上，然后从皮夹子里找发夹将头发夹起来，她的头发说红不红，介于杏黄色和紫杉木红色木心之间，不管到哪里，她的头发都是这个颜色。不过，她还是忘了身上还有两束毛，就是腋窝下的毛，那两束腋窝毛像两只蝴蝶似的，这表明她是进步的，相反，亚历山德拉和简都没有忘记刮腋窝毛的训诫，那是她们正在发育的时候父母教她们的。在《圣经》里面，女人一般用火石刮腋窝，女人身上的毛发是对男人的挑衅，而苏吉是三个女巫中最年轻的，对传统规矩的意识最为淡薄，最乐于让毛发自由生长。她身材比较苗条，前臂和小腿上有密密麻麻的斑点，但她的身形很好，当她朝三个人走去的时候，走到澡盆边缘，在蜡黄色地板灯的照射下，在黑色的背景中，她的轮廓相当清晰，只是模模糊糊的裸体像幻影一样，就像在电影里面，导演会安排一系列静物，给观众预设某种感觉，让他们在安静中感受到各种感情变化。苏吉很快靠近他们，三维形象恢复清晰，大家可以看到她光滑的侧面，上面有一个粉红色小肉瘤和一块瘀青（是不是埃德·帕斯利激动的时候弄的？），她不仅四肢上布满斑点，连她的额头也有许多，还有许多形成一条“带子”穿越过她的鼻子，扁平的下巴上也有好几个“星座”。她的下巴是三角形的，当她坐在澡盆边上的时候，她的下巴皱起来，表明她在凑足够的勇气和决心，同时，她做了几次深呼吸，拱起背，收紧屁股，然后溜进烟雾腾腾的水里面。“哎呀，妈呀！”苏吉叫。

“一会儿就适应了，”亚历山德拉安慰她说。“果断一点，等一会儿就会很舒服。”

“你们觉得很烫吗？”达里尔·范·霍恩豪气冲天地说。“就我一个人的时候，还要热二十度。这种温度是必需的，这样才能把身体里面的毒素逼出来。”

“他们在干什么？”简·斯玛特问。亚历山德拉的眼睛一直盯着苏吉看，而且眼神暧昧，她的头和喉咙似乎都在颤抖。

“哦，”苏吉说，“跟平常一样，看五十六频道的电影，他们讨到了许多糖果，可能都吃腻了。”

“你没去我那边吧?”亚历山德拉问。她突然感到有些害羞,苏吉太可爱了,现在就光着身体在她身边,她弄起来的水浪冲刷着亚历山德拉的皮肤。

“宝贝,玛茜已经十七岁了,”苏吉说。“她已经是个大姑娘了,搞得定的。你醒醒吧。”她向前冲了一下,顽皮地推了亚历山德拉的肩膀。她就冲这一下,她的乳房反被水推着,可爱的乳头浮出了水面。亚历山德拉很想吸这个乳头,这种冲动比刚才想亲吻范·霍恩的屁股还要强烈。她产生了一种幻觉,似乎苏吉的乳头正冲她漂过来,她的脸侧着,嘴唇拢成圆圈,准备迎上去,可是,她的头发被水冲散开,粘到嘴唇上。她的嘴边脸颊感到一阵燥热,此时,苏吉的眼光也变成了绿色,表明她完全懂得亚历山德拉的心思。三个女巫的气场在星空下融合在一起,一个人是粉红色的,一个人是紫色的,另一个人是黄褐色的,范·霍恩的气场是棕色的,很僵化,和墨西哥某个破落教堂里的圣人像头上的光环一样,很笨拙,一点也没有生机勃勃的样子。

苏吉说的那个女孩玛茜,是亚历山德拉在二十一岁的时候生的,那一年她在奥斯的恳求下从大学退学,成了他的妻子。她有四个小孩,怀这些孩子的时候,女孩子比较淘气,搞得她肚子很痛,男孩子则比较稳重,平时好像不存在,他们要出来的时候,她突然感到剧烈的阵痛,随即他们长长的头颅就伸出来,然后整个身体就露出来,肌肉很结实有力,隐约可以看到他们长大以后的男性特征。那些女孩比较软弱,从一开始就可以预见到她们长大以后就是可爱的“甜心”,小鸟依人型的,既是美人,也是奴隶。所有小孩在出生不久之后都是螺旋腿,好像在她肚子里的时候都骑过马,那是穿尿不湿造成的,他们的小脚都是紫色的,皮肤和大人的鸡巴一样光滑,眼睛是蓝色的,很专注,小嘴滴滴答答的。他们总是趴在她的身上,像藤一样缠着她,而且像商量好了似的,都趴在她靠心脏的一侧。他们的尿不湿上尿味都很呛人。亚历山德拉想到这些小孩再也不像当时可爱,好像可爱的婴儿被这些小姑娘小伙子给吞噬了,随着时间一天天一年年地过去,他们的可爱劲日渐消逝,她好想哭出来。一行热泪流了下来,不过,由于她的脸更热得多,这行泪水淌到鼻子两侧的时候，她就觉得有些凉，流到嘴角的时候，觉得有些咸，接着继续流到下巴，顺着下巴的裂痕向下滴。就在她思想开小差的时候，简始终没有离开她的身体，一直抚摸着她，而且不断加力，从她的后颈摸到斜方肌，接着摸到三角肌再到胸大肌。哦，这样的抚摸让她感觉很舒服，她终于从伤感中摆脱出来。简的手劲很大，一会儿向下一会儿向上，有时甚至按摩到她的腰部以下。这时候，鸡尾酒和大麻烟在她敏感、饥饿和黑暗的体内混杂着，共同发挥让人忘却的功能，让她忘却了那些可怜的孩子，这样她才能保持她的超能力，那些愚蠢的超能力。这些东西只有简和苏吉能理解。苏吉年轻有活力，也在她身边，也抚摸着她，也让人抚摸着，她的身体不是由会疼的肌肉构成的，她的身体成分是柳条，十分柔软，虽然有些淡淡的斑点，她的头发夹起来，露出了一块雪白的皮肤，那是从来没有晒过太阳的，不仅雪白，而且柔嫩。简抚摸着亚历山德拉，亚历山德拉也抚摸着苏吉。苏吉的身体十分光滑，她像摸着丝绸，也像摸着挺沉的硬质水果。亚历山德拉完全沉浸在一种甜蜜亲切的感觉里面，这种感觉相当明显，其中有些感伤，也有些满足感，她分不清被人抚摸和抚摸别人有什么不同，她们的肩膀、手臂和乳房都浮出水面，三个人缠在一起，越来越紧，像画里的女神一样，而她们毛茸茸、黑黝黝的男主人，也从水里出来，黑暗中在柜子里乱摸着。苏吉和这个叫范·霍恩的男人讨论着他这个防蒸汽的高级音响系统该放什么音乐，她的声音有些奇怪，亚历山德拉觉得像是从遥远的地方传到录音室里似的，但也很干练。他还没穿衣服，他苍白的阴茎不断摇晃，像狗夹在屁股眼上面的尾巴似的。

东镇的冬天是说闲话的季节，和华盛顿和越南的西贡等大城市一样，这里总是有各种消息泄露出来。范·霍恩的管家认识镇上的一个女人，是尼莫餐馆的服务员，一个来自加勒比海安提瓜的黑人，名字叫丽贝卡，管家向她透露了发生在雷诺别墅里的那些龌龊事，不过，亚历山德拉并不把这些闲话放在心上，她记得比较清楚的是，那第一天晚上乃至以后，她们在雷诺别墅总觉得有些别扭，那是因为她们的那个男主人有些别扭，他很热情，但也有点笨拙。他不仅给她们提供吃的，给她们放音乐，为她们布置合适的家具，也给她们提供足够的信心，否则这几个现代人的勇气早就消散了，早就流到别人挖的水沟里去了，社会上总有这样一些古板得和传道士一样的人，见什么反对什么，还有一些人鼓吹克制，就是这些人将可爱的安妮·哈钦森送到荒野里去，让她遭受土著人的折磨，很糟糕的是，那些土著人也像清教徒一样疯狂，一样不依不饶。和所有男人一样，范·霍恩要求女人把他当成国王，在这个小王国里，他要对资产征税，所谓资产，是她们都有的，但主要是她们的身体和活力，不是虚幻的天国里特有的精神商品。范·霍恩将她们相互之间的爱当成了对他的爱，不过，他对她们的爱有点诡异，例如，他让她们穿戴各种奇怪的东西，她们就要惟命是从，包括猫皮手套和绿色吊带袜等。通常，他会和第一次一样，当她们泡在澡盆里的时候，他站在上面，摆弄那个复杂的防潮湿设备，那是他的骄傲。

他按下按钮，那个波纹状的天花板会骨碌碌地滑开，露出一小片夜空。他装上唱片，首先是詹尼斯·乔普林的专辑，这位摇滚歌手用嘶哑的嗓音吼着“心之彼方”和“夏天”，那是一个叛逆女人的声音，有些快乐，有些绝望，接着放的是“小蒂姆”的专辑，范·霍恩好像特别喜欢这个阴阳人的尖叫声，他一遍一遍地将唱针放回到开头，直到那几个女巫大声抗议，命令他重新播放乔普林的音乐。他的音响系统是环绕的，音乐是从房间的四个角落里发出来的，四个人光着身体跳舞，他们身上只有各自的光环和头发，跳舞的动作不大，有些腼腆，只是跟着音乐的节奏摆动，时不时地转过身，让全身沐浴在音乐家的嗓音之中。乔普林嘶哑地唱着“夏天”，其实是在用不规则的节奏吼着，吐字不清不楚，只是像抽风似的，也像嗑了药之后吵架，这时，苏吉和亚历山德拉抱在一起，上身不断扭动，脚下纹丝不动，她们掉下来的头发每一根都沾了眼泪，她们的乳房相互挨着，相互摩擦，胸部的汗水像古埃及的珍珠项链，成了乳房润滑剂。随后，乔普林用假声轻轻地唱“我和芭比”，简在黑暗中顺着“直接冲击布吉”乐队激情荡漾的节奏，看着范·霍恩的手势，用膝盖蹭着他的鸡巴，让他的鸡巴竖起来，涨得发紫。他的手貌似戴着装饰着流苏的橡胶手套,指头宽大,和树蛙的脚趾很像。

范・霍恩弄了一张黑色天鹅绒垫子,三个女人在上面一起和他玩,让他的身体部位作为她们相互沟通的词汇。他显示了超自然的控制力,他最后射出来的精液,她们后来都说,相当的冷,很奇怪。她们穿衣服的时候已经是半夜,那是十一月的第一个小时。亚历山德拉感觉她自己像气体,轻飘飘,在长时间的娱乐和吸毒之后,她的肌肉彻底松弛了,甚至接近于虚脱,而她在打网球的时候,她还得刻意穿得宽松一些,以掩藏自己粗重的大腿。她开着自己的斯巴鲁回家,在车里还能闻到狗的气味,在路上,她透过前挡风看到天上挂着一轮满月,可能是因为前挡风玻璃脏的缘故,她看到这轮月亮有些斑点,色调也有点让人伤感,脑子里甚至闪过一个念头,是不是航天员飞到月亮上去,自以为是、骄横跋扈地将整个月亮的表面都喷涂成了绿色。

# 第二章　女巫妖法

“我不想改变，我十分满足，我得到了爱。”

——一名年轻的法国女巫，约 1660 年

“真的吗?”亚历山德拉在电话里问。在厨房的窗外，因为已经十一月，所以显得相当萧瑟，凉亭上的葡萄叶子已经落光，葡萄藤也开始掉皮，显得杂乱无章，由于前几天降了第一场霜，树林和沼泽里已经找不到浆果，所以人们已经在树上挂了喂鸟粮槽，并在里面放满了鸟食。

“是苏吉说的，”简说。她的尾音还是那么重。“她说她早就看出苗头了，只是不想说出来，不想出卖他。我现在告诉你不算是出卖吧?”

“埃德和那个女孩认识多久了?”亚历山德拉在食品柜下面装着一排铜钩子，钩子上挂着一排茶杯，这时这些茶杯突然晃动起来，好似有一只看不见的手弹竖琴似的摆弄着它们。

“几个月了吧。苏吉觉得他跟她在一起后好像有些变化。他主要是想找个人说话，他把那个女孩当成了话筒。如果真这样，她就很高兴，你想，这种女孩可能都有病毒。这种花样女孩，至少都会有阴虱，你懂的。”

她们说的是埃德・帕斯利牧师和本地一个十几岁的女孩跑了。“我见过那个女孩吗?”亚历山德拉问。

“哦，肯定见过，”简说。“每天晚上八点以后，她总是在小超市，和一帮混混在一起，我想可能等人给她毒品吧。那张脸脏兮兮，一点血色都没有，头发乱七八糟，不知道多久没梳洗过，也不知道多久没剪过，穿得像伐木工人似的。”

“没戴彩色念珠[①]吗？”

简一本正经地说：“肯定有，她去参加社交舞会的时候就会戴。你能想象她是什么样子的吗？去年三月开镇务会的时候，有一帮人在外面示威抗议，她就是其中之一，他们从屠宰场弄到羊血，泼到烈士纪念碑上面。”

“我想象不出来，我也不愿意费这个劲。我很害怕小超市门前的那些小孩，我从超市里出来都赶紧离开，不敢朝两边看。”

“你不用怕他们，他们跟你一样，看也不看你一眼。对他们来说，你和周围的花草树木没什么差别。”

“可怜的埃德。他最近看起来确实很憔悴。上次在音乐会他还想勾搭我，我想我不能对不起苏吉，所以我没有答应。”

“那个女孩不是东镇本地人，她常在这里晃，但她家住在柯丁顿交叉路口，说那里是家吧，也不像家，一家人就窝在一辆拖车里面，她爸爸也不是亲爸爸，她妈妈年轻时是杂技演员，到处去表演，成天在路上，也没有节制。”

简说话的腔调那么严肃，你听了会以为她是个老处女，如果你没见过她和达里尔·范·霍恩乱搞的样子的话。“她的名字叫多恩·波兰斯基，”简接着说。“我不知道这个名字是她父母给她取的，还是她自己取的，他们那种人更喜欢给自己取像‘荷花’或‘阿凡达’那样的名字。”

简的手很利索，可能是练琴练成的吧，当范·霍恩冰冷的精液喷出来的时候，大部分都被她给抢了，相比之下，另外两个女人的性行为风格就没那么泼辣，比较矜持，也比较享受这个过程。亚历山德拉想把那一幕幕情景从脑子里剔除。于是她问：“他们准备怎么样？”

---

① 颓废派青年挂于颈上的象征“爱情与和平”的饰品。

“我打赌他们自己也没想法。他们在汽车旅馆里使劲搞，搞了一段时间以后就没劲了。真的是，挺悲剧的。”通常，先抚摸她的人是简，然后才是苏吉。苏吉的身体像一团白色的火焰，躺在石头地板上，揉着亚历山德拉的小腹，靠近左边卵巢的位置。她最近觉得肚子里不大对劲，她相信有一天她必须去做手术，人家会打开她的肚子去对付那些黑色的癌细胞，可是可能会太晚。这些细胞也有可能不是黑色的，而是鲜红色的，像血红色的小花菜。“我猜想，”简说，“他们会到某个大城市去，参加那里的大运动。那就像参军，你到招募中心去，他们就会给你做体检，如果你合格，他们就会让你参加。”

“有些不靠谱，你说呢？他年纪太大。在这里待着，他会显得挺年轻，挺有冲劲，至少挺有意思，他毕竟有自己的教堂，那是他的据点。”

“他讨厌这种道貌岸然的生活吧，”简很冲地说。“他可能认为这种生活出卖他的灵魂。”

“天啊，这是什么世道？”亚历山德拉叹着气说。她看到一只灰色的松鼠一跳一停，小心翼翼地跳过园子的石头墙。在她厨房外面，她的烤炉里正烤着一批波波，最近她尝试着做更大一些的波波，但是，这暴露了她自学不成才的本色，暴露了她对人体解剖知识的缺乏。“布兰达呢？她有什么反应？”

“你猜得到。歇斯底里。她常常在公开场合骂埃德混蛋，但从来没想过他会抛弃她。教堂那边也会有问题，那里毕竟不是他们的房子，埃德不当牧师了，他们迟早要被人家踹出来。”简的声音很平静，但有些幸灾乐祸，甚至有些恶毒，让亚历山德拉吓了一跳。“她不找工作是不行了，她要尝尝一个人过日子的滋味。”

“也许，我们……”她想说的是她们应该将她当朋友，帮帮她。

“不行，”简似乎看透了她的心思，着急地打断她的话。“她就是一个混蛋，就因为是牧师太太，就把自己那么当回事，还以为自己是大明星呢。我们排练的时候，她总是进进出出，一点也不感到不好意思。我知道，我不该看到别人落难就幸灾乐祸，但我就高兴，这是她的报应。你可能认为我错了,觉得我真坏。”

“哦,没有,”亚历山德拉口是心非。但是,什么是好什么是坏,谁说得清?那天晚上,她害得可怜的勒夫克拉夫特老太太摔断髋骨,让她一辈子坐在轮椅上,直到被送进坟墓。来接电话的时候,亚历山德拉手里刚好拿着一根木勺子,这时,她就等着简把所有坏话像挤奶似的一点点说完,自己倒是无事可做,动了让勺子折弯的念头,随即,勺子的把果真弯曲了,一开始和狗尾巴似的,接着像蛇一样盘起来,再接着像藤一样缠绕到她自己的手臂上,磨得她自己好疼。“苏吉呢?”亚历山德拉问。“她不也被抛弃了?”

“她很高兴。她跟我说她支持他跑,鼓励他和这个叫多恩的小姑娘在一起寻找那种感觉。我想她和埃德可能已经分了。”

“是不是说她把心思全放在达里尔身上了?”这时,勺子的把已经绕到了她的脖子上,碰到了她的嘴唇。她闻到了色拉油的味道。她舔了一下,觉得像舔到了羽毛,绒绒的。科尔正拱着她的腿,可能是被她的巫术吓着了。巫术好像有气味,她施法的时候狗闻得到,就好像点燃煤气炉的时候我们能闻到煤气的味道。

“我打赌,”简说,“她有别的心思。她不像你对达里尔那么着迷。也不像我那么迷他。苏吉喜欢看男人倒霉。你就等着看克莱德的下场吧。”

“哦,他老婆太厉害,”亚历山德拉说得有些夸张,“应该让她摆脱烦恼。”她不知道自己在说什么,也无所谓,因为这时候她要安抚科尔。她把那只勺子扔到地上,勺子把上的毛一根根都竖了起来,还抬起头,科尔卷起嘴唇露出牙齿,眼睛冒着火,马上就要咬下去。

“我们来吧,”简·斯玛特很爽快地说。

简这个邪恶的新念头让亚历山德拉吓了一跳,把她开小差的意识拉了回来,于是,勺子就不再绕了,马上低下头,直直地躺在油地毡上。“我觉得吧,我们用不着费这个劲,”她委婉地表示反对。

“我始终瞧不起这个人,他走到今天这一步,我一点也不惊讶,”菲莉希亚·盖布利尔用一贯自以为是的腔调说。她似乎正面对一群对她言听计从的听众发表演讲，而实际上，她的面前只有她老公克莱德一个人。他刚吃过晚饭，喝了一点小酒，脑子还晕乎乎的，正在看《美国科学》杂志，上面有一篇文章介绍异常天文现象，这些东西让他看得很费劲。这个房间四面墙都装满了书架，现在珍妮和克里斯都走了，不再播放那些电子噪音，尤其是琼·贝兹和沙滩男孩的什么扯淡音乐，他就把这个房间给占了，作为他的书房。她站在书房门口，不停唠叨，更要命的是她急着等克莱德做出合适的反应。

菲莉希亚在读中学的时候很漂亮、活跃，很自以为是，到了这把年纪，她还是那个样子。她和克莱德是沃里克中学的同学，当时，她精力旺盛，浑身是劲，每一项课外活动都有她的身影，她是学生会的成员，是女生排球队的队员，还是学校辩论队的首任女队长。在唱国歌的时候，到了最高的高音部，她的声音会高于一切，就像一把刀子插进他心脏。她有几十个男朋友，真是众星拱月。他始终记得这一点。夜里，当她在他身边睡着的时候，他还能感受到她的激情和“德行”。他常常整宿睡不着觉，感受着喝了一个晚上的酒在肚子里翻滚，他会趁着月光仔细端详着她安静的面容。她的眼睛已经陷进去，眼睛闭着，长长的睫毛投下阴影，嘴唇也闭着，但也似乎在动，好像正在梦里跟人家辩论着。她虽然还是挺漂亮，但毕竟岁月不饶人，尖尖的颧骨已经凸出了。在没有意识的时候，菲莉希亚看起来挺脆弱的。他会支起肘托着头，静静地盯着她，脑子里会浮现出那个他曾经深爱的生龙活虎的年轻姑娘，她穿着色彩柔和的毛衣和很长的彩格裙子，在四周安装着一排排绿色金属小柜子的大厅里晃来晃去，相比之下，他只是个大脑发达的“才子”。再看看卧室四周的墙壁，渐渐地，他发现这些年都是虚度的，夫妻俩现在只剩下两堆皱巴巴的赘肉，失落感油然而生。此时此刻，她就站在他面前，穿着黑色裙子和白色毛衣，气场十足，那天晚上，她主持湿地监督委员会会议的时候，穿的就是这身衣服。她就是在这个会上听说了帕斯利的事。

“他是个软蛋，”她一本正经地宣布，“他就是个伪娘，有人说他挺帅，但我从来没觉得他帅，不就是鼻子有点贵气、眼睛滑溜溜吗？他本就不该进教会，他没有人格魅力，他以为可以像迷惑那些老娘们一样迷惑上帝，其实那些老娘们都目光短浅，根本看不透他。在我看来，克莱德，我说话的时候你要看着我，我不觉得他有什么资格可以代表上帝。”

“我想一神会教堂不是很在乎上帝，”他轻轻地应着。他期盼能继续看他的杂志，杂志上介绍各种类星体和脉冲星，这些天体在几毫秒内释放的物质，可能要比几大行星所包含的物质还多，也许，他并不关心这些天体乱象，他是想从零中寻找上帝在哪里。他是个很传统的人。在学校的时候，作为一个“才子”，他为了挣特别学分，写过一篇生物学文章，题目叫“科学和宗教的矛盾假象”，结论称两者之间不存在矛盾。那篇文章得到了 $A^+$ 的分数，但是，在三十五年后的今天，克莱德发现文章的结论是错误的，宗教和科学之间的矛盾是公开的，不可调和的，胜利者必然是科学。

“不管他们在乎什么，谁都希望永远年轻，这就是埃德·帕斯利为什么投到那个小婊子怀里的原因，”菲莉希亚掷地有声地说。“你不是很喜欢那个苏吉吗？他肯定也很喜欢，可不知道哪一天他看得太仔细，意识到她已经过了三十，已经徐娘半老，所以他得找个年轻的，不然他自己也会失去青春。我不知道那个神圣的布兰达·帕斯利为什么忍得住。”

“为什么？为什么忍不住呢？她还有什么选择吗？”克莱德不想跟她吵架，但偶尔还是忍不住顶上一两句。

“没有选择吗？她可以杀掉他。那个婊子肯定会搞死他。不出一年，他就会死在她的淫窝里面，人们肯定会发现他的手臂上布满针孔。我一点也不会可怜他，说不定还会到他坟头去吐口水。克莱德，别再看了。你听到我刚才说什么吗？”

“你说你会到他坟头去吐口水。”

他下意识地学了她有些乖张的腔调。抬起头的时候，他正好看到她从嘴唇上拿下一片染色的绒毛，接着手迅速垂到腰间，手指颤抖着将绒毛搓成了一颗小球。她接着说：“布兰达·帕斯利对玛吉·佩里说，可能是你的那个朋友苏吉甩了他，一心一意地去伺候那个叫范·霍恩的家伙，不过，据我听说，范·霍恩可是一心多用，每个——星期四晚上，他一——对三。”

她这时说话有些结巴，和平常很不一样，所以，他抬起头来看着她。她又从嘴巴里拿出不知道什么东西，又揉成了一颗小球。她眼睛死死地盯着他，似乎是要引起他的注意。还在中学读书的时候，她的眼睛又圆又大，闪闪发光，可是，现在她的脸长胖了，那双心灵的窗口被周围的赘肉挤得越来越小，已经变得和小猪的眼睛差不多，差别就在于她让人觉得恶狠狠的。

“苏吉不是我的朋友，”他语气温和地说。他决定不和她吵架，他祈求上帝，盼望这次两人不要再吵了。“她只是我的员工，我们家没有朋友。”

“你最好跟她明说她只是一个员工，因为她的做派让人觉得她就是那里的女王。她成天在码头街上上下下，晃着大屁股，趾高气扬，好像那里都是她的地盘。她还喜欢炫耀那些假首饰，每个人都在背后笑她。蒙蒂甩掉她，是他做过的最聪明的事情。我不知道这种女人活着有什么意思，和镇上一半的男人都上过床，就是不用钱的婊子。倒是那些小孩很可怜，她一点也没尽到做妈妈的义务，罪孽啊！”

她实在太过分了。她平时都是这么过分的，这次他真的忍不住了。酒精不再麻醉他的神经，而是化成了一股怒火。“我们家之所以没有朋友，”他大吼着将杂志狠狠地摔到地毯上，“就是因为你总是他妈的胡说八道。”

“她就是婊子！神经病！她是社会的耻辱！而你呢？《东镇闲话》本该发表社会的正当关切，你却将那么大的篇幅让给这个连一句漂亮的英语都写不了的所谓‘员工’，任由她往大家的耳朵里灌毒药，让她祸害了镇上的那么多人。你看那些正直的好人，都被她吓坏了，他们以为这个世界到处都是无耻的坏人。”

“她是离婚的女人，要工作养家糊口，”克莱德说。他叹口气。接着，他努力控制呼吸速度，尽量让自己保持冷静，虽然这时候和菲莉希亚讲道理是徒劳的，她如果开始发火，她的身体里面就好像产生了强烈的化学反应，无论如何是阻挡不住的。她的眼睛会进一步缩小，只露出一个小光点，她的脸会像冻僵了似的，越来越苍白，同时，她会抬高嗓门，好像她面前的听众越来越多。“有老公的女人,”他对她解释说,“什么也不用干,可以整天装高尚,净扯淡。”

可是,她似乎没有听到他说什么。“那个坏蛋,”她似乎对一大群人高喊,“就在湿地里面建网球场。”她吞了一口口水,然后接着说,“大家都说,他利用那个小岛做根据地走私毒品,潮水一涨起来,他们就用小船运进来……”

这时,她又从嘴巴里抓出来一小片羽毛,她掩藏不及,被他看得一清二楚,他看到那片羽毛是蓝色的,像蓝色松鸦身上的毛。她飞速将羽毛握在手掌心里,然后将手放到身后。

克莱德站起来,这时他的感觉已经有所不同。他的怒火消了,他也不再觉得眼前的这个女人有多烦。反而,他不由自主地喊出了她从前的昵称,“利西,你怎么了?”他怀疑自己的眼睛,是不是看星星看得眼睛花了!她们可能又在玩把戏了。他让她松开手,她不愿意,他只好硬把她的手掰开。她的手上有一根羽毛,可能被她抓得太紧,羽毛折了。

菲莉希亚原来脸色苍白,现在她身体放松下来,脸色倒开始变红润了。她很尴尬。“最近常这样,”她说。“我不知道为什么,我嘴里总感觉有渣,拿出来一看总是这些东西。有几个早上,我感觉像要窒息了,刷牙的时候刷出许多杂草,很脏。但我知道我没吃什么东西。我呼出来的气味很臭。克莱德!我不知道我是怎么回事。”

刚说完,菲莉希亚的身体就开始扭曲,像要起飞似的,这让克莱德想到了苏吉,这两个女人皮肤都很白很干燥,身材很骨感。在高中时代,菲莉希亚曾经长了许多雀斑,她说话和这个“记者”一样得理不饶人。然而,相比之下,一个女人是天,另一个女人是地。他把老婆抱在怀里。她抽泣着。没错,她呼出来的气味很臭,像站在鸡笼子旁边闻鸡屎一样。

“我们可能得去找个医生看看,”他说。他突然迸发出丈夫的温情,呵护着妻子受惊的灵魂,刚才酒精在他脑子里形成的阴云已经彻底消散。

可是,经过一小片刻的软弱之后,菲莉希亚的身体又挺直起来,用力挣扎着。“不。我不去,我要是去了,她们会说我是神经病,会让你抛弃我。不要以为我不知道你的心思。你希望我最好是死掉。你这个畜生!你和埃德·帕斯利一样。你们都是畜生!无耻!无赖!你们都喜欢下三滥的女人!”她从老公的怀里挣扎出来,他用眼角看到她从嘴里又拿出了什么东西。她又将手放到身后,竭力掩藏着,但是,她一边躲躲藏藏又一边歇斯底里,让他感到怒不可遏,这都是男人所不能接受的,于是,他抓住她的手腕,再次强行掰开她的手指。他感觉到她的手很冷,也很湿,她的手里抓着一根羽毛,好像是小鸡的羽毛,但那是复活节小鸡的羽毛,因为那根柔软的小羽毛染成了淡紫色。

“他给我寄来几封信,”苏吉跟达里尔·范·霍恩说,“但没有写回信地址,他说他已经开始开展地下工作了。他们让他和多恩学着用闹钟和无烟火药制造炸弹,他说这个体制已经没有希望了。”她很调皮地笑着。

“你有什么感觉?”那大个子男人很平静地问她,他的声音很空洞,很空灵。他们正坐在新港的一家餐馆里准备吃午饭,东镇的人通常不会到这里来。给他们送来菜单的是一个年纪不小的女服务员,她穿着笔挺的棕色迷你裙,围着涤纶丝裙子,围裙系在屁股后面的结好像花花公子兔女郎头上的大耳朵。菜单很大,纸张是米黄色的,字是棕色的,菜都是低卡路里的。苏吉并不担心体重,她使法术的时候,再多的卡路里都会燃烧掉。

她斜着眼睛看天空,她感觉到对面的这个男人希望她说真话。她知道没有什么可以吓到他或者伤害到他的。“我突然间感到放松了,”她说。“我终于甩掉了他。我是说,他想得到的,不是一个女人可以给的。他想得到的是权力。一个女人可能满足男人控制她的权力欲,但她不可能让他进入五角大楼。埃德之所以对这个运动很热衷,是因为他们承诺建设自己的军队,取代五角大楼,他们要配备和五角大楼一样的东西,包括制服,他们要发表类似的讲话,会议室里也要悬挂大幅地图等等。从他开始整天嚷嚷这些东西,我就讨厌他了。我喜欢绅士。我父亲就是一个绅士,他是手指湖地区一个小镇上的兽医，他很喜欢读书，家里藏着桑顿·怀尔德和卡尔·范·韦克滕著作的首发版本，封面用塑料纸包得很仔细。蒙蒂也曾经很绅士，不过，他有时候会拿着枪和那些小孩去打猎，嗨，那些可怜的飞鸟和走兽，他常拎着兔子回家，这些兔子大多都是屁股被他打烂的，因为它们总是要逃跑。看到人家拿着枪，谁不会逃跑呢？不过，他去打猎的次数不算多，一年就一两次，大约就在这个季节吧，我现在就感觉空气中弥漫着猎枪的火药味。"她张嘴一笑，就露出了满嘴的酱。刚才，服务员给他们端来开胃拼盘，包括克力架和要涂在克力架上的豆酱，她就迫不及待地都塞到嘴里，撑圆了她那张脸，现在还有很多东西粘在牙齿上面，填满了黑乎乎的牙齿缝。

"那个老家伙克莱德·盖布利尔怎么样？你觉得他很绅士吗？"

范·霍恩在打探女人隐私的时候，喜欢低着头，他的头就像裹着羊毛的水桶，眼睛像小孩在万圣节戴着面具似的，好像就露出一半，但感觉会叮人。

"他也曾经挺绅士，但现在已经彻底变了。都是让菲莉希亚给害的。比如说，有个刚招来的女生，因为没有经验，将某个广告大户的内容排在左下角不显眼的位置，他就会大发雷霆，像疯了似的。那个女孩吓得大哭。有很多人已经走了，受不了他。"

"但你没走。"

"他对我还好。"苏吉低下头。她画着半圆形的淡红色眉毛，嘴唇上涂着淡紫色口红，杏黄色的头发很光滑，很端庄地梳到后面，两鬓别着铜色的发夹，脖子上戴着一条项链，项链的月牙坠子也是铜色的，样子楚楚动人。

不一会儿，她又抬起头，眼睛里闪烁着自信的光芒。"不过，我是优秀的记者，我干得很出色，真的。在市政厅里做决策的那些老头，都很喜欢我，都乐意把最新消息透露给我。"

苏吉在吃蘸豆酱的克力架的时候，范·霍恩抽着香烟，笨拙地吐着烟雾，拿香烟的姿势也很像粗人，把燃烧着的一头朝掌心里捏。"你和这些有妇之夫有什么勾当？"

"有妇之夫有个好处，就是不用花心思做什么决定，反正老婆什么都管。

这正是布兰达·帕斯利的问题，最近她彻底不管埃德，俩人已经不像夫妻了。我曾经和他在一起过夜，但我们不像情人在约会，躺下不到半个小时，他就开始抨击政府，说联邦政府像企业，掌权的人都是牟利的，他们把年轻人派到越南去打仗，就是要给股东赚钱。我没听明白是怎么赚钱的，也不大明白埃德怎么突然心疼那些年轻人，以前在他的嘴里，这些大兵，不管是黑人还是白人，都是垃圾……"她先低下头，然后又抬起头。范·霍恩突然因为她的美貌和积极心态产生了自豪感，她是属于他的，是他的玩具。她沉默作思考状的时候，她的上嘴唇会盖过下嘴唇。"他就这样高谈阔论一整夜，"她说，"天一亮，我就会先爬起来，赶回家给孩子们做早饭，我整晚不回家，他们都吓坏了。接着，我会马上赶到报社上班，他就接着睡一整天。大家都不知道牧师到底是干什么的，只在星期天带着大家一起祈祷，就是骗吃骗喝的家伙。"

"没有人会在乎的，"达里尔说得很冷静，像圣人似的。"这几年来，我的一大发现就是，人们被骗了也无动于衷。"穿着短裙露出静脉曲张的大腿的女服务员给他们端来菜，给范·霍恩的是三角形去皮面包上放着剥壳带尾虾肉，给苏吉的是皇家奶油鸡，就是鸡丁和蘑菇片浇着奶油放在扇形馅饼皮子上，服务员还给他送来一杯"血腥玛丽"鸡尾酒，带给她一杯比柠檬水更淡的夏布利白葡萄酒，因为苏吉等会儿必须回去写稿子，冬天到了，暴风雪也即将来临，东镇公路局的预算却难产，这件事必须马上报道。今年夏天，因为游客和大卡车暴增，码头街靠小超市附近的涵洞上方，混凝土路面已经破损，路上出现一些漏洞，从漏洞可以看见下面的流水。"所以你觉得菲莉希亚是个坏女人，"范·霍恩问。他对女人的问题很感兴趣。

"不那么坏吧……是的，她算是个坏女人。她和埃德有些相似，满嘴都是大道理，但对周围的人都不尊重。克莱德真可怜，正好落到她的手里。她还常打电话给政府，请求恢复中学的着装规定，她说男生必须穿西装系领带，女生必须穿裙子，不能穿牛仔裤或者紧身短裤。最近大家都在说法西斯，是吧？她就是法西斯！她让报摊把《花花公子》杂志放到柜台后面去，有一次，她看到一本画册上有露点的照片，那些是女模特在加勒比海沙滩上拍的照片，你知道，那是大家晒太阳的地方，但她还是大发雷霆。她强烈要求将报摊摊主抓起来关进监狱。那是供应商给报摊送来的，不是报摊主动订的。她也要把你送进监狱，因为你未经授权就填掉湿地。她想把所有人都送进监狱，而被她真正关起来的人就是她的丈夫。”

“是吗？”范·霍恩微笑着说。他喝了血腥玛丽之后，残留在嘴唇上的番茄汁让他原本很红的嘴唇显得更红了。“于是，你想让他释放一下？”

“不仅这样，我挺喜欢他的，”苏吉说。突然间，她眼睛里闪烁着泪花，这有点让人费解，他有什么东西吸引她而让她喜欢他的？“给他一点点好处，他就很感恩。”

“只要是你给他的，一点点就够了，”范·霍恩说。“你是个赢家，想要谁，谁都逃不掉！”

“没有，”苏吉极力否认。“人们对我们这样的红发女人有许多幻想，我猜想，大家可能都认为我们和夹心糖果一样受人欢迎，但是，我们就是一般的人。尽管我一直努力让自己看起来漂亮一点，你知道的，我按东镇的标准打扮自己，但是我不觉得我自己有什么，没有魅力，没有神秘感，没有女人味，不像亚历山德拉，即使简也比我有女人味，她那么丰满。你知道我什么意思吧？”苏吉发现，即使和其他男人在一起的时候，她也有谈论另两个女巫的冲动，将她们和她说到一起，她心里就会倍感暖和。她们三个人基本合为一体，产生一种特殊的感觉，和她的妈妈极其接近。苏吉的妈妈身材娇小，但活力十足，和菲莉希亚很像，但差别在于妈妈喜欢做善事。她在家里待不住，待在家里也总是在打电话，不是打给某个教堂的教友，就是打给同在某个委员会服务的伴儿。她总喜欢带孤儿或者难民回家，像前几年带了许多朝鲜小孩回来，不久之后就将这些小孩和苏吉以及她的兄弟一起抛弃在一间大砖房里，这间砖房有个后院，院子的地面朝湖的方向倾斜。苏吉感觉到，当她心里想到另外两个女巫，说到她们三个女巫在一起的温馨感觉和她们怎么作弄人的时候，别的男人会不大高兴，但是范·霍恩不会。她们都是他碗里的肉，他平时都表现得十分温和，和一个女人没什么两样，虽然他身材健壮,孔武有力,被他操的时候会感到很疼。

“她们不行,”他说。“她们的乳房不如你好看。”

“我有什么不对吗?”她问。她感觉和范·霍恩什么都可以说,他总是笑眯眯的,像一口黑乎乎的大锅,她把什么东西往里面扔,都不会溅起来水花。“我是说我和克莱德在一起没什么不对吧?我知道,所有的书都说不能与老板有私情,否则很快会丢掉工作,但是,我感觉克莱德很不开心,已经到了十分危险的境地。他的白眼球已经变黄了。这表明什么?”

“你还在玩芭比娃娃的时候,他的白眼球就黄了,”范·霍恩开着玩笑安慰她说。“放心去吧,别跟自己过不去。我们都只是玩玩,别太当真。”

苏吉想,要是接着说她和克莱德的事,这件事恐怕会变成达里尔的事,所以,她赶紧打住,让他夸夸其谈,听他很起劲地说他希望找到热力学第二定律的漏洞。

“漏洞是肯定存在的,”他说。说到兴奋的时候,他就会开始出汗,不断地抹嘴角的泡沫。“宇宙的起源就在于一个漏洞,物质从无到有,从这个洞里冒出来的,因为生成的物质太多,聚集了过多的能量,就发生了宇宙大爆炸。是的。那么,引力是什么呢?现在这些自以为是的科学家,大家都觉得那么崇高,那么神圣,他们想当然,以为自从牛顿搞出那些公式,我们大家搞懂了宇宙,但实际上,这一切还都是迷。爱因斯坦说,这就像一张画着图表的纸张,随便怎么折都可以。可是,苏吉,你知道你为什么不会飘到空中去吗?那是因为有一股力量牵引着你,这股力量还可以掀起海浪,坐飞机的时候,如果你从飞机里探出来,这股力量会马上把你拽下来。这到底是什么样的力量?为什么在宇宙中到处存在,却和电磁场没有关系?”他很激动,甚至忘了吃东西,口水不断喷溅在涂漆的桌布上。“这里面肯定有一个定律,有个公式,这个公式肯定和相对论公式 $E=mc^2$ 一样漂亮。这是亚瑟王从石头里拔出来的剑,你懂什么意思吧?”他的一双大手像热带室内植物的叶子一样,我们明知道那是真叶子,但看起来还是和塑料一模一样,他用手做了个拔剑的动作,动作干脆利索。然后,范·霍恩拿起盐和胡椒粉,以及一个印着新港殖民地大厦的瓷盘，想演示亚原子颗粒的原理，他相信，亚原子颗粒结合能发电，不需要额外输入能源。“这就像柔道，你想把对方从肩膀上甩过去，你就要用比对方更大的力气，还要运用杠杆原理。要发电，你就要将这些电子甩起来。”他那双恶心的手做了个模仿甩电子的动作。“这是机械或者化学原理，很简单，但大家都被第二定律给套住。你知道‘库珀电子对’吗？不知道吗？你在开玩笑吧。你是不是记者？记者报道的不全是谁在操谁的事情吧？所谓库珀电子对，就是成对的电子，是超导体的核心。你知道什么是超导体吗？不知道？好吧，所谓超导体，就是阻力为零的超流电子。你听好，这里面的阻力不是很小，而是零。你想，如果我们找到库珀电子三联体，那么里面的阻力甚至小于零。这里面必须存在某种元素，就像施乐复印机里面的硒一样。罗切斯特公司的那些笨蛋有一天突然发现了硒，就靠它发了横财。如果我们能找到类似于硒的元素，苏吉，我们也会发大财，什么也阻挡不了。只要在屋顶涂一层漆，世界上的每一座房子都能成为发电机。现在人造卫星上使用的光伏电池，真的很像三明治。里面装的不是火腿、奶酪和生菜，而是硅、砷和硼，但组装这些东西就和做火腿色拉一样简单，根本不是问题。我们所要做的，就是找到这个他妈的调味酱。”

苏吉笑起来。她还很饿，从桌上一只小锅里拿出一根长条面包，打开包装，小口地咬着。对她来说，他说的这些东西都毫无意义。对于罗切斯特公司和纽约斯克内克塔迪市的那些人，她是比较了解的，这些人都是理工科的，成天噘着小嘴巴，发际线一天天往后移，衬衫口袋通常缝着塑料里衬，以防钢笔漏墨水。他们拿着政府的津贴，长年累月地研究那些高深莫测的问题，每天到天黑了才回家去陪老婆孩子。但是，她也承认，这些想法纯属偏见，是小时候留下的偏见，当时她还是小姑娘，她总觉得男人研究出来的这个世界无聊透顶，只在战场或者垃圾场才派得上用处。像达里尔这样疯狂的人，为什么不能去探索一下宇宙的秘密？你看看爱迪生，小时候他被人揪着耳朵拉上马车，后来就变耳聋了。你也看看那个苏格兰人，叫什么来着？就是那个看着水蒸气将水壶的盖子顶起来，然后就发明火车的那个人。这些人才厉害着呢。她觉得真无聊，真想跟范·霍恩说说她和简·斯玛特如何作弄克莱德那个让人讨厌的老婆。简以前在圣公会教堂临时客串过合唱团指挥，从那里偷回来了一本公祷书，她们就用这本书作法，拿一个曲奇罐子作为替身诅咒菲莉希亚，她们将一些乱七八糟的东西扔到罐子里去，有小鸟羽毛，大头针，也有从苏吉的老房子里扫出来的各种龌龊东西。

与达里尔一起吃完午餐不到十个小时之后，她就在这间老房子里接待了克莱德。孩子们都睡着了，菲莉希亚也随着一大帮人一起，坐着巴士浩浩荡荡地先从波士顿开到俄亥俄州的伍斯特，到康涅狄格州的哈特福德，再辗转到罗得岛的普罗维登斯，抗议联邦政府的某项政策。他们准备将自己绑到国会山的柱子上，立志要清除政府的车轮上所有妨碍人性发展的沙子。克莱德可能在这里过夜，但必须要在小孩醒来之前离开。他这个"老公"还是挺可爱的，戴着一副双光眼镜，穿着法兰绒睡衣，平时装着半副假牙，他感觉苏吉不会看到，就取了下来，用舒洁纸巾小心翼翼地包起来，塞到外套的口袋里。

不巧的是，这时候她却正在看着。卫生间的门因为门框太老关不紧，她总要在马桶上坐好大一会儿才尿得出来。男人什么时候想尿就能尿出来，这是他们的特别功能之一，他们往马桶旁边一站，就能哗啦啦地尿得水花四溅。男人的很多事情都更直接，他们的内脏结构不像女人的复杂，尿液很容易找到出来的通道。这时，苏吉坐在马桶上等着尿，从门缝里看到了克莱德，这个老头歪着头，一颗老学究的头颅背后长着一块赘肉。他坐的位置，在她的视线中，正好是在卧室的中线上，将卧室一分为二。从他手臂的缝隙，她看到他正从嘴巴里掏出一样东西，那东西是粉红色的，像是假牙床，然后，他将一小包折叠纸巾塞到外衣的口袋里，凌晨离开的时候，这样他才不会忘记带走。苏吉坐在马桶上，两只可爱的膝盖并拢，同时屏住气息，从少女时代开始，她就喜欢偷窥男人，她觉得男人都喜欢逞能，满嘴脏话，但他们都十分可爱，你把乳房露在他们面前，他们就会凑上去拼命吸，如果你把两条腿叉开，他们就会长驱直入，在里面翻江倒海。她喜欢坐在椅子上，叉开双腿，将浓密的阴毛全部展现在男人面前，让他们尽情地舔，尽情地吻，尽情地啃。她以前在纽约认识一个男孩，他说她就是个“盘丝洞”。

尿终于出来了。她关掉卫生间的灯，回到卧室里面，黑木洛克弄堂和码头街交界处的路灯，是卧室的唯一光源，她和克莱德以前从来没有在一起睡整个晚上，最近，他们喜欢在中午休息的时候开车去海湾，她先一个人走到战争纪念碑，他会开着沃尔沃汽车到那里接她。有一天，她看腻了他那张愁云密布的脸，觉得他的鼻毛太长、太讨厌，而且他呼出来的气息都是香烟味，不想和他接吻，所以，她直接拉开他的裤裆，麻利地抓住他的鸡巴，几下子就把他撸掉，看到他的精液喷射出来，就像听到被老鹰抓住的动物幼崽惊叫一样。她的巫术惊吓过他，他笑的时候，他的嘴唇会很奇怪地向后面翘，露出两排牙齿，他的牙齿长得畸形，犬牙交错，牙缝很深、很黑。这时，她摸着黑走进自己的房间，视线还没有完全适应。她知道里面还有一个男人，心里有些羞怯。克莱德坐在一个角落里，他的睡衣像刚熄灭的荧光灯泡一样闪着很微弱的光。他在抽烟，烟头在他的头顶冒着红光。她可以看见自己，比看他更清楚，因为墙上挂着几面镜子，那都是纽约达伊萨卡镇的姑妈遗留给她的，镶金色的镜框旧得很，镜面上长了不少霉点，这间石头房子的墙面有些潮湿，墙上的石灰已经腐蚀了镜子背后的部分水银。相比完美无瑕的新镜子，苏吉更喜欢这样的旧镜子，这样的镜子可以掩盖掉她脸上的一些瑕疵。她听到克莱德低沉的声音说：“我怎么在你这儿待到这时候了？这真的是我吗?”

“不然是谁?”苏吉冲黑暗中的那个影子问。

“哦，我想到一个数字。”他站着说，同时开始解开睡衣最上面的一个纽扣。这时，香烟头的红光转移到了他的嘴巴上，在他说话的时候，这个红光上下跳动着。

苏吉感到身上一阵发冷。她本希望马上钻进他的怀抱里，如饥似渴地和他接一次长长的吻，虽然他的口气很重，但她还是十分渴望，他们就经常在车里这样缠绵。但是，她突然赤身裸体出现在他面前，反而让她丢了身价，并没有得到他热情的回应。男人的心真像股票市场，女人就像股票，股票价格时刻变化着，时上时下，这一切都取决于男人的本我和超我之间的斗争。她挺想闪回到灯光明亮的浴室里去，让他见鬼去吧。他一动不动。他那张脸曾经很帅气，如今已经干瘪掉了，两边的颧骨都露了出来，此时，他的表情像电影里机智的特警一样，嘴上叼着香烟，一只眼睛在烟雾缭绕中闭着。在办公室里编辑杂志的时候，他就这副表情，他专注工作的时候，手上的铅笔飞快地划着，绿色眼罩保护那双发黄的眼睛，同时，他抽烟吐出来的烟雾弥漫着整个房间，在台灯的下方在灯光的照射下形成一个锥体。那是他的领地。克莱德很喜欢删别人的文章，会很迫切地寻找人家写得比较松散的段落，他整段地删掉之后，人家都不会找到任何痕迹，这是他最得意的事情。不过，最近他好像不那么犀利了，只会修改像拼写错误那样的小问题。"这个数字有多大?"她问。他肯定想她就是一个婊子。菲莉希亚肯定不断给他灌输这样的想法。苏吉感到冷，可能是因为这个房间里确实有些冷，也可能是她在三面镜子里面看到了她自己灰白的胴体。

克莱德掐了烟头，解开了睡衣的最后一颗纽扣。他终于也是赤身裸体。镜子里灰白的颜色增加了一倍。他的鸡巴很显眼，和他的身材一样瘦瘦长长，龟头貌似很沉重地垂着，不断晃动。这是他身上最不安分的一块肉。他终于抱住了她，两人的皮肤终于激动地摩擦着。他很瘦，但是很暖和。

"不是很大，"他回答说。"刚够让我产生嫉妒。天啊，你太可爱了！真想大喊一声。"

她拖着他慢慢上了床，生怕他做出大动作，吵醒孩子们。在被窝里，他那个胡子拉碴的尖下巴沉重地靠在她的胸脯上，眉骨顶着她的锁骨。"不至于吧，"她说。她很温柔地安慰着他。"这应该是很开心的事。"苏吉说到这里，脑子里突然闪过亚历山德拉的那张大脸。亚历山德拉喜欢到户外散步，即使在冬天，她的那张大脸依然挺黝黑的，因为下巴的裂痕和高耸的鼻尖，她的表情总显得那么冷漠，像女神似的，让人敬而远之。这种表情说明亚历山德拉是个有信仰的人，她认为大自然，这个物质世界，是很让人开心的。

可是，这个抱着她的男人，这副装着温暖骨头的臭皮囊，并不会这么想。对他而言，这个世界和白纸一样索然无味，是由一件接一件的琐事构成的，这些琐事每天都会出现在他的桌子上，然后出现在报刊上，这些报刊都会变成陈旧的过刊。对他而言，没有一件事是重要的，也没有一件事是开心的。苏吉很惊讶自己有这么大的力量，居然能够用胸部撑起这些玩世不恭、甚至厌世的男人，同时不会被他们污染。

“如果每天晚上都能和你在一起，我可能会比较开心，”克莱德说。

“好吧。”苏吉像妈妈跟宝宝说话一样，但是，与此同时，她恐惧地盯着天花板，希望他赶快进入她的身体，这是她和男人们的最终议题，也是她对他们的承诺。这个男人年过半百，身体发出一种很复杂的男性气味，里面有威士忌的气味，他用铅笔为她修改文章的时候，她会站在他背后看着，那时候她都能闻到这种气味。这已经是他的身体的一个有机组成部分。

她抚摸着他脑壳上的那一缕头发。他的头发真细真柔软，可惜是越来越少了，差不多屈指可数了。他的舌头开始舔着她的一只奶头。她的奶头红晕很大，很坚挺。她用大拇指和食指揉着另一只奶头，想把自己弄兴奋起来。她已经感染到了他的伤感，想摆脱掉，但是很难。他的高潮来得不是很快，和一般的老头不大一样，但是他完事了，她心里的小魔鬼还没有得到满足。她希望他再来一次，可是他已经昏昏欲睡了。苏吉问：“你这样和我在一起，会不会对菲莉希亚感到愧疚？”这个问题实在很矫情，但是，被男人干过了之后，她有时会觉得突然失去了价值，问这个问题也算是一种补偿吧。

房间里只有一个窗户，冷冷的月光只能从这个窗户照进来。这时已经是十一月，窗外的景象有些萧索，草地和屋里的地板一样平坦，而且搬家的车刚把屋里的一切都带走了。那棵小梨树曾经挂满果实，现在果实都摘了，叶子也掉光了，就像一束光溜溜的棍子。窗台上有一个花盆，里面还插着一棵已经死了的天竺葵。他们的床下放着一个吉祥物。克莱德在半梦半醒中脱口而出：“没有愧疚。只有愤怒。这条母狗整天扯淡，把我的日子都毁了。我都麻木了。你很可爱，让我有了一点感觉，但我觉得这样也不好，让我知道我失去了什么。那个自以为是的臭娘们。”

“我觉得吧，”苏吉还是挺矫情地说，“我就是个多余的，不会惹你生气的。”她的言外之意是说，她不会主动找他，也不会帮他摆脱困境，他的心已经伤得太重，或者说是中毒太深了，尽管她面对这个男人还有一点心软，像妻子每天看着丈夫无精打采，穿裤子和脱裤子的时候居然有些害臊，但每天都老老实实地刮着胡子，然后到外面去挣钱，总是有一些心疼的感觉。

“你让我有点眩晕，”克莱德说。他轻轻地抚摸着她坚挺的乳房和平坦修长的小腹。“你就像悬崖，我真想往下跳。”

“别跳，”苏吉说。她听到一个小孩在床上翻身，就是最小的那个。这个房子实在太小，他们晚上几乎是挨着睡觉的，她和小孩们只隔着一堵用纸糊的墙。

克莱德手放在她的肚子上睡着了，她必须将他沉重的手挪开，才能从有些摇晃的床上爬起来。她挪动了他的手，他就停止打鼾，不过一会儿又继续打。她想尿尿，但尿不出来，于是，她从浴室门后拿起睡袍和浴巾，到孩子的房间去看孩子们睡得怎么样。她发现最小的那个小孩可能做了噩梦，将被子踢到了地板上。

回到自己床上后，苏吉不断回忆着雷诺别墅里的景象，希望这样能让自己平静下来。她似乎看到了那个网球场，达里尔奢侈地安装了一个很大的帆布顶棚，像暖房一样，他们整个冬天都可以打球，菲德尔会给他们送来各种饮料，里面会添加酸橙、樱桃和薄荷，有时也会添加辣椒，她还似乎看到他们的嬉戏笑闹形成一个个螺旋，像杯子在达里尔的超级大厅里的玻璃桌子上留下的一圈圈水印似的。在这个超级大厅里，达里尔放了许许多多的波普艺术品，这些艺术品积了许许多多的灰尘。她们几个女人每逢假期就聚集在这里，摆脱平时烦闷的生活，尤其是躺在自己身边那个人的气息越来越没劲，他的鼾声越来越令人受不了，所以，来到这里，她们就感到无限自由，于是就好好放纵一把。苏吉入睡之后梦到了另一个女人，菲莉希亚，在梦里看到她僵硬的三角形脸庞，她成天咋咋呼呼，指桑骂槐，口若悬河，语气越来越恶毒，渐渐地，她脸上的五官也越来越紧凑，舌尖上似乎染上了辣椒的红色，一开始，她的舌头只在牙齿后面摇摆，现在已经穿过两排牙齿中间伸到外面来，让苏吉感觉很兴奋，也许不应当这样，但感觉就是这样，谁能说什么是自然的，只要是存在的就是自然的，而且没有人在看着，那条坚硬的红色舌头，真的是太好太来劲了。苏吉在半梦半醒之间发现，刚才克莱德那么费劲却没有给她带来高潮，可是菲莉希亚的幻影却让她十分兴奋，接近高潮。于是，苏吉用左手顺着克莱德打鼾的节奏将自己弄到了高潮。这时有一只蝙蝠从窗前飞过，投射进来一小块小黑影，让苏吉心里很踏实，她小时候住在纽约州宁静湖旁边的一个小镇上，每天半夜都能听到有轨电车从远处嘎吱嘎吱地开过去，这种感觉是一模一样的，她知道，此时此刻，除了她自己，世界上还有醒着的。

和苏吉好了之后，克莱德酒喝得更凶了，喝醉了之后，他就可以更自由地畅想。此时，他的心里有一只动物，这只动物在啃着他的心，但是他觉得很舒服，感觉这像是一种交流，也感觉始终有个伴。以前他也曾对菲莉希亚有过这样的畅想，可是，他一想到过去的那段畅想，就对目前的处境更加感到绝望。将一切都看破是很不幸的事。他从七岁开始就不再相信上帝，从十岁开始不再相信爱国主义，从十四岁开始不再相信艺术，从那时开始，他就意识到他不可能成为贝多芬，或者毕加索，或者莎士比亚。他最喜欢读的书，都是那些将世道看得最破的人写的著作，包括尼采、休谟和吉本等，这些人的脑子都无比清醒，无比犀利。他喝光了第三瓶威士忌，接着喝第四瓶，这时他的眼前已是一片虚无混沌，明天醒来之后再也记不得他此时手里拿着什么书，菲莉希亚开完什么会回来，他什么时候上床睡觉，他怎么走过一道道门进入自己的卧室。两个小孩离开了之后，他感觉这个家怎么那么空那么大！外面街道上的人来人往车来车往就像克莱德的心跳和血液流动。就在他孤独的畅想和虚无混沌之中，他从书架上积满灰尘的最高层拿下一本罗马共和国末期的诗人和哲学家卢克莱修的诗集，那是他大学时最喜欢读的《物性论》，那时候，他对生活充满希望，学习十分勤奋，在书里的空白处都写满了自己的翻译和注解。他记得书里有一段话写道：

因此对于我们来说，死亡
什么都不是，也不曾困扰我们
因为心本来就注定死去
就像从前的世界，于我们毫无意义①

他小心翼翼地翻了一遍那本小书，深蓝色的书脊，尤其是他年轻时湿润的手常拿的部位，已经显得十分脆弱。他想找一段讲述原子运动的话，可是没有找到，他也记得，宇宙和万物形成的原因在于原子的偶然运动，而人类社会的形成，原因也在于人们在无限自由中的不断碰撞，如果没有这样的偶然运动，所有原子都会保持向下运动，像雨水一样，落到地上渗到地里，什么都不会剩下。

几年来，他形成了一个习惯，在上床睡觉之前，他要走到相对比较安静的后院里，盯着天上的星星看几分钟。他知道，这满天的星星能成群地挂在天上，本身就是个小概率事件，或者说是奇迹，因为这些原始发光体同质程度很高，在这种情况下是不可能形成星系的，可是，如果异质星体在几十亿年前过早相遇，现在的星系可能会更少，因为星体之间异性相吸早就相互消耗光了。在他站的地方有一个锈蚀的烧烤架，自从孩子们离开之后，这个烧烤架就几乎没有用过，他几乎每天晚上都提醒自己要把它推到车库里去，因为冬天要到了，可是他却迟迟没有行动，因为他每天晚上都抬着头，如饥似渴地看着头顶上那些奇迹般的迷人的星体。进入他的眼睛的光线，是从还居住在洞穴里的原始人成群狩猎的时期就从星体上发出来的。在银河系之外，天鹅座是一座粗糙的十字架，仙女座用肉眼是有些模糊的V形，但他偶尔用望远镜看，他就可以看到很清楚的螺旋形。每天晚上，克莱德看到的天

① 原文为拉丁语。

空几乎都是一样的，他自己好像是一张不断曝光的底片。天上的星星已经像深深印刻在他的脑子里，好像无数子弹打穿了铁皮屋顶留下的孔似的。今天晚上，他手里那本《物性论》并没有打开，年轻时做的注解并没有浮现，书就从两个膝盖之间溜到地上。

他正想要出去看星星，就在这时，菲莉希亚闯进了他的书房。当然，这不是他一个人的书房，而是他们共有的，因为这里的每一个房间都是夫妻共有的，每一堵斑驳的隔墙和每一根老化的铜线、后院里的烧烤架，以及挂在正门上方经过多年风吹雨打已经从红、白和蓝色变成粉、黄和黑色的木头牌匾，也都是他们夫妻俩的共同财产。

菲莉希亚解下脖子上的羊毛围巾，抬起穿着靴子的脚，重重地跺着地板，怒气冲冲地说："管我们这个镇的那些人都是白痴，他们居然投票决定将登陆广场改名成为卡兹米萨克广场，就为了表彰那个去越南送死的笨蛋。"她一口气吐掉所有怨气，然后才脱掉靴子。

"好吧，"克莱德说。他认定说话一定要讲究策略。此时，苏吉的肉体及其他一切已经占据了他大脑里为配偶预留的空间，所以，对他而言，菲莉希亚的形象是半透明的，像是印刷在纸巾上的女性图像，而这张纸巾正要被风吹走。"八十年来，就没有一条船在那里靠过岸，而且，自从 1888 年雪灾之后，那个港口就被淤泥堵死了。"他为自己能讲得这么具体而衷心地感到自豪。在他头脑清醒的时候，除了天文学，克莱德对地球上的自然灾害也很感兴趣。印尼喀拉喀托火山爆发掀掉了整个山头，火山灰几乎覆盖了整个地球，1931 年中国爆发大水灾，遇难者将近四百万人，1755 年里斯本发生强烈地震，而地震到来时几乎所有市民都在教堂里做礼拜。

"这个新名字也太土了吧，"菲莉希亚说。她的脸上抹过一丝很淡的笑容，这通常表明她认为她说的话是无可辩驳的真理。"那个广场在码头街的顶头，给老人放了那么多凳子。那座花岗石方尖碑也根本不是纪念哪一场战争的。"

"土是土了点，但还是挺好听，"他应付着。他想，如果再喝一大口威士忌，他就会倒下去，倒省得应付她了。

“不，不好听，”菲莉希亚斩钉截铁地说。她脱掉大衣。她脖子上戴着一条克莱德从前都没见过的很粗的黄铜项链，他看到这条项链就想到了苏吉，她有时候脱光了衣服，但不摘掉身上的首饰，做爱之后在昏暗房间里走来走去，身上闪闪发光，像幽灵似的。“接下去他们还会给码头街改名，然后就是橡树路，然后东镇的名字也会改掉，换成哪个不上学却跑到那里去炸人家村庄的混球的名字。”

“说实话，卡兹米萨克这个小伙子还是很不错的。你记得吗？几年前，他在学校棒球队打四分卫，他的名字也写在荣誉墙上的。所以，去年夏天听说他牺牲了，大家都十分难过。”

“我可不难过，”菲莉希亚说。她又露出一丝笑容，好像她觉得自己的观点已经被完全接受了似的。她走向烧得很旺的炉火，脱掉手套，将手放到上面烤。接着，她侧过身，用手摸嘴巴，好像是有一根头发粘在嘴唇上。看到这个动作，克莱德怒火中烧，他也不知道为什么，照说这个动作已经司空见惯，况且他也知道，随着年纪的增长，人总会形成这样或者那样的坏习惯，包括这个动作，这些都不能算作过错。每天早晨，他都会看到许多羽毛、干草或者硬币什么的粘在她的枕头上，都黏糊糊的，显然是泡过唾液的，看到这个情景，他会觉得脑子像要炸开似的，很想把她摇醒。她接着说：“他也不是东镇土生土长的，他家是五年前才搬到这里来的，他爸爸居然拒绝上班，只在铁路干了一段时间，够资格申请半年失业救济就不干了。老家伙今天也去开会，打着一条黑色领带，脏兮兮的，鸡蛋污迹显眼得很。可怜的卡兹米萨克太太也刻意打扮过，想让人看不出她是婊子，可是恐怕她没有如愿。”

对于底层的人们，菲莉希亚平时在嘴上很同情，但真的和这些人打交道，她会表现另一种德行，还没有等他们靠近她就会把鼻子捏紧。菲莉希亚很冲动，克莱德却总喜欢逗她。“我觉得卡兹米萨克广场这个名字没什么不好，跟他家里的情况也没什么关系，”他说。

刹那间，菲莉希亚的眼珠子像就要喷出火花。“你当然不会觉得不好，即使是把它叫做大便广场，你也不会觉得有什么不好。对于这个我们要留给孩子们的世界，对于这场莫须有的战争，对于我们是不是被有毒物质包围，你都无动于衷。即使你现在就中毒死掉，你也不会眨一下眼睛。你进了地狱之后，这个世界会变成什么样子更不关你什么屁事。”她说这段话的嗓音很粗。说完，她小心翼翼地从舌头下面拉出来一根别针，看起来像是从炭画橡皮上取下来的。

“孩子们！”他冷笑着说。“我觉得不管给他们留下什么样的世界，他们都不会接受。”他一口气将手里的威士忌喝光，把杯子里的冰块也倒进嘴里，感觉满嘴碳酸气。冰块碰到他的上嘴唇，让他想起苏吉的嘴唇，即使她装得很严肃、很伤心的时候，她的嘴唇也是很软、很暖和、很舒服。一般都是他让她伤心。她的唇膏一直有淡淡的樱桃香味，有时候，她涂唇膏的时候不小心会粘在门牙上。他站起来想去倒酒，可是感觉站不稳，眼前晃着苏吉的各种影子，他似乎看到她肥硕的脚趾涂着猩红色的指甲油，她脖子上的黄铜项链挂着新月吊坠，她的腋窝长着浓密的淡橙色毛。酒瓶放在书架的下层，上面一层放着一排精装巴尔扎克全集，真像一排微型棕色棺材。

“我知道，你接受不了他们离家出走，但你能让他们一辈子待在这个家里吗？你能让这个世界一成不变吗？醒醒吧，克莱德。你是不是觉得生活就应该像小时候爸爸妈妈放在床头的那些书里讲的那样？那些彩图版的科普读物和儿童文学经典把这个世界描绘得很简单，很刻板，可是，世界是有机的，是活的，克莱德，这个世界是活的，是有生命的，是有灵性的，是不断前进的，克莱德，你却整天坐在这里写你那些狗屁文章，你以为自己还是小孩子啊？你还是妈妈的心肝宝贝吗？你的那个所谓记者，苏吉，刚才也出席了会议，和猪鼻孔一样的鼻子一直翘到天上，装腔作势，以为别人都无知，就她什么都懂。”

他想，我们之所以离开伊甸园，真正的祸根就在于语言，可是，我们还想把我们的语言教给那些可爱的猩猩和海豚。他拿起那瓶尊尼获加威士忌，瓶身一歪，酒就从瓶口咕噜咕噜地倒进杯子里。

“你别以为我不知道你和那个婊子的那点破事。”菲莉希亚不依不饶，她好像陷入了愤怒的漩涡。“我对你太了解了，你就像我读了无数遍的书，我知道，你特别想干她，可是你没那个胆子，你没那个胆子。”

他眼前又晃着苏吉的影子。他在干她的时候，她躺在他下面，是那么温柔，眼神是那么迷离，脸色涨得通红，极其享受。这个情景让他心里甜滋滋的，他本想反驳说“我就有这个胆子”，可是他的舌头就是不听使唤。

“你整天坐在这里，替孩子们瞎操心，可是他们至少有那个胆子，敢和这个被上帝抛弃的小镇诀别，到外面生机勃勃的地方去追求各自的理想，而你却整天坐在这里。你知道他们跟我怎么说你吗？你想知道吗？克莱德。他们说，‘嘿，妈妈，如果爸爸主动抛弃我们，那该多好啊，可是，你知道的，他没这个胆量。’”她稍微停顿了一下，好像在积蓄力量，然后一字一顿地说：“‘他就是没那个胆量。’”此时，好像有一种她身体之外的恶毒化学物质控制了她的嘴巴和她的眼睛。

克莱德想，语言之所以成为罪魁祸首，最大的原因在于语气语调，包括故意的停顿和重复。她在说“胆量”两个字的时候仿佛在歌唱，十分高亢，甚至剧场里最边缘、最廉价座位上的听众也充分感受到她的情绪。在她唱到最高潮的时候，从她的咽喉里冒出一大把图钉，可是，她不为所动，而是迅速将这些图钉吐到一只手上，扔到他生起来的火炉里去。只听到“吱”的一声，彩色图钉帽一下子变成黑色。“就没那个胆量，”她高唱着。这时，她从嘴巴里取出最后一根图钉，想扔到火炉里，但没有扔好，而是扔到火炉和墙壁之间的缝里去。“他们说，你是胆小鬼，可是你居然想把整个镇变成这场恐怖战争的纪念碑，这肯定就是所谓的什么综合征，一个无能的醉鬼想把整个世界拉到地狱里去陪他。克莱德，你让我想起了希特勒。他也是祸害了整个世界的胆小鬼。不过，你放心，这种事情是不会再次发生的。”这时，她的幻想听众变成了一支由她率领的军队，浩浩荡荡，攻无不克。“我们会摧毁一切邪恶力量，”她高喊着，她的视线朝上，超越了他的头顶，两腿站成马步，好像他正企图上来将她击倒，所以她提前做好了准备。可是，他并没有向她靠近，而是后撤了一步，因为炉火里多了湿漉漉的图钉，火势变小了，似乎就要灭了。他拉开铁罩子，拿起青铜柄的拨火棒，拨了一下火炉里的木头。他本想让木头松开，让火势旺起来，可是，让他一拨，木头却塌了下去，叠得更紧，只是冒出了几颗火花。这让他又想到了他自己和苏吉：和苏吉做爱有一个好处，就是和她躺在一起，他会很容易睡着，一碰到她光滑的肌肤，他就浑身无力，折磨了他一辈子的失眠症在一瞬间就全好了。在做爱之前和做爱之后，她那赤裸的胴体偎依在他身边，他就似乎终于在宇宙中找到了属于他自己的位置。想到这里，他心里就变得十分平静，脑子里突然一片空白。

可能有好几分钟过去了，菲莉希亚还在高唱，还在口若悬河地诉说着孩子们如何瞧不起他们的父亲，尤其是当这个法西斯政府和唯利是图的奸商共同发起这场不正义的战争、准备肆虐整个世界的时候，他却安安稳稳地坐在家里，这就是一种犯罪行为，他应该被判为战犯。他的手里还握着拨火棒的光滑的青铜柄。而他的老婆在盛怒之下脸色变得惨白，和骷髅一样白，她的眼睛则像两根插在骷髅的眼窝里燃烧着的小蜡烛一样。她的头发似乎都站直了，在骷髅的上面围成一圈，像画得很潦草的光环。最恐怖的是，她的嘴里不断冒出东西来，有鹦鹉的羽毛，有死黄蜂，有鸡蛋壳碎片，这些东西冒出来之后粘在她的下巴上，她不停用手左右抹，动作很有规律，像在拉弓射箭似的。他意识到，这个女人是中邪了，和他从前爱过的那个女人没有一点关系。“好了，莉希，”克莱德用央求的语气说，“你消消气吧，别再说了。”可是，她的灵魂已经变成了化学物质，而且这种物质还在不断扩张，不断翻涌上来，她几乎看不到听不到外界任何东西。她的声音能吵醒沉睡的邻居，而且有不断抬高的趋势，因为有一种神秘力量支撑着她的嗓音。他左手拿着酒杯，右手举起拨火棒，“啪”的一声朝她的头上劈下去，他想这样能阻止那种能量继续扩张，或者堵住神秘化学物质不断涌出来的通道。她的头颅骨发出奇怪的尖叫，好像两块木头撞到一起。随后，她的眼球向上翻，眼窝里只剩下白眼球，嘴唇自然松开，可以看到舌头上面粘着一根深蓝色的小羽毛。他知道自己干坏事了，可是这可能就是天意。他自己也被一种化学物质给控制了，一次次举起拨火棒，一次次劈到她的头上，直到声音变得柔软，不再像木头碰木头的声音。他已经彻底堵住了宇宙和平的漏洞。

这时，克莱德感到无比放松，感到他的上方似乎覆盖着一层保护膜，像刚洗好的衣服上面套上了聚酯防尘罩似的。他喝了一口酒，不敢往地上看，他想到了外面天空中的星星，自从星系形成之后，就始终保持这个形状，他每天晚上去看都不会有变化。尽管他还有许多事没有搞清楚，有些真的很不容易，可是，他突然间感觉眼前的世界一片敞亮，似乎他回到菲莉希亚刚才提到的那些彩绘儿童读物里面，她刚才对这些儿童读物极尽嘲讽，她为什么要这样呢？不过，她说对了，他一直很怀念小时候的日子，尤其是生病不用上学而待在家里的日子。她太了解他了，结婚就像是把两个人关在一个教室里读同一本书，一遍又一遍地读，直到书里的每一个词都滚瓜烂熟，或者看到其中的任何一个词两个人都要呕吐。他好像听到她在地板上哼哼，但是他最终认定那是火烧透木头发出的声音。

小时候，克莱德是个爱干净、很整洁的孩子，也很喜欢建筑图纸，因为建筑图纸注明每一个结构，每一根横梁，每一条边，每一个微型三角视图都十分清楚。小时候，他曾经用尺子和蓝色铅笔给杂志和画册上的设计图画延伸线，去寻找所谓的“没影点”，尽管这些线超出的页面还没有到达没影点，但起码他知道存在这样的点，也就是任何图画都应该有这样的点，这就足以让他幼稚的心灵洋洋得意了。可是，他看过很多很漂亮的图画，这些图画都找不到没影点，他因此推断画家在骗人，这也是他第一次认识到，大人们会骗人。现在，克莱德自己也到了这个境界，一切似乎都能看到尽头，他的生命就是一幅有没影点的图画，整个世界都那么清晰地展现在他的眼前，包括下周三出版的《东镇闲话》，也包括下一次与苏吉幽会的情景，情人总在寻找私密的地方，又不希望做爱的床让他们觉得是在嫖娼，每次做完爱起床，穿上内衣和离开她时他都很难受，他也常常得向乔·马里诺请教怎么修苏吉家里那些破旧不堪的炉子和管道，和这些玩意儿差不多，他的肝脏也不好，他要定期去让帕特森医生看看，每次去都得验血，而每次帕特森医生说的话他都感觉不那么真实，可能是因为他的状况实在糟糕，他不好太实话实说吧，不过，从今往后，他恐怕要与警察和法院结下不解之缘了，想到这里，他眼前的所有幻影都一扫而空，他只看到自己的房间的轮廓，木匠活很好，边边角角都很干净利落，像是用激光切割的一样。

他将杯里的酒全灌进嘴里，接着，他感觉酒流过他的胆。菲莉希亚居然说他没有胆，真是胡扯。他将杯子放到壁炉台上去的时候，他隐约看到了她穿着长袜的脚，两只脚叉得很开，似乎正在跳很夸张的舞。在东镇高中读书的时候，她的确很喜欢爵士乐，那个时候，很多小乐队都会敲几下鼓，搞得大家很兴奋，跟着疯狂舞动，这时，她会伸出可爱的舌尖。他弯下腰从地板上捡起那本《物性论》，放到书架上原来的位置，然后，他走去地窖里找一根绳子。那个无情可耻的火炉还在不断消耗着木头，似乎还在发出微弱的哼哼声，底壳锈透了，漏出了许多热气，所以火炉周围一圈是整个家里最暖和的。家里有一间洗衣房，前任主人留下一台古董洗衣机，有石脑油的气味，洗衣房里还有一篮子衣服夹子，以前他还拿这些衣服夹子玩，用蜡笔将夹子画成长腿小人，还给它们戴上水手帽。里面还有晾衣绳，现在已经没有人用晾衣绳了。洗衣房里有一捆晾衣绳，整整齐齐地绕起来，放在洗衣机背后，上面已经布满了蜘蛛网。克莱德突然意识到，上帝的无形之手拉着他朝这捆绳子走去，然后，他伸出自己的不透明的手，这只手很苍老，青筋尽显，甚至有些变形，看得有些恶心，他就用这只手用力抖开那捆绳子，检查了七八英尺长，看看中间有没有磨损。旁边刚好有一把大剪刀，他顺手拿起来，剪下一段他觉得够长的绳子。

爬山的时候，要一步一步地走，不能看得太高太远。就按这个思路，他拿着脏兮兮的绳子坚定地走上台阶，左拐进入厨房，抬起头，房子重新装修后天花板被降低了一些，用铝合金架子吊着纤维板，看起来很轻薄，楼下几个房间共有九平方米石膏吊顶天花板，天花板上的吊灯挂板还在，可是吊灯早就没有了，如果他踩着梯子到天花板上找地方系晾衣绳，那些挂板恐怕都要被他一抓就拉下来。

他回到书房，又倒了一杯酒。火炉里的火已经没有刚才那么旺，需要添加木头了，但是，他现在心里装着太多事，根本管不了这一茬，他是肯定再也管不了了。他得适应这种状态，尽管一切都即将成为过往云烟。他喝下一口酒，感觉到一股热流顺着食道流淌到胃里，可是，他现在也不太在意有没有这种感觉。他想到那间舒适的地下室，心想如果他答应永远待在里面的箱子里，永远不再出门，他可能会得到宽恕，一切就会这么过去。但是，他又觉得这个想法龌龊，弄脏了他几分钟之前好不容易清扫干净的心灵世界。再想想吧。

也许那根绳子就是问题所在。他从事新闻工作三十年了，对于人们了结自己性命的种种方式，他非常熟悉。最常见的是撞车，每天都有人撞车自杀身亡，帮他们超度的牧师都很开心，他们的家人、亲戚、朋友也都不大会觉得难过。但这种自杀方式不是十分可靠，而且会引起围观，此时，既然已经来到了生命的没影点，克莱德压抑多年的审美偏好都全部释放出来，他似乎看到了自己多么美好的童年，因此这种方式他是接受不了的。看到炉子里的火，看到地板上的罪证，他又想有些人可能会将自家的木头房子变成火葬炉。但是，如果这样的话，两个孩子将来就继承不到遗产了，克莱德不是像希特勒那样想把整个世界都拉到地狱里去陪他的人，菲莉希亚常把他同希特勒相比，那是十分谬误的。而且，他怎么能眼睁睁看着自己的皮肤受到烧烤呢？一起火，他肯定飞快逃到外面的草地上去。他不是佛教徒，没有受过那样的戒，不可能在火中坐定，任凭整个身体被烧成炭。放煤气可能是不痛苦的自杀选择，但是他也不会干维修工的活，不会用什么胶带或者胶泥去把厨房的所有窗户都密封起来，他们家的厨房很大很敞亮，十三年前的十二月，他们夫妻俩，当然首先是菲莉希亚，之所以决定买这幢房子，主要就是他们很喜欢这间厨房。他想起今年十二月的种种情景，虽然到了年底白天很短，天也挺灰暗，但日子似乎过得很热闹，有大伙儿跟风买股票，有僵化地炒作已经死掉的宗教，包括折扣商店里疯狂放送圣诞歌，在登陆广场（也就是现在的卡兹米萨克广场）上仿造圣婴诞生的马厩，在码头街另一头的蓝色大理石马槽里种了一棵圣诞树，不过，克莱德的简化版日历里面，十二月已经被删除了。反正，下个月的煤气账单他肯定是不用再付了。可是，如果放煤气，他要等很长时间，这感觉很不舒服，他不喜欢，他更不喜欢将头伸到煤气炉里去看这个世界的最后一眼，把头伸到煤气炉里面，也不是马上就能解决，可能也要等几个小时吧，那个姿势和狗伸长了脖子等待主人喂食差不多。他当然也不会使用刀子或者刮胡刀片或者泡澡盆，那样会把家里搞得很乱。吃安眠药不会痛苦，也很干净，可是，菲莉希亚一直在声讨制药公司，她指控药厂企图将全部美国人都变成依赖药物的僵尸，让整个国家变成药罐子。克莱德笑了，他脸颊上的皱纹瞬间舒展开了。老太婆说的都有道理。她不完全是无理取闹。但是，他觉得她关于两个孩子的言论是不对的，他从来没有指望他们俩一直待在这个家里，他只是不高兴克里斯从事舞台工作，这不是正道的工作，他也不高兴珍妮搬到芝加哥那么远的地方，而且，她整天接触 X 光，如果她的卵巢长期被 X 光照射的话，他以后恐怕就抱不成外孙子或外孙女了。这一辈子肯定是看不到孙辈了。生小孩是天经地义的事情，因为我们的父母也将我们生下来了，可是，小孩出生之后，我们又会很失望，他们跟别的人类没什么两样。珍妮和克里斯曾经都很乖很善良，可是这也不好，因为他们很善良，所以他们受不了菲莉希亚的坏脾气，在她还比较年轻，还没有专注于为社会服务之前，她的脾气十分恐怖，性生活不如意肯定是其中主要原因，但是，一个丈夫怎么能够同时让妻子过得安稳又很兴奋呢？在这个过程中，他们的孩子们纷纷躲避她，接着也开始躲避他。在大约九岁的时候，珍妮开始害怕死亡，又一次问他为什么不和她一起祈祷，别人家的爸爸都和孩子们一起祈祷的，尽管他没有怎么回答，但这是他们之间最密切的一次沟通。他很喜欢读书，可是她的出生打乱了他的爱好。如果生在好一点的家庭，如果有好一些的爸爸妈妈，珍妮可能会长成“圣人”，她的眼睛是浅灰色的，十分清澈，她的脸光滑得很，好像修过的照片一样。在女儿出生之前，克莱德从来没有真正的见过女性生殖器，他看到女儿的生殖器，感觉是那么可爱，那么松软，就像酥皮饼掉下来的一模一样的两片饼皮。

这个镇，尤其是在他们的周围，当然是在他的周围，一点声音也没有，街上没有一辆车。他感到肚子有些疼痛，每天夜里到这个时候，他都会感到肚子痛，这是胃溃疡的症状，帕特森医生告诉过他，如果他非要喝酒，起码在喝酒的时候得吃点东西垫肚子。他和苏吉热恋有一个副作用，做爱常常挤掉吃午饭的时间。她有时候会带一罐腰果，但他牙齿不好，碎片会塞牙，甚至会割破牙龈，所以他不大喜欢吃这种坚果类的零食。

女人属于欲壑难填的动物，如果你把她干得爽，过不了几分钟，她会让你接着干。即使菲莉希亚嘴里说多么恨他，对他的需求也是那样强烈。每天晚上这个时候，他会在即将熄灭的火炉边喝最后一口酒，让她有足够时间上床，等她睡着了他才会进卧室睡觉。她冲着他滔滔不绝宣泄了大半天之后，不用几分钟就会进入梦乡，把所谓的正义和不正义都忘得一干二净。他很怀疑她以前是不是血糖过低，早上醒来，她脑子里变得干干净净的，她也好像从来没有过什么影子听众，她也没有意识到她曾经把怒火倾泻到他头上，有些早上，主要是星期六或者星期天早上，她会一直穿着睡衣，似乎是在挑逗他，这是夫妻和好的通常途径。夫妻在一起生活那么长时间，总有闹别扭的时候，也总有和好的时候。可是，他们没有机会了。今天晚上，如果他控制住自己的手，让她平平安安地上楼去，但是，这种可能性已经不存在了，跟他抱孙子、治愈胃溃疡和补好牙齿的可能性一样，都已经飘到九霄云外了。

克莱德感觉到好像自己变成了好几个，像电视剧里的幻影一样。每天晚上这个时候，他都会看着自己的幻影爬上楼梯。对，楼梯。那条松软的旧绳子还在他的手里晃着，蜘蛛网丝粘到了他的灯芯绒裤子上。上帝啊，请赐予我力量吧！

楼梯是维多利亚式的，结构十分考究，十分结实，过了中间的转角平台之后采用双层扶手，可以看到后院的花园，这个花园曾经很漂亮，生机勃勃，但近几年来逐渐荒废。如果将绳子绑在这段楼梯的栏杆柱子上，到下面一层楼梯之间有足够的空间，他可以站在下面的楼梯上给自己套绳子。他提着绳子走上楼梯，来到二楼的转角平台，接着就手脚敏捷地干了起来，他担心过一会儿他可能醉倒下去，那就什么都干不成了。打平结是先从右到左，然后从左到右吧？他打的第一个结松松垮垮。他的手好像很难从栏杆柱子之间伸过去，强行伸进去后，他的肘好像磨破了皮。他看自己的双手好像那么遥远，也感觉闪闪发光，像泡过乙醚水似的。很不容易计算该把结打在什么位置，在那些漂亮得让人心动的柱子根部面板的下面大约六到八英寸吧，不能超过这个距离，不然他的脚会碰到楼梯，这样一来他会爆发求生的欲望，这个结要打多大也不容易把握，如果太宽，他会滑掉，如果太窄，他会窒息而死。上吊也是一门艺术，许多文献上都有记载，绞刑是通过给颈椎突然施加巨大的压力，一瞬间把脖子拉断。有些囚犯用腰带上吊，结果弄得十分难看。克里斯曾经在童子军里待过，不过那是很多年前的事，他们的领队爆出一个丑闻，自己走上绝路，还让公众看到了整个童子军的丑陋。克莱德最终弄出一个活结，套圈横在一边。从上面看，如果靠在楼梯的栏杆上往下看的话，肯定会感到恶心，绳子轻轻地晃着，微风一吹，就像钟摆一样左右晃动。

克莱德的心思不在这个上面，他是个有决心的人，做事情很有条理，他曾经利用这样的决心和条理出版过一万多期刊物，现在，基于同样的决心和条理，他走向温暖的地下室，那里的老火炉不断消耗着木头，然后，把放在地下室里的铝合金梯子提了上来，他感觉这个梯子很轻盈，好像天使在他身上注入了无穷的力量。同时，他还带出来几片木块，把梯子放在楼梯上的时候，将这些木块垫在梯子的一只脚下，让这只脚比其他三只脚高，这样梯子就有些倾斜，等一下他的脚轻轻一蹬，梯子就自然倒掉。他看到的最后一眼，据他自己估计，可能是大门口的彩色玻璃扇形窗，隔着这扇窗，他会隐隐约约看到外面的街灯，微弱的灯光透过彩色玻璃，会形成像日出一样的几何对称光晕。借着身边的光线，他可以看到铝合金梯子上的一些刮痕，这些痕迹看起来像是亚原子粒子在气泡室中运动留下的“鬼”迹。一切都有些透明的味道，楼梯上许多线条相互交叉，尾部逐渐变细，和建筑师最初的设想完全一致。此时，克莱德突然意识到，其实是没有什么值得害怕的，我们的精神会穿越物质，像神圣的火花，而且，他死后如果进入天堂，会有无限多的机会修补与菲莉希亚之间的关系，还可以继续拥有苏吉，不只是偶尔一两次，而是无数次，这和尼采的猜想也是完全一致的。这时，笼罩在他身上一辈子的雾一下子散开了，他瞬间进入了一个清明世界，朗朗乾坤，天上每一颗星星的意义，他在一刹那间全部领会，在这些光芒的衬托下，他萎靡的精神突然迸发出骄傲的火光。

他爬上去的时候，铝合金梯子轻微颤抖着，像骑着一匹不够老成的马驹一样。第一步，第二步，然后第三步。绳子冷冰冰地套上他的脖子，接着，他再向上爬了一步，去将结打得更紧一些，并确保这个结打在正确的位置，这时梯子晃得更厉害。接着，梯子猛烈地左右摇晃，似乎骑士正用鞭子抽这马，让它冲过一道障碍，最后，如他先前所预料的一样，他稍微一加力，梯子就倒掉了。克莱德听到梯子撞击楼梯的声音。他所没有预料的是，他感到一阵炽热，像有人把一根锉刀从他的食道中拽出来似的，接着感觉像木头和地毯和墙纸的边角在他脑子里飞转，接着感觉眼珠子跑到后脑勺上去了，接着感觉头颅里就要涨裂了，眼前似乎全是红色的，接着眼前全是黑色的，接着就什么颜色都看不见了。

“哦，宝贝，太恐怖了，你肯定吓坏了，”简·斯玛特在电话里对苏吉说。

“还好，我没有亲眼看到。倒是警察局的那些家伙说得绘声绘色。听说她的整张脸都没有了。”苏吉没有哭，但是她的声音有点像纸张被揉皱的感觉，有点冷淡，但不是那么低沉。

“好吧，这个可恶的女人该死，”简坚定有力地说。可是，在安慰着苏吉的同时，她的脑袋里还响着无伴奏巴赫组曲，尤其是降E大调第四乐章，那简直让人热血沸腾，甚至可以解读为恶意激发冲动。“太无聊，太自以为是。”她用特有的有点让人毛骨悚然的声音说。她的眼睛盯着她家客厅里的地板，地板上有好几个洞，都是被她的大提琴的钢脚不小心戳到的。

苏吉的声音断断续续，好像她没有拿好电话，话筒溜到下巴下面去了。“我所认识的男人，”她嘶哑地说，“没有一个比克莱德更温柔的。”

“男人都有暴力倾向，”简说。她似乎已经有点不耐烦。“再温柔的男人也有，这是生理特性决定的。他们不甘心沦为繁殖的配角。”

“哪怕有人工作上出差错，他都不会说什么，”苏吉接着说。这时，高雅的音乐，包括其魔鬼节奏以及对双手灵巧性的恐怖要求，已逐渐从简的大脑里消失，刚才猛烈揉压琴弦的左手大拇指也不像先前那么痛了。“只是偶尔会对粗心大意的校对员吼几声。”

“好吧，亲爱的，大家都知道。这正是悲剧的根源。他把一切都放在心里，最后，他把压了三十年的火全喷到菲莉希亚一人身上，怪不得他砸烂了她的头。”

“这样说对他不公平，”苏吉说。“他不是故意的，这是误伤。”

“结果把自己也给误掉了，”简紧接着说。她希望快刀斩乱麻，赶紧结束这次通话，赶快回去练习她的音乐。她一般会在早上练习两个小时，从十点练到中午，然后吃一顿健康营养的午餐，通常是用生菜叶卷白奶酪或者金枪鱼沙拉。今天，她和达里尔·范·霍恩约好在下午一点半合练，他们会练一个小时的勃拉姆斯，也可能练达里尔前几天在大商场附近一条小路上的一幢石头房子的地下室里的音乐书店里淘到的一首柯达伊童谣，然后，按他们往常的习惯，他们会喝一些阿斯蒂发泡葡萄酒，或者管家用搅拌机调的特基拉奶，然后一起泡个澡。上次在一起的时候，他们的动作过于激烈，简的会阴还有点撕裂的感觉，不过，女人的美好回忆都是跟疼痛有关的，而且，他肯单独干她，已经让她的虚荣心很满足了。当时就她一个女人，除此之外，只有管家和丽贝卡进进出出帮他们端东西和送毛巾。达里尔的性欲十分旺盛，经常要她们三人在一起才能满足，所以，简要鼓足勇气才敢一个人去和他干。接着，她有点不耐烦地对苏吉说：“他当时头脑居然那么清楚，把事情干那么漂亮，真是不可思议。”

苏吉赶紧替克莱德辩护。“喝酒对他没有多少影响，他喝酒就像补药，我想他的抑郁主要可能是更年期所致,他曾经告诉我,他的血压是 110/70,对于这个年纪的人来说,已经非常好了。"

简抢着说:"我知道他到了这个年纪很多东西都还很好,我也觉得他肯定比那个埃德·帕斯利好。"

"哦,简,我知道你想挂电话,但是,说到埃德……"

"怎么了?"

"你有没有注意到布兰达和内夫一家人的关系越来越近?"

"老实说,我好久没和内夫联系了,他的事情我不清楚。"

"我知道,应该的,"苏吉说。"亚历和我常觉得你在他那里委屈了,你的天赋远远超过他们的水平。他说你的弓法不好,那纯粹是出于嫉妒。"

"谢谢你,亲爱的。"

"现在,他们夫妇和布兰达勾搭在一起,经常到铜桶和小河那边的一家法国餐厅去吃饭,好像雷和格雷塔都鼓动她顶替埃德的位置,担任一神会教堂的牧师。很显然,勒夫克拉夫特夫妇也支持她,你知道,霍雷思是教堂理事会理事。"

"可是她没有受过戒啊! 当牧师不是先要受戒吗? 我知道圣公会很严格的,你要加入教会,得先让主教把手放在你身上什么地方的,对的,应该是放在头上。"

"没有,她确实没有受过戒,可是,我们这个教区的人哪里懂这些? 埃德和布兰达对别人也不会这么苛刻,而且,让她当牧师可能比赶她走更仁慈。可能她可以通过函授或者其他途径学习。"

"她会传道吗? 做牧师肯定要传道的。"

"我觉得这不是很大的问题。布兰达举止很有范的,她以前学过现代舞,她和埃德就是在阿德莱·斯蒂文森总统竞选集会上认识的,她参加垫场表演,他负责祈祷祝词。他跟我说过这件事,我常琢磨着他是不是还爱着她。"

"她是个滑稽无聊的女人,"简说。

"哦,简,你别这样。"

“别怎样？”

“别说得这么刻薄。我们以前就是这样说菲莉希亚的，你看，现在结果怎么样？”

刚才，在电话线的另一头，苏吉像一片枯萎的生菜叶卷起来，几乎缩成一团。可是，听到苏吉的质问，她马上跳起来。“你是说那是我们的错吗？”简语气高亢地说，“我认为，如果说有人错，错的人就是她那个倒霉的老公。”

“从表面上看肯定是他，但我们也确实对他们用过魔法，每次喝得来劲了，就把那些乱七八糟的东西放到曲奇罐里，让那些东西从她的嘴巴里冒出来，克莱德跟我说过，他很无辜、很可怜，他叫她去看医生，可是她嚷嚷着说美国的医疗应该与英国和瑞典一样国有化。她也很痛恨制药公司。”

“她的心里充满怨恨，亲爱的，从她嘴巴里冒出来的是她的怨恨，那些羽毛和图钉什么的，都无关紧要，是心里的怨恨害死了她。她已经不是正常的女人了，要有人狠狠地提醒她，让她重新认识到自己是个女人。她必须跪下去舔男人的鸡巴。她真的是欠抽。克莱德打她没有错，问题是他打得太狠了。”

“求求你，简，别这样，我都被你吓坏了。”

“我这么说就把你吓坏了？说真的，苏吉，你太幼稚了。”在她们三个人中间，苏吉就是小妹妹，简一直这么认为。她整天去打听人家说的闲言碎语，每个星期四聚会的时候她话最多，最爱闹，这些她们都能忍受，可是，她真的是很不成熟，很不管用，她不会像简一样讨好范·霍恩，让他激情澎湃，即便是格雷塔，虽然人老珠黄，戴着老式的钢框眼镜，说话也老气横秋，可是她也比苏吉更有女人味，能够让男人激情燃烧一整个晚上。“随便说说，闲话而已。”

“不，不只是闲话，是有后果的！”苏吉带着哭腔说。她的声音在颤抖，有些哀求的味道。“我们已经害死两个人，也让两个孩子变成了孤儿。”

“过了一定年纪就不能叫做孤儿了，”简说。“别再说这些没用的。”她说话的时候，带“嘶”音的字通常都很重，此时甚至有些毛骨悚然，有些像吐一口痰到火炉上的样子。“这些人都是自作自受。”

“如果我没有和克莱德睡觉，我相信他就不会变得那么疯狂。他是真的爱我，简。他曾经双手捧着我的脚，每一根脚指头，甚至脚指头中间的每一条缝，都如饥似渴地吻过。”

“他当然要吻。男人干这种事情是理所当然的。他们爱女人是天性。你要记住，他们都不是什么好货色，他们都是狗屎，我们之所以接受他们，是因为我们更能容忍，女人总是比男人更能忍。”可是，此时简的耐性已经差不多磨光了，那天早上她吞下去的那些音符，现在都像虫子在她的肚子里蠕动，在咬着她的肚皮。谁会想到那个信路德教派的老男人会有这么大的能量？他居然让苏吉念念不忘！“男人总是会有的，亲爱的。别再拿克莱德折磨自己了。你已经满足了他的要求，是他自己搞不定，那不是你的错。好吧，真的，我必须走了，我十一点钟要上课。”简·斯玛特是在撒谎，她的课要到下午四点才开始。正常情况下，她会先去雷诺别墅，先把自己弄得浑身酸痛，然后洗得干干净净，才匆匆忙忙赶回来，然后，看到那些脏兮兮的小手在和象牙一样洁白的钢琴键盘上乱弹本来十分优美的莫扎特和门德尔松曲子，她恨不得拿起节拍器，把那些粗短的手指都砸成肉酱，就像拿一根杵在臼里碾豆粉似的。自从范·霍恩进入她的生活以后，简对音乐的热情空前高涨，好像音乐就是摆脱一切痛苦和耻辱的金色宽敞拱门。

“她说话很刻薄，很奇怪，”苏吉几天之后在电话里对亚历山德拉说。“好像她已经先占了达里尔，怕我们跟她抢似的。”

“这是他的邪恶手段吧，他让我们每个人都有这样的感觉，我就觉得他真正爱的人是我，”亚历山德拉笑着说。她的笑虽然很开心，但还是能让人听出她的失落、甚至绝望。“他让我做大一点的公仔，表面涂混凝纸浆，这是妮基·桑法勒的做法，我不知道她是怎么做的，我在涂的时候，这种纸浆粘满了我的手指，连头发也粘上了，真见鬼。我刚刚做好一个公仔的一面，另一面还是粗坯。”

“是的，他也跟我说，如果我丢掉《东镇闲话》的工作，我应该尝试写小说。每天坐在桌子旁边写同一个故事，我不能想象那是什么滋味。人物的姓名也会让我头疼，我觉得，没有真名实姓的人是不存在的。”

“好吧，”亚历山德拉叹着气说，“他是在给我们出难题，在折腾我们。”

从电话里传来的声音表明她确实被折腾得够呛，她的声音越来越不集中，越来越遥远，感觉像陷入透明的流沙。苏吉去参加了克莱德夫妇的葬礼，刚刚回到家，小孩都还没有放学回家，可是，她觉得他们的小房子似乎在不断叹息，在自言自语，好像有很多故事，也有很多秘密。厨房里没有坚果，什么零食都没有，所以，她最好的慰藉就是客厅里的电话。“我很想念我们以前每个星期四的聚会。”她突然冒出这句话，有点孩子气。

“我知道，宝贝，但我们已经改成网球派对了。一起泡澡也不错。”

“我有时会感到害怕。不像从前那么惬意。”

“报社那边怎么样？这个工作真的会丢掉吗？”

“哦，我不知道，有很多种说法。有人说老板不想再找主编，想卖给普罗维登斯外面的一个连锁出版商，他们就是一群混蛋，基本上所有内容都是大报的文摘，或者是向通讯社买来的东西，他们只雇一个记者，她从家里给报社打电话，那就算交稿了，那也是唯一的本地新闻。他们在波塔基特印刷，然后像超市发传单一样，每家每户免费派送。”

“一切都不像从前那样称心了，对吗？”

“对，”苏吉不假思索地脱口而出。她不能哭出来，否则那就真的太孩子气了。

她们的通话停顿了一下，这在从前是不可能的，以前，她们总是言无不尽、滔滔不绝的。现在，她们各自都怀有关于范·霍恩的秘密，都曾经单独到那个岛上去过，单独去和达里尔约会过，这些是不能讲的。在灰暗的十二月，那个小岛比从前任何时候都漂亮，从楼上范·霍恩卧室的窗户可以看到海上银色的天际线，窗口的桦树和橡树都掉光了叶子，所以视野十分开阔，网球场大棚周围一圈的松树也同样光秃秃的。那里曾经是白鹭做窝的地方。“葬礼怎么样?”亚历山德拉终于问到葬礼。

“正常,大家都很伤心,也很拘谨。遗体火化了,骨灰装在圆形的小盒子里,和泡沫聚乙烯冷却盒长得很像,只是更小,而且是棕色的。布兰达在葬礼上致祈祷辞,因为他们还没有找到接替埃德位置的人,而且克莱德夫妇也不是什么人物,尽管菲莉希亚生前总是骂别人心里没有上帝。我猜想是他们的女儿希望葬礼有点宗教色彩。出席的人不多,而且,这件事情那么轰动,算上这一条,出席葬礼的人就是少得可怜的。《东镇闲话》杂志社的大多数人员都出席了,他们都希望保住目前的工作,也有几个菲莉希亚在各种委员会上认识的人,你知道,她几乎跟所有人都吵过架。市政厅的人都很高兴终于甩掉了她,他们都管她叫巫婆。”

“你和布兰达说话了吗?”

“有,在墓地上说了几句。当时人真的很少。”

“她对你怎么样?”

“哦,很客气,很冷淡。她知道她有亏欠我。她穿着海军蓝套装,外面套一件皱巴巴的宽松丝绸衬衫,有点儿牧师的派头。发型跟原来不一样,全部往后面梳,她以前总爱学彼得、保罗和玛丽乐队①里面的那个女的,把自己弄得像小狗一样。好看多了,真的。以前,埃德总爱让她穿超短裙,这样他自己就感觉更像嬉皮士,但这样对布兰达很不公平,你看看她的两条大腿那么粗,像钢琴腿,穿超短裙就全暴露了。她说得很好,特别是在墓地上。她的声音很好听,很悠扬,她提到逝者生前都很热心,热衷于社区服务,她还将他们的死和越南挂上钩,还扯上当今社会的道德观问题,我有些跟不上。”

“你有没有问她有没有埃德的消息?”

“哦,我不敢问。我想应该没有,因为我也没有。不过,她主动提起他。后来,当男人们在拔杂草的时候,她用很平静的眼光看着我,说他离开是她有生以来最大的幸事。”

---

① 1960年代活跃在美国乐坛上的一支三重唱组合。

“是吗？不然她还能说什么呢？像我们这样的外人能说什么呢？”

“亲爱的亚历，你怎么了？你好像有气无力。”

“是吗？不过，人总是会累的，特别是一个人过日子。每年到了这个季节，被窝里面好冷！”

“你应该弄一条电热被。”

“我有一条，但盖着这种被子就觉得身上通了电，心里不舒服。如果菲莉希亚的阴魂跑进来往我床上倒一桶水，我就被电死了。”

“亚历，别这样！你别吓唬我。你要振作起来，我们都指望着你呢。你是我们的力量源泉。”

“就算是吧，但这样也产生压力。”

“你的信仰丢了吗？”

她们的信仰就是自由和巫术，她们相信自己有超能力，相信自己能随心所欲。

“怎么会丢呢？傻瓜。孩子们都在吗？他们怎么样？”

“他们啊？”苏吉的声音又焕发了生机，显得很迫切要传递信息。“他们很好，很文静，很英俊，有点像希腊雕像的感觉。他们俩站在一起好像双胞胎，尽管女孩年纪大一些。她的名字叫珍妮弗吧，快三十岁了，她弟弟大约是上大学的年纪，不过他没有上学，他想在演艺界发展，大多数时间都在洛杉矶和纽约之间来来回回。他在康涅狄格的一个夏季剧场做过舞台管理，他姐姐在芝加哥的医院做X光拍片技术员。玛吉·佩里说他们会在老房子里住一段时间，直到把房子卖掉。我想，我们应该为他们做点什么。我觉得他们就像孩子被落在深林里，不知所措，我极不希望他们落入布兰达的魔爪。”

“宝贝，他们肯定都听说过你和克莱德的那事情，肯定恨死你了。”

“真的吗？怎么会？我对他们一直很好的。”

“你扰乱了他的体内平衡，破坏了他的生态系统。”

苏吉也承认，“我是有点内疚，这种感觉很不好受。”

“这种时候谁会好受呢？乔一直对我说，为了我，他要跟他老婆离婚，要放弃他那一群孩子,你说我会有什么感觉?"

"他做不到。他是典型的地中海人,是天主教徒,他们那种人不会像我们罪恶的新教徒一样折腾。"

"罪恶?"亚历山德拉说,"你真的认为自己有罪吗?我从来没觉得自己有什么罪过。"

亚历山德拉的这一通话让苏吉似乎看到一座教堂,这是一座西部特有的木结构教堂,教堂的屋顶蹲着一个小塔尖,多年来风吹雨淋日晒,已经显得破旧不堪,但这座教堂位于高山上,几乎没有任何人光顾。"蒙蒂很虔诚,他经常提起他们家的祖先,"苏吉说。说完这句话,她眼前又浮现出一个幻影,那是蒙蒂十分光滑的已经下垂的屁股,这时,她终于发现,亚历山德拉和她老公也有私情。她打了个哈欠说:"我想我得到达里尔那里去放松放松。菲德尔正在调配一种新鸡尾酒,他取名叫'秘制朗姆酒'。"

"今天不是简去吗?"

"我想我和她通电话的那天她就去了,她那天像发情,火辣辣的。"

"火太大会烧伤的。"

"没错。哦,亚历,你真的应该见见珍妮弗,她让人看着眼馋,跟她在一起,我就是个丑老太婆,那张圆圆的脸蛋,和那双蓝色的眼睛,和克莱德很像,也遗传了菲莉希亚的尖下巴,那只鼻子真是可爱,鼻梁挺直,轮廓清楚,像是用黄油刀仔细刻好安到脸上似的,唯一的缺点就是在安的时候手重了些,有点挤进去了,和猫鼻子有点像。她的皮肤,真没得说!"

"眼馋?"亚历山德拉心不在焉地应着。苏吉知道,亚历山德拉曾经很喜欢她。有一天晚上,在达里尔的雷诺别墅,在跟着乔普林的钢琴曲跳舞的时候,她们俩紧紧地抱在一起,但是,那天必须是男女交欢,所以两人才很不情愿地分开,两人都觉得自己像是一朵玫瑰花被人家用塑料纸扎起来。此时,亚历山德拉的声音却有些冷淡。苏吉想起她做过一个法宝,一个蝴蝶结,于是,她把这个蝴蝶结从床底下拿出来。如果一个月不见人血,这个法宝就没有法力了。

几天之后，苏吉在码头街遇到克莱德的女儿，她就一个人，她弟弟没有跟她在一起。在这个寒冬腊月，在弯弯曲曲的小街道上，几乎一半的商店已经关门，还在做生意的都是卖香味蜡烛和传统奥地利特色圣诞装饰品，这些东西都是从韩国进口的。两个女人从很远的地方就相互认出来，然后顺其自然地让地心引力把她们拉到一起，街道两边所有店铺的橱窗，像一双双眼睛盯着她们俩。旅行社和小超市的橱窗干干净净，"啰嗦狐狸"的橱窗上挂着编织毛线衫和格子裙，"饥饿绵羊"挂着更时尚的服装，佩里房产公司挂着一张海角的老照片以及橡树路上好几幢维多利亚式的房子，在一定意义上讲，这些房子都是宝贝，它们正静静地等着有冲劲的年轻人将它们捡起来，这些房子的三楼可以改成套房，还有面包房、理发店和"基督教科学"阅览室的窗户也都对着她们。老石头银行东镇分行也搞了一个汽车出纳窗，尽管镇上的居民对此意见十分强烈，苏吉和珍妮弗站在街道的两边，就像站在一条河流的两岸，看着几辆车从街道上开到出纳窗口，还有几辆车从出纳窗口开到街道上。菲莉希亚曾经指出来，东镇闹市区太拥挤，也是历史街区，不能搞这种东西，否则交通会更拥挤，历史风貌会被破坏，她还领导许多人一起抗议，但没有效果。

苏吉绕过一辆深红色凯迪拉克庞然大物的尾翼，终于来到了年轻姑娘的身边。开车的人是霍雷思・勒夫克拉夫特，他平时做人就谨小慎微，而且眼神不好，所以他开车慢得很，生怕他的宝贝碰到了什么。珍妮弗穿着一件已经瘪了的旧羽绒大衣，脖子上围着菲莉希亚生前常围的围巾，是一条紫色的宽松编织围巾，在她脖子上绕了好几圈，把整个喉咙和下巴都包了起来。她比苏吉矮几英寸，看起来像是营养不良的流浪儿童，她的眼睛水汪汪的，鼻孔是粉红色的。今天，温度计上显示的气温一直在零度左右。

"这段时间挺好的吧?"苏吉笑呵呵地问。

从身材和年龄来看，这个姑娘和苏吉比就像苏吉和亚历山德拉比一样，不过珍妮弗显得比较拘谨，显然有些事情让她很无奈。"还好吧。"她的声音不大，在寒风之中听起来更弱。她在芝加哥待了一段时间，说话还带一点中西部的口音，鼻音比较重。她盯着苏吉的脸看了一会儿，然后才放松下来，像说悄悄话似的说："东西那么多，我和克里斯都不敢相信。我们俩离家很久了，妈妈和爸爸却把所有东西都留着，我们在幼儿园画的画，我们小学的成绩单，还有一箱箱旧照片……"

"触景伤情。"

"是的，我们也感到很失望。他们应该自己决定怎么处理。你也知道，这几年来我们家是一天比一天烂。佩里太太说，我们要等过春天把房子粉刷一下再卖掉，否则就太亏了。投入两千，就可以增值一万。"

"好吧，你看起来要冻僵了。"苏吉自己穿着绵羊皮大衣，倒是很暖和，样子也很大气，头上戴着红色狐狸皮毛帽子，更显得气派。"我们到尼莫餐馆里去喝一杯咖啡吧。"

"哦……"珍妮弗有些犹豫，本想找借口拒绝，但想到餐馆里面实在很暖和，就没有说出口。

苏吉紧接着说："可能你听到一些传言，心里恨着我，如果是这样，我劝你说出来，这样对你有好处。"

"鲁日蒙太太，我为什么要恨你呢？克里斯正在车行修车，那辆沃尔沃，他们留给我们的车也是坏的。"

"不管是什么东西坏了，修起来都没那么快，"苏吉斩钉截铁地说。"我敢断定克里斯也乐意在那里待着。男人都喜欢修车，敲敲打打的，他们最喜欢了。我们可以坐在门口，如果他修好回来了，你就可以看到。走吧。我想说，对你们爸爸妈妈的去世，我感到很遗憾。他是我的好老板，他走了，我也遭殃。"

这时，一辆锈迹斑斑的 1959 年雪佛兰向银行汽车窗口拐进去，这辆车改装得像海鸥的翅膀，两边凸出来的部分还镀了铬，它的"翅膀"几乎要擦到她们俩。苏吉赶紧抓住珍妮弗的手臂，起初是要保护她，接着她并没有放手，而是拉着她穿过码头街，进了尼莫餐馆。本世纪以来，随着机动车越来越多，码头街不断拓宽，路面已经是原来的两倍宽，与此同时，本已弯弯曲曲的人行道被挤压得更窄，在有些地方，只有一个人能够通过，在有些地方，甚至会有老房子凸出一个角，行人必须躲着走。尼莫餐馆是一间用铝合金搭的房子，角是圆弧形的，两侧玻璃各贴着一条很宽的红色贴膜，早上到午餐时间之前，尼莫餐馆里的人不多，只有一些没活干的人或者退休的老人，他们通常会坐在吧台边，有几个会跟苏吉举手或者点头致意，但是，她看得出来，自从克莱德给这个小镇制造了恐怖气氛，他们的脸上就没有那么多笑容了。

门口的桌子没有人坐，临街的玻璃墙像流着汗似的，凝结了很多水汽。珍妮弗抬起头，刚好对着灯光，她眯眼睛的时候，眼角出现一些皱纹，苏吉发现她其实没有像在街上看到的那么年轻，而且，她身上的衣服现在看起来简直惨不忍睹。那件羽绒大衣脏兮兮，用尼龙布打了几个方形的补丁，她脱下这件羽绒大衣，小心翼翼地搭在身边的椅子上，然后将松松垮垮的紫色围巾摘下来，盘在羽绒大衣上面。她里面穿着很素色的灰色裙子和白色羊羔毛毛衣。她的身材比较匀称，也比较丰满，很多地方都是圆形的，她的手臂、乳房、脸颊和喉咙都是圆形的。

丽贝卡，就是和菲德尔在一起过的那个安提瓜人，摇晃着下垂的屁股朝她们走过来，这个女人邋里邋遢，灰色的嘴唇一向耷拉着，感觉很沉重似的，今天有些不一样，闭得挺紧，冷冰冰的。"两位女士要什么？"

"两杯咖啡，"苏吉应着，然后一冲动就又叫了一份玉米饼。她经常叫玉米饼，玉米饼很软，有点黄油的味道，她很喜欢，像今天这种天气，吃玉米饼肚子会很暖和。

"你刚才为什么说我恨你？"珍妮弗问。她虽然语气很缓和，但这么直接地问，还是让苏吉感到意外，有点吃惊。

"因为，"苏吉决定实话实说，"我是你爸爸的那个，你知道，就是情人。没有很久，夏天的时候刚开始。我不想伤害任何人，我只是想给他点什么，把我自己有的都给他。他很可爱，你知道的。"

那个姑娘没有惊讶的表情，而是低下头，眼睛看着桌子，若有所思。"我知道，"她说。"可是最近不那么可爱，我想。我们还小的时候，就觉得他的心已经乱了，经常不高兴，晚上的时候举止很奇怪。有一次，我想让他抱，把他放在大腿上的一本大部头书碰掉，结果他就拼命打我屁股。”她抬起头，但没有继续说下去，而是闭上了嘴巴，两片嘴唇贴得很紧，似乎是要表现她的矜持，表现最好的形象，她虽然没有涂口红，但嘴唇的长相挺好看。过了一会儿，她的上嘴唇略微抬起来，用一种略带厌恶的口气说：“你说说吧。说说我爸爸。”

“说他什么？”

“他是什么样的人？”

苏吉耸了耸肩说：“很温柔，心很好，有些腼腆，很喜欢喝酒，后来为了和我见面，他会尽量少喝，在我面前才不会失态，你知道，也不至于无精打采。”

“他有很多女朋友吗？”

“哦，没有，我想没有。”苏吉有些不高兴，她觉得自尊心受到伤害。“就我一个，起码我是这么想的，就算是我自作多情吧。其实，他是很爱你妈妈的。至少，在她……在她的心另有所属之前是这样的。”

“另有所属？”

“我想你比我更清楚。她后来一门心思地想改造整个世界，她想建立一个完美的世界。”

“这个愿望不好吗？”

“挺好。”不过，说实话，苏吉从来都没有觉得这个愿望有什么好，菲莉希亚太自以为是，对谁都说三道四，甚至有些歇斯底里。苏吉不想跟眼前这个温和文静的姑娘说大实话，从她的声音来看，她今天可能感冒了。然后，苏吉为自己辩护。“你知道，在这样的镇上，像我们这样的单身女人，要是有男人喜欢，是没有理由拒绝的。”

“不，我不知道。”珍妮弗的这句话有些唐突，但语气很柔和。“我对这种事情不大了解。”

她是什么意思？她还是处女吗？这个姑娘到底是真纯洁，还是城府太深？这个太难判断了。“说说你吧，”苏吉说。“你要当医生吗？克莱德跟我说过，他为你感到很自豪。”

“是吗？那是骗人的。我经常缺钱，解剖学总不及格。我喜欢的是化学。也许，我只能做个技术员了。我恐怕已经没希望了。”

苏吉说：“你应该去认识下达里尔·范·霍恩。他会给我们带来希望。”

珍妮弗出乎意料地笑了，她那扁平的小鼻子一收紧，显得更白。她的门牙不是扁的，而是圆形的，和小孩子的一样。“这个名字好有气势啊，像是编出来的。他是谁？”

苏吉心里想，她应该听说过我们的邪恶聚会。这个姑娘让人看不透，单纯得很不自然，好像与世隔绝了似的，完全不通人情世故，像铅皮把X光挡住了一样。“哦，他是个中年男人，行为有点怪异，看起来比实际年纪年轻一点，他把整个雷诺别墅给买下来了。你知道，就是海边那座砖头大宅。”

“我们以前叫它闹鬼的庄园。我们搬到这里的时候我已经十五岁，对这个地方不是很熟悉。我知道，虽然在地图上看起来很小，但里面完全不一样。”

懒散的热带人丽贝卡给她们端来了咖啡和金黄色的玉米饼，咖啡用尼莫餐馆自己的白色杯子装着，相当厚重，同时，除了咖啡和玉米饼的香味，她们还闻到一股呛人的酸味，苏吉认定那是这位女服务员身上的气味，是从她宽大的屁股和沉重的咖啡色乳房散发出来的，当她弯下腰放杯子和盘子的时候，这种气味尤其强烈。“两位女士还要什么吗？”丽贝卡问。她有一种居高临下的感觉。她的头不大，周围的肌肉倒是很发达，黑色的头发梳成两条玉米穗似的辫子，垂在一团肌肉上面。

“丽贝卡，有奶油吗？”苏吉问。

“我给你拿。”她放下铝合金大水罐，郑重其事地对她们说，“你最好不要说奶油，老板每天早上送来的都是牛奶。”

“好吧，谢谢你，亲爱的，我说的就是牛奶，”苏吉说。接着，苏吉就想捉弄她一下，心里默念了一句拉丁回文咒语，于是，倒出来的牛奶变成了很黏稠的黄色奶油，凝结的颗粒在咖啡上面翻滚着。玉米饼塞到她嘴里就变成了黄油碎片，像印第安人的玉米粉一样，穿过她和热带丛林一样浓密的味蕾。她吞下这些碎片，然后向珍妮弗介绍范·霍恩。“这个人不错，你会喜欢他的，只要你能接受他的行为方式。”

“他的行为方式有什么不好？”

苏吉抹掉嘴边的玉米饼碎片。“他有时很粗鲁，但其实是装的。他没有坏心眼，大家跟他都相处得很好。他建了一个网球场，上面盖着大棚，很壮观，像个大泡泡，我和几个闺蜜常去那里打球。你会打吗？”

珍妮弗耸了耸肩说：“会一点吧。我参加过夏训营，我偶尔会跟朋友去芝加哥大学球场打。”

“你什么时候回芝加哥？”

珍妮弗盯着她自己的咖啡杯子，上面漂浮着很多奶油结块。“过一段时间吧。肯定要到夏天才能卖掉房子，克里斯也没什么事干，我们在一起挺好的，我们一直挺好的。我也有可能不回去。我刚才说过，在那边的医院干也没什么前途。”

“在男人方面，有问题吗？”

“哦，没有。”她抬起眼皮，露出很清澈的白眼球，显得很年轻、很纯洁。“男人对我好像没什么兴趣。”

“怎么会呢？我觉得你很可爱的。”

那姑娘又垂下眼皮。“你说这牛奶奇怪不奇怪？这么浓，这么甜。我想是不是坏了。”

“没有，你吃吃看，我想还是很新鲜的。你还没吃玉米饼吧？”

“我咬了一小口。对这种东西我一直没有多少兴趣。不就是油炸面团吗？”

“罗得岛的人都喜欢，就因为它很简单，无添加。你要是不吃的话，给我吃吧。”

“在男人方面，我真可能有些问题。我也跟一些朋友聊过，我的闺蜜。”

“每个女人都几个闺蜜，”苏吉有些得意地说。

“我的闺蜜也不多。芝加哥人不大谈感情。那些少数族裔女生像鸟儿似的,个子小小的,可是都那么勤奋,每天晚上都在学习,脑子里都是解题答案。如果你跟她们聊个人问题,像男人方面的问题,她们马上闭嘴。”

“和男人相处不容易,真的,”苏吉说。“他们都嫉妒我们,因为我们能生孩子,他们不能。他们嫉妒心很强,这是达里尔跟我们说的。我不知道该不该相信他的话,我说过,他很喜欢装腔作势,很多东西不能全信。前几天一起吃午饭的时候,他还向我推销他的理论,跟一种叫什么‘西’的化学元素有关。”

“硒。这是一种很神奇的元素,机场的门能自动开关,关键就在于利用这种元素。玻璃中加入硒可消除铁杂质引起的绿色。硒酸甚至能溶解黄金。”

“哦,天啊,你懂得真不少。你完全可以给达里尔当助手。”

“克里斯一直在劝我待在家里陪他,至少到卖掉房子。我也不喜欢回纽约了,他不喜欢那里,他说压力太大,他自己感兴趣的领域都被男同性恋者占了,包括橱窗装饰和舞台设计。”

“我认为你确实应该……”

“应该怎样?”

“在这里待一段时间吧。东镇是个好地方。”苏吉开始有些不耐烦,今天早上的光阴基本都浪费了,于是,她一把拍掉了毛衣上面的所有玉米饼屑。“这里压力不大,也很重感情。”她喝了最后一口咖啡,将还粘在嘴巴里的饼屑都冲刷下去,然后站起来。

“我也有同感,”她对面的女人珍妮弗说。珍妮弗明白苏吉的意思,于是先收起围巾,接着拿起那件破旧的羽绒大衣穿到身上,然后站起来,可是,就在这个时候,珍妮弗做了一个出乎意料的动作:她紧紧抓住苏吉的手。“谢谢你,”她说。“谢谢你和我聊了这么久。这里对我们感兴趣的人,除了律师,就只有你,还有那个女牧师布兰达·帕斯利,她是个好人。”

“她是前任牧师的老婆,她不是牧师,我也不知道她算不算好人。”

“大家都说，她丈夫对她很不好。”

“是吗？是她对她丈夫不好吧？”

“我知道你会这样说，”珍妮弗说。她笑了，笑得挺甜，但苏吉感觉像在人家面前脱光了衣服似的，被人家看得一清二楚，一点遮羞的都没有。她的生活细节在整个东镇暴露无遗，连这个陌生的年轻人也对她了如指掌。

就在珍妮弗围上围巾之前，苏吉注意到她的脖子上挂着一条挺细的黄金项链，这种款式的项链不少见，不过人家会在下面挂基督十字架，而这个姑娘挂的是埃及安可架，顶上的圆环像一个小人头，这是埃及最古老的神灵之符，是生与死的象征，不过最近好像很流行。

珍妮弗发现苏吉的眼睛盯着那里，于是她也看着对方的脖子，发现苏吉挂着一条铜项链。她说：“我妈妈也戴铜的东西。我发现她有一个很粗的铜手镯，我以前都没见过。好像……”

“亲爱的，好像什么？”

“她好像在防着什么。”

“我们不都一样吗？”苏吉很爽快地说，“要打网球就找我。”

范·霍恩的大泡泡里面声音和空气都很奇怪，人们喊叫的声音和击球的声音都很闷，即使他们叫得再响也是那个样，而且，苏吉的眉头和前臂都能感受到压力，好像有针在轻轻地刺着她一样，手臂上琥珀色的绒毛也像通电了似的站直着。在帆布穹顶下面，球的速度，以及其他所有东西的速度，都比正常的慢一些，打球的人也感觉像在真空中运动似的，实际上，这个大棚是不断在充气的，有一台鼓风机安在大棚的一个角落，不断地吹风进来，而且里面的空气比外面暖和许多。今天是一年中白昼最短的一天，天空中飘洒着零星的雪花，像烟灰被吸上烟囱然后被风吹散了似的。砖头和裸露的树根边缘出现很细的粉状白线，但随着中午阳光稍微变强，这些雪花就全部化掉，所以，地上基本没有积雪，而几乎每一家商店和银行都用棉花打扮起来，营造白色圣诞节的氛围。在码头街上，裹得严严实实的购物者行色匆匆,因为天色暗得非常快,灯光很快跟着亮起来,更烘托出节日的气氛,而几乎每一个行人的眼神都有些慌张,大家都要在夜幕降临之际,冒着刺骨的寒风,去兑现这样或那样的承诺。穿着贴身内衣、腿套、滑雪衫、双层袜子和胶底鞋打网球,东镇这几位年轻的单身母亲简直是过着神仙般的日子,比一般人的度假更加悠闲得多。

苏吉感到有些愧疚,她带来了珍妮弗·盖布利尔,她担心这可能坏了其他两个女人的兴致。达里尔·范·霍恩在电话里并没有反对她的提议,他总是欢迎新人的,可能也因为他们四个人的小圈子对他而言确实太小。和大多数男人一样,特别是纽约的有钱男人,他是喜新厌旧的人。问题就在于珍妮弗把她弟弟也带来了,达里尔看到这个男孩肯定会吓一跳,这个年轻人阴沉着脸,目光呆滞,说话时下巴松弛,吐字稀里糊涂,像杂草一样的头发原来是金黄色的,因为太脏失去了色泽,这可能是年轻人的新时尚吧。他没有穿网球鞋,而是穿着橡胶跑鞋,即使在空阔的大棚里面,所有人都还能闻到一股酸臭味。苏吉心想那个纯洁的珍妮弗怎么能忍受和这么邋遢的人住在一起。蒙蒂虽然有各种问题,但还是很注意个人卫生的,几乎每天都要冲澡,她有时候还没有喝完咖啡就去接电话,电话打完了就把放在桌子上的咖啡杯子给忘了,这时他会把杯子拿去洗得干干净净。这个年轻人的球拍是借的,球都打不过网,更要命的是,他一点儿也不为自己球技差而觉得不好意思,而是居然会耍脾气,更懒洋洋。

一贯好客礼让的达里尔此时已经做好了上场打球的准备,穿着褐红色的跑步短裤和紫色的背心,看起来像一只金刚鹦鹉。可是,他还是建议四个女人打一盘双打,他要带克里斯到他的图书馆、实验室和热带植物棚里去看看。克里斯貌似不大情愿地跟在达里尔的后面,达里尔一路上指着东西给他看,充满激情地给他作各种介绍,隔着球场大泡泡,她们都能听到他兴奋的声音,可是,那个男孩几乎没有反应。苏吉真的很内疚。

她让珍妮跟她在一边,她害怕这个女孩打不好,尽管在热身的时候,她正反手的动作看起来都还不错。比赛开始,她打得确实不错,状态很好,只是跑动范围不大，这可能是要让苏吉尽情发挥腿长会跑的优势。十一岁的时候，苏吉在一个周围用杜鹃花围起来的柏油碎石球场上练球，那是她们家的一位朋友的场地，当时她爸爸就称赞她跑得真快，基本上什么球都够得着，于是，她后来打球的时候几乎都满场飞奔，经常从一个角跑到另一个角，让观众不停喝彩。倒是有些时候球到了手上，苏吉反而无法处理。她和珍妮很快赢得了四比一的优势，接着，对面的亚历山德拉和简就开始玩花样了。苏吉明明看到荧光黄色的球来到她的正手边，可是，当她蹲下膝盖，低下头，发足力气挥拍准备打一个上旋球的时候，落到拍子上的却是一团沉重的油泥，击打出去后，她的肘部感到一阵剧痛，像是关节被震碎了似的。然后，掉到珍妮的两条腿中间时，这团油灰又变成了一个如假包换的网球。她用反手接下一个发球，这次她铆足了劲，准备迎击那团沉重的泥灰，可是，她却感觉球拍击打到的东西很轻很轻，一只麻雀从她的球拍飞了出去，飞到灰暗的半空中，然后在球场界外落下的时候，却分明是一只荧光黄色的网球。

“别耍花招，你们两个鬼！”苏吉朝网的另一边大喊。

简·斯玛特用很清脆的声音喊了回来。“注意盯着球吧，亲爱的，别怪别人。”

“你说什么呢？简。我这两拍都没有问题。”苏吉很生气，因为她的搭档不懂法术，这样对她不公平。珍妮站在半场线附近，刚才只看到两次击球的结果，这时倒是转过身来安慰苏吉，她做了个“加油”的表情，两颊鼓起来，脸色变得通红，准确说是粉红色的。下一个回合，简回球没有力气，珍妮就扑上去准备上网截击，苏吉做法将亚历山德拉“冻住”，于是，女孩发狠力击打的球像炮弹一样砸到亚历山德拉的身上，之后瞬间“解冻”的亚历山德拉感到大腿上一阵刺痛，拼命揉了半天。然后，她用责怪的语气对苏吉说：“要不是我穿着羊毛打底裤，那还得了啊。”不过，她的大腿上还是浮起一块红肿的伤痕。

苏吉表示歉意，然后又说：“算了，我们好好打一场球吧。”

重新开始比赛后，双方都想把对方往死里打。有一个球落到苏吉这边的中场，对她来说这是个很容易的球，可是，当她准备跨过去击打的时候，她感觉膝盖关节突然痛得不行，于是她突然停下来，站着不动，眼睁睁看着球从中线上弹起来飞走。可是，她听到珍妮的脚步声在她的身后响起来，像打鼓一样有力，接着就看到球被神奇地回了过去，落在简和亚历山德拉的中间，本来她们俩认为这一局已经稳赢了，可是这样一来，双方又达成平局。苏吉刚才的痛还没有消，走路一瘸一拐，但是她下定决心要保护好这个小搭档，不让她受到两个魔女的欺负。她默默念了三遍咒符，在球场中间升起一个透明的气袋，挡在对方的前场，让简出现两次双误，她发出来的球像在空中撞到桌子边一样，抛物线突然中断，球垂直掉到地上。

双方的比分变成了五比一，轮到珍妮发球。她把球抛起来，球就变成了鸡蛋，她挥拍把鸡蛋打碎，蛋黄和蛋清都洒到她昂起来的头上。苏吉恶狠狠地扔下球拍，接着，这把球拍就变成一条蛇，因为球场四周是密封的，这条蛇钻不出去，就在球场上四处乱爬，一会爬出界外，一会又从界外爬回界内。“好吧，”苏吉喊，“比赛结束，都别打了。”

珍妮正拿一块小手帕擦脸上的污渍，但蛋清和蛋黄像一张湿漉漉的网罩了她的整张脸，尤其是蛋黄还带着血丝，这只鸡蛋是受精蛋，正要孵化。苏吉把珍妮的手帕拿过来帮她擦。“抱歉，真的抱歉！”她说。“她们输不起，这两个女人真可恶。”

“还好，”亚历山德拉带着歉意说，“这只鸡蛋不臭。”

“没事，”珍妮说。她还惊魂未定，但语气还是比较平稳。“我知道你们都有这种超能力。布兰达·帕斯利告诉过我。”

“这个愚蠢的长舌妇！”简·斯玛特说。这时，对面两个女巫也过来帮忙珍妮擦脸。“我们没什么超能力，她也没有，不然她就不会被人家抛弃了。”

“她是因为这样才被抛弃的吗？”珍妮问。

“是她抛弃人家的吧，”亚历山德拉说。“反正她现在是孤家寡人了，不过她好像没有受什么影响，这倒是很奇怪的。你是不是觉得她很受伤？不管怎么说，我要道歉，那只鸡蛋是我搞出来的。可是，我的大腿明天肯定会黑一块青一块,就因为苏吉刚才让我动不了,这哪里是打球啊!”

苏吉说:“我是被你们逼的。”

“你刚才分明是自己把好球打坏了,”简·斯玛特说。她走到球场边,好像是要找什么东西。

“我刚才也这么想,”珍妮轻轻地说,有些讨好对面两个女巫的意思。“你的头抬起来了,至少在打反手的时候。”

“你没看见吧!”

“我看见了。接球的时候,你的膝盖经常是直的。”

“没有。你是我的搭档,应该多鼓励我才对。”

“你很棒,”那女孩顺从地说。

简回来了,手里捧着她用手指甲在球场边抠起来的一小把黑沙。“闭上眼睛,”她给珍妮下命令,然后将沙扔到她的脸上。非常神奇,珍妮脸上的鸡蛋污渍一下子就不见了,好像蒸发了似的,不过这些沙粘在女孩光滑的脸上,让她显得野性十足,也像戴着一副花点面具。

“我们去泡个澡吧,”亚历山德拉说。同时,她用慈爱的眼光看着珍妮粘满沙子的脸。

苏吉心想,多了两个陌生人,这个澡该怎么泡啊?她一直为自己草率带来这姐弟俩而自责。说到底,那是她妈妈的错,在纽约的时候,他们家里常有外人和他们吃晚饭,那些外人都是她妈妈在街上碰到的,大家原先都不认识,但是,她妈妈认为,这些人可能都是伪装成凡人的天使。于是,苏吉提出反对,“达里尔还没有打呢!克里斯也还没有打。”当然,她也知道,那个男孩自己不大会打球,还阴阳怪气,大家都不会理他的。

“他们好像不会回来了,”简·斯玛特说。

“我们得抓紧,不然都要感冒了,”亚历山德拉说。她刚拿了珍妮的手帕(上面绣着字母J),小心翼翼地折了一个角,正在一粒一粒地擦掉女孩脸上的沙子。女孩的脸很圆,很听话地侧仰着,像向日葵对着太阳。

看到这一幕,苏吉感到心头一阵刺痛。她甩着双臂说:“我们进去吧。”

她的肌肉还很有劲，她还没有打过瘾。“要是有人想打单打也行。”

简说：“达里尔可能想打。”

“他太厉害了，我要被他打死的。”

“不会吧，”珍妮轻轻地说。她刚才看到那个男主人做热身运动，但没有领略过他神奇的球技。“你状态不错。他是不是很疯狂?”

简·斯玛特冷冷地说：“在我认识的人里面，达里尔·范·霍恩是最文明的，也是最有风度的。”很快，她又接着说：“亚历，别忙活了。等会儿一洗澡，就全洗掉了。”

“我没有带洗澡的衣服，”珍妮说。她睁大眼睛，看着她们三个人的脸。

“里面很暗，谁都看不见谁，”苏吉对她说。“不然，你也可以回家。”

“哦，不。家里太压抑了。我经常仿佛看到爸爸的尸体挂在那里，我都不敢到阁楼上去整理东西。”

这时，苏吉意识到，她们三个人都有小孩需要照顾，而珍妮和克里斯也还算是孩子，他们却要自己照顾自己。她仿佛看到克莱德的鸡巴，那是一个父亲的鸡巴，可能和她爸爸的鸡巴是一模一样的，竖起来的时候，下部有些黄疸色，长着一大把长长的花白阴毛，挂在睾丸的两侧，看起来好像一个老太婆的头颅似的。她叉开双腿的时候，他总是反应激烈，这也算正常。苏吉领着其他几个女人从网球场大棚里出来，大棚有个椭圆形的门，是用拉链开关的，从里面和外面都可以开关，但是动作一定要快，否则里面的热空气就会逃逸。

毕竟是十二月的天，夜幕降临以后，她们的脸上和脚下都感觉到冰冷。亚历山德拉的拉布拉多犬科尔和达里尔的牧羊犬欢快地跑到她们身边，这两条狗原本黑色的鼻子都冻得通红。雷诺别墅前面原有一片平缓的草皮，后来为了建这个网球场就被推土机给毁了，留下一些小土堆和窟窿，在寒冬腊月，泥土都被冻得僵硬，这里简直可以模拟月球表面。苏吉的眼睛被冷风吹得泪汪汪的，看着这些同伴的时候，似乎每个人头上都有个光环，她说话的时候也觉得脸颊挺疼。走到别墅通道的时候，她率先飞奔起来，后面的人也跟着冲,像一群笨拙的野兽在沙地上奔跑一样。那扇貌似沉重的门被她一推就开了,简直是通了人性,进了大门,她马上感受到一阵热气伴随着硫磺味扑面而来。管家不在那里。她们先听到有人说话的声音,然后顺着声音看到达里尔和克里斯在图书室里面,面对面坐在真皮圆桌的两侧,桌子上放着几本旧漫画书,还有一个茶盘。在他们的头顶上方挂着几个鹿头标本,从前的雷诺家族都喜欢打猎,这些标本都是他们做的,眼睛是玻璃的,不会眨,现在已经被灰尘遮住了。"谁赢了?"范·霍恩问。"是好人还是坏人赢了?"

"谁是好人谁是坏人?"简·斯玛特问。同时,她一屁股重重地坐到猩红色的豆袋懒人沙发上,沙发背后摆着一排大部头的线装书,这些书的书脊已经发白,上面写着花式拉丁字母作为记号。"我们的新鲜血液赢了,"她说。"这是惯例吧?"那只丑陋的长毛安哥拉小猫正像雕像一样站在火炉的顶上,因为太靠近火焰,它的胡子似乎着火了,冒起了火星。这时,它跳了下来,大摇大摆地走到简的脚边,把简的白色运动袜当成了磨爪棒,将弧形的爪子深深地陷进去,接着,它的尾巴随即翘起来,还不断颤抖,像是尿得很爽的样子。简大喊一声,抬起那只脚,把猫踢到半空中。猫在空中像雪花一样转了几圈,然后悄无声息地落到地上。那只猫显然很生气,眼睛闪着凶光,它身边刚好有一把铜柄拨火棍、一把钳子和一把灰铲,这些东西也闪闪发光,和猫眼的凶光刚好融为一体。紧接着,猫翻起白眼,貌似在算计着怎么对付这些人。

"她们玩花样,"苏吉抱怨说,"我感觉像遇到骗子似的。"

"这才像真正的女人,"达里尔开着玩笑说。他的声音好像从喉咙很深的地方发出来,听起来挺遥远的。"真正的女人总是觉得别人是骗子。"

"达里尔,别这样跟哲学家似的,和你说话很累,"亚历山德拉说。"克里斯,茶的味道不错吧?"

"还行吧,"那个男孩很勉强地说。他说话的时候面无表情,也不抬头看着人家。

菲德尔出现了。他身上的卡其色外套有点皱，是不是刚才和丽贝卡在厨房里干什么了？

“请夫人小姐们过去吧[①]，”达里尔对他说。菲德尔的英语很好，而且越来越地道，但既然主人说的是西班牙语，他作为仆人也要用西班牙语回答：“好的，先生！”

“快点！”范·霍恩说。

“好的，好的。”管家一边应着，一边向后走开。

“哦，这里好舒服啊，”简·斯玛特很夸张地说。可是，说实话，苏吉觉得有些不爽，有些伤感：这整幢别墅简直就是一座舞台，从某个角度看确实令人惊艳，但在其他地方却露出不少破绽，感觉是照着别的地方别人家的房子抄来的。

苏吉噘着嘴说：“我还没有打过瘾呢。达里尔，下去陪我再打一会儿吧。就打到天黑为止。你也还穿着整套行头呢。”

他一本正经地说：“那么，克里斯呢？他也还没有打呢。”

“我知道他不想打，”珍妮用大姐的腔调插进来说。

“我也不会打，”那个男孩附和着说。他真的很没劲，苏吉心里想。像他这样年纪的女孩都很有劲，很会交际，很善于给人家留下美好的印象，让人家喜欢她们，不管到哪里，都会把那个地方变成自己的窝，自己的舞台。苏吉感觉自己在这个瞬间就很有劲，甚至有些疯狂。她站着甩了一下头发，有些张扬，有些粗鲁，她不知道这是为什么，或者该怪谁，可能是因为她有些尴尬，觉得不应该把那姐弟俩带到这里来，再也不带他们来了，也可能是因为自从两个星期前克莱德自杀以来，她还没有跟哪个男人干过。她最近夜里常想起埃德，常常琢磨着他和那个下贱的小妖精波兰斯基在那边干些什么。

达里尔虽然言行举止比较粗鲁，但人很聪明，也很善良。于是，他站起来，腿上还穿着红色跑步短裤，然后把刚脱下的紫色绒毛背心穿上，再戴上

① 原文为西班牙语。

一顶白天会闪荧光的橙色猎狐帽，帽子有个帽舌和耳罩，这顶帽子他不常戴，只是偶尔戴着好玩的，最后，他拿起球拍，那是一把海德牌铝合金球拍。“我们打一盘，”他说。“如果打成六平，就抢七决胜负。如果球变成蛤蟆，就算你输。有人要去观战吗？”没有人想去，大家都等着喝好茶。于是，他们俩像一家两口子朝外面的暮色走出去，暮色下，树林和灌木丛里都静悄悄，东边的天空好像涂了一层绿色的漆，天空下面的网球场大泡泡也像墓地一样肃静。

这场网球打得非常精彩，达里尔打得像个机器人，虽然动作看起来很笨拙，但几乎没有失误，能够将苏吉用力抽过来的球反抽过去，将苏吉本来稳得分的球变成自己的制胜球，当然，苏吉也很神奇，她的速度奇快，动作敏捷，对她而言，这个球场似乎太小。当她准备击打的时候，球就像月亮挂在天上，她的身体就像思想的工具，也就是说，她自己心里想到哪里，她的身体就能运动到哪里。她甚至打出了好几个反手过顶高压球。在发球的时候，她感觉自己像一张弓，球就像弓上的箭，而她自己就是月亮女神戴安娜，就是母亲女神爱西斯，就是爱情女神阿施塔特，她简直就是女性美和力量的完美结合体。此时，本来就不是很敞亮的球场大泡泡越来越昏暗，有些光线从大泡泡顶上的透气孔射进来，让这个大泡泡变成一顶镶着海蓝宝石的巨大皇冠。对于在网的另一边的对手，不管他怎么折腾，她再也看不到，她只看到球不断地落到她这边的场地上，每个球都像野兽一样朝她的面门奔来，不知道这油漆过的沥青场地上怎么能冒出那么多野兽。击打，击打，再击打，她不停地击打，球却逐渐变小，越来越小，一会变成高尔夫球那么大，接着和黄豆那样大，最后落到场地上跳不起来，只能听到很闷很轻的声音，像皮革落到地上那样的声音。这时，比赛就宣告结束了。“真爽，”苏吉好像是在向所有人宣告。

范·霍恩用沙哑而低沉的声音说：“我对你不错吧？你能不能帮我一个忙？”

“好吧，”苏吉说。“要我干什么？”

“亲一下我的屁股，”他说着就脱下短裤，露出屁股对着苏吉。他的屁股毛茸茸的，有些人喜欢，有些人就不喜欢这样的男人。她先亲左边，然后亲右边。

“中间也来一下，”他用命令的口气说。

他的屁股上的气味，可以算作他要传递给她的信息吧，是另一种比较陌生的语言。算不上很难闻，像是中国皇帝在戈壁滩驻扎时骆驼屎从丝绸帐篷里散发出来的气味。

“谢谢，”范·霍恩说着把短裤拉起来。在黑暗中，他的声音听起来和纽约的出租车司机很像，有些粗糙，有些刺耳。“你可能觉得这样很傻，我知道，但我感觉很兴奋，飘飘欲仙。”

他们一起走上山坡，苏吉的汗渍被风吹干了，像一层胶粘在她的皮肤上。她想那些人是怎么洗澡的，她把珍妮带来了，这小姑娘好像来了就不想走。回到别墅里后，她看到那个笨拙又粗鲁的男孩一个人在书房里，拿着一本大部头的书在看，苏吉从他的背后看到，那是一本漫画集，里面有一个男人戴着蓝色兜帽，两只耳朵又长又尖：那不就是蝙蝠侠吗？“我有一整套，”范·霍恩很得意地说。“花了我一大把钱，有些比较旧的是在大战期间买的，当时我还小，如果懂得保存的话，我可以发一笔财。他妈的，我当时整天在等下一期出版，我喜欢《小丑》，喜欢《企鹅人》，也喜欢《蝙蝠侠战车》。你们俩都太年轻，对这些都不了解。”

这时，那个男孩终于说了一句完整的话。“我在电视上看到过。”

“没错，但表演太做作了，完全没有必要。他们把它搞成了滑稽剧，品味真低。在老的漫画书里，那些恶魔真是恐怖，我看了以后夜里经常做噩梦，我常梦到白脸的魔鬼，我没开玩笑。你觉得神奇队长怎么样？”范·霍恩从书架上拿下另外一本，封面是红色的，不是蓝色的。他对漫画的热情好像被激发了出来，一边翻书，一边喊着“闪、闪！”然后，出乎苏吉的意料，他居然在一张摇椅上坐下来，很认真地看起来，脸上闪耀着快乐的神情。

苏吉隐约听到，隔着那个存放通俗艺术品的房间，以及那个放着未开封的箱子的房间，从那个用石板装饰的浴室里面，传出来了女人说话的声音。浴室里面的灯光被调到很暗，立体声音响播放着舒伯特奏鸣曲，三个盘着头发的女人头浮在冒着热气的水面上。苏吉在脱衣服的时候，那三个女人继续说话，好像没有人抬头看她。她脱掉有些僵硬的网球服，光着身子穿过异常潮湿的空气，先在浴池的石头边沿上坐下，然后弓着背溜进水里，一开始她觉得水滚烫，简直受不了，不过，过了一会儿，她就不觉得烫了，一点儿也不烫。哦！好爽！再过一会儿，她觉得自己焕然一新，泡在热水里就像睡觉一样，能让人完全放松。亚历山德拉和简的眼熟的胴体在她身边冒出来，她们和她弄起来的波浪融汇在一起，冲击着身体，有些按摩的效果。接着，她看到了珍妮圆圆的头和圆圆的肩膀，看到她圆圆的乳房漂在透明的水面下，还看到她的屁股和两条腿，她的腿在水里看起来更短，像畸形胎儿的腿。“感觉很好吧？”苏吉问她。

“很好。”

“他在这里搞了各种控制开关，应有尽有，”苏吉解释说。

“他会来和我们一起洗吗？”珍妮问。她显然有些担心。

“我想不会吧，”简·斯玛特说。“这次不会”。

“主要是因为你，亲爱的，”亚历山德拉接着说。

“我可以放心，是吗？”

“有什么不放心呢？”其中一个女巫反问。

“尽情享受吧，”另一个女巫劝她说。

“那些灯很像星星，是不是？我是说它们的排列很随意。”

“你看这里。”她们都已经熟悉了控制开关。有人用手指一按，天花板就轰隆隆地向后面滑开。大家都可以看到满天的星星，但也觉得这松绿色的天空简直就是个幻觉，根本没有真实的存在。每个星球之外还有星球，随着季节和日子的轮换，这些星星有时是透明的，有时却是不透明的。

“天啊！这就是露天的啦。”

“是啊！”

“但我不觉得冷。”

“热气升起来了。”

“你们说他建这个浴池要花多少钱?”

“好几千吧。”

“那是为了什么呢? 有什么目的呢?”

“为了我们吧。”

“他喜欢我们。”

“只是我们吗?”

“谁晓得呢。”

“这个问题意义不大。”

“你不满意吗?”

“满意。”

“我也满意。”

“可是,我想我和克里斯应该回去了。我们得给那些宠物喂食。”

“什么宠物?”

“菲莉希亚曾经说过,我们不应该养宠物,否则就是浪费蛋白质,因为亚洲人都快饿死了。”

“我不知道克莱德和菲莉希亚养过宠物。”

“他们以前不养。我们回来不久之后,有一天晚上,不知道是谁往我们的车里放了一只小狗,后来我们家又来了一只猫。”

“我们呢? 我们的小孩都没人管。”

“可怜的小家伙,你们受委屈了!”简·斯玛特说。她像是在模仿那个生前总是说她们坏话的人,声音里带着些挖苦的腔调。

“我小时候没受过什么委屈,”苏吉说。“但那也有代价,感觉有些压抑。现在回头看的话,我觉得爸爸妈妈不全是为了我,他们是在解决他们自己的问题。”

“谁也不能替别人过日子,”亚历山德拉有些心不在焉地说。

“女人不能再专为别人活着。迄今为止,我们好像都在替别人活。”

“哦,这样感觉也不错啊,”珍妮说。

“这是自我安慰吧。”

“把屋顶关上吧。我有点不舒服。”

“把扯淡的舒伯特也关掉吧。”

“你们说达里尔会不会进来?”

“那个讨厌的小孩也会来吧?”

“他叫克里斯托弗。”

“来就来吧。”

“哇,你好强大。”

“我搞的这种艺术,让我连指甲下面的肌肉都很硬。”

“亚历,你的茶里面放多少龙舌兰?”

“老维克那边的超市晚上开到什么时候?”

“我不知道,我好久没有去那里了。如果镇中心的小超市里没有,我们就不吃。”

“但那里几乎所有的蔬菜和肉都不新鲜。”

“都不在乎新不新鲜。大家最喜欢冷冻成品菜,不用正儿八经地凑在一起吃,也不会影响他们看电视,三明治万岁!但是,他们塞的那些洋葱,害得我和这些小鬼告别的时候都不敢亲他们。”

“我家里的老大简直不可思议,从十二岁开始,他就只愿意吃波纹薯条,但他还是长到六尺二,还没有蛀牙。牙医说他从来没有见过像他那样漂亮的口腔。”

“都是氟的作用。”

“我喜欢舒伯特。他不像贝多芬那么有压迫感。”

“马勒也是。”

“马勒!天啊!”

“他真的是太过分了。”

“轮到我了。”

“轮到我。”

“哦,好爽! 你终于找对地方了。”

“你的脖子总是痛是什么意思?”

“那是淋巴。肿瘤吧。”

“别开这种玩笑。”

“是不是更年期了?”

“无所谓!”

“我倒是很向往。”

“有时候,我怀疑人的生育能力是不是被高估了。”

“你听说过一种叫节育器的东西吗?”

“很好玩,东滩那家看起来最没花头的匹萨店的长卷三明治最好吃。但他们从十月到次年八月都不做生意。我听说夫妻俩都去佛罗里达,住在百万富翁扎堆的劳德代尔堡,你可以想象他们的生意有多好。”

“是穿扎染背心烧饭的那个独眼龙吗?”

“我不知道他是不是独眼龙,也可能是因为他老是眨眼,所以我们觉得他只有一只眼睛。”

“做匹萨的是他老婆。我真的很想知道,她是怎么把匹萨皮搞那么脆的。”

“我家里有那么多番茄酱,但我那几个小鬼都拒绝吃意大利面。”

“给乔带回家吧。”

“他已经带很多回家了。”

“他也给你留下很多东西吧。”

“别那么无聊。”

“你给他什么带回家?”

“味道吧。”

“记忆。”

“哦。天啊!”

“没事,你放松。”

“我们都在。”

“都在你旁边。”

“我能感受到,”珍妮说。她的声音比刚才还更小,更温柔。

“你真可爱。”

“年轻真好。”

“我不敢相信我也曾经年轻过。青春都是属于别人的。”

“闭上眼睛。只剩最后一粒可恶的沙子了,在这里。”

“在这个季节,头发湿了很难办。”

“前几天,我呼一口热气到围巾上,围巾马上冻住了。”

“我正想去做发型。他们说登陆广场另一边新开了一家理发店,就在那个以前磨锯子的长条形小房子里,听说手艺很好。”

“做女人发型吗?”

“当然,男人已经不再做发型了。不过,价格已经涨上去了,七块五,而且是不包括做波浪形,甚至洗头也得另外算。”

“我为我爸爸做的最后一件事就是推他去理发店理发。他也知道是最后一次,当时就跟在场的所有人说:‘这是我女儿,她带我来理发,这是我一辈子最后一次理发。’”

“那里现在叫卡兹米萨克广场。你看见过那个刚弄起来的标志吗?”

“恐怖!我相信这东西不会很长久。”

“人们很快就会忘记。对于现在的学生,第二次世界大战都已经成为上古传说了。”

“你的皮肤保养得真好。没有伤痕,也没有斑点。”

“说实话,我前几天发现有一个粉红色的小肿块,在上面,再上去一点。”

“哦,看到了。疼吗?”

“不疼。”

“很好。”

“你有没有注意过？一旦你开始注意观察身体，就会发现浑身到处都有这种肿块。人的身体真复杂。”

“别跟我说这种事情。”

“在新的词典里面，在‘人’这个词条下面有一些透明的人体图片，也有一个女性的图片，所有血管、肌肉和骨头，都看得一清二楚，真不可思议，怎么能画那么准？”

“我不觉得这有什么复杂，你胡思乱想了才觉得复杂。很多事情都是这样的。”

“怎么都这么圆？弧线真完美。”

“那是半圆。”

“政治家的腔调。”

“影响的半圆。”

“这是我最近比较不爽的一个方面，性感部位都松弛掉了，前几天我在镜子里看我的屁股，皱纹看得很清楚。我的脖子感到僵硬，可能也是一样的原因吧。”

“尼莫店里的香肠三明治很不错的。”

“放太多红辣椒了。菲德尔经常去找丽贝卡。他是在泡她吧。”

“你觉得他们生的小孩是什么肤色？”

“米黄色的。”

“咖啡色的。”

“我们算不算多管闲事了？”

“不算。”

“说得真好！”

“哦，天啊，年轻漂亮是好事，但问题在于没人会帮你好好欣赏，二十二岁时，在我这辈子最漂亮的时候，但我成天想着如何讨好我的婆婆，成天担心我在床上的表现是不是和蒙蒂在大学里认识的那些婊子一样好。”

“那就像有钱人一样，你知道自己有钱，就成天担心被别人占便宜。”

“达里尔似乎没有这种担心。”

“他真的很有钱吗？”

“他还欠乔的工资呢。”

“有钱人总是这样。他们喜欢把钱存着，坐享利息。”

“小心点，亲爱的。”

“我怎么不小心啊？”

“我的手指尖都起皱纹了。”

“我们去看看两栖动物能不能在陆地上产卵吧。”

“好吧。”

“我们走。”

于是，她们很猛地站起来，溅起来很多水：铅经过剧烈的化学反应可以分离出银的吧？接着，她们摸着黑寻找各自的毛巾。

“他在哪里？”

“在睡觉吗？我刚才把他累得够呛，你们看到了吧？”

“人家说，过了一定的年龄，如果洗澡后不涂油，皮肤会不好的。”

“我们有油膏。”

“我们有好多桶油膏。”

“伸手。你还舒服吧？”

“哦，是的，很舒服。”

“这里还有一个，在你漂亮的小乳房下面，长得像粉红色的猪鼻子。”

浴室里虽然很暗，但她们四个人的眼睛都睁得很大，灰色、淡褐色、棕色和蓝色的眼珠子，什么都能看得那么清楚。一个女巫戳了一下珍妮的乳头问：“你有什么感觉？”

“没有感觉。”

“很好。”

“不觉得害羞吗？”另一个女巫问。

“没有。”

“好吧，”另一个女巫说。

“她不错吧？”

“不错。”

“你能不能感觉自己在飘浮？”

“我感觉自己像在飞。”

“我们也是。”

“一直是这样。”

“我们一直跟你在一起。”

“这是谋杀。”

“我喜欢做女人，真的，”苏吉说。

“你当然喜欢，”简·斯玛特冷冰冰地说。

“我说的是实话，”苏吉坚定地说。

“我的宝贝，”亚历山德拉说。

“哦，”珍妮情不自禁地说。

“别这么嚣张。”

“这里是天堂。”

“好吧，我觉得，”简·斯玛特在电话里说。她一字一顿，似乎知道对方肯定会反驳，所以加倍强调自己的观点。“她好像不大领情，那么拘谨，像爱丽丝梦游仙境似的。我想她肯定有所图。”

“但她能图什么呢？我们都穷得叮当响，跟教堂里的老鼠似的，还是被大家吐口水的对象。”亚历山德拉的心思都在她的公仔上。她正在做的公仔是两个抱在一起的女人，这个公仔即将成型，算是做了一半，但她手里抓着一张粘满泥巴的纸片，在这里拍一下、在那里拍一下，她此时的心里肯定很焦急，在想她以前做小公仔时的那种信心究竟到哪里去了？以前，她随便做好一个小波波，就会放到茶几上，然后放到烤炉里面去。

“你想想,”简试着给她提示说,“她突然以孤儿的身份出现,很显然,她在芝加哥肯定混得很糟糕,回来之后,他们房子是很大,但是供暖的费用,还有各种税费,他们根本承担不了,她肯定是在找地方住吧。”

最近,简好像铁了心给每一个罐子都“下毒药”。窗外,此时正值深冬,但没有积雪,一阵微风吹来,和麻雀毛颜色一样的树枝就轻轻摇晃,她也意识到,树上喂鸟器里已经空了,需要添加食物了。平时在斯波佛德的孩子们已经回家来过圣诞节,但这时候他们都去滑雪了,所以亚历山德拉有一个小时的空隙可以做她的公仔,这么一点时间不能浪费。“我想加个珍妮也不错,”她对简说。“我们不能太排外。”

“我们也不能从东镇落荒而逃吧,”简有点出乎意料地说。“埃德·帕斯利不就是一个很恐怖的教训吗?”

“他怎么了?他回来了吗?”

“他就要回来了,不过,要回来的是他的尸体碎片。”简的这个回答还更出人意料,听起来有些毛骨悚然。“他和那个小妖精多恩·波兰斯基在新泽西造炸弹,发生爆炸,被炸成碎片。”亚历山德拉记得,那天晚上在音乐会见到埃德的时候,他的脸色很苍白,和鬼差不多,他头顶上的光环是惨绿色的,他的鼻子好像被拉伸过了似的,让他那张脸朝一边歪斜,看起来很像橡胶面具。可以说她那时候就断定他的生命快到头了,但是,简说他的“尸体碎片”要回来,还是让亚历山德拉吓了一大跳,手差点就抓不住电话,眼睛呆呆地看着窗户,然后觉得窗户的扇梃朝她移动过来,然后像锋利的切蛋器一样穿过她的身体。“他们在废墟中找到一只手,通过指纹验证他的身份,”简接着说。“只有这只手,今天早上的电视节目一直在播,苏吉竟然没有打电话给你,我倒是感到很意外。”

“苏吉最近不大睬我,可能是那天晚上她被珍妮抢了风头吧。可怜的埃德,”亚历山德拉说。她感觉好像自己也遭遇爆炸,气流慢慢把她吹起来。“她肯定崩溃了。”

“没有啊,半个小时前我跟她通过电话,我没有感觉到她有什么不对劲。她只是有些担心《东镇闲话》的新管理层乱删减她的文章。杂志社新来了一个经理，是个男的，比我们都小，是老板指派来的，大家都认为杂志社的老板是联邦山那边的黑手党，那个年轻人是个愣头青，对杂志编辑工作就是个外行。”

“她有自责吗？”

“没有啊，她为什么要自责？她没叫过埃德离开布兰达和那个小妖精私奔，相反，她一直努力避免拆散他们夫妻。苏吉跟我说过，她曾经告诫过他不能离开布兰达和牧师岗位，除非他能确保进入公共关系部门。许多牧师离开教会岗位之后都从事公共关系工作。”

“公共关系我不大懂，”亚历山德拉轻轻说。“多恩的手也有找到吗？”

“我不知道他们有没有找到多恩，但我觉得她不可能幸免，除非……”*除非她也会巫术*，这就是她本来想说的。

“这次爆炸不会对无烟火药产生影响吧？达里尔怎么说？”

“达里尔说我可以拉欣德米斯[①]的作品。”

“亲爱的，太棒了！我真希望他跟我说我可以回去做波波。我想挣点钱，这是一方面。”

“亚历山德拉！”简·斯玛特很严厉地说。“达里尔很想帮你，纽约的那些贩子出手很大方的，如果他们看得上，一张涂鸦作品都可以卖一万美元。”

“他们不会要我的东西，”她说完就挂了电话。她很郁闷。她不想成为简的毒罐子里的料，她就想从自己家里的窗户向外眺望，希望能看到几英里外金黄色的土地，这片土地视野开阔，还可以看到远处的山，山顶是白色的，像一团团蒸腾起来的云雾，差别在于这些山顶是溜尖的。

苏吉肯定已经不再责怪亚历山德拉和珍妮亲热了，因为在埃德的追悼会后，苏吉就打电话给她，跟她描述追悼会的情况。这会儿已经下雪了，这是一年中最难忘的时刻，雪花像水流一样从天上泻下来，在地上盖了厚厚的

---

① 保罗·欣德米斯（1895—1963），德国作曲家、理论家、中提琴家和指挥家。

一层，把整片土地变成像木刻师刚画了影线的母版，第二天早上，鸟儿栖息的树上会戴上一顶贝雷帽，橡树还挂着的棕色叶子和铁杉树下垂的绿色枝条，颜色都显得更深，看起来像一只碗的天空，此时显得更加空荡荡，家里的墙壁也似乎很兴奋，抖下来不少灰，壁纸也似乎充满能量，都动了起来，种在花盆里放在窗台上的红花石蒜也突然间挨得很紧，从来没见过它们这么亲热过。“布兰达讲了话，”苏吉说。“还有一个胖子也发了言，是代表革命运动的，留着山羊胡子和马尾辫，他说埃德和多恩是烈士，是反抗暴政的英雄。他说到后来情绪很激动。还有一帮人穿着印卡斯特罗头像的衣服，我很害怕如果有人在中间说话或者走动了，有可能要挨他们揍一顿。不过，布兰达一直表现得很勇敢，真的。她的表现真棒。”

“真的吗?”在亚历山德拉的心目中，布兰达是个洁身自好的人，她平时很注意仪态，一头金黄色的头发总是盘得很稳、很整齐，那天晚上音乐会她也去了，但就在大家头顶的光环混杂在一起的时候，她却走了。平时在路上遇到的时候，她脸上常涂得雪白，基本没有表情，可是她的嘴唇却涂得很红很娇艳，像随时会掉落的玫瑰花瓣。

“她穿得像模像样，穿着黑色的垫肩外套，围着一条丝巾，像是刚吃完龙虾忘了摘下来。她讲了十分钟，她说埃德牧师生前是如何温柔体贴，对东镇如何热心，如何关心东镇的生态环境，关心那些备受煎熬的年轻人，说他是个有良知的人，说到良知，布兰达似乎哽咽了，你知道的，这种时候她会用手帕擦眼睛，当然，她一只眼睛只会掉一滴眼泪，一直是这样，很准的，她说，出于良知，他勇敢地接受了挑战，克服了感情的束缚，离开这个他多么热爱的东镇。”这几句话苏吉模仿得惟妙惟肖，亚历山德拉仿佛可以看到布兰达的嘴唇一会儿凹进去，一会儿凸出来。“她说，他将生命奉献给我们的国家，致力于消除可能毒害全国人民血液的隐患，她还说，我们的国家正受制于邪恶力量，然后就盯着我看。”

“你怎么应付?”

“微笑。把他弄到新泽西去搞炸弹的人不是我，是多恩。她几乎没有提到过她,那个胖子也没有提到多恩,像她根本不存在似的。可能是他们没有找到她的尸体吧,可能连衣服都烧光了。她块头那么小,可能跟天花板一起被炸飞了。不过,多恩的妈妈和继父也去了,打扮得和三十年代电影里的一样,我猜想他们平时都待在拖车活动房里不怎么离开的吧。我一直看着她妈妈,一直在猜想她是怎么表演杂技的,不得不承认,她的身材保持得很好,不过她的脸,哼,好恐怖!她脸上疙疙瘩瘩,像长时间穿不舒服的鞋子把脚后跟整变形了似的。大家都不知道跟他们说什么,因为那个女孩只是埃德的娼妇,而且官方也没有宣布她死亡。即使布兰达也不知道该如何,因为这也算家丑吧,不过我必须说句公道话,她表现真的很棒,很有分寸,很大度,通过闪烁着泪花的眼睛,向他们表达了同情。布兰达不是我们同类的人,我知道,但我真的很钦佩她,拿得起放得下,很会照顾场面。说到场面……"

"怎么样?"亚历山德拉追问着。其实,苏吉之所以停顿,是想看看她是否注意在听。亚历山德拉确实感到很无聊,这时候,厨房窗户的玻璃上覆盖着一层水雾,她就一直用手指尖在画着不知道什么图案,基本上是一些断断续续的点,好像是雪花,也好像是苏吉脸上的斑点,可能是电话话筒上的孔,也可能是妮基·德·桑法勒喷在"娜娜"身上的颜料,娜娜之所以风靡全世界,大约就是靠这种喷射颜料的行为艺术吧。亚历山德拉很高兴听到苏吉接着跟她说话,她有时候会担心,如果没有苏吉,她可能失去和现实世界的联系,会像多恩在新泽西被爆炸气流冲上平流层一样。"我被解雇了,"苏吉说。

"宝贝!怎么可能?他们怎么能把你解雇?那里面的文章,只有你写的看着不犯困。"

"算了,也可以说是我自己不干了。接替克莱德的那个小伙子,叫伯恩斯坦还是伯恩鲍姆,我搞不清楚,反正是犹太人的名字,他把我写悼念埃德的文章删得一塌糊涂,我本来写了一栏半,结果经过他的手,只剩下两小段。他说版面有限,因为最近又有一个本地人参加越战牺牲了,但我知道,那是因为很多人告诉他埃德以前和我好过,他担心我利用公共媒体的版面发泄个人的情感，这样会引起非议。很久以前，埃德用鲍勃·迪伦的腔调写了几首诗送给我，我在文章里面引用了一两首，他们删掉了，我对这个没什么意见，但是我写到他发起‘公平住房运动’的过程，写到他在哈佛大学神学院读书的时候，成绩是班级的前三甲，他们连这些内容也删掉了，我就受不了。我跟那个小伙子说，‘你刚到东镇不久，我觉得你不了解帕斯利牧师在大家心目中的地位。’然后这个愣头青就笑着说，‘他在你心中的地位，我倒是听说过。’然后我就说，‘我不干了。我写文章向来都是字斟句酌，盖布利尔先生几乎没有删掉过一个字。’听到我这样说，那个小屁孩居然又笑起来，笑得比原来更坏，更受不了，我就把他一个人丢在办公室里自己跑了。我跟你说，在扭头跑掉之前，我抢了他手里的铅笔，当着他的面把铅笔折断。”

亚历山德拉笑了，她很高兴有这么一个性情豪爽的朋友，这个朋友的脸相，和她卧室里那些猥琐的小丑脸都不一样。“哦，苏吉，真的？”

“真的，我还说，‘你出门摔断腿！’然后把两截铅笔扔到他桌子上。这个自以为是的小混蛋。可是，我现在怎么办呢？我现在银行里只有七百块存款。”

“也许达里尔……”亚历山德拉想到了达里尔·范·霍恩，当然，她一直惦记着他，他急吼吼的表情尤其记忆深刻，还有他家里很多地方都脏兮兮的，显然很需要女人的照料，她还记得，他像狗吠一样笑完之后，下巴就像机器一样向上面闭合上，一刹那间，整个世界像中了邪一样突然凝固，过了一会儿才会重新解冻，重新运转。这些景象都藏在亚历山德拉的脑海里面，和其他东西混杂在一起，随时可能出现，就像两个广播频道频率重叠，当我们经过一段连续弯路，这两个频道会交替出现。与此同时，苏吉和简似乎从那个小岛上获得了新的力量和活力，可是，亚历山德拉却发现，她已经脱离了泥土，更依赖于纸张，她和大自然之间的纽带已经日渐松弛了。在这深冬里，她并没有保护好自家的玫瑰花，而是让花的根部裸露在冰冷的空气中，她也没有像往年一样把树叶子收集起来堆肥，也常常忘记给喂鸟器添加食物，好像也懒得拍打窗户赶走那些贪得无厌的灰色松鼠。她成天无精打采，松松垮垮,她的这副模样也影响到了乔,让他觉得很没劲,提不起兴趣。对老婆感到没劲,是社会基本现象,但要是对情妇失去兴趣,是很伤男人自尊心的。此时,亚历山德拉最大的愿望,就是将身体浸泡在那个柚木澡盆里面,把头靠在范·霍恩毛茸茸的身体上,一边听着小蒂姆用颤音唱的歌曲:'阳光下的生活,月光下的爱情,这个世界真美妙!'"

"达里尔的事够多的了,"苏吉说。"镇里面说他没有支付水费,准备停止给他供水,我猜想他可能听了我的建议,雇了珍妮做他的实验室助手。"

"你的建议?"

"是的,毕竟她在芝加哥干的就是技术员的活,现在她又无依无靠。"

"苏吉,你这个该死的家伙。你这算怎么回事?"

"我想这是我亏欠她的,她在那里穿着白大褂看起来确实很不错,干活也很认真。昨天我们几个人在那里。"

"昨天那里有聚会? 怎么没人告诉我?"

"不是真聚会。没人脱衣服。"

她必须把持住自己,亚历山德拉对自己说。她必须给自己的生活找到新的支点。

"我们待了不到一个小时,亲爱的,没骗你。事先没计划的。镇里管水务的那个人也去了,他带去了法院判决书,好像是。但是他找不到进水总阀门,就进去喝一杯,然后我们都拿他的安全帽戴着玩。你知道的,达里尔最喜欢的人是你。"

"不是。我不如你漂亮,也不像简一样有那么多花样。"

"但你的身体类型是他最喜欢的,"苏吉安慰她说。"你们在一起最配。亲爱的,我真的得走了,我听说佩里房产公司要招实习员工,准备迎接春天的业务高峰。"

"你要去卖房?"

"可能吧。我总得找活干。我最近做牙齿矫正手术花掉了很多钱,我也不知道怎么会那么多,蒙蒂的牙齿很漂亮,我的牙齿也不是很丑,就是有点覆咬合。"

"可是,玛吉那样的人你看得顺眼吗?你刚才怎么说布兰达来着?"

"她让我干,就没什么不顺眼的。"

"我以为达里尔想让你写小说。"

"达里尔想!达里尔想又能怎么样!"苏吉说。"如果达里尔给我钱,他想怎么样都行。"

裂痕出现了。苏吉挂掉电话之后,亚历山德拉发现,她原以为完美的关系已经出现了裂痕。她一下子意识到自己有些落后了。她希望现状不要变化,当然,她也不希望绝对重复过去,她希望一切都像自然界那样逐渐进化,就像湿地边上那几堵断墙上面的毒葛藤一样,我们可以看见,铺在路上的鹅卵石混杂着多种矿物质,这也是自然法则的作用吧。鹅卵石的形成多么神秘、多么深奥啊!它们已经生成了几十亿年,在这几十亿年间,它们被海水冲刷得那么圆滑,而且它们的物质构成也随着地壳运动而不断变化,也就是说,它们不是一开始就长这样的,而是经过十分漫长的征途才变成今天这个模样,今天罗得岛和新泽西的湿地,在十亿年前可能是白雪覆盖的高山,而现在的落基山在当时可能是一片汪洋,里面长着藻类生物,现在人们可以在落基山的悬崖上找到三叶虫的化石。亚历山德拉小时候去过博物馆,看到各种矿物展品,觉得这些东西形状怪异,颜色杂乱,很丑陋,唯一的看点就是它们都是纯天然的,这些矿物的名字也不好记,好像有叫鳞云母,也有叫托玛琳的,都是地壳运动的产物,她觉得好像我们周围的世界都是坚硬的岩石,有好几次她感到眩晕,她觉得自己像一粒云母,正随着地壳运动在不断旋转着,把自己转晕掉了。后来,她始终有一种感觉,她不只是宇宙上的居民,或者过客,而是这个宇宙的一部分,她的内心和宇宙一样庞大,能量和宇宙一样强大,能够从野草中提取药物,可以通过控制意念呼风唤雨。她和风雨是一体的。

冬天,树叶掉光了之后,平时大家不太惦记的水塘因为结冰了而似乎挨得更近,甚至连成了一片,很漂亮,镇上的灯光好像也照得到,地面上常影影绰绰，还反射了一些长方形图案到她卧室的墙上，她死活睡不着的时候，经常在房间里走来走去，这些影子总在她面前晃着。夜里，她的超能力反而成了她的累赘，甚至折磨着她。卧室里的印花布窗帘上，重重叠叠的牡丹花瓣形成了一张张小丑脸，和那些从外面投射进来的影子混杂在一起，让她觉得那么压抑，让她在卧室里呆不下去。孩子们打鼾的声音弥漫着整个房子，像从火炉里散发出来的热气一样。于是，借着月光，她会挥动两只开始长棕色斑点的肥硕的手，控制意念发功，让那只枫木餐柜（那是奥斯奶奶留下的）向左边移动五英寸，或者让一只底座像中国花瓶的台灯和一只放在客厅另一边的黄铜烛台式台灯互换位置。有一天晚上，有一条狗在一个邻居家的院子里不停地叫，就靠着她家的院子边上叫，叫得她心烦意乱，于是，她没有经过充分的思考，就咒它死，它也就死了。那是一条小狗，不习惯被人家绑着，她后来想，当时她完全可以帮它解开绳子，那条狗也就不叫了，它也不会死掉，不过这时已经来不及。作为女巫，她是有能力隔空解开绳子的结，女巫们还会做各种结，或者肩带，可以用来增进人们的感情，解决女人或牲口不育的问题，也可以治疗男人的性无能，化解夫妻之间的不和睦，她们还会用这种结折磨无辜的人，搅乱未来的自然走势。那条小狗她的几个小孩都认得，第二天早上，她最小的那个，就是琳达，哭着跑回家。狗的主人请了兽医来给死掉的小狗做解剖尸检，但没有发现中毒或者生病的迹象。也就是说，狗死得相当蹊跷。这是个神秘事件。

冬天过去了。经过了一个晚上的暴风雨之后，第二天早上的阳光照在新英格兰的大地上，新英格兰随即色彩缤纷，露出了常印在明信片上的美丽景象。码头街上弯弯曲曲的人行道有人家穿着靴子走过的脚印，像白色的曲奇被人踩过一样。海水上面漂着很多淡绿色的冰块，撞击着海湾小超市下面盖着一层甲壳动物的柱子。《东镇闲话》的新编辑托比·博格曼在理发店外面的结冰路面上摔了一跤，摔断了一条腿。理发店的老板冬天都会到佐治亚州一个叫“海岛”的岛上去度假，那里会堆积很多冰，冰融化的时候，会有很多水顺着啰嗦狐狸礼品店的屋顶，滴进前面的内墙，泡坏很多布娃娃和残疾人做的剪纸装饰品。

冬天，东镇没有游客，十分自在，像深夜里还在燃烧的炉火。小超市外面还聚集着一些十几岁的年轻人，刚才人数还比较多，现在剩下的这些人等着一个普罗维登斯的药商，他开一辆大众厢式货车，车身涂得很绚丽，甚至会让人产生幻觉。在最冷的那几天，他们会站在小超市的门里面，直到被那个性情暴躁的经理赶走，那个经理本是一名税务会计，是来小超市兼职挣外快的，每天晚上只能睡四个小时。然后，他们会转移到门外电眼的旁边，那里有一台基瓦尼俱乐部口香糖贩卖机，还有一台卖开心果的机器，插进去一枚五分硬币，就会吐出来一把外壳涂成鲜艳粉红色的开心果。这些小孩也算是某种烈士吧，和镇上经常酗酒的人一样，他们通常穿着篮球鞋，披着没有纽扣的外套，坐在卡兹米萨克广场的长凳子上，吸着装在纸袋里的黑莓白兰地，不担心夜里睡着了被冻死。赶着去约会的通奸男女也算是一种烈士，他们在汽车旅馆里做爱之后，也可能要面对名誉扫地和家庭破裂的风险，可是他们也都不担心，他们都为了内心的满足而置世俗世界的形象于不顾，在他们的眼里，一切看似实实在在的现实都是空幻的梦，还不如瞬间的感情实在。

尼莫餐馆里面也有一群人，他们有正在值勤的警察，有歇脚的邮递员，还有三四个身体十分健壮的人，他们目前没活干，就等着开春以后找建筑或者捕鱼的工作，在过去的整个冬天，这些人常常聚集在这里，相互都十分熟悉，他们聊的话题不外乎天气和战争，现在都快没话说了，服务员对他们也都十分了解，丽贝卡不用问就知道他们要点什么，所以他们还没有点，东西就送到他们面前。苏吉再也不需要听他们闲聊来给《东镇闲话》的“东镇耳目”专栏写文章，所以，她倾向于把客户和潜在买家带到更优雅、更有女人味的“面包房咖啡角”，和尼莫餐馆就隔着几扇门，在一家画框店和一家五金店的中间，画框店的老板是两个来自康涅狄格州斯托宁顿的同性恋，五金店的老板是亚美尼亚人，这家人好像有无数的人，他们身材不大一样，但似乎都有一双睿智而水汪汪的眼睛，额头上都垂着卷曲的头发，每次你走进他们的店，他们似乎都早就在等着你。面包房咖啡角的老板娘叫阿尔玛·西弗顿，他们原来是开海鲜排档的，店里面只有一个咖啡壶和两张桌子，来这里的客人都是不想到尼莫餐馆你看我我看你的，他们会买一份饼干，在这里喝喝咖啡、歇歇脚，后来，店里又添了几张桌子，也卖三明治，大多是很容易做的鸡蛋、火腿和鸡肉沙拉三明治。第二年夏天，阿尔玛把店面扩了一倍，又添置了一个煎饼浅锅和一台微波炉，于是，尼莫餐馆里面油腻腻的勺子，就逐渐被人遗弃了。

苏吉喜欢这份新工作，她可以走进别人家的房子，甚至走进他们的阁楼、地下室、洗衣房和后厅，这种感觉就像和不同男人睡觉一样，可以闻到不同的气息。没有两家人的房子是一样的风格，气味也各不相同。她带劲地走进门走出门，走上楼梯走下楼梯，不停地跟人家说你好、说再见，而这些人也是一茬换一茬，显得她真有历险精神，也够有魅力的。不过，有时整天坐在打字机前面，吸着人家的二手烟，这倒是很不健康。她晚上到夜校上学，到了三月就通过了考试，取得了房产经纪证书。

简·斯玛特继续给人家上课，继续在教堂伴奏，继续练习大提琴。在巴赫十几首无伴奏组曲里面，包括可爱第三组曲，中间有一段活泼的柏雷舞曲，还有第四组曲，开头是八度音和下行三度，听起来像在咆哮，还有简直拉不下去的第六组曲，那是给五弦琴写的，她感觉和巴赫有很强的感应，感觉音乐家的思想感情和她自己的思想感情完全一致，在这段音乐里面，音乐家的热情几乎已经消失殆尽，比被风吹散的灰尘还稀薄。她伸出手指，得意洋洋地揉着耳垂。他对和声效果的执着追求，已经通过她的灵魂实现了。男人建造金字塔和献血，追求的就是永恒，而那个只懂得干自己老婆的苦命男人，那个路德教会合唱团的指挥，到了二十世纪晚期，竟然在她这个已经过了花样年华的单身女人身上获得了重生。他的在天之灵应该感到欣慰。但是，音乐真的是一种语言，真的会说话，从变奏到重奏，从重奏到变奏，这些貌似机械的程序居然能传达某种情感，形成某种精神，像风一样能在平静的水面上留下足迹似的。这就是精神的交流吧。简最近不大见到内夫夫妇，因为最近在布兰达·帕斯利的周围聚集了很多人，他们经常聚会，形成了一个新的团体，若非还有一个小团体常在达里尔·范·霍恩的家里聚会，这个新团体可能就要一统东镇的江湖了，内夫夫妇当然是其中的一分子。

在范·霍恩的家里聚会的，最早只有三个，接着是四个，现在通常是六个，有时菲德尔和丽贝卡也跟着一起玩橄榄球，这样算起来就有八个。他们玩的橄榄球叫接触式橄榄球，在大客厅里玩，球是一个装豆子的布袋子，客厅里的那些家具和艺术品古董箱子都搬到一边去，像在阁楼里面堆垃圾一样，堆放在挂着油画的墙的墙根。范·霍恩向来对物质不感兴趣，倒是对看不见摸不着的灵魂情有独钟，所以，他对自己家里有什么，都不会在乎，也不会爱护。

音乐房的地板是镶木的，他花了巨资给地板磨砂和用聚氨酯处理过，但也已经被简的大提琴的琴脚戳出来好几个洞。浴室开面的立体声音响也因为室内湿气太重，所以不管播放什么带子，都会发出很多杂音。网球场的大棚，那个大泡泡，也在一个冰冷的晚上非常神秘地破了一个孔，里面的空气都泄了出去，灰色的帆布一下子就塌了，上面逐渐积了白雪，像一头雷龙被屠宰后扒下来的皮，这可能要等开春再重新搭起来，因为达里尔认为现在没有必要折腾，等到这个场地也能做室外球场的时候再说吧。在玩室内橄榄球的时候，他总是打四分卫，当他后退传球的时候，他那双布满血丝的近视眼不停转动，他的嘴角会喷出很多泡沫，这些泡沫会黏在嘴巴的周围。他还会不停地喊："做口袋！做口袋！"，他是在要求保护，他指挥苏吉和亚历山德拉挡住丽贝卡和珍妮，让菲德尔包抄接他的长传，同时让简·斯玛特切回来补缺口。

几个女人本就笨手笨脚，还一边嘻嘻哈哈，根本打不成什么球。克里斯显得有气无力，像满腹狐疑的天使，跟这帮愚蠢的大人们混在一起，根本就是个错误。不过，他还是很常来，因为他没有同龄的朋友，像他这样年龄的人，很少待在美国的小镇上，他们通常要么去读大学，要么去参军，要么在外界的诱惑下，在大城市开始艰难的创业历程。下午的时候，珍妮在实验室里给范·霍恩帮忙，她的工作包括给一些彩色粉末和液体称重或量容积，将涂着这个那个化合物的铜片塞到太阳能灯的电池下面，还要拉很细的线连接监控电流的咪表。那根指针一跳动，亚历山德拉就能感受到，而范·霍恩能感受到的，比东方文明的内涵更加丰富，与此同时，大家都能闻到从宇宙的地牢里散发出来的酸臭化学气味，铝合金水槽好久没有擦洗，粘着各种化学元素，塑料的虹吸管里面有一层雾，外面有些变形，好像经历过硫燃烧，差点被熔化了，玻璃烧杯和蒸馏器的底部和边上粘着一层黑色的沉淀物。珍妮穿着白色的工作服，戴着和范·霍恩一样的宽大墨镜，好像始终睁着蓝色的巨大眼睛看着人，她在乱七八糟的东西中间穿梭自如，显得相当自信，不仅是脚下走路自信，她的手指头也很自信，动作敏捷、干练。在这里，这个小姑娘，当然，她已经不是小姑娘，她只比亚历山德拉小十岁，她显得十分专注，不受外界干扰，但对在场的其他人并没有视而不见，该看的看，该乐的乐，该交流的交流，只是不发表意见，好像她不是新来的人，一切都是那么熟悉，尽管她以前的生活和这里没有一点交集，她在芝加哥待了很长时间，而相对而言，那个城市是一个单纯甚至原始的城堡。苏吉曾经跟大家说过，在尼莫餐馆，这个女孩跟她表示她还是处女。可是，在她们的面前，她根本不像那样的人，在洗澡和跳舞的时候，她跟大家一样不会害羞，对她们的爱抚，她的反应也相当强烈，也做出了相应的动作。被她抚摸的感觉和被简抚摸的感觉不一样，毕竟简长期拉大提琴，手指结着厚厚的茧，很有力，也和被苏吉抚摸的感觉不一样，不如苏吉那样有强烈的暗示，她的抚摸有一种很特别的穿透感，很温柔，有些依依不舍的感觉，像是好友离别时一样，同时又在宽慰着伤心的人，也像在窥探着藏着秘密的内心，总之，她的抚摸能穿透到人的骨头里。亚历山德拉喜欢让珍妮帮她涂油，涂油的时候，她会躺在黑色垫子上，或者拿几条厚毛巾铺在石条地板上，澡盆里的水汽会带着芦荟、可可和杏仁的气味升上来，当然，她也能闻到乳酸钠、缬草浸膏、乌头和印度斑麻的气味。范·霍恩在淋浴房外面安装了一面镜子，镜面通常盖着一层水汽，不过，她能看到闪闪发光的皮肤，也能看到那个年轻姑娘，她的皮肤白皙无瑕，像瓷娃娃一样，她就跪在她的身边，但镜子能产生一种错觉，她看起来距离很遥远，还有些飘忽，像天上的天使一样。这帮女人最近玩出了一种她们叫做“帮帮我”的新花样，这种新花样像哑剧字谜游戏，不过和她们喝了酒之后在客厅里逗范·霍恩玩的哑剧字谜不一样，范·霍恩对哑剧很感兴趣，很热衷于模仿动作，虽然他的手脚相当笨拙，他还瞧不上一个字一个字地模仿，而是坚持用一种面部表情或者肢体动作表达类似《罗马帝国兴衰史》或者《少年维特的烦恼》或者《物种起源》那样复杂的意思。那些皮肤和灵魂都很饥渴的女巫们一喊“帮帮我”，珍妮就很耐心很温柔地帮她们抹油，慢慢地将油抹进她们的抬头纹里面，抹进她们的赘肉里面，抹掉她们身上的时间印记，让她们的皮肤焕然一新，也引起一阵阵像鸟叫似的呻吟声。“你的脖子很可爱。”

“我一直觉得太短，又短又粗，恨死了。”

“哦，别，不至于的。脖子太长不好，看起来像怪物，就黑人脖子长一点好看。”

“布兰达·帕斯利有喉结。”

“别管这种闲事。管好我们自己就行了。”

“帮帮我。轮到我了吧，珍妮?”苏吉用小孩子的高音打岔说。她的反应最大，兴奋的时候就会吸大拇指。

亚历山德拉叹着气说:“真讨厌，我感觉就像一头母猪。”

“还好吧，起码你没那种气味。”简·斯玛特说。“珍妮，你闻到了吗?”

“没有，她身上很香很干净，”珍妮正儿八经地说。她的声音略带鼻音，不是那么清晰，听起来有些遥远，似乎从装满纯真或无知的透明箱子里面传出来。从镜子上可以看到，她正跪着，身形与色泽就和空心的瓷器鸟一样，这种鸟头尾都有孔，小孩子们可以吹出来几个音符。

“珍妮，大腿背面，”苏吉说。“顺着背面慢慢揉，要很慢。用指甲。别担心大腿的内侧。膝盖后面很舒服。太棒了！天啊!”接着，她就把大拇指伸进了嘴巴。

“我们要把珍妮累坏了，”亚历山德拉提醒另外两个女巫说。她的声音很温柔，也有些飘忽，好像没什么激情。

“没关系，我乐意，”那姑娘说。“你们都是好人。”

“我们等会儿帮你，”亚历山德拉说。“我们劲缓过来就帮你。”

“算了吧，我不太喜欢人家揉我的身体，”珍妮坦率地说。“我更喜欢帮别人揉，这是不是有点怪？”

“管它呢，让我们舒服就行，”简说。她最后一个音还是拖着，也很重。

“肯定舒服，”珍妮附和着说。

范·霍恩也许是出于对这个新来的人的尊重，最近很少和她们一起泡澡，就有一两次一起泡，但泡不了一会儿就出去，从腰到膝盖用毛巾包起来，然后去书房和克里斯下国际象棋或者双陆棋。不过，过一会儿他就会穿好衣服再出现在大家面前，他穿得越来越像花花公子，例如，他有时会穿一件草莓色的涡纹花丝绸浴袍，下面穿绿色纵条纹的宽松灯笼长裤，脖子上围一条丝巾，在喉咙那里打结，他的行为举止也越来越像一个仁慈的牧师，会请大家喝茶，或者吃一顿“便饭”，便饭通常是多米尼加蔬菜鸡肉汤，或者古巴蔬菜牛肉汤，加上墨西哥腌肠匹萨或者哥伦比亚舒芙蕾。范·霍恩会看着女性客人狼吞虎咽地吃这些美食，用最近常拿着炫耀的牛角烟嘴抽着烟，一口一口地吐着有点色彩的烟雾。他最近好像瘦了一些，可能是因为他用硒解决能源问题的实验正赶到了紧要关头。说到这个话题，他总是眉飞色舞，神采飞扬，否则他常常很沉默，甚至有时候会无缘无故突然离开房间。当时，亚历山德拉与苏吉和简·斯玛特可能都觉得他对她们感到腻味了，不过，她们自己对他还没感到腻味，还新鲜得很，再怎么想，她们都不会想到“腻味”。他的大房子被她们戏称为“蛤蟆宫”，已经俨然成为她们各自的第二个家，在范·霍恩的这个小世界，她们甩掉了各自的孩子，同时把自己变成了孩子。

简一次不落地来这里练习辛德米斯和勃拉姆斯的曲子，最近还开始练习德沃夏克的 B 小调大提琴曲。随着冬天慢慢过去，天慢慢暖和起来，苏吉开始来回走动，记各种笔记，画各种图，为她的第一部小说准备素材，她和她的导师相信，要写好小说，就应该准备充分，设计得当，语言是自然而然的事。最近，亚历山德拉刚用粘满泥的手、粘满油灰的刀和木头色拉勺子糊了几个个头挺大但很轻的雕像，还上了釉彩，她有点不好意思地邀请范·霍恩去看。这是她第一次邀请他到她家里去，她有些不好意思，楼下的房间得重新粉刷一下，厨房的地板得换新的地毯。在她家里，他看起来没有像在雷诺别墅那边那样高大、那么年轻，他的下巴透着蓝色，他穿着一件有衣领扣的牛津布衬衫，领子都快磨破了，仿佛寒酸是会传染的，他到了她家就变得这么寒酸。他穿着很宽松的软呢夹克，肘部打着皮革补丁，她第一次见到他的时候，他就穿着这件夹克，看起来很像个被炒鱿鱼的教授，也很像大学城里面永远毕不了业的老学究，她觉得很奇怪，就他这样的，她怎么会觉得他有什么神奇。可是，他很高地评价了她的作品："宝贝，我觉得你总算找到了你自己的特色，有林德纳的那种坏小子气质，但他的作品金属感太强，你这一点比他好，更有胡安·米罗[①]的感觉，比较性感，性感，对吧，宝贝？"接着，他虽然手脚很笨拙，但速度很快，没等她回过神来，就搬了三个用废旧报纸糊的雕像放到他那辆奔驰车的后座上，她看着那三个雕像，觉得就像穿着花衣服准备去旅行的小人，不过，它们用软木做的四肢没有摆好，准备用来把它们挂在天花板下面的线也露在外面。"我大约后天要开车去纽约，我把你的作品给五十七大街的哥儿们看看。他会感兴趣的，我可以打赌。你的作品终于有了一些文化气息，有一种'狂欢结束'的感觉。超现实感很强！现在的世界很超现实，即使电视里面的战争画面也超现实，我们看的那么多战争题材电影，都是超现实的。"

接着，他走到她车子的旁边，这时，他穿着绵羊皮外套，袖口很脏，油腻腻的，头上戴着一顶和上衣搭配的绵羊皮帽子，盖不住像杂草一样的头发，亚历山德拉看着觉得他是多么落魄，真是可怜他，接着，有些出乎意料的是，

---

① 加泰罗尼亚画家、雕塑家、陶艺家、版画家，超现实主义的代表人物。

可能是由于她的意念起到作用，他突然折返回来，和她一起走进屋子，喘着粗气直接走进卧室上了她的床。最近，她不让乔·马里诺上她的床，吉娜又怀孕了，这让他们俩的关系显得很尴尬。达里尔一直很有男人的雄风，但让人说不出有什么感觉，他的鸡巴感觉挺冷的，还似乎包着一层鳞片似的，常把人家插得很痛，不过，今天他这么主动要把她的作品带到纽约去卖，而且样子看起来那么落魄，居然戴一顶奇形怪状的羊皮帽子，她的心再怎么说也软了，她的阴道也更加润滑。如果能成为下一个妮基·德·桑法勒，就是让她跟大象交配也没问题。

在码头街碰头的时候，在电话里面聊的时候，三个女人都透露过给那个男人做情人的痛。不知道珍妮是不是也感到痛，她头顶上的光环没有显露什么迹象。下午到雷诺别墅去的客人发现，她总是穿着实验室工作服，总是显得那么一本正经，手脚麻利得很。范·霍恩之所以用她，在一定意义上是因为她不是那么外露，对人总是敬而远之，她圆乎乎的身体，似乎可以过滤任何震动，春风化雨似的影响，在她身上也体现不出来。在一个群里面，每一个成员都有一定的用处，珍妮的用处就在于她是跟着别人来的，来到这里后，她很乐于给那几个成熟、离婚、幻灭但能量很大的女人充当她们更年轻的自我，尽管这些女人跟她都不大一样，不能领会和一个弟弟住在父母暴死的房子里是什么感觉。她们都喜欢她，但方式各不相同，而她出于公平，从未说明她更喜欢哪一种方式。这个姑娘给她们留下的印象，至少在亚历山德拉的心目中，她感觉这个姑娘是信任她们的，女人通常会首先跟她心目中的那个男人说的悄悄话，她都会跟她们说，一点也不担心她们刨根问底，破坏了她的事情。她像一个温顺的奴隶跪在她们身边，让她自己白花花、圆乎乎的身体将完美无瑕的光芒反射在那些躺在黑色垫子上的已经残缺的女人身上，她也不在乎浴室的屋顶是关着还是开着，在一个天寒地冻的晚上，范·霍恩按了开启屋顶的按钮，结果居然冒出火花，接着蓝色的火焰几乎烧光了他手上的茸毛，从此以后，这个移动屋顶就没有再开启过。

因为她们都会巫术，在镇上居民的心目中，她们就像幽灵一样，让人好生敬畏。看到苏吉表情轻松步伐轻快地走在弯弯曲曲的人行道上，他们会朝她微笑致意。亚历山德拉常穿着还粘着沙子的马靴，穿着绿色的浮花旧夹克，站着和“啰嗦狐狸”店的店主马维斯·杰瑟普聊天，马维斯也是离了婚的女人，脸上的表情总是很兴奋，染成红色的头发像蛇发女妖美杜莎一样散乱，行人路过看到了，会很恭敬地向她打招呼。简·斯玛特开一辆绿色的普利茅斯勇士车，门板的锁已经老化关不紧了，每次进车，都要发大力气才能关好，镇上的人看到她也会说，她长得很浓很黑很有威严的眉毛，像艾米莉·狄金森的诗歌和艾米莉·勃朗特的小说一样，都是偏僻小镇的产物，也是小镇的骄傲。几个女巫也会跟大家打招呼，也要付账单，在亚美尼亚人开的五金店里，她们会和别人一样，指手画脚地表达她们需要买什么回去修理破旧的房子，迎接热天的到来，但我们都知道，她们身上有别人都没有的东西，很野，很淫秽，和中学副校长与他老婆在他们的卧室里面一样，当然，他们坐在露台上看人家跳流行热舞的时候，通常会表现得很文静很优雅。

我们大家都会做梦，同时，要是面临死亡，我们大家都会惊慌失措，我们进入阴曹地府的时候都是这个样子。在管道建设还不怎么完善的时候，我们的厕所都在房子外头，冬天，一家人拉在粪坑的屎会堆积并冰冻成一根大石笋，看到这一大堆屎，我们都更会相信，生活并不像杂志封面广告那样光鲜靓丽，除了这光鲜靓丽的一面，其实还有另一面，生活也不像香水瓶子或者尼龙睡袍或者劳斯莱斯汽车的保险杠那样简单。在梦境里，我们可能经常相遇，一张张苍白的脸，会让彼此惊愕不已。当然，东镇的居民都知道巫术，都知道他们镇上有人会巫术，但是，这种感觉谁都没有说破，这种感觉就像透过一千层透镜看对面的东西一样，模模糊糊，似有似无，虽然有些可怕，但基本保持良好的形态，没有缺憾，没有危险，像橡树路下面储藏的天然气一样，也像卫星天线转播《神探酷杰克》和百事可乐的广告节目一样。这种感觉也像通过浴室的门往里面看一样，能看到一个模糊的轮廓，那东西像半流体，蒸发得很慢，许多年之后，罗得岛的这个旮旯还有关于巫术的传说，所以，人们一提到东镇，就会感到紧张，感到身体发麻。

# 第三章　罪

回想历史上最著名的巫师事件，最精明、最仁慈的判官也都相信被告是有罪的，巫师们自己也没有怀疑过，可是，罪从何来呢？

——弗里德里希·尼采，1887 年

“真的？”亚历山德拉在电话里问苏吉。这时已经四月，每年春天，亚历山德拉都会变得反应迟钝，精神萎靡，在大地复苏的时候，当冬眠在地下的根系渐渐苏醒、绿芽准备破土而出的时候，当万物在孕育新生命的时候，她总是最简单的东西都抓不住。今年三月，她刚满三十九岁，岁月不断增加她的沉重感。相反，苏吉显得活力十足，比从前更年轻，更积极向上，不断刷新她的成就。最近，她卖掉了盖布利尔家的房子。

“是的。一对很可爱的老夫妇，姓哈利布雷德，年纪不小，但很诚心。老先生是金斯顿大学的物理教授，老太太我想应该是做心理咨询工作的，她一直在问我有什么想法，我猜想这是这个行当的专业技巧吧。他们在金斯顿有一幢房子，住了二十年，现在想住得靠海近一些，因为老先生退休了，他们还有一艘帆船。房子虽然没有重新粉刷，但他们不在意，他们要自己挑选颜色，而且他们有很多孙子孙女要来，其中还有几个干孙子干孙女，他们觉得三楼的那几个房间可以给他们住，那几个房间以前是克莱德放旧杂志的地方，我感觉阴森森的，还好，房梁很有力，居然能承受那么重的分量。”

“他们知道那里面的事吗？能接受吗？”今年冬天，有些想买房的人去看过那幢房子，但听说里面死过人之后，就都吓跑了。人们还是挺迷信的，虽然现代科学发展很快。

“哦，知道，那事情刚发生不久，他们就从报纸上了解到了。当时，除了《东镇闲话》，整个罗得岛的所有报纸都有报道，好像是什么了不得的事情。听说这幢房子就是自杀现场的时候，不是我说的，是别人告诉他们的，他们感到很惊讶，哈利布雷德教授看着楼梯跟我说，克莱德真聪明，他系的绳子长度刚刚好，这样他吊上去后脚才不会碰到楼梯。我说，是的，盖布利尔先生是个很聪明的人，经常读拉丁文书籍，对深奥的天文现象很感兴趣，钻研很深，我觉得我当时肯定是泪汪汪的，可能是想到克莱德以前的事情，哈利布雷德太太抱住我，你知道，她是个心理咨询师，动作很专业。我猜想，我能把房子卖给他们，当时的情景可能是重要的原因，在那种情况下，他们很难说不。”

“他们叫什么名字？”亚历山德拉问。她有些心不在焉，担心放在炉子上热的海鲜杂烩罐头会不会溢出来。苏吉通过电话线传过来的声音一直在给她灌输春天的活力，亚历山德拉也很努力回应，对这两个她从没见过的人表现得很兴趣盎然，但是，她的大脑细胞都被那些她见到过然后很熟悉接着很喜欢最后已经忘却的人所分割占据。二十年前，她和奥斯一起搭乘克罗地亚号邮轮去过欧洲，在途中认识了好多好多人，有天气恶劣的时候一起围坐在一张桌子边的，有裹着毯子在甲板上吃肉汤早点的，有在午夜时分在酒吧里碰到的一对对夫妇，也包括邮轮上的服务员和留着黄色山羊胡子的船长，所有人都很友好，很有趣，因为大家都很年轻，年轻就是本钱，大家都喜欢年轻，也喜欢年轻人。她上中学和在康涅狄格大学上学的时候，也认识很多人，有喜欢骑摩托车的男孩，还有很多伪牛仔。这么多年来，她还在街上见到过几百万张面孔，有留着络腮胡子撑着伞的男人，有身材曲线优美蹲在鞋店门口拉袜子的女人，此外还有不断从她身边开过去的汽车，这些人都是真实的，都有名字，都有灵魂，大家都是这么说的，现在，这些人都堆积在她的脑子里面，像一堆堆已经死去的灰色珊瑚。

“他们的名字很好听，”苏吉说。“先生的叫阿瑟，太太的叫萝丝。不知道你是不是喜欢，他们没什么艺术气质，看起来很务实。”

亚历山德拉情绪低落的原因之一，是达里尔几个星期以前从纽约回来，带回来了五十七大街画廊老板的意见，他觉得她的雕塑和妮基·德·桑法勒的太像。而且，他带了三个回来，其中两个居然受到损伤，范·霍恩带着克里斯一起去，让他在路上帮他开车，他们在康涅狄格高速公路很不开心，有好几辆卡车从后面和侧面撞了他好几次，那些长得很胖很恶心的司机从脏兮兮的驾驶舱里居高临下地瞪着他的奔驰车，在回来的路上，他们在纽约边上的布朗克斯拉了一个搭便车的人，所以，他们把放在车后座上的那些假“娜娜”挤到一边。亚历山德拉指着那些折断的四肢和被压皱的纸糊雕像给范·霍恩看，有一个娜娜的手臂被完全折断，脸被压成一团泥巴，于是，他的眼睛就好像无法聚焦，左眼像玻璃珠子似的眼球都快转到耳根那里了，他的嘴巴也合不拢，唾沫从嘴角一直嘀嗒下来。“哦，天啊！”他说。“那个小伙子看起来挺可怜，他站在我们这个他妈的伟大国家的最龌龊的贫民窟的街头，如果我们不带他走，他有可能被人家抢劫甚至杀害。”他就是一个出租车司机，不管他找什么借口，亚历山德拉意识到。后来，他问她，“你为什么不做木头雕刻？你觉得米开朗琪罗会浪费时间在旧报纸上糊胶水吗？”

“可是，克里斯和珍妮会到哪里去住呢？”她总算想到了这个问题。这个时候，她的脑子里还盘旋着乔·马里诺的影子，最近，虽然他承认他老婆吉娜又怀孕了，但他更关心她这个以前的情人，时不时地来找她，用棍子敲她的窗户，然后到厨房里（她不让他进她的卧室）一本正经地对她说，他准备离开吉娜，说他准备带她和她的四个孩子离开东镇，到附近的地方去住，柯丁顿那边也许能找到合适的房子。他这个人还算不错，比较腼腆，比较内向，从来没有想过另找一个情妇，他是比较强调忠诚的。亚历山德拉一直忍着不好意思对他说，她宁愿一辈子单身，也不想嫁给管道工做老婆，奥斯已经让她受不了了,她不想多个丈夫。可是,她又觉得这样的想法有些自私,觉得有些对不起乔,于是,她心一软,就带乔到楼上,上了她的床。这个冬天,她长了八磅肥肉,就这一层肥肉让她更难感受到高潮。她感觉赤裸着身体的乔像是压在女人身上吸精气的男性梦魔,睁开眼睛的时候,她看到他头上还戴着那顶帽子,那顶极其滑稽的方格羊毛帽子,边缘那么窄,上面还插着一根会闪色的棕色羽毛。这是不是因为有人在什么地方给亚历山德拉下了咒,控制她的性欲。

“谁知道呢?”苏吉反问。“我觉得他们也不知道。他们肯定不会从哪里来回哪里去,我知道。珍妮知道达里尔的实验马上要成功,她会把卖房子的钱投到项目里去。”

这句话着实让亚历山德拉大吃一惊,把她从恍惚中惊醒过来。这主要是因为谈到了钱,钱确实有很大的魔力,可以让人眼睛放光,也可能是因为她从来没有想到过达里尔·范·霍恩会缺钱。实际上,她们三人都缺钱,孩子抚养费进账越来越晚,同时,由于战争和经济过热,大家赚的钱越来越少,简·斯玛特的学生家长拒绝提高钢琴课的学费,亚历山德拉的雕塑还不如材料值钱,苏吉得多陪几个星期的笑脸才能做成一笔生意,因此,她们聚会的时候越来越节俭,每次新开一瓶凤凰威士忌或者吃一罐腰果或者一听凤尾鱼罐头,都成了奢侈的事情。在这个全国上下骚动的年头,整整一代人都在买卖毒品,极少有女人像从前那样鬼鬼祟祟地来敲她们的后门买一点干红门兰草回家煮汤给丈夫喝,给他们补身体,激活他们日益衰退的性欲,也不见爱鸟的寡妇来买天仙子去毒杀邻居的猫,以前,偶尔有些年轻人会来向她们买一点诚实花或者染料木的提取液,自己回家做法,诅咒这个当时充满希望的世界,如今这些年轻人也都不见了踪影。从前,刚刚摆脱丈夫获得自由的时候,这几个女巫无忧无虑,自由自在,整天欢声笑语,常常在月初新月爬上天空的夜晚一起出去采各种草药,这些草药不多,对土壤、湿度和遮阴的要求很高。可是,如今她们的草药市场已经几乎枯竭,巫术几乎家喻户晓,变得五花八门。当然,即使她们变穷了,起码范·霍恩还是有钱的,他的财富就是她们的，尽管平常白天过得比较憋屈，但晚上可以到他那里像过节一样地享受一下。珍妮居然拿出自己的钱，而他居然接受了，这个交易是亚历山德拉始料未及的。“你跟她说过这件事吗？”

“说过，我说我觉得这件事有点怪。阿瑟·哈利布雷德是教物理的，他说，从电磁学的角度，达里尔在做的实验绝对没有科学依据。”

“针对有思想有创意的人，教授不都是用这副腔调说话的吗？”

“别这么激动，亲爱的。我没想到你这么在乎。”

“没有，真的，”亚历山德拉说。“珍妮怎么花钱，都不关我的事，除非她也成了他女人。当时她有什么反应？”

“哦，你猜得到的。她的眼睛睁得很大、很圆，直直地盯着我，她的下巴变得比以前更尖，更长，但感觉又像没听到我说什么似的。你知道，她表面很温顺，其实本质上是很固执的。她不属于这个邪恶的世界。”

“没错，我感受到了，”亚历山德拉慢慢地说。她感觉另两人都在她身上找依靠，在她们的眼里，她就是宝贝，就是天真的宝贝。

过了大约一个星期以后，简·斯玛特给她打电话，怒气冲冲。“你猜得到吗？亚历山德拉，你这段时间是怎么啦？好像什么都不闻不问。”她显然心里受到伤害，说话都带着火药味。“她要搬进去住了！他邀请她和她那个恶心的弟弟搬过去。”

“搬到蛤蟆宫里去？”

“对，搬到雷诺别墅里去，”简说。她们以前都叫那个地方蛤蟆宫，但今天她坚决不那么叫，甚至她似乎觉得亚历山德拉这么叫很无聊。“这就是她的如意算盘吧！我们以前都太傻了，居然没有看透。我们以前都觉得那个女孩没什么花头，对她都那么好，把她带去那里玩，她也一直装得很温顺，平时低声下气，其实比我们都高明，你看吧，她就像灰姑娘，知道水晶鞋总有一天是她的，所以很有耐心地埋伏着。这些也就算了，我最看不惯的是她穿着白色实验室工作服，看起来那么酷，在那里显摆着，还能拿工资，可是他都快破产了，镇上几乎每个人都是他的债主，银行想过没收他的财产，就因为那个别墅收去了也出不了手，而且维护费用可能让他们做噩梦，这样才按兵不动。你知道屋顶石板瓦一片多少钱吗？”

“宝贝，”亚历山德拉说。“你对财务这么熟悉，是在哪里学的？”

前几天，丁香树上还只有一些胖乎乎的黄芽，今天终于吐出第一批心形的叶子，连翘的嫩枝也变成黄绿色，看起来和柳条差不多，只是比较小，那些灰色的松鼠这几天也不再到喂食器找吃的，它们都忙着交配，没空吃东西，一整个冬天都像死了的葡萄也长满了叶子，又能给凉亭遮阴了。这个星期，亚历山德拉感觉没那么压抑，这可能是因为天气不像前段时间那么潮湿，空气干爽了许多，外面也变得生机勃勃，而且，她又开始捏泥土做小公仔，为夏天旺季做准备，这次她做的公仔比从前大一点点，体型比较精致，着色也比较用心，更符合流行潮流，在过去的这个冬天，她还是学到了一些东西，那段时间的折腾看来还是有些好处。在心情逐渐向好的当头，对于简的愤怒，她一时间接不上茬，珍妮和她弟弟搬到本应属于她们三人的房子，在前几天可能让她也同样感到愤怒，感到伤心，可是，此时的她几乎没有这种感觉。一直以来，她都很自信，虽然苏吉比她漂亮有活力，简的巫术比她强，也比较肯钻研，但是，她亚历山德拉才是达里尔最喜欢的，不管是体型还是心理素质，是和他最相配的，她注定会主宰他的情感。当然，这是一种幻想，毫无根据的。

简说：“鲍勃·奥斯古德跟我说的。”奥斯古德是老石头银行的总裁，身材敦实，和雷蒙·内夫很像，气质上不像当教师的内夫那么阴柔，也不像内夫那样喜欢流汗，说话不像内夫习惯用大人和小孩说话的腔调，总之，这个人让人觉得很实在，很自信，尤其是在钱的方面，所以，尽管他头顶几乎寸草不生，也让人觉得很舒服，好像每天脑壳子都涂了薄荷油，闪闪发亮，从头顶到耳根，乃至眼皮和鼻孔，都是粉红色的，连动作敏捷的手指也是粉红色的，似乎每次见到他的时候他都是刚从桑拿房里出来一样。

“你约奥斯古德了？”

简一下子没有搭上话，一部分是因为这个问题太直接，让她不大高兴，也有一部分是因为她不知道该怎么回答才好。“他女儿狄波拉是周二最后一个上课的，来接她的时候，他有一两次没着急回家，在我那里喝了些啤酒。你知道他老婆很烦，他懒得回家去鸟她。”

“鸟”是年轻人最近流行的口头禅，但从简的嘴里说出来，却感觉那么刻薄，那么刺耳。简是马萨诸塞人，那地方的人都很刻薄，清教徒在那里上岸的时候很艰苦，等他们通过残害软心肠的印第安人恢复了元气，就去康涅狄格到处盖尖顶和石头墙的教堂，把罗得岛留给贵格会、犹太人、唯信仰论者、家庭主义者和自由思想者和女人。

“你和可爱的内夫怎么样了?”亚历山德拉不怀好意地问。

简笑了，但她的笑声很尖，很毛糙，好像有无数的锯齿。“这段时间他鸟不起来了，格雷塔可能疯了，碰到个人就想勾搭，居然叫在小超市收银的那个小伙子到她家去干她。”

肯定是有人系了肩带，可是，是谁系的呢？巫术很有趣，一个地方只要有人会，不久就大家都会，始作俑者根本控制不了，谁都不知道自己会不会成为受害者。

“可怜的格雷塔，”亚历山德拉喃喃地说。这时，她的肚子里面好像有很多蠕虫在啃着，致使她坐立不安，其实，她是想回去做她的波波，把这些波波放进炉子里后，她要去草坪上把堆积了一个冬天的枯枝扔掉，再用叉子把杂草干掉。

可是，简不让她走，她把亚历山德拉看透了，而且有先下手为强的决心。“别跟我来这套，你以为自己真是大地母亲啊?”她一开口就把亚历山德拉吓一跳。“珍妮就要搬进去了，我们怎么办?”

“亲爱的，我们还能怎么办呢？顶多大吵大闹，跟大家表示我们很难过，但这样我们就成笑柄了。你觉得镇上的人会同情我们吗？乔跟我说，吉娜说我们是巫婆，说她很怕我们把她肚子里的宝宝变成小猪，或者白痴。”

“你终于吭声了，”简·斯玛特说。

亚历山德拉知道她是什么意思。“咒她？有什么用呢？珍妮已经住进去了吧，他保护着呢。”

“相信我，有用的，”简·斯玛特说。她的口气就像在发警告，也像一只即将俯冲而下的老鹰，让人不寒而栗。

“苏吉什么想法?”

“苏吉的想法和我一样。太可恶了。我们居然被人出卖了。亲爱的，我们用温暖的胸膛焐热了一条毒蛇。我不是说那条水蛇。”

亚历山德拉知道水蛇是谁，这一下子让她脑子里浮现了在雷诺别墅度过的那些夜晚，随着冬天渐渐过去，这样的夜晚越来越少，她似乎看到她们几个人赤裸着身体，懒洋洋地抽着大麻，喝着加州夏布利葡萄酒，听着小蒂姆用颤音唱的歌曲，让歌声流淌在她们体内，按摩着她们的五脏六腑，让她们的心脏、肺和肝脏都无比放松，让她们觉得身体里面是那么舒畅，同时，灯光昏暗的浴室也有同样的感觉，好像是体内空间的延伸，那几只不对称的软椅都感觉那么舒服。“我倒觉得情况没那么糟糕，”她安慰简说。“他是爱我们的，不管怎么说。珍妮肯定比我们差远了，而且，你看她也很顺着我们。即使她住进去了，里面那么大，也说不准他们就完全住在一起了。”

“哦，亚历，”简叹着气说。她好失望。“你好傻好天真啊!”

挂了电话之后，亚历山德拉觉得自己的心也七上八下，根本定不下来。她本来信心满满，认定那个陌生人最终要的人是她，可是，此时她的信心开始动摇：她保持着如此的风度和耐心，最终能得到什么？是否会落得被人家抛弃的下场？十月的那一天，他开车送她到别墅的大门口，她感觉那里将是他们俩共有的，还有那一天，当她蹚过冰冷的潮水的时候，她感觉内心有一股热流，让她盼望着留下来，那么，这些先兆是不是都落空了呢？世事无常，不管多么强烈的征兆都会瞬间消失得一干二净。她抚摸着左乳房的下侧，好像摸到一个小硬块。在一阵惊慌之中，她看到一只松鼠跳进喂食器，正准备在里面的向日葵籽壳中找能吃的，这时松鼠正好转头，和她四目相对。这只松鼠像个个头矮小的小绅士，穿着灰色外套，胸前袒露着白色的衬衫，目光炯炯，神采奕奕地来赴宴，但让人感觉很贪婪，很无耻。几只灰色的小手和鸟儿的爪子一样干枯，因为它突然发现她正看着它，就赶紧收到胸前，看来她产生的心理震撼力还是很大的。它的眼睛长在椭圆脑壳的两侧，凸得比较高，好像两座角楼，朝外面斜着，闪闪发光。那小脑壳里面肯定闪过逃生的念头，肯定想赶紧掉头跑到安全的地方去，但是，亚历山德拉突然眼睛一瞪，就发出了一阵魔力，穿过窗户玻璃，把它的逃生念头给冻住。这小玩意儿平时只惦记着偷食，偷完了逃跑，季节到了就惦记着交配，这会儿它这一点意志力可就显得薄弱了，因为它的对手实在太强大。死、死、死，亚历山德拉嘴里念念有词，心里一发狠，那只松鼠就像被倒空的袋子一样垮下去。松鼠用最后一口气蹬了一下脚，把几片葵花籽壳从喂食器的盘子上踢出来，接着，毛茸茸的大尾巴前后摇了几秒钟，再接着就一动不动了，把全部重量都压在喂食器上，让挂在凉亭两根柱子之间的喂食器不停晃动着。一切都完了。

亚历山德拉没有自责，这就是她自己的超能力，她一直很享受这种能力。问题是她得穿上威灵顿长筒靴，到外面去用自己的双手抓住那条尾巴把尸体弄到院子边上，扔到石头墙外面的灌木丛里面去，再外面就是沼泽了。在生活中，其实没有那么多灰尘，也不见得有那么多橡皮擦碎屑，风雪护窗里面也没那么多死黄蜂，人们的大多数时间，尤其是女人，都在搬东西，把东西从一个地方搬到另一个地方，她妈妈说过，灰尘只是出现在不该出现的地方的物质。

让她倍感安慰的是，那天晚上，正当几个小孩有的嚷嚷着要亚历山德拉买汽车，有的让她帮忙做作业，有的要上床睡觉的时候，范・霍恩给她打来了电话，这是很不正常的，他们的聚会通常是很随机的，不用事先计划，也不用他专门邀请，而是他的几个信徒心有灵犀的行动，就在某个时刻，几个人会产生同样的冲动，也就聚到了一起，大家甚至不大知道她们是怎么去的，好像她们的汽车会自动带着她们到那里去，亚历山德拉是一辆南瓜色的斯巴鲁，苏吉是一辆灰色的雪佛兰，简是一辆苔绿色的勇士，这些汽车的动力似乎来自人的意志。“星期天晚上来吧，”达里尔用低沉的声音说，这种声音和腔调与纽约的出租车司机一模一样。“这日子真他妈的难过，我有一种新东西，我想在我们聚会的时候试试。”

“星期天晚上啊，”亚历山德拉说。“恐怕不好找人看小孩。他们早上要上学，接下去想待在家里看《阿尔奇邦克》。”这是她第一次拒绝聚会邀请，她仿佛听到了简·斯玛特的抱怨，感受到了她的怒火，这一腔怒火是简灌输给她的，此时她感觉怒火在她体内烧得比从前更旺。

“别这样。你的小孩怎么都那么老土，还需要人家看？”

“我不能把三个小的都扔给玛茜一个人，她管不住他们的。而且，她自己也可能想去朋友家玩，我不想挡她的道。把自己的责任扔给一个小孩，很不地道吧？”

“她的朋友是男的还是女的？”

“这不关你的事。是个女的。”

“别，你别冲着我，这些小笨蛋不是我搞出来的。”

“他们不是笨蛋，达里尔。一直都是我对不住他们，我对他们管得不够。”

她以前都没有像现在这样顶过嘴，不过他似乎不介意，这都有些莫名其妙，也许这才是他喜欢的。相反，他很温和地说：“谁说你对不住他们？关心不够有什么不对吗？如果我妈妈管我再少一点，我可能发展得更好，更全面。”

“你已经很不错了。”这句话不是她情愿说的，但她觉得，他既然来讨表扬，表扬一下也没什么不好。

“谢谢你的夸奖，”他说这句话的声音很粗糙，有些吓人。“就这样吧，到时见。”

“这是在胁迫我吗？”

“谁胁迫你？你爱来不来，随你便。星期天晚上七点左右。穿随意一点。”

她很纳闷，他为什么说日子难过，为什么定在星期天晚上聚会。她查看了厨房里的日历，这一天的数字是用百合花缠绕装饰的。那天正是复活节。

复活节的晚上很暖和，吹着偏南风，天上飘着像漂洗过的白云，一朵朵从月亮上面穿梭过去，也像是月亮在倒着跑。潮水刷过雷诺别墅前面的堤道，留下一个个水坑，在月光的照射下泛着银光。岩石的缝隙中开始冒出嫩绿的水草。亚历山德拉的车头大灯照射着路边的鹅卵石以及大门口的树，留下一片片阴影。车道弯弯曲曲地绕过原来白鹭筑巢的地方，后来那个地方建了网球场，在球场上面搭了一个像泡泡似的大棚，这个大泡泡塌了，皱巴巴地拉在那里，像流淌着慢慢冷却凝固的火山岩浆。接着，她的车继续爬，绕过两旁竖着少了鼻子的雕像的商场。这时，雷诺别墅露出了庄严气派的轮廓，窗户都透着光，看到这一幕，她的心又亮堂起来，像是要准备过节了，不管是白天还是黑夜，每次到这里来，她都盼望着见到某个重要人物，她此时终于明白，这个重要人物就是她自己，真真实实、没有掩饰的自己，完全放开，甚至赤身裸体，充分体现女性魅力，只要有人体面地提出要求，她都会答应。这是个漂亮的陌生人，一个深藏不露的自我。即使第二天有多么劳累，都难以抑制来到雷诺别墅所产生的兴奋。在别墅的门厅，你所有的忧虑都会烟消云散，在这里，你会闻到硫磺的气味，那里有一个大象脚雨伞架，上面好像有好多个老式的旋钮和把柄，可是再仔细一看，那其实是个石膏模，所有的东西都是画上去的，上面的带子和扣子也都是画的，虽然看起来像真的一样，人家还可能错手去抓。这又是一个假艺术品。

菲德尔接过她的外套，那是一件男式防风夹克。最近，亚历山德拉越来越喜欢男式衣服，觉得很舒服。一开始，她只是喜欢买男式的鞋子和手套，接着就买灯芯绒裤子和丝光斜纹裤子，这种男式的裤子和女式裤子不一样，腰部没那么紧，再后来，她看上了男人的打猎和工作时穿的外套，她觉得这种外套很宽松，很舒服。既然男人的衣服那么舒服，那么便利，女人为什么一定要穿高跟鞋和那些狗屁时装呢？这些都是男人奴役女人的工具，而女人居然自愿受虐，甘当牺牲品！

“晚上好，夫人，[①]”菲德尔说。“很高兴再次见到您。[②]”

“先生精心策划了一场很开心的派对，”丽贝卡站在他的背后说。“进去吧，里面有很多很大的变化。”

简和苏吉已经来了，她们正在音乐房里，里面放着几只卵形椅子，银色的漆面已经老化剥落，克里斯懒洋洋地坐在角落，那里有一盏台灯，他就在台灯下面看一本《滚石》杂志。除了这盏台灯，房间的光线主要来自蜡烛，墙上有好多已经布满蜘蛛网的蜡烛台，每个蜡烛台上都点着软糖似的蜡烛，各种颜色都有，烛火被风吹得不停摇曳，而每个烛台后面都有一小面锡镜，所以似乎每个烛台都有两朵火苗，火焰的颜色是混杂的，有些刺眼：主体是橙色的，外沿的绿色奋力想挤进去，但总是被推出来，像不能产生反应甚至相互排斥的化合物一样。达里尔穿着双排纽扣的无尾晚礼服，款式很老，颜色也黑得像煤灰，如果不是翻领比较大，他整个人就是灰溜溜的。他迎着她走过来，在她脸上亲了一口，和往常一样冰凉，留在她脸颊上的口水也很冷。简头上的光环有些浑浊，充满愤怒，苏吉的光环倒是比较鲜艳，是玫瑰色的，显得很开心，和往常没大差别。她们俩都穿着毛衣和粗棉布裤子，也显得很随意，和周围的气氛不大相称。

穿着晚礼服的达里尔显得比往常更有模样，更有精神。他清了清他的青蛙嗓子，然后郑重地宣布：“我们来一场音乐会吧！我有一些创意，想听听你们几位的意见。第一首是……”在这里，他的声音突然消失，他的手势突然凝固，嘴巴僵硬地张着，淡绿色的牙齿闪闪发光。今天晚上，他戴的眼镜太小，浅色的塑料镜框几乎贴住了他的眼睛。“《夜莺在伯克利广场歌唱》。”

于是，他开始弹奏，房间里瞬间响起无数音符，好像不止有两只手在弹。他的左手弹出大跨度的节奏，阴沉，像盘旋在树顶上面的一片卷积云，他的右手一开始弹得断断续续，接着主旋律慢慢显现，像彩虹一样华丽。从音乐中似乎可以看到灰蒙蒙的英国公园，可以看到伦敦珍珠白的天空，也可以看

---

①② 原文为西班牙语。

到热闹兴奋的贴面舞会，同时也可以感受到美国的嘈杂声，有妓院的喧嚣声，这种喧嚣声很特别，很土气，很生硬，这是在这个大陆上才能听得到的，在南方的河边小镇，这种声音就比较普遍。接着，主旋律慢慢转向低音，然后低音又慢慢升高，能淹没夜莺的歌喉，再接着出现一段跌宕起伏的高潮，这时，从范·霍恩苍白的脸上淌下一串串汗水，滴到键盘缝隙里面去，同时他因为用了最大力气，所以嘴巴里哼哼着，让音乐听起来不那么干净。在亚历山德拉的眼里，他两只苍白的手就像机器，他的指骨和屈肌腱一会儿凸出来，一会儿平下去，好像和钢琴的琴槌和琴弦都连接在一起。过了一会儿，主旋律又发生变化，彩虹不见了，天上卷积云也不见了，最后变成了有点怪异的小调，就是一系列降调切分和弦。这时，房间里几乎悄无声息，只有钢琴的余音。

“很棒，”简·斯玛特冷冷地说。

“的确很棒。”等这个男主人演奏完毕恢复平静之后，苏吉眨着眼睛说，“我从来没有听过这样的曲子。”

“我都要哭出来了，”亚历山德拉说。这是真的，他的演奏激荡起她沉在心底的很多记忆，她同时也想到了未来的情景。音乐就像一盏明灯，能照亮我们内心深处平常不易发现的角落。这些夸奖似乎让达里尔手足无措，他似乎快要融化了。他拼命地摇头，像狗在甩头上的水一样，然后习惯性地用两只手指把张开的下巴推回去，抹掉嘴角的唾沫。“这首曲子改得很不错吧。”他很得意地说。“好吧，我们再欣赏一首改编曲子，《月亮有多高进行曲》。”这首曲子改得不那么好，不过一样很巧妙。亚历山德拉自个儿想，这曲子就像变戏法，不过巧妙的是盗窃和转换的手法，其中没有什么创造性，只是像魔鬼一样大胆的腾挪。第三首曲子是披头士乐队的《昨天》，这是他们比较温柔的一首曲子，却被改成了断断续续的旋律，更接近桑巴。大家一边听一边大笑，都觉得这首曲子和第一首效果截然相反，这可能不是改编的初衷吧。“好了，”范·霍恩说着站起来。“大家见识了吧。我纽约的朋友说，如果我能改十几首，他会找唱片公司的老总帮忙，不过这需要一点钱。

你们觉得怎么样?”

“可能……真的有些特别,”苏吉先说。说完,她丰满的上唇很严肃地贴着下唇,不过,样子看起来还是很有喜感。

“怎么特别?”范·霍恩问。他显得很痛苦,仿佛他那张脸就要裂开的样子。

“小蒂姆也很特别。李伯拉斯也很特别。李·哈维·奥斯瓦尔德[①]更加特别。在当今这个世道,要让大家注意到你,你就必须颠覆常规。”

“这还需要钱?”简·斯玛特很突兀地问。

“他们是怎么说的。”

“亲爱的,他们是谁?”苏吉接着问。

“哦。”他有些尴尬,斜眼看着蜡烛,眼神迷离,似乎他只能看到一些反射光。“一撮做银行的人,都有合作的可能。”

突然间,他扮出恐怖电影里的小丑样,盖在黑色外套下面的四肢像残疾了似的,尤其是他的两条腿像装错了位置。“够了,”他说。“我们去客厅吧,去喝个痛快!”

问题可能来了。亚历山德拉感觉自己的身体里面有东西在滑动,那是一股极其强大的压抑感,像搁在自动扶梯上朝自动车库门滑下去一样,控制这扇门的电子眼,其实就是她自己体内的感觉,门口十分宽敞,而下滑的势头似乎没有逆转的可能,吃药不管用,晒太阳不管用,甚至好好睡一觉也不管用。她的生活是在沙地上建起来的堡垒,她知道,她今天晚上看到的一切会让她十分难过。

摆在客厅里面的那些丑陋的波普艺术品很脏,也很伤感,天花板上的几根荧光灯管有的不亮,有的在闪烁,同时吱吱地响着。这个长长的客厅本是为一大伙人狂欢设计的,如今显得空荡荡,亚历山德拉突然觉得它像一间无

---

① 美籍古巴人,被认为是肯尼迪遇刺案的主凶。案发两日后,奥斯瓦尔德在警察的严密戒备中当众被杰克·鲁比开枪击毙,美国人在电视直播中也目睹了经过。

人问津的教堂，就像科罗拉多探险者在路边建的那些教堂，如今再也没有人到那里去，这不仅仅是被人们抛弃的问题，也不像以前大家都忙着给各自的皮卡换火花塞，或是因为星期六晚上放纵过度而歪在家里恢复身体，这样的缺席都是情有可原的，可如今教堂外面的停车场都长满了杂草，教堂里面的长凳子背后放赞美诗的柜子都锁着。“珍妮呢？”她大声问。

“她还在实验室里做清洁，”丽贝卡说。

“她太卖力了，我担心她撑不住。”

“进展怎么样？”苏吉问达里尔。“我什么时候可以将屋顶涂成太阳能板？我以前写过采访你的稿子，提到你的太阳能涂料，所以人们在街上碰到我还问呢。”

“是吗？”他低吼了一声，但他似乎用了口技，声音好像从很低的地方发出来的，很遥远，也很闷。“我听说那些老家伙都在编造谣言，侮辱我，也侮辱科学。操他妈的！他们会嘲笑达·芬奇，会嘲笑莱布尼茨，也会嘲笑发明拉链的那个家伙，他叫什么名字来着？这绝对是伟大的发明。实际上，我一直在怀疑，微生物可能不是最好的选择，那只是利用既有的机制不断自我复制而已。关于沼气技术，你知道目前谁是领头羊吗？中国人！你能相信吗？”

“用沼气不是能节省用电吗？”苏吉习惯性地用新闻采访的口气问。“是不是跟我们多利用身体机能一样？电动雕刻刀是不是多余的？”

“如果你的邻居都在用，你就不觉得多余，”范·霍恩说。“然后，你甚至会觉得手里的家伙总是落后的，还需要不断升级，不断需要买新的。菲德尔！饮料[①]！”

不久，那个仆人就端来了饮料和点心，有沙丁鱼塞鸡蛋和棕榈芯。他穿着卡其色睡衣，看起来很邋遢，很萎靡，但还是有点军人的威严。很奇怪，就因为珍妮不在，大家的谈话不是很热烈，有一搭没一搭，大家都适应了她的存在，她不在，大家就失去了开玩笑、恐吓和教育的对象。大家也很想念她

① 原文为西班牙语。

睁大眼睛闭着嘴巴的样子。亚历山德拉希望艺术能够治愈她的悲伤，不管是什么艺术，悲伤是一种内伤，类似于内出血，要用艺术的东西才能止血。她在巨型汉堡包和陶瓷飞镖盘中间走来走去，似乎以前没见过这些东西，确实，有些是她以前没见过的。在一块用涂成黑色的胶合板做的四英尺高底座上，很搞笑地放着一个很逼真的复制品，那应该是伟恩·第伯[1]波普艺术品的三维复制品，看起来就是一个盖浇着白色糖霜的婚礼蛋糕，蛋糕罩着一个塑料罩子。传统的婚礼蛋糕上会摆着新郎和新娘小人偶，但是这块蛋糕的顶层上却站着两个裸体人偶，女的皮肤粉红色，头发金黄色，身材丰满甚至是浑圆的，男的整体感觉比较黑，头发是黑色的，皮肤也挺黝黑，只有微微耸立的鸡巴是惨白色的。亚历山德拉很好奇那是用什么材料做的，蛋糕没有铸铜的擦痕，也没有陶瓷的釉彩，她猜想那可能是贴亚克力面的石膏。亚历山德拉看到除了丽贝卡之外没有人注意到她，就掀起罩子，用手摸了一下蛋糕上面的糖霜，结果，她的手指上就粘起来了一小块，她把手指伸到嘴里舔。天啊！那是甜的，是真的糖霜，那是真的蛋糕，而且是新鲜的。

此时，达里尔正在用夸张的手势，向苏吉和简宣讲另一种新能源。“挖了竖井就可以获取地热。挖竖井难吗？你们要知道，人家在阿尔卑斯山上每天能挖二十英里的隧道，唯一的问题在于用什么样的转化装置能捕捉地热。如果用金属，那就和金星上的铅块差不多，不一会就熔化了。你们知道最好的材料是什么吗？你们肯定想不到。很简单，就用石头。所有部件，包括传动和涡轮，都必须用石头制造。他们搞的定，现在处理花岗岩的技术和炼钢差不多一样成熟了。水泥也能弄出弹性来，你们相信吗？就是已经达到颗粒级别了。现在的金属，就像青铜时代到来时的燧石一样，已经过时了。”

---

① 伟恩·第伯（1920— ），一位美国波普艺术画家，曾在纽约、好莱坞做过卡通画家和广告设计师多年。他的名字有时简称为“第波”。他的作品最出名的是 1961 年的“派、派、派”（Pies，Pies，Pies）和 1963 年的“蛋糕”（Cakes）。

另一件亚历山德拉以前没见过的艺术品是一座很有光泽的女性裸体像，皮肤不像通常那样毛糙，四肢也没有用常见的铰链，有金霍尔茨的冲动，但也有韦塞尔曼的细腻，雕像蹲着，好像要让人从后面操，她的面部表情苍白平淡，背部平坦，足以作为一个桌面。她的脊椎凹陷成一条沟，像屠宰场排放动物血液的水沟。臀部像两顶白色摩托车头盔焊接在一起。亚历山德拉觉得这座雕像是她做的女性公仔的简单、恶俗的翻版，这让她无比难过。她从菲德尔的托盘上又拿了一杯玛格丽特酒，尝着里面的盐味（有个传说称女巫害怕盐，硝石盐和鳕鱼肝油都与基督教的美德有关，也是她们不能忍受的），悠悠然地溜达到主人的身边。“我想我已经够了，”她说。“我去洗个澡，抽几口大麻就回家。我向保姆发过誓，我会在十点半回家。她已经是我雇的第五个姑娘了，我听到过她妈妈在后院里对她嚷嚷，那些人都不想让自己的孩子接近我们了。”

“你这样就太让我伤心了，”范·霍恩说。他满头大汗，目光有些涣散，这可能是他朝地热炉里面看得太久的缘故吧。“别这么着急。我还没喝爽呢。我们有计划的。珍妮马上就下来。”

亚历山德拉看到范·霍恩充满血丝的玻璃球似的眼睛里发出新的光芒，他好像挺害怕。是什么吓到他了呢？这时，珍妮的脚步声从铺着地毯的楼梯上轻轻地传过来，她接着走进客厅，她的头发梳在后脑勺，像阿根廷第一夫人伊娃·贝隆一样，身上披着一条浅灰蓝的浴袍，浴袍很长，拖在地板上。在胸部的上方，浴袍上一边绣着三条粗线，看起来像很大的纽扣孔，亚历山德拉个人觉得像军装的臂章。珍妮的脸看起来很干净，没有化妆，但也没有一丝笑容。“达里尔，别喝醉了，”她说。“你喝醉了净胡说八道。”

“但他会更有灵感，”苏吉说。她的语气和往常一样傲慢。她觉得眼前这个女人俨然成了这里面的女主人。

珍妮不理睬她，甚至无视在场的所有人，而是转过头问：“克里斯呢？”

大家听到丽贝卡在角落里说：“小伙子在图书室里看杂志。”

珍妮向前走了两步。“亚历山德拉，你看。”

她解开腰带，敞开浴袍，露出白花花的胴体，她身体丰满浑圆，感觉有些婴儿肥，上面长着一层绒毛，比男人手上的绒毛短一些。她让亚历山德拉看看她乳房下面一个半透明的肉瘤。“你觉得是不是变大了一些？还是我自己瞎猜的？在这里，”她一边说着一边抓着亚历山德拉的手朝她的腋窝里面摸。“你有没有摸到硬块？”

“不好说，”亚历山德拉说。她有些慌乱，因为以前只是在浴室里面才会这样摸，浴室里面很暗，水汽缭绕，大家都看不见，在这样亮堂堂的客厅里，感觉完全不一样。“我们大家都有这些淋巴块，这很自然。我没感觉到什么不对。”

“你专心一点，”珍妮说。接着，她用手指拉着亚历山德拉的手腕，朝另一个腋窝里面摸。在别的情形下，这个动作是很暧昧的。“这里也有一个。亚历，你专心一点。”

先是摸到剃掉的腋窝毛的毛茬子，接着摸到涂在腋窝里的粉，挺丝滑的，再接着，她摸到了几个小肿块、静脉和腺体结节。自然界就是这样，几乎没有完全一样的，宇宙就是随意创造出来的。“疼吗？”她问。

“不是很疼，有点感觉。”

“我觉得这没什么问题，”亚历山德拉很清晰地说。

“会不会和这个有点联系？”珍妮托起坚挺的锥形的乳房，让那个半透明的肉瘤看得更清楚些，那个肉瘤看起来就像一朵很小很小的花菜，当然也像一块粉红色的肌肉长歪了，长成了哈巴狗的嘴脸。

“我不觉得。这种东西我们都有。”

突然间，珍妮似乎失去了耐心，一下子把浴袍重新盖上，拉紧腰带。然后，她转过去对范·霍恩说：“你告诉她们了吗？”

“哦，亲爱的，还没有。”他一边说着一边用颤抖的大拇指抹了一下笑着咧开的嘴角。“我想我们得郑重一些，得有一些仪式。”

“今天被那些气体熏得头很痛，我想别再搞什么仪式了。菲德尔，给我一杯苏打水，要么就汽水或者欧洽塔，麻烦你快点，谢谢。”

“那个是婚礼蛋糕!”亚历山德拉大声叫，嗓音十分清晰，显得既冷静，也有点兴奋。

“还是你，亚历，”范·霍恩说。“你说对了。我刚才就看见你碰了一下，还舔了手指头，”他带着开玩笑的腔调说。

“珍妮的举止和口气也和以前不一样了。不过，我还是不相信。我发现了，但我不相信。”

“你们该相信，女士们。我和这个姑娘昨天下午三点半登记结婚了。这可能是阿波诺小区治安法官办过的最疯狂的事情吧。他说话都结巴了。我很难想象一个说话结巴的人能坐在这个岗位上。你你你……”

“哦，达里尔，不会吧!”苏吉大叫。她的嘴唇向两边拉，只露出上牙龈，似乎是一张笑脸，但让人感觉十分压抑，一点都高兴不起来。

简·斯玛特坐在亚历山德拉旁边，也发出了一声清晰的“嘶”。

“你们俩怎么能这样对待我们?”苏吉问。

“我们”两字让亚历山德拉吃了一惊，她感到肚子里一阵痛，她觉得这应该是她自己一个人的痛。

“偷偷摸摸的算怎么回事?”苏吉不依不饶地追问。她脸上原有的喜庆表情一下子就僵化了。“我们起码得先给她洗个澡。”

“或者给她做一顿砂锅菜，”亚历山德拉壮了胆说。

“她成功了。”简似乎是自言自语，但实际上是说给亚历山德拉和另外几个人听。“她竟然搞到手了。”

珍妮觉得挺委屈，两边脸颊都红透了。“没什么搞不搞的，这是水到渠成的事情，我一直待在这里，自然而然……”

“自然而然恶心的事情就发生了是吧?”简终于喷出了心里话。

“达里尔，你怎么看?”苏吉问。她的语气中充满记者常有的直率和刚毅。

“哦，你知道，”他很小声很胆怯地说。“很正常。结了婚，就算有了家，大家都有安全感。你看她，是不是很漂亮?”

“狗屁！”简·斯玛特说。这两个字是分开说的，简直震耳发聩。

“达里尔，我挺喜欢珍妮的，各个方面都好，”苏吉说。“嘴皮子特别好使。”

“别这样，你这算什么？”那个大个子男人说。他有些束手无策，而他的新娘穿着浴袍，站在他的身边，却丝毫不为所动，好像她的男人已经给她挡掉了风风雨雨，让她可以装得很清纯，很无辜，甚至与外界隔绝。她的脑子转得不比任何一个人慢，在一定情形下，甚至比所有人都更快，但是，她就像计算器的键盘，不是打字机的键盘。范·霍恩试图找回一点面子。“听着，你们这些婊子，”他说。“我到底欠你们什么？凭什么给我们这样的脸色？我请你们来这里，请你们吃好的喝好的，一起开心地玩，让你们忘却你们自己乱七八糟的现实生活……”

“我们的生活是被谁弄得乱七八糟的？”简·斯玛特反应很快，马上反问。

“不是我吧，我刚到镇上不久。”

这时，菲德尔端来一个盘子，盘子上有好几个高脚杯，杯子里已经倒了香槟酒。亚历山德拉拿起一个杯子，将酒朝范·霍恩的脸上泼去，可是，这透明的液体并没有泼到他的脸上，而只是湿了他的裤裆和大腿上的一小块地方。她本来想让他狼狈，结果反而是她显得更尴尬。接着，她将杯子用力扔向像两个绕在一起的汽车保险杠似的雕塑，她自己确定是瞄准了的，但是，杯子在空中突然变成了一只家燕，拍拍翅膀就飞走了。拇指夹，主人家的那只猫，刚才还在双面缎面沙发上忙着舔皮毛，舌头用力地将一身白色长毛搅开了一条粉红色裂缝，这时，这只猫突然站起来，准备去追那只家燕。它表情十分严肃，一双绿色的眼睛睁得滚圆，让人觉得有些滑稽。它沿着弯曲的大沙发冲过去，可是，等它到达沙发角上的时候，它突然停下来，露出十分沮丧的表情，因为那只鸟落到了一朵用泡沫聚苯乙烯材料做的云彩上，那是波普艺术家玛乔丽·斯特莱德的作品。

“这是怎么回事？怎么和我预想的不一样？”范·霍恩带着怨气说。

“你预想的是哪样，达里尔？”苏吉问。

“我想肯定是很愉快的，你们肯定高兴极了。我们之所以能走到一起，都是你们的功劳。你们就像丘比特。我想你们都可以做女傧相的。”

“我可从来没想过她们会高兴，”珍妮说。“我只是没想到她们会这么粗暴。”

“她们有什么理由不高兴呢？”范·霍恩摊开双手，像是做恳求的姿势。他的那双手很奇怪，看起来和橡胶做的一样。他的口气好像是在和珍妮争辩，不像是新婚燕尔的夫妻。“如果有哪个笨蛋来把她们带走，我们肯定会为她们感到高兴的，”他说。“我是说，这有什么好吃醋的，犯不着这样像要把整个世界炸掉一样。你们怎么会这样缺教养？”

苏吉率先软下来。也许，她只是找点便宜回去。“好吧，”她说。“我们吃蛋糕吧。里面有肉末馅就最好了。”

“有，是最棒的，南美奥里诺科哔叽色。”

亚历山德拉情不自禁笑了出来，达里尔这个人太逗了，他这样胡说八道，不知道是故意的，还是他糊涂了。“哪有这样的东西？”

“有，肯定有，只要你认识人。丽贝卡认识几个在普罗维登斯南边开货车的家伙。他们都是流氓和骗子，说老实话。你等会儿飞出去，不知道潮水到哪里了？”

他还记得，那天她很勇敢地蹚过冰冷的潮水，而他站在远处的岸上对她喊：“你可以飞啊！”

蛋糕放在那个蹲着的裸体女像的背上，蛋糕上面的杏仁小公仔已经拿下来，大家正把它们分了吃掉。亚历山德拉吃的是男公仔的鸡巴，算是对男主人的致敬吧。达里尔嚷着，“那是我的身体。”不过他没有停下来，还是继续分蛋糕。过一会儿，他一边喝着香槟又一边说：“这杯子里的是我的血。”这时，珍妮站在亚历山德拉的对面，脸色变成明亮的粉红，她丝毫没有压抑自己的兴奋之情，任凭内心的胜利感在血液里快速流通，并全部显现出来。亚历山德拉的心也受到了感染，似乎珍妮就是更年轻的自己。大家都用手抓着蛋糕相互喂到嘴里，不久，原来叠了好几层的蛋糕就像被豺狼开膛破肚吃得只剩下骨架的猎物。然后，她们将脏手在蹲着的雕像上乱摸，苏吉在雕像的左屁股上用蛋糕的糖霜画了一张人脸，这是一张笑脸，嘴巴咧开着，牙齿参差不齐。接着，她们围成一圈跳舞，一边唱着类似咒语的古调子。

简是几个人中间喝得最高的，她也唱得最卖力，一开始是雅各宾党人的词，后来，随着大家不断哄堂大笑，而且酒精发挥了更大的威力，她自己也不知道自己在唱什么了。范·霍恩一连喝了五杯柑橘玛格丽特鸡尾酒，到后来他的手都控制不住了，不停地在空中挥舞着，不知道有什么意思。

克里斯从图书室里探出头来，他想看看大家到底在干什么，为什么会这么疯狂。这时，菲德尔正端着一盘泡卤汁的巴西野猪肉球，他此前已经送过三趟了。今天晚上的聚会非常成功，大家都很尽兴，不过，当苏吉提议大家去泡个澡时，珍妮却很清醒地宣布，“澡盆的水排掉了，里面的浮渣太多了，我们正等纳拉甘西特镇水池清洁公司派人来给澡盆杀菌。”

所以，亚历山德拉比预期的更早回到家里，这时那个帮忙看小孩的姑娘正和男朋友在楼下的沙发上缠在一起，看到她进来，吓了一跳。她马上退出去，过了十分钟才又进来，把钱给那个满脸尴尬的姑娘。那个姑娘是阿瑟诺家族的人，家住在镇中心，她男朋友可以开车送她回家，她说。随后，亚历山德拉就上楼，蹑手蹑脚地进了玛茜的房间，确认她的女儿一个人在睡觉。她的女儿今年十七岁，已经发育成熟，她担心她自家的女儿也跟哪个男人搞在一起。这个晚上，她眼前一直晃着阿瑟诺家的那个姑娘的白花花的大腿，两条大腿紧紧夹住那个男孩毛茸茸的屁股，男孩穿着牛仔裤，没有全脱下来，后面只露出屁股，前面也刚露出鸡巴，而女孩却脱了精光。这个景象一直在亚历山德拉的眼前晃荡，像月亮不断后退，冲过本来已经散乱的云层。

她们三个人又和从前一样在简·斯玛特的家里聚会。从前，在最鼎盛时期，简和山姆夫妇的家在维恩街，就在橡树路相邻的马路上，也就在海边，是一栋有十三间房间的漂亮的维多利亚式房子，里面还有仆人专用通道，摆放着各种装饰性的球棒模型,天花板上装着蒂法尼彩虹色艺术玻璃吊灯。简现在的家是位于海湾开发区的一栋错层平房,占地只有四分之一公顷,贴墙面板的部分都刷成了湖蓝色。这个变化实在太大了,简直从天上掉到了地下。这栋平房的前任主人是一个没什么活干的机修师,后来到得克萨斯去找更好的工作去了,在离开之前,他可能是有太多的空闲时间,花了很多心思将这栋小房子变成"古董"。他搬进来了好几只松木柜子,装了好几根假箱梁,贴了好几面护墙板,板上有很多木结,也有很锉刀痕迹,甚至还安装了好几个样子和木头唧筒柄差不多的电灯开关,还有一个马桶用橡木酒桶板包起来,有几面墙壁上挂着老旧木工工具,包括刨面、框架锯和刮刀,在错层的楼梯扶手上,很巧妙地含着一个手摇纺车。一开始,简还能接受这些清教徒专属的无聊装饰,并没有多大反感,但是,她以及她几个小孩对这些装饰的鄙视与日俱增,这些所谓的装饰效果最终对他们都毫无意义。那些电灯开关,他们一不小心就能弄断,有时候,他们还会不小心踢破包马桶的木板,结果,一块木板掉了,包马桶的所有木板也就散了。那个厕纸盒子本来也很好看,不过也已经散掉了。简在大客厅里上钢琴课,客厅很长,显得很开阔,她上课的位置就在靠厨房兼餐厅的一头,那个地方没有铺地毯,地板上伤痕累累,她总是在一个固定的地方拉提琴,椅子的位置是固定的,大提琴的琴脚的位置也是固定,所以,日积月累,琴脚在地板上已经戳出了一个洞。她的其他活动的范围倒是挺大的,所以她对房子的损害也不止于那里。这栋房子的主材是绿松木,其他材料也是很廉价的,建造肯定没有花太多心思,只是几个建筑工人跳着舞把这些材料拼凑在一起罢了,所以,虽然房子不算老,说实话还是比较新的,但已经露出脆弱的一面,墙面上有一道道伤疤,隔板上有一个个孔,厨房的地板上也掉了好几块瓷砖。简的那只可怕的杜宾短尾巴狗兰道夫,啃过椅子的横档,曾用爪子抓过门,在木头上留下好几道沟。用亚历山德拉比较委婉的话说,简生活在一个摇摆的世界里,一半是音乐,另一半是怨恨。

"我们怎么办?"简在发完了饮料和结束了第一轮寒暄之后问。今天的话题只有一个，那就是达里尔·范·霍恩的婚事，他的婚事很突然，让人很吃惊，也让她们感到被羞辱。

“她真把自己不当外人，居然只穿着宽松的蓝色浴袍，”苏吉说。“我恨她。想到她是我带去的，我也恨我自己。”说完，她马上塞一把盐渍南瓜子到嘴里，随即合上嘴巴。

“她是个狠角色，很好胜的，记得吗？”亚历山德拉说。“上回把我大腿打得青了一块，过了好几个星期才消掉。”

“这说明什么问题呢？”苏吉一边说一边抹掉下嘴唇上的南瓜子壳。“她一开始看起来像个软弱的娃娃，事实上我们都被她骗了。我当时可能是为克莱德和菲莉希亚的事感到愧疚，所以失去了辨别力。”

“哦，算了吧，”简说。“你怎么可能愧疚？你根本没有愧疚。克莱德的脑子坏掉，并不是你操他造成的，菲莉希亚变得那么恐怖，又不是你的错。”

“有一定的关系，”亚历山德拉若有所思地说。

“是因为苏吉对克莱德太有吸引力所以搅乱了平衡吗？我和乔也有这个问题，不过我在撤了。我会慢慢撤，先缓和一下。”她也若有所思地说。“现在的人太冲动了。”

“你不恨她吗？”苏吉问亚历山德拉。“我们都明白，他应该是你的，我们三个人里面，等到新鲜感过去以后，就你最合适了。简，你说对不对？”

“不对，”简的回答很坚决。“达里尔和我都是音乐人，而且我们都很脏，我们才是一对。”

“谁说亚历和我不脏？”苏吉反问。

“你们也算脏，”简说。“可是，你们还有另一面，你们俩都有干净的一面。你们不如我坚决，我的心里只有达里尔一个人。”

“我好像听你说过鲍勃·奥斯古德吧，”亚历山德拉说。

“我是说过，但我只给他的女儿上钢琴课，”简说。

苏吉笑了。“你应该看看你说话的样子有多傲慢。珍妮骂我们缺教养的时候，也就是这个腔调。”

“她居然能牵着他的鼻子,同时还那么淡定,”亚历山德拉说。“看她走进客厅时候的神态,尤其是她最后一个来,我就知道他们已经结婚了。我也发现他变了,没那么冲动,比从前更收敛许多,甚至有些小心翼翼。真让人伤心。”

“我们陷得太深了,亲爱的,”苏吉对简说。“但是,我们又能怎么样呢?我们还是忘了他们吧,我们可以继续自得其乐。我觉得我们可以比以前更开心,我现在和你们在一起就感觉比几个月前更亲切很多。菲德尔的那些拼盘不知道怎么回事,我吃了之后肚子像在翻滚一样。”

“我们能怎么样?”简心不在焉地反问。她的黑头发从中间向两边梳开,垂下来各遮了半边脸,此时她用手飞快地将头发朝后面拨开。

“还不明摆着吗? 我们可以施法整她。”

说到了施法,大家好像看到一个星星冲破天空一样,屏住了气息。

“如果你觉得自己有那个力量,你就可以整她,”亚历山德拉说。“你用不着我们。”

“用得着。我们要三个人一起才能整她。我们要整就好好整,不能只头疼一个星期就没事了。”

过了一会儿,苏吉问:“你想把她怎么样?”

简想到一个拉丁文的咒词,意思是“螃蟹”,然后,她薄薄的嘴唇随即就紧紧地闭上。“我觉得,从那天晚上开始,她的缺点就暴露无遗。对于像她这样已经有畏惧的人,只需一点点心理运动就可以搞定。”

“哦,可怜的孩子,”亚历山德拉不由自主地感叹,她自己似乎也感受到了同样的畏惧。

“她哪里是可怜的孩子,”简说。“她现在是达里尔·范·霍恩太太。你看她多么得意啊。”

又过了一会儿,苏吉问:“我们该怎么整她?”

“直接来。亚历山德拉做一个蜡像,我们给她扎针,然后一起施法。”

“我为什么要做蜡像?”亚历山德拉问。

“很简单，亲爱的。你是雕塑家，我们不是。而且，你还和神秘力量保持着联系。最近我的魔力好像在下滑，下滑的坡度还挺大。六个月前，我还和内夫约会的时候，曾经想搞死格雷塔的宠物猫，结果，我搞死了她家里的所有老鼠，可是那只猫还生龙活虎。”

亚历山德拉问：“简，你没有害怕过吗？”

“没有，自从我接受了自己的角色，我就没有害怕过。我就是一个还算不错的大提琴手，一个可怕的妈妈，以及一个很没劲的性伙伴。”

另外两个女人对最后一个角色的定性意见很大，不过，简不为所动。“我一开始还挺好，可是，等他趴在我身上插进去以后，我就感觉不那么来劲，甚至有些讨厌。”

“你就想象那是你自己的手，是不是就不讨厌了？”这是苏吉的建议。

“我有时候确实是这样想的。”

“你也可以想那是你在操他，不是他在操你，”亚历山德拉说。“甚至可以想他是你的玩具，你在玩他。”

“说这些都太晚了。我很喜欢目前的状态。如果我本事小一些，我还会更开心。这是我准备的活。那天，达里尔在分蛋糕的时候，我咬下来那个代表珍妮的公仔的头，但我没有吞下去，而是找了个机会吐到餐巾纸里面包起来。就在这里。”她走到钢琴凳边，掀起盖子，拿出一团皱巴巴的餐巾纸，洋洋得意地打开餐巾纸，拿到其余两个女人的眼前。那个糖做的小公仔头本来就很光滑，因为在简的嘴巴里含过了几秒钟，就更加圆滑了，和珍妮的圆脸更加接近，两只蓝色的眼珠子暗淡无神，直直地看着前方，金黄色头发贴在头上，像是画上去的，脸上几乎没有表情，却有一点点挑衅甚至有些羞辱人的意味。

“很好，”亚历山德拉说。“但你还需要强力一些的配方。血是最好的，古方里常用月经血。头发当然也要，还有剪下来的指甲。”

“肚脐绒垢也要，”已经喝了两杯波旁威士忌的苏吉醉醺醺地插嘴说。

“还要粪便，”亚历山德拉很当真地继续说。“尽管这些东西在非洲和中国才比较好找到。”

“你们等一下，别走开，”简说着出了房间。

苏吉笑了。“我应该给《普罗维登斯新闻报》写一篇文章，题目就叫‘冲水马桶和巫术的消亡’。他们说我可以作为自由作者给他们投特写稿，如果我想回归新闻写作的话。”

她刚才踢掉了鞋子，把腿盘在屁股下面，身子靠在简的湖蓝色沙发的一个扶手上。在这个年头，即使过了中年的妇女也都喜欢穿超短裙，苏吉这个像猫一样的姿势几乎让大腿全部暴露，她两个长满斑点的膝盖像鸡蛋一样光滑，闪闪发光。她穿着一件羊毛套衫，虽说是套衫，却不比运动衫长多少，颜色是亮橙色的，和沙发的湖蓝色形成鲜明的对比，在塞尚的风景画里，这种对比随处可见，有人说很丑，但也有人说很美、很前卫。苏吉醉醺醺的，脸上的表情相当迷离，眼睛像蒙着一层闪闪发光的雾水，唇膏已经被抹到了嘴角，也可能是因为笑得太多的缘故所以堆积在那里吧，亚历山德拉觉得她现在这个样子很性感。她还发现了性感的苏吉最失败的五官之一就是她的鼻子，感觉太短，太胖，几乎没有修饰过。毫无疑问，亚历山德拉很冷静地想，自从范·霍恩结婚后，她的心就沉下去了，平时，和两位朋友一起发泄不满之后，她会变得相当自闭。她甚至不会注意到自己的孩子们在干什么，她可能看到他们的嘴巴在动，但他们说什么她几乎听不见，或者听不懂，仿佛他们是用什么陌生的语言在胡说八道一样。

“你不做房屋中介了吗?”她问苏吉。

“哦，还做，亲爱的。现在生意很淡，本来房子就不多，还有几百个像我一样离婚的人也在跑这个生意。”

“你不是卖给哈利布雷德夫妇一套了吗?”

“没错，但收入也就刚好把债填平。我现在又掉到赤字坑里了，这回爬不出来了。”苏吉笑得很夸张，嘴唇张开成了可以坐一个人的沙发。她拍了拍身边空着的位置。“亲爱的，来这里，坐我旁边。我有一种冲动，好想吼几声。可是，这破房子的隔音效果真糟糕，我不知道她自己怎么受得了。”

刚才，简上了半截错层楼梯，进了她的卧室，现在又下来了，手里拿着一条亚麻手巾，手巾折叠起来，像包着什么易碎的宝物似的。

她头顶的光环是紫红色的，和西伯利亚鸢尾一样，同时随着她激动的心情有规律地脉动着。“昨天晚上，”她说，“我很不开心，怒气消不掉，躺在床上睡不着，干脆就起床，浑身上下涂了附子汁和护手霜，再抹一些洗炉子弄下来的灰，就飞去了雷诺别墅。感觉棒极！雨蛙都出来了，飞得越高，就越听得清楚，我也不知道为什么。达里尔他们还在楼下，尽管那时已经过了午夜。在房间里面，立体声录音机还疯狂地放着加勒比音乐，我还听到门口有汽车的声音，但我分不清是什么车。我发现有一间卧室的窗户开着大约几英寸的缝，我就小心翼翼地从这个缝里钻进去。”

“简，你太厉害了！”苏吉喊。“要是尖鼻子或者拇指夹嗅到你的气味怎么办？”

关于拇指夹，范·霍恩曾经煞有介事地对她们说，虽然它毛茸茸的，但它的身上附了一个十八世纪新港律师的灵魂，这个律师常挪用事务所的钱去买鸦片，达里尔自己在牙疼得厉害或脓肿发炎的时候也抽过鸦片，而牙疼和脓肿在从前是很普遍的，但又能够免于牢狱之灾，也能让家人免受耻辱，死后，这个律师的灵魂变成了邪恶力量。那只小猫可以随时变成豹子、雪貂或鹰马。

“我发现，拿一点象牙清洁剂和牙膏混在一起，就可以彻底消除气味，”简说。她被人打断话头有些不高兴，所以沉默了一会儿。

“怎么样？快说吧！”苏吉有些迫不及待。“你打开窗户，你看到他们睡在同一张床上吗？她怎么承受得了？他的身体那么冷，而且潮乎乎的。跟他在一起，就像打开冰箱的门突然有一股冷气冲出来一样，还有一股味道，好像冰箱里有东西就要坏掉。”

“让简好好说吧，”亚历山德拉说。她就像另外两个女巫的妈妈。她最后一次尝试飞行的时候，她的星体飞到半空，而躯体留在床上，在空中看起来是那么渺小，于是，她突然感到一阵羞愧，又降落下来钻到沉重的躯壳里面。

“我听到他们在楼下开派对，”简说。“我想我还听到雷·内夫的声音，他在带大家一起唱歌。我看到一间浴室，是她用的。”

“你怎么知道？”苏吉问。

“我了解她的风格。外表整洁，里面一塌糊涂。粘着口红的纸巾扔得到处都是，按日期分装药片的纸盒子也到处乱扔，而且都是被粗暴扯开的，她的梳子上塞着许多头发，看得出来她是染过的。水槽上有一瓶伊卡璐洗发水，还有粉饼和腮红，这些东西我死也不会用。我知道我是个丑老巫婆，我就个巫婆，丑不丑无所谓。”

“宝贝，你很漂亮的，”苏吉说。“你头发乌黑，眼睛的颜色很自然，玳瑁色的，好看极了，皮肤还有点黝黑，很健康，我也希望有这样的皮肤。如果皮肤有斑点，人家都不会把你当回事，有时候我已经不爽了，人家还觉得我很逗。”

“你用这个手巾包什么回来了？”亚历山德拉问简。

“这是他的毛巾，我偷的，”简说。不过，毛巾上绣着一个字母，好像是 P 也好像是 Q。“我是从浴室水槽下面的垃圾筐里拿出来的。”

简小心翼翼地打开玫瑰色的手巾，里面包着一些挺私密的东西：一撮长头发，那是从梳子的缝隙里拉出来的，一张纸巾，在皱巴巴的中间有一片黄褐色的污迹，一张方形厕纸，上面留着一个外阴形状的鲜红唇膏印，一团药片罐里扯出来的棉花，一条猩红色的创可贴，还有几根用过的牙线。

“最好的是这些，”简说。“你们看得见吗？这些脏东西，你们看仔细一些。是从澡盆里面取出来的，澡盆底部和四周都有，她自己在用这个澡盆，却从来没想过去弄弄干净。我把手巾弄湿，擦了这些回来。这些是腿毛，她居然一边泡澡一边刮腿毛。”

“哦，很好，”苏吉说。“你太恐怖了，简。以后我知道要经常擦澡盆了。”

“你觉得这些够了吗？”简问亚历山德拉。刚才苏吉说她的眼睛是玳琩色的，其实颜色并没有那么深，这时像即将烧尽的火炭一样，闪烁着光芒。

“够干什么?”亚历山德拉问。不过，她是知道答案的，她早就读懂了简的心思。不过，懂得越多，亚历山德拉小腹里有一个地方就越痛，是前几天开始痛的，可能是因为她的肚子里有太多的现实需要消化。

“做咒，”简回答说。

“为什么要问我？你自己也可以做啊，你做做看呗。”

“哦，不，亲爱的。我已经说了，我们没有你的能量。你能吸取自然的能量，改变自然的运行，可是苏吉和我只能搞搞小动作，差不多就是弄跟针刺人家一下而已。”

亚历山德拉转过来对苏吉说：“你怎么看?”

苏吉虽然喝得醉醺醺，但她很努力做思考状，上嘴唇很可爱地缩窄压住有点龅的牙齿。“简和我在电话里说过一点点。我们都希望你和我们一起干。我们一起干，我们必须团结，像投票一样，必须全票通过。你知道，去年秋天，我自己一个人施法让你和达里尔认识，确实起到一点作用，可是，说实话，亲爱的，我觉得我的法力一直在减退。我感觉很没劲。那天晚上，我看着达里尔，他看起来像被霜打过的茄子一样，我想他是被吓到了。”

“所以我们就要把他拱手让给珍妮?”

“不行，”简十分坚决地说。“她不配。她是小偷，是骗子，她把我们都耍了。”她的尾音像烟雾一样缭绕在这个伤痕累累的客厅里。从下至厨房上至卧室的楼梯的另一边，传来了挺遥远的像窃窃私语的声音，这表明孩子们正很专注地看着电视，对电视节目产生了反应。别的地方又发生刺杀事件了，总统正在对军队发表讲话。伤亡人数不断上升，意味着敌人的渗透程度相当高。

亚历山德拉还是跟苏吉说话，希望她能消除施法整人的紧迫感。“那天涨潮的时候我见到达里尔是因为你施了法吗？他不是自然而然被我吸引来的吗?”

“哦，他可能是被你吸引了吧，亲爱的，”苏吉说。但随即耸了肩又说，“不过，谁说得准呢？我用那个园丁的绿色麻绳把你们两个绑在一起，前几天我看了床底下，发现绳子被老鼠什么的咬断了，可能是我当时手里有盐，让绳子有咸味吧。”

“这不大好吧，”简对苏吉说，“你知道我也想得到他的。”

苏吉本可以趁这个机会坦率地告诉简，她更喜欢亚历山德拉，不过，她还是说：“我们都想得到他，但我想你自己可以做到，你也确实得到了，你不是一直在那里吗？你们那样算是玩还是当真的？”

亚历山德拉的自尊心受到了伤害。她说：“哦，见鬼！搞她！”

这是消耗世界灰尘的简便方式。她们十分小心，不让手碰到，不然她们的灵魂也会被牵扯进去，因为她们手上的盐分和脂肪以及无数细菌都会粘在上面。三个人将那些东西，包括纸巾、金黄色长发、红色创可贴，最重要的是那一撮腿毛，摇到一个陶瓷烟灰缸里面，这个烟灰缸是简和内夫约会的时候从“青铜筒”工艺品店里偷的，当时，在排练之后，她和内夫常到那里去。接着，她把自己含在嘴巴里带回来的那个糖公仔头放进去，然后，她擦了一根纸火柴把那一堆东西点燃。纸巾冒出橙色的火焰，头发嗞嗞响，散发出一股臭味，公仔头变成一团黑色的糖浆，不时冒着泡。黑烟升腾到天花板，像一张蜘蛛网贴在上面。纸质石膏板像涂过一层混了沙子的乳胶漆，看起来像真石膏。

“好了，”亚历山德拉对简·斯玛特说，“你有蜡烛根吗？藏在抽屉里的生日蜡烛也可以。把蜡烛捣碎，熔成半杯子蜡。拿一把平底锅，涂好黄油，锅底和锅边都要涂满，蜡不能粘锅，蜡一粘锅魔咒就不灵了。”

简到厨房里去执行任务，这时，苏吉一只手搭到亚历山德拉的小臂上。“亲爱的，我知道你不乐意干这事，”她说。

亚历山德拉抚摸着苏吉那只纤细的手，发现苏吉手背上和手指关节上的斑点比较密集，到指尖就比较稀疏，好像是混合物没有捣均匀似的。“哦，我挺乐意，”她说。“我很享受，而且，我很喜欢看到你们这么信任我。”说完，她不假思索地靠过去亲吻了苏吉像沙发一样的嘴唇。

苏吉睁大眼睛看着她。随着亚历山德拉的头的影像从她绿色的瞳孔消失，她的眼球开始收缩。“但你是喜欢珍妮的。”

“我只喜欢她的身体。我也很喜欢我那几个小孩的身体，差不多一样。你还记得他们刚生下来时的气味吗？”

“哦，亚历，你觉得我们还会生小孩吗？”

这时轮到亚历山德拉耸肩膀。这个问题很伤人心，让人觉得很无奈。她反问苏吉：“你知道从前女巫用什么做蜡烛吗？婴儿的脂肪！”她站起来，可是好像站不稳。她刚才一直在喝伏特加，伏特加并不能增强气息，也不能增加多少卡路里，但也不能毫无声息地从神经系统里流淌过去，总是要留下一些遗产的。“我们去厨房里给简搭把手。”

简在一个抽屉的最里面找到一盒可能放了很久的生日蜡烛，有粉红色的，也有蓝色的。她把这些蜡烛放在涂了黄油的平底锅里面熔化，用搅蛋器搅了一会儿，然后，锅里的蜡逐渐变成薰衣草灰色，像珍珠，有些斑点。

“你有模子吗？”亚历山德拉问。

她们翻箱倒柜地找饼干模，找到一个面团模，可是她们觉得太大，接着她们考虑咖啡杯子和玻璃酒杯，最终决定用一个老式厚重的玻璃橙汁压榨机的底盘，那个压榨机形状和草帽差不多，边上有个喷嘴。亚历山德拉把压榨机倒过来，手脚麻利地把蜡倒进去，滚烫的蜡吱吱地响，不过玻璃没又开裂。她拿着压榨机的顶部，放到水龙头下面用冷水冲，同时轻轻地敲水槽的边缘，让还热乎乎但已经凝固的蜡掉下来落到她的手里。她把蜡挤压成长条，接着捏成一个人形，然后用手指头掐了四遍。“见鬼，”她说。“我们刚才不应该把她的毛发都烧掉，应该留几根。”

简说：“我去看看毛巾上是不是还有。”

“顺便看看有没有剔指甲用的橙木签？”亚历山德拉问。“长一点的指甲锉刀也可以。我雕刻要用。发夹也行。”于是，简飞奔而去。她一直很善于执行别人的指示，包括巴赫和波佩尔等一干死人的指示。当她不在的时候，亚历山德拉对苏吉解释说："这里面不能随便削掉，能留多少就留多少。现在，这里面的每一点蜡都有魔力。"

她从磁铁刀架上挑了一把看起来有点陈旧的削皮刀，刀的木柄可能因为常年冲水漂洗，所以颜色变得花白，手感也挺柔软。接着，她又麻利地在蜡人形上掐出来一个脖子和腰。有一些蜡屑掉到摊开在"富美家"贴面塑料柜台上的苏格兰毛巾上。她把这些蜡屑收集起来，揉成一团压在削皮刀的刀尖上，另一只手拿着一根点燃的火柴烤那些蜡屑，让这些蜡屑重新熔化，滴到小蜡像的胸脯上，作为蜡像的乳房。接着，亚历山德拉也用同样的方法做了肚子和大腿上的一些凹凸起伏。她的习惯和风格是腿粗脚细，而修脚掉下来的蜡屑加热后做成了屁股。在这个过程中，她的脑子里始终晃着那个女孩的影子，包括她在澡盆里闪闪放光的光辉形象。她的手臂不重要，于是就在两侧各弄了个浮雕来表示。她用刀尖显著地标明了她的性别，然后用简拿来的橙木签的斜边压出来了其他一些皱纹和脉络。

简也在毛巾上找到了一根长头发。她拿头发对着从窗户照射进来的光线，尽管一根头发看不出来什么颜色，不过，这根头发看起来既不是黑色，也不是红色，比亚历山德拉的头发颜色更加淡，更纯，也更细。"我肯定这是珍妮的，"她说。

"最好是她的，"亚历山德拉说。她的声音有些粗哑，可能是因为她一直专注做公仔吧。接着，她用那根带着一点香味的木签的边缘将那根头发压到薰衣草色的头皮上。

"她有头没脸啊，"简从背后给她提了意见。她的声音让专注的亚历山德拉吓一跳，差点把魔力都冲散了。

"用不着脸，"亚历山德拉小声回答。"我们知道她是谁，针对谁我们有数。"

"我觉得已经很像珍妮了，"苏吉说。苏吉一直在旁边很专注地看着，亚历山德拉可以感受到她的气息穿过她的双手。

"这样光滑一些。"亚历山德拉用茶匙的背面给公仔抛了光。"珍妮的身子好光滑!"

简又有意见。"这个站不起来吧。"

"她的女人公仔没有站着的,"苏吉插嘴说。

"嘘!"亚历山德拉说。她要保护自己念咒语的嗓音。"她要躺着,我们女人都是躺着的。吃了药就躺下了。"

她用那把有魔力的匕首,在珍妮的头上刻了贝隆夫人的发型。她也挺在乎简关于公仔没有脸的意见,所以用橙木签的侧边压出了两道凹痕作为眼眶,效果有些吓人。这时,亚历山德拉的肚子突然感到被撞击了似的,在创作的时候,创作者通常要承担一定的压力,甚至要承担谋杀等不可逆转的罪责。接着,她用一把叉子的叉齿在珍妮的光滑的肚子上刺了一个肚脐眼,表明这是天生的有生命的,而不是加工的没有生命的玩具。"够了,"亚历山德拉宣布。她一把将手里的工具扔到水槽里去。"快点,趁蜡还暖和。苏吉,你觉得这是珍妮吗?"

"怎么?当然,亚历山德拉,你说是就是。"

"你要认定她就是,这很重要。把她拿在你手里,用双手拿着。"

她双手拿着公仔。她消瘦的长满雀斑的双手颤抖着。

"对她说话,你别笑,就说'你是珍妮,你去死吧。'"

"你是珍妮,你去死吧。"

"你也一样,简,拿着她,对她说同样的话。"

简的双手和苏吉不一样,而且她自己的两只手也各不相同,拿弓的手很粗但很软,按弦的手肌肉很发达,手指上长满金黄色的茧,显然是使用过度的。

简说了同样的话,但她的语调很僵硬,好像是一个字、一个字地读,没有一点感情。于是,亚历山德拉提醒她说:"你必须有信念,你要相信她就是珍妮。"

在施法的时候,简是三个姐妹中最软弱的,对于亚历山德拉而言,这并不算意外。魔力来自爱,而不是恨,恨充其量只能算一把剪刀,并不能将浸满同情的丝线交织在一起，无助于神志和精神控制外物。

简重复念了一遍。简的厨房的花窗玻璃上滴着好几坨鸟屎，现在已经变得僵硬，外面的院子有些杂乱，不过，这个季节刚好是山茱萸花开的时候，院子里刚有两棵正在开花。这时候，有几线夕阳的余晖照进来，像有贵金属色泽的叶子在黑色树枝和树枝末端的四瓣花朵之间摇曳似的。树下斜靠着一个黄色塑料水盆，那是简的小孩小时候用的，现在已经太小了，水盆一个冬天都放在外面随便风吹日晒雨淋，盆里有一些水，前些日子还是一块硬硬的冰。草坪还是棕色的，但已经冒出了稀稀拉拉的嫩绿色芽。地球还活着。

另两个女人的声音把亚历山德拉的思绪拉回到现实世界。

“亲爱的，”简用很粗的声音说，一边把公仔递给她，“你也对她说一句吧。”

那句话充满恨意，但也符合事实，亚历山德拉的语气很平静，也很坚定。接着，她便准备结束施法。“别针，”她对简说。“一般的针也行，甚至图钉都可以。你小孩子的房间里有吗？”

“我不想到那里面去，一进去，他们一定会嚷嚷着要吃晚饭。”

亚历山德拉说：“跟他们说再等五分钟。我们必须马上结束，不然……”

“不然会怎么样？”苏吉问。她有些害怕。

“不然会伤到自己，和埃德的炸弹一样。很有可能。圆头图钉也可以。不然就找回形针，拉直了就可以用。但必须有一根针。”她没有说为什么，实际上这根针是用来穿心的。“还有，简，我要一面镜子。”之所以需要镜子，是因为魔术并不会在三维环境中发生，而是镜面现象，发生变化的纯属精神存在，也就是存在之外的存在。

“山姆有一面剃须镜，我有时候也会用，做眼影的时候。”

“好极了，快！再过一会儿我的情绪就不集中，魔力也会减弱。”

简又像飞一样去取东西。苏吉站在亚历山德拉的身边说：“你要不要再来一点。我自己想再喝一杯波旁酒，等会儿又要面对现实了。”

“这不是现实吗？亲爱的，我来半杯吧。给我倒一点伏特加，然后加汤力水或者七喜，加自来水也行。可怜的珍妮。”她拿着那个蜡像走上六级眼看快要垮塌的台阶，从厨房走到客厅里去，可是，一路上，她越瞧这个蜡像就觉得越不舒服，感觉做得那么粗糙，一条腿比另一条短得多，屁股、大腿和小肚子的比例极不协调，乳房也太沉重了。就这样子，谁还称她是雕刻艺术家？是达里尔，他是不是别有用心？

简的家里有一条杜宾短尾狗，简刚才到错层上面的房间去的时候打开了门没有关上，就在这个时候，这条狗冲进客厅，爪子疯狂地刨着已经掉了油漆的木地板。它的黑色毛发油光发亮，紧贴着皮肤，随着皮肤起伏，脚上的颜色是橙色，像穿着黑色制服的士兵穿着橙色的靴子，胸部也有一块橙色的毛发，鼻口和两只眼睛的上方也各有一块相同的颜色。这条狗半张着嘴，流着口水，眼睛死死盯着亚历山德拉捧着公仔的手，可能以为她是拿着什么好吃的东西。不久，它的鼻孔里也流出水来，这说明它有多么馋嘴，紧接着，它的两只耳朵也竖起来，简直就像饿了很久的肠子从头上冒出来了。“不是给你的，”亚历山德拉严肃地对它说。那条狗的一双黑眼睛盯着她，闪闪发光，似乎努力想整明白这是怎么回事。

不一会儿，苏吉端着饮料跟了上来，简也来了，一只手拿着一个带支架的双面剃须镜，另一只手拿着一个烟灰缸，里面装满了各种颜色的图钉，还有一个样子像布艺苹果的针垫。这时差几分钟就到七点了，到七点，孩子们在看的电视节目就结束了，他们肯定会嚷着要吃饭。三个女人把镜子放到简的咖啡台上，那原来是一只仿鞋匠凳的桌子，房子原主人搬到得克萨斯去的时候留下的。照着银框镜子里面，感觉什么东西都放大了，边缘很模糊，中间部分很庞大，细节很清楚。三个女人轮流拿着公仔照镜子，就像拿着美食放在饥饿的野兽的嘴边，然后一起在公仔上面扎针。亚历山德拉念了一通咒语，简也喊了好几个恶魔的名字，接着苏吉呼唤了几个神的名字，包括阿斯塔罗特，即所谓恶魔的“真正统治者”，然后她有些不好意思地说：“我就记得这几个，剩下的忘掉了。”

接着，珍妮的乳房、头部、屁股和肚子相继模糊掉。

随着电视节目中的暴力达到高潮，她们可以听到比较遥远的枪声和孩子们的喊叫声。这时，蜡像像包裹了一层节日的装饰，有点战役地图的剑拔弩张，也像一只华丽的波普艺术手雷，当然，它就是一个闪闪发光的巫毒公仔。镜子里面反射着多种颜色。简拿着一根长针，和给仿麂皮穿线的针差不多大。“谁想穿她的心？”

“你穿吧，”亚历山德拉说。她目不转睛地看着公仔，小心翼翼地在上面插黄色头的图钉，感觉这是一门很高深的学问。公仔的脖子上和脸颊上都扎了好几根，但是，她们都不敢朝眼睛里扎，她的眼睛可以说是空洞没有表情，也可以说充满感伤，这里面有光线的影响，也取决于个人的心情。

“哦，别，你们别推到我身上，”简·斯玛特说。“应该是我们大家一起来吧。我们每个人出一根手指，把针插进去吧。”

于是，三个人都伸出左手，三只手缠绕在一起，像三条蛇一样，然后，她们一起将针推进去。但是，针插到一半就推不动，好像公仔的中间有一块坚硬的东西。“去死吧，”三个人异口同声地说，“进去！”针终于穿过去了，然后，三个人一起咯咯地笑起来。亚历山德拉的食指上有个蓝色的点，似乎再用点力就要出血。“刚才应该用顶针，”她说。

“亚历，接下来怎么样？”苏吉问。她有些喘。简正揣摩着她们的杰作，发出了微弱的“嘶”音。

“我们必须把它包起来，这样才有法力，”亚历山德拉说。“简，你有锡箔纸吗？”

另外两个女巫又笑了起来。亚历山德拉意识到，她们都有些害怕。怕什么呢？在自然界，日日夜夜都有生命死去，我们还是觉得自然很美的呀！亚历山德拉感觉像吃了药，身体很笨重，像蚁王或蜂王一样拖着硕大的身躯。宇宙的能量正流入到她身体里面，使她的身体不断膨胀，同时让她的意志力无比强大。

简拿来了一大张锡箔纸，一边走一边撕，因为她心里慌，所以手脚不听使唤，锡箔纸被她撕得像狗啃的一样。撕锡箔纸的声音很清脆。这时，她们都听到了孩子们沉重的脚步声从楼上传来，他们正向这里走来。“每个人吐一口痰。”亚历山德拉把珍妮放到还在颤抖的锡箔纸上，然后用飞快的语速下达命令。“我们的痰就是死亡的种子，我们要让种子在这里面慢慢生长。”紧接着，她就率先吐了一口痰在上面。

简也吐了一口，她吐痰的样子就像猫打喷嚏一样。苏吉也跟着吐了痰，她吐痰的声音很粗，像男人在清嗓子。然后，亚历山德拉把锡箔纸折起来，亮面朝里，她小心翼翼地折了一折又折，生怕把扎珍妮身上的针弄掉，也怕这些针扎到她自己。包好之后，这个咒符看起来像一个土豆包好正准备放到炉子里烤。

简的两个小孩凑了过来，一个是很胖的男孩，另一个是身材瘦弱的小女孩，女孩的脸上脏兮兮。“那是什么？”那个女孩问。她皱着鼻子，好像闻到了邪恶的气味。她的上下两排牙齿都镶着闪闪发光的钢丝，牙齿上也还粘着绿色的东西，显然刚刚吃了某种糖果。

简说：“这是斯波福德太太的作品，她拿来给我们看看。这个作品很精致，我知道她不愿意再次打开，你们别再为难她。”

“我要饿死了，”那个男孩说。“我们也不想再吃尼莫店里的汉堡包，我们希望和别的孩子一样，吃家里做的饭。”

那个女孩盯着简。她长得和简一模一样。“妈妈，你是不是喝多了？”

简快如闪电地打了那个女孩一巴掌，好像她们母女俩是一个木头玩具锯成两半，经常要碰到一块，所以这种动作极其娴熟。

苏吉和亚历山德拉也都想到，她们自己的孩子也在自己的家里饿着肚子，因此趁机告别。她们走到房子外面的砖头路上停下来，她们听到简的一家子在房子里面激烈争吵，声音从宽敞的窗户一阵阵地传出来，越来越响。亚历山德拉问苏吉：“你想拿这个到你家里放一段时间吗？”包着锡箔纸的咒符还有些热乎。

这时，苏吉纤细、可爱、灵巧的手已经放到她的雪佛兰轿车的门把手上。“我有点想，亲爱的，可是我家里有很多老鼠，它们会乱啃东西。它们会不会也喜欢啃蜡做的东西?”

不一会儿,亚历山德拉回到自己的家里。现在,篱笆上的丁香已经长满了叶子,从她家里已经基本听不到马路上的声音。她回家后的第一件事,是将那个东西放到厨房架子的最顶层,和一些她没做好却舍不得扔掉的波波与装着代表奥斯的彩色土的罐子放在一起,显然她是希望尽快把它忘掉。

“他到哪里都带着她,”苏吉在电话里对简说。“包括到历史学会参加遗产保护听证会。他们想装得很体面,结果却成了笑柄。他刚刚加入了一神会教堂的合唱团。”

“你是说达里尔吗?可是,他有嗓子吗?”简很刻薄地说。

“有一点,他可以唱男中音。他唱歌就像在吹风琴管。”

“这都是谁告诉你的?”

“哈利布雷德太太。他们也参加布兰达的聚会。达里尔显然曾经邀请哈利布雷德夫妇到他那里去吃过饭,哈利布雷德教授对他说,他不像自己原先想象的那么疯狂。两个男人在实验室里待了好几个小时,一直待到凌晨两点,让哈利布雷德太太闷得差点变成傻瓜。据我所知,达里尔最近的新创意是要在大水体里培育一种微生物,水越咸越好,大盐湖是绝佳的选择,这种微生物可以让整个湖变成一个巨大的电池。当然,湖边肯定会建围栏。”

“当然,亲爱的。安全第一。”

苏吉没有马上回话,她想先琢磨这句话到底是什么意思,有没有讽刺的意思,如果有,到底是为了什么?她刚才只是传递了信息。现在,她们再也不到达里尔那里去,也不像从前那样经常见面。她们没有正式放弃周四聚会,但是,自从上次给珍妮做了咒符,每次聚会总有一个人找借口不参加。“你怎么样?”苏吉问。

“很忙,”简说。

“我常常在街上碰到奥斯古德。”

简没有上钩。“说实话,”她说。“我很不开心。有一天我站在院子里,感觉身上一阵发麻，像是被一股黑浪潮淹过，我后来意识到这和夏天的到来有关系，周围的树木都绿了，所有的花也都开了，我终于明白我为什么恨夏天，那是因为孩子们就要整天待在家里面了。”

“你真奇怪，”苏吉说。“我倒是很喜欢这样，可能是我的孩子们都长大了吧，他们现在说的都是大人的话。他们整天看电视，对世界趋势的了解不比我们少，和我们小时候完全没有可比性。他们说想搬到法国去，说我们的姓是法国人的姓，他们认为法国比较文明，从来不打仗，不会自相残杀。”

“你跟他们提起过德·莱斯男爵[1]吗？”简问。

“没有，我从来没有想起过这个人，我倒是说，越南的烂摊子是法国人留下的，我们美国人是在给法国人擦屁股。但他们不买这个账。他们说美国到越南去打仗，是想给可口可乐开辟更多的市场。”

这时俩人又都歇了一会儿，然后简才接着说：“那个，你见过她吗？”

“谁？”

“她。我们的圣女珍妮，我们的居里夫人。你觉得她状况怎么样？”

“简，你太厉害了，你是怎么知道的？我确实在街上碰到过她。”

“亲爱的，我一听到你的声音就猜到了。你打电话给我不就是想说这个吗？那个小宠物怎么样了？”

“很好，真的。当时很尴尬，她说她和达里尔很想念我们，希望我们有时间去他们家，随时想去就去，不用他们专门邀请，不过，她答应他们很快就会正式发出邀请，只是他们最近忙得很，实验到了紧要关头，达里尔也经常要到纽约去处理法律事务。她还说她很喜欢纽约，相比之下不那么喜欢芝加哥，芝加哥的风很大，天气不好，她在那里也没有安全感，虽然她是在医院里面工作。纽约就像一群很温馨的小村子连成一片，等等，等等。”

“我再也不会踏进那个房子一步，”简·斯玛特狠狠地说。这毫无疑问可以算是发誓。

---

① 英法百年战争时期的法国元帅，著名的黑巫术师。

“她好像真的很天真，”苏吉说，“她好像不知道她从我们眼皮底下把达里尔偷走，我们会很不高兴。”

“这是成见吧，你一旦认定某个人是好人，你就不会轻易改变看法，”简说。“她气色怎么样？”

这时，苏吉好像接不上话。从前，她们说话的时候都是滔滔不绝，你一句我一句，总是连接紧密，甚至相互叠在一起，都能猜到对方想说什么，猜想不断得到印证，就是共同身份的标志。

“不是很好，”苏吉终于慢慢说出来。“她的皮肤似乎……有些透明。”

“她一直都是很白，”简说。

“但现在不只是白。不管怎么说，亲爱的，现在已经五月了。大家的肤色应该都会深一些。上星期天，我们去了月亮石，钻到沙堆里面。我的鼻子看起来像草莓，托比就喜欢拿我的鼻子开玩笑。”

“托比？”

“就是托比·博格曼，你知道的，他是《东镇闲话》的编辑，接了克莱德的班，今年冬天摔断了腿，现在已经康复了，不过断过的腿还是比另一条腿细一些。他从来不锻炼，像他这种情况，一般都要穿重鞋锻炼康复的。”

“我记得你说过你恨他。”

“我以前确实恨过他，当时我还整天想着克莱德。后来熟悉了，我觉得托比很有意思，真的。他总是能让我笑出来。”

“他不是……小很多吗？”

“我们谈过这个问题。到今年六月，他就算从布朗大学毕业整整两年了。他说我是他见过的心态最年轻的人，他嘲笑我喜欢吃零食，说我的生活方式很疯狂，居然能熬夜看脱口秀。我想他是新一代年轻人的典型，他们对年纪或者种族不是很在乎，不像我们那一代人那样关心。相信我，亲爱的，他比埃德和克莱德好多了，在很多方面都好很多，包括一些我不能细说的方面。这个事情不复杂，我们在一起很开心。”

“好极了，”简说。在恐慌的时候，她说话都没有尾音。“她……的精神状态怎么样?”

“她没从前那么腼腆,”苏吉若有所思地说。“你知道,她已经是结了婚的女人。我刚才说她的肤色很白,但可能是因为光线的影响。我们到尼莫餐馆里去坐了一会儿,我喝了咖啡,她只点了可可,因为她最近睡觉不大好,想远离有咖啡因的东西。丽贝卡一直围着她转,还拼命向我们推销蓝莓松饼,尼莫餐馆最近主推这种松饼,希望通过这种松饼,跟面包房抢老客户的生意。她睬也不睬我。丽贝卡。她就啃了一小口,我是说珍妮,她问我是不是能替她吃掉,她不想伤害丽贝卡的感情。实际上,我是很乐意的,最近我的胃口大得不得了,我搞不懂这是为什么,难道我怀孕了吗?这些犹太人真行。她说她最近胃口很不好,但不知道为什么,我是说珍妮。我想她是不是在钓鱼,想看看我是不是碰巧知道原因。从她说话的腔调,我觉得她可能知道我们做的那件事……我也不是很肯定。我觉得很对不住她,尤其是因为她表现得很诚恳,感觉她没有胃口我也是有责任的。”

“一点也没错,”简说。“债总是要还的。”

这世界上有很多人都欠着很多债,所以,苏吉过了好长一会儿才明白简说的是珍妮和达里尔结婚的事,珍妮是在还债。

那天早上,乔去了亚历山德拉的家里,不过那天是他们最不开心的一次。吉娜已经四个月了,肚子越来越大,镇上的所有人都看得见。亚历山德拉的孩子们眼看着就要放假,往后他们俩几乎不可能在家里约会了。对她而言,这也是一种解脱,让她感到无比轻松,因为她再也不用听他说要和吉娜离婚这样的混账话了。这种话很不负责任,几乎不经过脑子,她已经听腻了,这种话没有任何意义,她也不指望他真的有这样的想法,对她而言,这样的话就是侮辱。他曾经和她好过,这不够吗?两人曾经好过就行,管他以后怎么样,任何事情都有结束的时候,有始就会有终。大人都知道这个道理,难道他不知道?他虽然很烦恼,他知道她随时会甩掉他,但他还是激情澎湃,激动的时候会轻握拳头,敲打着她的肩膀,又害怕把她弄疼。他喜欢赤裸着身子在房间里跑来跑去，他的身体很壮实，皮肤很白，背上有两撮毛，她觉得像是蝴蝶的翅膀（他的脊梁骨就是蝴蝶的身体）。他的毛很可爱，在他的身体上显得很协调，相比之下达里尔的毛就长得像一张毛糙的草席。乔哭了，他脱下帽子，光头往门框上撞，这是真的伤心，实实在在的损失。老房子里的木制品是绿色的，和老殖民地威廉斯堡的色调很近，门帘上印着硕大的牡丹花，花朵里面藏着好几个小丑的脸，天花板时不时传来开裂的声音，这些东西始终陪伴着两个情人，看着两个人脱光衣服做各种动作，就在这时，它们也分享着他们的悲伤，或者说也是他们伤心的原因之一，因为作为一个男人，乔到这个房子里来泡女人，却对这个房子没有做出什么贡献，这说明这段情的纯真和珍贵，对于那个女人而言，这个房子能真诚地欢迎那个男人，让他像回到自己家里一样，因此让他的鸡巴一直那么雄健有力，让她一直能享受着他的鸡巴、他的气味和体重，他没有帮她还贷款，表明他们之间没有金钱交易，他也没有给她留下孩子，在这种情况下，如果有孩子就麻烦了，男人给女人孩子，通常可以算做敲诈，相反，他只是钻进她的身体，双方都很自由，很平等，这都是这老房子的功劳。乔不是没想过结婚和生孩子，他也希望贡献自己的家财，曾经出于“好意”贬低过她这个家，虽然这是她慷慨的馈赠。当两个人都情绪低落的时候，他的鸡巴又出人意料地竖起来，考虑到他现在的时间都不长，而且他们因为说话浪费了很多时间，她就让他采用他最喜欢的方式，她跪着趴在床上，让他从背后插入。他抽插的力量可真大呀！不一会儿，他的鸡巴就抽搐，狠狠地射了。她感觉被他这么翻江倒海地折腾过之后，她的身体是那么干净，好像刚在洗衣机里洗过的毛巾，虽然被绞成一团，等会儿放到架子上，晒一会儿太阳，吹一会儿风，就会焕然一新。

这个房子似乎也因为他的到来而更加开心，特别是因为他们即将永久分手。在这个风大、潮湿的季节，房子的梁和地板平时响声不断，像自言自语地诉说着什么，当他把她的身体翻过来的时候，窗框也突然尖叫了一声，像在树林里冷不防地听到一声鸟叫一样。

她的午饭是昨天晚饭剩下的色拉，其实就是蘸过色拉油的几片软塌塌的萬苣。她必须减肥了，不然一整个夏天都穿不上泳衣。乔的一个过失就是接受她的肥肉，原始时代的男人是不是都这样，让自己的老婆变成一堆肥肉，堆在茅草屋里面等他们有需要的时候享用？随着情人的离去，亚历山德拉已经觉得瘦了一点，可能是因为身上少了一些负担吧。她的直觉告诉她，电话可能随时会响起来。她的直觉很准，电话总是简或者苏吉打来的，她们肯定是要跟她说什么坏话。不过，等她拿起话筒的时候，她听到的却是一个更年轻、更清脆的声音，有点紧张，有点腼腆，有点害怕，跟青蛙的喉咙里粘着一层薄膜一样。

“亚历山德拉，你们是不是在躲着我？”那个声音是亚历山德拉最不希望听到的。

“不是，珍妮，我们只是不想打扰你和达里尔的私生活。我们经常通过其他朋友关心你们的情况。”

“这倒是真的，达里尔说他也喜欢这种介入。但还是和我们以前不一样。”

“没有什么是一成不变的，”亚历山德拉说。“河水一直在流，小鸟也不断在孵化。不管怎么说，你还是很不错的。”

“没有，亚历，我不是很好。”

亚历山德拉听到她的声音，就俨然看到她抬起头来，看着她，想让她帮她按摩一下粗糙的脸。“是怎么回事？”她自己的声音像一张大帆布或者罩单，在降落的时候兜住了很多空气鼓起来，看起来是庞然大物，里面却空荡荡的。

“我一直觉得很疲倦，”珍妮说。“没什么胃口，但潜意识里我常常感到饿，经常梦到吃的东西，但醒着的时候，我却什么也吃不下。还有，我夜里有一阵阵痛感，鼻涕不停地流，很尴尬，达里尔还说我在夜里睡觉的时候老是打鼾，我以前从来没有过的。你还记得我让你摸肿块你却找不到吗？”

“记得。”她想起当时随便摸摸的感觉，此时这种感觉很恐怖地冲到了她的手指尖。

“现在更多了。腋窝里有，耳朵下面也有。这些地方不是淋巴结比较多吗?”

珍妮的耳朵没有穿过,她平时喜欢戴可爱的耳夹,泡澡的时候经常落在坐垫的缝里。“我真的不是很了解,亲爱的。你要是担心的话,应该去看看医生。”

“看过了,我看过帕特森医生。他让我去西镇医院做检查。”

“检查发现什么了吗?”

“他们说没什么,但他们建议我进一步检查。他们的表情都很严肃,说话的腔调也都很滑稽,好像我是个淘气的孩子,如果他们不盯着我,我可能会尿到他们的鞋子上。他们都很害怕我。我自己感觉很不舒服,所以经常去。他们总是说我的白血球有点超标之类的。他们知道我曾经在大城市的医院里工作过,所以他们说话很谨慎,害怕说错话,但我对系统紊乱不了解,我那时主要看骨折或者胆结石什么的。我只是感觉到晚上躺下去睡觉的时候有地方不对劲,不舒服。他们一直问我有没有被辐射过。当然,我在芝加哥迈可瑞斯医院的时候就是在放射科工作,但是大家都很小心,工作的时候都穿着防辐射服,开机的时候我们都在玻璃隔间里面,我想得起来的只有我在十几岁的时候,就是我们搬到东镇以前,我去矫正牙齿,照过好几次X光,我小时候牙齿长得乱七八糟。”

“你的牙齿现在很漂亮。”

“谢谢。我花了爸爸很多钱,当时他真的没钱,但为了让我长得漂亮,他下了血本。他很爱我,亚历。”

“我明白,亲爱的,”亚历山德拉说。她尽力压低嗓音,因为帆布下面的空气越来越多,还不停地挣扎,快成魔兽了。

“他真的很爱我,”珍妮说。“可是,他怎么能那样对我呢?他居然上吊自杀!他怎么能抛下我和克里斯呢?即使他因为杀人罪被判刑,也比现在这样好啊!即使判刑也不会判很长的,因为他不是有预谋的。”

“你不算孤单,现在达里尔是你的亲人,”亚历山德拉说。

“是,也不是。你知道他是什么样的人。你比我更了解他。我和他结婚之前应该和你商量的,你可能比我更适合他,我觉得。他很客气,但对我而言，他好像是不存在的。他的心思不在我身上，总在别的地方，他只关心他的项目。亚历山德拉，求你，让我来看看你吧！我不会呆很长时间，真的不会。我只是需要……有人摸摸我。”这是她最后的诉求，她的声音很细，像一只害羞的猫缩起来躲到椅子后面似的，不过，她总算提出了坦率的请求。

“亲爱的，我不知道你到底需要什么，”亚历山德拉语气平平地说。她感觉那张粗糙的脸就在她的眼前，凑得那么近，她可以看到一粒粒颗粒。“但我真的没什么可以给你的，说实话。你自己做了选择，我是外人，我没有理由掺和，我不能掺和你的生活，不行，我不是这样的人。”

“苏吉和简都不希望你见我，是吧？”珍妮替亚历山德拉解释了她为什么这么狠心。

“我说的是自己的想法，我不想再进入你和达里尔的世界。我希望你们两人都好，但我自己不想再见到你们。太痛苦了，真的。对于你的病，我觉得你是在幻想，自己在折磨自己。不管怎么样，你现在在看医生，他们比我管用得多。”

“哦。”另一头的声音进一步萎缩，现在已经缩成了一个点，听起来像是电话自己的拨号声音。“也许吧。”

挂上电话之后，亚历山德拉发现自己的双手在不停颤抖。房子里所有熟悉的角落和家具都似乎变了形，她感觉原因就在于她的道德负能量相当强大。她走进工作间，从那里拿了一把椅子，那是一把老旧的箭背温莎椅，上面粘了许多油漆、浆糊和石膏。她拿着那把椅子走进厨房，放在架子的下面，她站到椅子上去，把放在最高层上面的那个包着锡箔纸的东西拿下来。那是四月份她从简家里回来之后藏在上面的。手指刚碰到这东西，她就吓了一跳，她觉得这东西还是热乎的，这可能是热空气在靠近天花板的地方聚集吧，她只能这么解释。刚刚还在睡觉的科尔听到她折腾的声音，就凑了过来，她只好先溜出厨房，然后把科尔锁在厨房里面，不让它跟出去，以免等会儿它看到她的动作就以为是要跟它玩扔东西给它捡的游戏。

亚历山德拉穿过工作间，绕过一个雕塑骨架，这个骨架中间竖着一根木棍,用衣架作横架子,外面绕了很多铁丝,铁丝绕得像密密麻麻的蜘蛛网,她原来是想做一个大型的雕塑,要放在卡兹米萨克广场。工作间的后面是一个泥土地面过渡区,这个房子的前主人一家几代人都把这里当作盆栽大棚,亚历山德拉则把这里当作杂物间,墙上挂着各种铁锹、锄头和耙子等等工具,地上堆着各种旧陶罐子、泥炭和骨粉,几乎把脚踩的地方都占没了,这杂物间里有几个粗制滥造的架子,架子上堆满了生了锈的手铲和已经变成棕色的农药罐子。她拉开门栓,那扇门的门板其实就是几块木板拼在一起,上面钉了三根木条,形成Z字形,把木板固定住。她走出门外,顶着炙热的太阳,拿着那个小东西,走过草坪。那小东西被太阳光一晒就闪闪发光,也比刚才还更热乎。时至六月,草木疯狂生长。草坪早就该修剪了,纽扣菊被杂草包围了,番茄和芍药也到了插支撑架的时候了。

周围很安静,昆虫的声音听起来很清楚。阳光洒在亚历山德拉的脸上,她感觉她梳成一条大辫子的头发快速升温,好像通了电的线圈。她家外面原来围着一堵石头墙,现在已经倒掉,上面长满了常春藤和爬山虎,再外面有一个泥塘,冬天的时候,泥塘里的水结成浅蓝色的冰,上面铺满了浅棕色的灌木丛,好像盖着层破草席,到了夏天,泥塘里就长出各种蕨类植物,以及牛蒡和野生树莓,整个泥塘就像一团绿色的叶子和黑色的茎,视线基本穿不过去,也没有人愿意往里面走,因为这里不仅水汪汪,还有带刺的植物,可能刺到脚。还是小姑娘的时候,直到读到六年级,也就是男孩子终于懂事的年纪,她一直是扔垒球的好手。她微微侧身做了个准备动作,然后发足力将符咒扔了出去,那个符咒只是一些蜡和几根针,很轻,在空中飞得又高又远,她好像是扔一个石头到月亮上去。那小包东西飞进漆黑的空中,也许能找到一坑水沉进去吧。也许,红肩黑鸟会扯掉锡箔纸,把它衔走去装点它们的窝。亚历山德拉发愿让那包东西消失,让大自然将那包东西吞掉、消化掉,让大自然从此原谅她。

三个女人终于安排了一个星期四聚会,大家终于又可以面对着面。这次聚会的地点是苏吉位于黑木洛克弄堂的小房子。“这样不是很开心吗?”简·斯玛特最晚到,刚进门就大声叫。她穿得很少,脚下拖着一双塑料拖鞋,身上穿着格子迷你裙,肩带系在脖子的背后,这样才不会妨碍她晒肤色。她的皮肤已经变成摩卡咖啡色,但眼睛下面有一条白色的皱纹带,左腿上也有一条弯弯曲曲的静脉,还有一小串若隐若现的肿块,看起来像人家用来证明尼斯湖水怪的确存在的照片一样。不过,简还是很有活力,是一个阳光灿烂的女巫。

“天啊,她的样子好吓人啊!”她欢呼着,然后拿起一杯马提尼,坐到苏吉家里一只快要散架的交椅上。马提尼的颜色和水银一样丝滑,杯子里放着一颗绿色的橄榄,看起来像一只蜥蜴的眼球。

“谁?”亚历山德拉问。当然,她知道简说的是谁。

“当然是亲爱的范·霍恩太太,”简回答。“即使站在灿烂的阳光下,她的样子和在室内没什么两样。那天我在码头街上碰到她,是七月中旬。她居然敢朝我走过来,我差点躲到啰嗦狐狸里去。”

“可怜的小东西,”苏吉说。她一边说着一边抓了一把盐焗果仁塞到嘴巴里,然后满脸笑容地嚼着。她涂着颜色比较淡的唇膏,因为现在是夏天,她的小鼻梁上有不少以前晒太阳留下的斑点,像雪花一样。

“我猜她的头发肯定是因为做化疗快掉光了吧,所以她头上包着一条手帕,”简说。“不过这样看起来倒是挺时髦的。”

“她跟你说什么?”亚历山德拉问。

“哦,她就是说一些客套话,比如今天天气不错啊,达里尔和我都很想你们啊,还有到我们那里去泡海水游泳啊。我也跟她打哈哈,说一些好听的。真的,我觉得都很虚伪。她恨死我们了,肯定。”

“她有没有提到她的病?”亚历山德拉问。

“没有,只字未提。她好像很开心,一直在笑,还问我有没有听说哈利布雷德刚买了一艘游艇。她是铁了心和我们玩了。”

亚历山德拉想起珍妮一个月前曾经打电话给她的事,但犹豫着张不开口，因为珍妮曾经要求她不要跟别人说，可是，她接着觉得眼前这两个女人才是和她一伙儿的，她们是女巫团体。“她一个月前给我打过电话，”她说。“她跟我说她身上很多地方都有肿块。她说想见我，好像我能帮她治好病。”

“真有趣，”简说。“你怎么跟她说？”

“我说我不见她。我真的不想见到她，见面很尴尬。不过，我把那个符咒给扔掉了，我扔到了我家后面的泥塘里去。”

苏吉跳了起来，抓着果仁的手指下意识地松开，还好她及时又握紧，果仁才没有撒到地上。“为什么？亲爱的，这不合常理啊，我们当时费了很大劲的。你越来越不像女巫了！”

“是吗？我自己也不知道。我想如果她不再化疗，有没有那个东西结果都一样。”

“鲍勃·奥斯古德是帕特森医生的好朋友，”简得意洋洋地说。“帕特森医生说，她快要被癌细胞吃掉了，她身体里面到处都有，肝脏有，胰腺上有，骨髓里面有，连耳垂上也有。鲍勃说，帕特森医生跟他说，如果她能再活两个月，那已经可以算是奇迹。她自己也知道。做化疗是为了安慰达里尔，他简直要疯了。”

自从简和那个秃头的小个子银行家鲍勃·奥斯古德成了情人，她眉毛之间的皱纹舒张了一些，说话的声调也高了不少，好像在唱歌似的。亚历山德拉从来没见过简的贵族妈妈，但她猜想波士顿后湾的人们在喝茶的时候说话应该都是这个腔调的。

“也有治好的。”亚历山德拉虽然不是很肯定，但还是要反驳。此时，她感觉自己身上的力量正不断外流，扩散到空中，然后流向室外乃至外太空。

“你真可爱，”简·斯玛特说。她上身朝亚历山德拉靠，格子迷你裙的肩带松开，露出脖子下面没晒到太阳的白色皮肤，像两条白色带子。“我们的亚历山德拉到底怎么了？如果不是这个小家伙，住在那里的人就该是你，你就该是蛤蟆宫的女主人。他到东镇来找老婆，找到的人本应该是你。”

“我们都希望你就是他要找的人，”苏吉说。

“胡说八道，”亚历山德拉说。“我倒觉得，只要有机会，你们俩肯定都会扑上去。特别是你，简，你跟他干了不少事吧，不管是好的还是坏的。”

“亲爱的，我们别自己撕自己了，”苏吉说。“我们都是自己人。说到在街上见到人，你们都猜不到我昨天晚上在小超市门口碰到谁！”

“安迪·沃霍尔吧，”亚历山德拉懒得猜，就随便说一个名字。

“多恩·波兰斯基！”

“是埃德的小婊子吗？”简问。“她不是在新泽西被炸成碎片了吗？”

“人家没找到她的尸体，只找到她的衣服，”苏吉说。“很明显，她当时已经不住在新泽西霍博肯，已经搬到曼哈顿了，那里才是革命的据点。那些革命分子并没有真正信任埃德，他年纪太大，太古板，所以他们让他搞炸弹，算是考验他的革命意志。”

简笑了，但她的笑声让人听着很不舒服，刚才说话有些颤音，现在笑起来像母鸡在叫。“我就一直觉得埃德很古板，他就是一头驴。”

苏吉的上嘴唇皱起来，这是在表示抗议，然后说：“多恩没问题，当时她和那些革命领袖在一起，她每天晚上都要到曼哈顿东村去，埃德是在霍博肯炸死的。她推测他在接电线的时候手在抖，因为他一直吃不好，而且在地下室里待了太长的时间，已经到了崩溃的边缘。他在床上没劲，我想她也觉得没劲。”

“她终于明白了，”简说。

“谁告诉你的？”亚历山德拉问苏吉。简的腔调让她很不舒服。“你和她打招呼了吗？有没有说说话？”

“哦，没有，他们一群人，里面还有黑人，把我吓坏了。我不知道他们是从哪里来的，我猜想可能是从普罗维登斯南部的贫民窟来的吧。我通常走街道的另一边。是哈利布雷德夫妇告诉我的。她回来后不想跟继父一起住在拖车里，她现在住那个亚美尼亚人开的店的上面，平时帮人家打扫卫生赚点钱买香烟什么的。哈利布雷德夫妇一星期雇她两次。我猜想她已经把萝丝当成了忏悔的对象。萝丝的背部很不好，弯不了腰，每次弯腰拿扫帚就痛得乱叫。”

“你怎么对哈利布雷德两口子那么了解？”亚历山德拉问。

“哦。”苏吉抬头朝天花板看了一会儿。上面叮叮当当地响着，同时也有闷闷的电视声音。“我和托比分手以后，不时会到他们家里去玩。如果萝丝不发脾气，他们两人还是很好玩的。”

“你和托比怎么了？”简问。“你好像……对他很满意啊！”

“他被炒掉了。《东镇闲话》的老板认为，自从交给他管理，这份报纸越来越不好看。说句实话，他的确没有什么热情，那些犹太人妈妈总喜欢把孩子宠坏。我想申请当编辑。像布兰达那样的女人能干男人的工作，我觉得我肯定也行。”

“你的男朋友们，”亚历山德拉说，“运气都不怎么好。”

“我没有把阿瑟当男朋友，”苏吉说。“对我而言，和他在一起就像读一本书，他的知识真渊博。”

“我没有说阿瑟。他和你好上了吗？”

“他运气不好吗？”简问。

苏吉的眼睛转过去，她以为大家都知道。“没什么，他就是有点心房颤动，帕特森医生对他说，有这种病的人也能活好多年，没什么危险。但是他讨厌心房颤动，那就像胸腔里装着一只活鸟，他是这么说的。”

亚历山德拉的这两个朋友，都在含蓄地炫耀各自的新欢，看着都那么健康，皮肤黝黑光滑，自从珍妮生病后一天比一天更健康，似乎是从男人的身体上吸取了很多精华。简穿着拖鞋和比基尼，身材苗条，浑身上下都是咖啡色的，苏吉也闪烁着东镇女人夏天特有的光辉，她穿着毛巾布短裤，浑圆的屁股向上翘，上身穿着大喜吉装，也就是黑人常穿的颜色花哨的短袖套衫，乳房不断晃动，看得出是没有戴胸罩的。苏吉已经三十三岁了，还敢不戴胸罩！自十三岁起，亚历山德拉就羡慕那些胸部天然丰满而身材苗条的女孩，自己却不停地吃，结果身上背了一堆肉，最过分的时候她会吃两份，身上的肉差不多要垂下来了。于是，嫉妒的泪花常在眼眶里打转。作为女巫，她应该活泼善舞，但她为什么陷入了这样的恶性循环？“我们不能总和以前一样，”她脱口而出。“我们必须解除对她的诅咒。”

“但是，亲爱的。我们该怎么解除呢？”简问。她把香烟头上的烟灰弹到有涡纹图案的碟子上，这碟子原来是盛山核桃的，刚才都被苏吉吃光了。然后，简一边吐着烟一边叹气，显得很不耐烦，也好像她已经看透了亚历山德拉的心思，她早就预见到这样的结局。

“我们不能就这样弄死她，”亚历山德拉说。她觉得在三个人里面，她就是大块头的大姐姐，她对目前这种状态很满意。

“为什么不能呢？”简冷冷地问。“我们一直是这样，我们咒死过不少人，我们是在消灭错误，也是在重新制定秩序。”

“可能不是因为我们的诅咒吧。”苏吉想调和一下。“也许，我们抬高自己了。不管怎么说，还有医院和医生管她，他们有各种器械，这些东西不会撒谎。”

“这些东西不会撒谎，”亚历山德拉说。“但是科学会撒谎。我们三个人一起发力，一定能找办法化解，”她用恳求的语气说。

“别把我算进去，”简说。“我讨厌正儿八经的仪式魔法。我不会再搞这种东西。感觉像幼儿园的游戏。自从上次用蜡做符咒，我家里一直很乱，几个小孩不停问我锡箔纸里包着什么，他们肯定想到了，我担心他们会跟朋友说。你们俩别忘了，我还想找一个教堂，这种事情传开了，会让善良的人们害怕，他们就不敢雇我当唱诗班指挥。”

“你怎么能这么冷漠？”亚历山德拉大喊。她感觉到自己的情感力量快速聚集起来，感觉马上要形成一波洪流，甚至变成海啸，会把苏吉家里纤细的古董家具冲成碎片，包括那张可调桌面的桌子和只剩下三条腿的夏克椅，然后把这些碎片冲到沙滩上。“你不觉得这样很恐怖吗？她也没干什么坏事，他问愿不愿意，她说愿意，不然她还能说什么呢？”

“我觉得很有意思。”她一边说着一边把碟子里的烟灰抹成一堆。“‘珍妮前几天就死了,'"她说。她好像是在引用别人的话。

"亲爱的,"苏吉对亚历山德拉说。"我真的觉得她不是死在我们手上。"

"绝对不是,"简紧接着说。

"这不是你干的,你充其量不过是媒介。我们都一样。"

"年轻人,我们一起祈祷吧。"简还是像在引用别人的话,很明显是要堵另两个人的嘴。

"我们都被宇宙利用了。"

亚历山德拉突然对自己的本事感到相当自豪。"没有我,你们两个当然做不到。我能量大,会组织,我掌控着这么恐怖的力量,自己感觉好极了!"这时,她的悲伤、激动和后悔正像海浪一样冲击着屋子里的墙壁,也冲击着另两个人的脸以及这屋子里的所有东西,包括水手储物箱、丝绒凳子以及厚厚的菱形窗格,这让她感觉甚至更好。

"亚历山德拉,"简说。"你真的变了,和从前不一样。"

"我知道。这段时间我感觉很不好,我也不知道哪里不好,每次月经要来之前,我左边的卵巢就会疼。夜里,我躺在床上也很不舒服,背部很痛,半夜都会痛得醒过来,只好卷着身体侧着睡。"

"你好可怜,亲爱的,"苏吉说。她站起来,向前走了一步,乳房在大喜吉装里面晃动,乳头显眼地蹭着衣服。"你的背部需要按摩一下。"

"是的,"亚历山德拉噘着嘴说。

"来吧,你躺到沙发上去。简,你让让。"

"我很害怕。"亚历山德拉说话带着抽泣的气息,几个字都是从鼻孔里出来的。"怎么会是卵巢疼呢? 除非……"

"你需要新情人,"简说。她说得比较快,话里面没有习惯性的尾音。她是怎么知道的? 亚历山德拉对乔说过她不想再见到他,他也没有再打电话给她,她孤单的日子不断延长。

"把你漂亮的罩衫拉起来,"苏吉说。亚历山德拉穿的并非真的什么漂亮的罩衫,而是奥斯的旧衬衫,领子尖翘着,因为塑料领角片丢了,第二粒纽扣旁边有一块吃饭留下的污渍，始终洗不掉。苏吉解开亚历山德拉的胸罩扣子，亚历山德拉的胸部一下子膨胀开来。

苏吉纤细的手指开始在亚历山德拉的背上画圆圈。亚历山德拉的鼻子凑近粗糙的沙发垫子，闻到狗的气味，好像是浑身湿透的狗，不过这气味闻起来挺舒服的。她闭上眼睛。

“再揉揉大腿吧。”简好像在下命令。她放下杯子，把香烟掐掉，不知道是笨手笨脚还是匆忙，就这简单的动作她也弄得叮叮当当响。“我们腰部紧张，也会导致大腿背后的肌肉紧张，按摩好腰，要放松下大腿。”她的手放到亚历山德拉的大腿，坚硬的手指尖在大腿上轻轻掐着，像是在揉琴弦，在演奏最弱的旋律。

“珍妮……”亚历山德拉说了一声又收回去。她想起那女孩给她按摩的时候动作那么流畅，感觉舒服极了。

“我们没有害珍妮，”苏吉轻轻说。

“害死珍妮的是她的DNA，”简说。“淘气的DNA。”

过了几分钟，亚历山德拉眼前开始迷糊，慢慢睡着了。苏吉家那只样子很讨厌的魏玛猎狗汉克耷拉着丁香色的舌头跑进房间，于是，她们开了一个玩笑，简拿一把小麦薄饼干撒在亚历山德拉的大腿上，让汉克把这些饼干都舔干净。接着，她们又在亚历山德拉裸露的背上撒了一些饼干。汉克的舌头湿湿的，挺热乎，也很粗糙，在亚历山德拉的背上来回舔，像是一只大蜗牛在上面来回爬似的。这条狗和它的女主人一样，喜欢含淀粉比较多的零食，但它舔了一小会儿就好像没有食欲了，它抬起头看着那两个女人，黄玉色的眼睛里充满了哀求，希望两个女人叫它别再舔了。

这段时间，东镇的人们纷纷加入阳光崇拜，教堂出席率显著下降，可是，一神会教堂虽然从来没有出现人满为患的情况，却一直很好地维持着，更准确地说，来自大都市的休假游客也加入了他们，使这里的人数比往常更多。这些休假游客都是宗教自由主义者，去教堂的时候会穿着红色的宽松休闲裤和亚麻夹克或者图案惹人注目的棉罩衫,头上戴着系丝带的花园帽子。除了这些外来人,一神会教堂的常客包括内夫一家两口、史密斯一家两口、赫比·普林兹、阿尔玛·斯夫顿、勒夫克拉夫特老两口、年轻的范·霍恩太太以及刚到东镇不久的萝丝·哈利布雷德,哈利布雷德先生是不可知论者,一般不和他老婆一起去,有一天,萝丝带了她的跟班多恩·波兰斯基一起去,这一天,大家有气无力地唱了一曲《经过怀疑和悲伤的夜晚》,达里尔也在一起唱,他沙哑的低音让合唱更平缓,这是意想不到的效果。可是,就在大家唱完了歌之后,大家听到从布兰达·帕斯利的嘴里冒出“邪恶”两个字,无不感到惊讶,因为这是个纯洁的聚会,平时不会出现这样的词语。

布兰达穿着黑色长袍,长袍敞开,胸前挂着褶皱胸饰,脖子上系着白色的丝绸领结,被太阳晒得花白的头发往后面梳,紧紧地盘在头顶,露出闪闪发光的额头。“世界上有邪恶的人,我们东镇也有邪恶的人。”她说话的习惯是一开始很清脆,接着就降低音调,好像在跟人家说悄悄话,但在这座新古典圣殿的每一个角落,大家都能听到她说的话。隔着干净的窗户玻璃,大家可以看到粉红色的蜀葵在点头,天空中万里无云,这样美好的七月天是很大的诱惑,让每个人都想离开白色的长凳跑出去,甚至想坐上他们的船出去航行,或者到海滩上或者高尔夫球场或者网球场上去,或者站在人家的红木甲板上一边喝着血腥玛丽酒,一边欣赏海湾与科纳尼卡特岛的风光。印第安纳拉干族人还住在那里的时候,海湾阳光灿烂,小岛绿油油。“我们都不想听到这个词语,”布兰达解释说。这时她说话的腔调就像心理医生,前几年她一直只听人家说,现在她已经习惯发号施令了。“我们平常更喜欢说他们是‘不幸’、‘缺失’、‘失足’或者‘弱势’的人。我们也认为,邪恶存在是因为善性缺失,那是暂时的,像太阳被乌云暂时遮蔽,或者日夜更替。爱默生、惠特曼、佛陀和耶稣都教导我们要信善行善。勇敢的安妮·哈钦森信仰‘恩典之约’,认为人们应超越‘行为之约’,因为这个信仰,她奋起反抗波士顿那些有性别歧视且怀恨世界的牧师和他们的教会,她也为这个信仰付出了宝贵的生命。”

"谢谢上帝,"珍妮·范·霍恩心里想,"让我多看了一眼七月的蓝天。我张开眼皮,让光线射进我的眼球,晶体对焦之后,我的视网膜和光感神经将感受传递给了大脑。明天,世界又要向八月和秋天靠近一天,天气和光线肯定能与今天有所不同。"一整年,在她自己没有意识的情况下,她一直习惯性地跟每个季节告别,甚至只要天气发生变化,她都要跟刚过去的天气告别,她会缅怀秋天的落叶、冬天的微风和冰面上的阳光,也很怀念春天里在石头墙向阳光的一侧积雪融化成水在黄色枯草中间流淌的暖心景象,这种感觉和情人相互嬉戏一样温馨。她一直在告别,是因为对她而言,这些季节都不会再轮回了。人们常常匆匆忙忙地过日子,要么属于没心没肺,要么是因为心机过重,我们小时候常常玩到无聊,再长大一些到青春期的时候,我们会形成自私自利的心态,总爱叛逆和钻牛角尖,对珍妮而言,这样的日子是不会再有了,蓝色的天空也会随之消失,就像相机按下了快门。经过这样的胡思乱想,她渐渐感到头晕,坐在旁边的格雷塔·内夫发现了异样,拉起珍妮放在大腿上的一只手用力揉。

"我们把眼光放远一些。"布兰达抬头看一眼后阳台,那里有一台很久没有使用的管风琴,旁边站着人数很少的唱诗班,然后她尽情展示夸夸其谈的本领。"这个世界有很多邪恶势力让我们忍无可忍,许多人都关注到,法西斯政治家和贪得无厌的资本家统治着东南亚,他们挖空心思扩大奢侈品市场,这是反生态的恶行。当然,我们大家也都是有罪的,是的,我们是有罪的,罪行既包括作为也包括不作为,我们的罪行在于忽视祸害东镇每家每户的邪恶力量,而这些邪恶力量就滋生于我们东镇的人家里,在一些貌似平常体面的房子里。有人因为私生活不如意而妄自利用迷信作恶,我们的先人早就判定,迷信是邪恶又可耻的。"说到这里,布兰达的音调降了下来,变得很美、很平静、很柔和,像一个老师先把令人恶心的学生成绩报告交给学生家长,但同时又和风细雨地安慰他们,也像一个女效率专家对企业主管又哄又骂。"邪恶又可耻。"

"不过,在相机快门的后面总有一只睁大的眼睛,那是神的眼睛,"珍妮又想。几个月前,爸爸可能没有什么感觉,但是,她现在能预感到,就当西镇医院里的那些新朋友和机器在奋力挽回她的生命的时候,神已经帮她找到了安息的场所。她自己也在医院里工作好几年,知道决定最终结果的是神的手,不管你付出了多大的代价,也不管有多少人关心爱护你。最让她难过的是恶心,吃药会恶心,放射治疗更恶心,现在,她每周要做两次放疗,她被抬到冰冷的钢架上绑着,任凭人和机器折腾到感觉像晕船。即使在不做化疗的时候,甚至在睡觉的时候,她的耳边还是隐隐约约响着化疗机器计时的滴答声。

"我们要和邪恶作斗争,"布兰达说。"我们不能容忍邪恶,没什么好解释,也不存在借口。对于她们,社会学、心理学和人类学等等现代思想的成果都派不上用场。"

"我再也看不到冰柱从屋檐上垂下来,"珍妮心里想。"也看不到糖枫着火了。深冬里下的雪都是脏的,地上的积雪也因为不断融化像被虫子啃了的叶子一样,这些景象也都看不到了。"这些念头就像小孩的手指在水汽雾蒙蒙的窗户玻璃上画圈圈似的,通过这些圈圈,珍妮看到了深不见底的另一个世界。

布兰达闪亮的头发垂到肩膀上,不知道是一开始就这样,还是因为在布道的时候过于用力把发夹甩掉了让头发散落下来,不管是什么原因,反正此时的布兰达越说越带劲。"这几个女人,算了吧,我们不能把这几个人当做女人,否则就是亵渎我们这些体面可爱的女人,这几个人长久以来一直在我们东镇兴风作浪,给我们带来恶劣的影响。她们生活淫乱,对自己的孩子,说好听一些就是不管不顾,事实上,近朱者赤近墨者黑,她们就是极坏的榜样,把孩子们往歧路上带。她们还用不可告人的巫术让镇上的许多男人做了出轨的行为,我相信,镇上一些男人的惨死,和她们有直接的关系,是被她们逼死的。现在,她们的恶毒本性……"布兰达丰满的嘴唇一张一合说着话,听起来像是一只大黄蜂睡意蒙眬地从蜀葵花朵里飞出来,慢慢地飞越信众的头顶。

珍妮继续自言自语着。格雷塔继续揉着她的手。在另一侧，雷·内夫打着呼噜。内夫夫妇都戴着眼镜，格雷塔戴的是椭圆形钢框老花眼镜，雷蒙德戴的是方形无框眼镜。他们看起来一个人就像一个大镜片，两个人凑起来又变成一副大眼镜，珍妮觉得坐在他们中间就像是两个镜片中间的鼻子。这时候，所有人突然都安静下来，仔细盯着站在讲坛上的布兰达。她的头顶上挂着一个新制作的铜圈，这是团结与和平的象征，原来那座锈迹斑斑的铜十字架已经取走了，十字架已经挂在那里十几年，大家也不大明白到底它代表什么意思。制作这个新铜圈是布兰达的主意。于是，她轻轻吸了一口气，想说话的时候却突然觉得嘴巴里似乎有东西。

"她们的恶毒本性污染了我们呼吸的空气。"刚说完这句话，她的嘴巴里飞出来一只浅蓝色的飞蛾，接着又飞出来一只咖啡色的飞蛾，第二只飞蛾掉落到讲坛上，掉落的声音通过麦克风让所有人都听得清清楚楚，接着，这只飞蛾挣扎着又飞起来，想飞到天上去，可是窗户都关着，它撞到了窗户玻璃又掉下来。"她们的嫉妒心就像毒药，毒害了我们所有的人……"布兰达低下头，从嘴里吐出一只毛茸茸的大红斑蝶，所有人都看得一清二楚，这只蝴蝶长着橙色的翅膀，翅膀的外围是黑色的，不一会儿，这只大红斑蝶就飞到屋顶，在白色的椽架旁上下悠闲地扇着翅膀。

珍妮感到自己的身体像一只蝶蛹一样不断膨胀起来。

"救救我。"布兰达断断续续对着讲坛说。她放在讲坛上的几张讲稿上已经喷了许多唾液，也粘了几只小飞蛾。她看样子就要窒息了。她一头长发的颜色介于铂金色和金黄色之间，现在已经甩开。铜圈在阳光的照射下闪闪发光。这时，信众打破了沉默，有人喊说要叫警察。雷蒙·内夫率先跳起来，挥舞着握紧的拳头，下巴不断在颤抖。珍妮咯咯地笑起来，一直强压在内心的欢喜全暴露了出来，她就像在滑稽动画片里一只被揍扁的猫重新站起来，重新去追逐老鼠。接着，她放声大笑，声音很高，很清纯，像一只蝴蝶，然后挣脱了格雷塔的充满同情和有力的手。她在猜这到底是谁干的，大家都知道，这时苏吉应该在和阿瑟·哈利布雷德睡觉，哈利布雷德先生很狡猾,会趁他老婆上教堂的时候偷情,三十几年来,这个狡猾而优雅的阿瑟·哈利布雷德就一直这样干金斯顿大学的女学生。简·斯玛特去沃里克给统一教会弹电子管风琴,统一教会人数不多,以一座废弃的贵格会会堂为据点,那里的气氛很压抑(简告诉啰嗦狐狸店的马维斯·杰瑟普,马维斯告诉萝丝·哈利布雷德,萝丝再告诉珍妮),参加聚会的都是中上阶层的小孩,明显是被洗过脑的,都剪了海军短发发型,但都很有钱。亚历山德拉这时候应该正在做波波,要么就是在给菊花除草。这三个人可能都不在发功,她们作为始作俑者,用巫术先把东镇弄得风声鹤唳,现在可能很多人都学会了,就像那些核物理学家一样,本来想搞原子弹对付希特勒和日本人东条英机,可是现在后悔都来不及了,也像艾森豪威尔不愿意和胡志明签停战协议,结果弄到现在不可收拾,如今,巫术就像夏末的野花,例如麒麟草和野胡萝卜花,休眠的种子在浅薄的土壤里面纷纷长出来。不管怎么说,反正目前的场面是很滑稽的。

赫比·普林兹的脸很奇特,双下巴,但脸颊很瘦,整天阴沉着,好像很生气,又像得了肝病似的。他从面包房咖啡角的老板娘阿尔玛·西弗顿的身边挤过去,差点把哈利布雷德太太推倒,哈利布雷德太太正和其他女人一样,本能地捂住嘴巴,站起来准备逃跑。“祈祷吧!”布兰达大喊。她发现自己已经失去了对现场的控制,十分着急。可是,这时从她的嘴角又冒出来一些东西,让她的下巴闪闪发光。“祈祷吧!”她接着大喊。这时,她的声音很空,像男人的声音,她似乎变成了口技表演的傀儡。这时,珍妮笑得歇斯底里,人们不得不把她带到外面去,然后,她就夹在戴着眼镜的内夫一家两口子中间,三个人踉踉跄跄、疯疯癫癫地沿着卡昆斯卡索克大道前进,把一些害怕上帝不敢去教堂、因此这时正在洗车的市民吓得够呛。

简·斯玛特一般在小孩们上床以后上床睡觉。她经常帮最小的两个塞好被子就上床,然后很快就睡着,不过,那几个大点的小孩会偷偷看半个小时电视连续剧,主要是私家侦探连续剧《曼尼克斯》,有时也看以南加州为背景的飞车追逐剧。大约在凌晨两点或者两点半，她会突然醒过来，貌似是听到电话铃声响过，但等她醒来，电话却没声音了，也好像是有人试探性地敲了前门，或者小心翼翼地敲破窗户玻璃，正屏住气息，等家里人没有了反应，就会进来盗窃。简在黑暗中很仔细地听着，接着就自己笑了起来，她想起来，这是她赴约的时刻。她会穿着半透明的尼龙睡衣起床，然后拿一件缎子棉袄披在肩上，到厨房里去拿牛奶放到炉子上加热准备冲可可。她家的杜宾短尾巴狗兰道夫会很兴奋地跑进厨房，她会给它一把骨头形状的硬饼干让它慢慢啃，然后它会接受贿赂，安静地在角落里忙活自己的事情，用长长的牙齿和锯齿状的嘴唇合奏恶心的音乐。牛奶烧开后，她会冲好可可，然后拿着牛奶可可走上六级台阶到客厅里去，然后把提琴从盒子里拿出来，提琴是用红木做的，很有光泽，看起来像世界上质量最好的肉，一点杂质都没有。“宝贝，”简会说。她的声音会传很远，因为这里四周都是平地，没有车辆来往，也没有小孩子哭啼。接着，她会在地板上找琴脚戳出来的洞，然后把琴谱架、落地台灯和直背椅拉到位，然后开始拉琴。今天晚上，她要拉巴赫第二无伴奏大提琴组曲。这是她最喜欢的组曲，相比之下，她觉得第一组曲太刻板，第六组曲太难，难得有些恐怖，里面有很多六十四分音符，而且音阶高得难以想象，好像是专为五弦琴写的。不过，在巴赫的曲子中，即便是最机械的变化，也不断可以奏出新意，听出新意，就像在车轮滚滚的声音中可以听到人声。巴赫在克滕时期曾经十分快乐，但是，后来他的妻子玛丽亚突然去世，再后来利奥波德亲王结婚，新娘不喜欢音乐，在出席宫廷音乐会的时候常常打哈欠，还让利奥波德亲王疏远了作为乐队指挥的巴赫，从而逼得他到莱比锡重新找工作，成为莱比锡圣乐领唱。尽管那个不喜欢音乐的王妃在巴赫离开克滕之前就意外去世，但巴赫最终还是没有留下。巴赫的第二首大提琴曲，在前奏曲中开场三个音符的使用，总是让他人充满敬畏与赞叹，之后的阿勒曼德舞曲可能是所有组曲中最最哀伤的，它有着一种特殊的直线与率直，一个音乐的隐痛、像一个入神祷告的人。简·斯玛特不断练习着，身边的牛奶可可已经变成了一团冷却的泡沫，这时她突然意识到，这个舞曲是在哀悼巴赫的老婆玛丽亚，那个曾经是他堂妹的女人，也在诅咒那个不喜欢的王妃，而那个王妃果然不久就去世了。死亡是这个舞曲的主题，也是这些音符变来变去想构筑的空间，这是个无与伦比的心灵空间，现在这个空间正不断扩大。舞曲的最后是渐慢节奏，其中有几次大跳把，她的手指几乎从琴头划到琴尾。这个舞曲的音符似乎要吞噬整个世界。

简偷懒了，音乐要求重复，但她只重复了第一部分，她想赶快，就像有人趁月光赶路，一心想尽快抵达目标。她的手指得到了灵感，她越过曲谱，似乎看到了一口锅，锅里面正烹煮着她一个人的菜肴。她看得一清二楚。库朗舞曲起得很快，有些骚动，但很流畅，每一节有两个四分音符作为停顿，刚才的情绪已经完全消失了。简感觉这里的主题很女性化，但里面也有一个男性的声音，这个男性的声音代表死亡，还用刚硬的音节坚持着。经过强弱交错之后，库朗舞曲渐慢进入六个带附点音，然后先抬高三度，然后四度，然后陡然提高五度，到达最后的主音。萨拉班德舞曲是广板，十分宏伟，慢速之中含着许多颤音，表达了暴风骤雨之后的优雅。简一遍又一遍地拉着，从升 C 到降 B，慢慢体会其中的毁灭性的力量，欣赏两个较低音的减七和弦和上一行的减七和弦(升 C 到降 B)的对应。到了米奴哀舞曲，简可以极其清晰地听到(其实这不是听的问题，她自己就在其中)弦之间的战争，每一行都不能逃脱。她的弓在虚无之中、在寂静之中不断刻画各种形状，表面可能阳光灿烂，而内在总是死亡，包括玛丽亚、王妃和珍妮，都属于这个序列。提琴看不见的琴身内部颤抖着，弓头在画着圆圈和弧形，声音就像刨木头一样从弓传递到共鸣腔里面。珍妮奋力想从简刻画的笼子里逃出去。接着还有一段米奴哀舞曲，是 D 大调，其中的女性声音用延音快速滑行，不过之后又返回来，从头再奏小步舞曲，被更深的颜色和更大的力量所吞噬，这个部分是四和弦，有明确的演奏记号：f－a 上弓，降 B－f－d 下弓，G－g－e 上弓；A－e－升 c。她上上下下地拉，最后进入三拍尾声，这时所有的骚动都消失了。

在进入吉格舞曲之前，简吸了一口牛奶可可，冷冷的泡沫碰到了她毛茸茸的上嘴唇。兰道夫吃完了饼干，轻轻地跑了过来，趴在她身边的地板上，靠着她打节拍的脚指头。但是它并没有睡着,它玛瑙般的眼睛盯着她,似乎受到了惊吓。它好像还很饿,鼻孔皱着,耳朵竖起来,它的耳朵是粉红色的,看起来和海螺肉差不多。这些对简而言都是很熟悉的。它知道它正在见证一件重要的事情,但不知道那是什么事情,它听不懂音乐,领会不了其中的精神。她捡起琴弓,感觉是那么的轻盈,像一根魔术棒。吉格舞曲是活泼欢快的快板,开始有几节断断续续,然后就很流畅。通常,她对断断续续的部分比较头疼,但今天晚上她拉得很顺,一会儿低沉,一会儿高亢,一会儿又低沉,一会儿断开,一会儿连奏,她都简直像在飞一样。那两个声音相互撞击,最后,刚才的主题还是再次出现。这是男性一直唠叨了好几个世纪的,那就是死亡,他们也垄断了好几个世纪,好像是把它当成特权不让给女性,而是让女性给他们做护理,帮他们孕育生命,他们男性瓜分了所有的宝贝,所有的荣耀。此前,在简的脑海里,珍妮的生死是虚无的,缥缈的,而现在这已经形成可触碰的结构,而且这个结构很复杂,深不可测,甚至会产生让人向下探的吸力,或者诱惑力,比退潮时的波浪更加危险,比波浪拍击沙滩的声音更沉、更重。珍妮可怜的身体似乎已经和简缠绕在一起,两个身体的血脉和肌肉都缠绕在一起,像溺水的女人和水草缠在一起一样,两者最终都会浮起来,最终也会分开,但目前她们是相互缠绕的,还沉在发着冷光的水底。在她的手指下,吉格舞曲听起来很毛糙,很刺耳,在流畅的十六分音符中,有几个八分音符,这些听起来甚至有些不祥,让人感到绝望,或者把人往下拽,在恐怖、忙乱的强音之后,有一段弱音,然后又逐渐达到高潮,最后以微弱、短促的呼叫结束。简该重复的重复,一点也不含糊,即使是在最难的中间部分,她也能在附点音和延长音之间自如切换,谁说她的连奏拉不连贯?

窗外,海湾开发区十分平静,像冰天雪地的南极。平时偶尔会有邻居打电话来提意见,但今天晚上电话始终没有响起过。只有兰道夫一直睁着眼睛。它的头沉重地耷拉在地板上,一只晦暗的眼睛中布满血丝,但死死盯着女主人两条腿中间那个肉红色的东西,那是与它争宠的“情敌”。简很兴奋,甚至无法自控,因此接着拉了勃拉姆斯 E 小调的大提琴音部,耳边似乎响着浪漫的钢琴声音。勃拉姆斯真柔弱，虽然确实很华丽，他就是个留着大胡子抽着雪茄的女人！

简站起来。她的后背在两个肩胛骨中间出现一阵剧痛，痛得她禁不住泪水哗哗地流。此刻是凌晨四点二十分。空中出现第一缕阳光，因为外面的树篱从来没有修剪过，最近疯狂抽长，像墓碑上的地衣肆意蔓延一样，也像在容器里培养的细菌疯狂繁殖一样，所以光线照到屋里留下参差的阴影。孩子们开始发出响声，再过一会儿，鲍勃·奥斯古德就会从银行打电话来和她约吃“午饭”的事情，他们约的地点一般是一家很恶心的汽车旅馆，就是几片夹板钉起来的树林小屋，在老镇区那边，所以她去睡觉的时候不会把电话机挂断。突然，简感觉困极了，所以上床睡觉之前没有把琴放回到盒子里，而是让它靠在椅子上，像是乐团演奏间歇乐手临时走开似的。

亚历山德拉从厨房的窗户往外看，感到很奇怪天怎么灰蒙蒙的，窗户上也灰蒙蒙的，难道雨也是脏的吗？她看到苏吉停好车，从砖头路上走过来，她走过葡萄藤架，因为葡萄藤长得很茂盛，所以她低下头，她的头发是橙色的，十分光滑。她经过喂鸟器的时候也要低下头以免碰到。这个八月下了很多雨，今天的雨看起来比前几天还更大。等苏吉进了纱门，两个女人亲了一下嘴。“你真的来了，你真好，”亚历山德拉说。“我也不知道我为什么竟然不敢一个人去找。那毕竟是在我自己的后院。”

“这种事情确实很恐怖，亲爱的，”苏吉说。“竟然这么有效。她又进医院了。”

“我们也不知道会变成这样。”

“我们知道，”苏吉说。她没有笑，所以嘴唇顶在外面，看起来很奇怪。“我们肯定知道。我们就要这个效果。”

她看起来比从前更温柔了，她又回去《东镇闲话》当记者了。她不止一次在电话里对亚历山德拉说，卖房子有些靠运气的成分，也太折磨人，卖房子的人尤其会得胃溃疡，压力也很大，因为你得在客人刚刚看到房子的那一刻，就能提出有说服力说辞，让客人马上出手，当大家走到地下室，丈夫像个专家似的对管道指手画脚的时候，妻子见到老鼠被吓得大叫的时候，也是很好的时机。如果交易成功，收到的中介费还要分成三份，甚至四份。她真的得了胃溃疡，肋骨下面常感到干疼，晚上疼得尤其要命。

“想喝点什么?”

“等会儿吧。还早。阿瑟说我必须等到胃舒缓了以后才能喝东西。你吃过洛美沙星吗？天啊，吃了这个药以后，每次打嗝都能闻到白垩土的味道。”她笑着说，脸上闪过一道以前常有的光芒，她的上嘴唇肥厚向上翻，露出里面没有抹到唇膏的部分，还有闪亮整齐的大牙齿。“而且，简不在这里，我喝东西也会觉得内疚。”

“可怜的简。”

苏吉知道她说的是什么，尽管那是一星期以前的事情。她那天晚上没有把大提琴放回到盒子里去，就一会儿工夫，那条恐怖的杜宾短尾巴狗兰道夫就把简的大提琴咬成碎片。

“你觉得这次是永久的吗?”亚历山德拉问。

苏吉猜想亚历山德拉说的是住在医院里的珍妮。

“哦，你知道，他们从来不会说这样的话，他们总说要测试再测试。你自己怎么样?”

“我尽力想恢复，但时好时坏，可能是更年期前的症状吧。也可能是因为乔不再来引起的吧。你知道乔的情况吗？他真的不睬我了。”

苏吉点点头，她脸上的笑容往下传递到了牙齿。“简说都是他们搞的鬼。我们身上的疼痛都是他们搞出来的，甚至她的大提琴也是被他们弄坏的。你别以为她会在自己身上找原因。”

提到他们，亚历山德拉就暂时忘掉了左边卵巢的痛，疼痛有时会转移到背后，最近常转移到腋窝，珍妮曾经让她摸过那里。按照亚历山德拉读书和看电视了解到的，疼痛一旦转移到淋巴腺，那就太晚了。“她具体认为是哪个?”

“不知道为什么,她盯上了那个矮小的多恩。我自己觉得像她那样的小孩,不可能已经有那种能力。格雷塔倒是更有可能,她看起来更有能量,布兰达也有可能,但她就是喜欢装腔作势。我听阿瑟不小心说漏嘴,说萝丝不好对付,相当难缠,否则我猜想他们早就离婚了。她不要离婚。”

“我倒希望他不至于要用拨火棍。”

“亲爱的,你听我说,我绝对不会让他们用这种方法解决自己的老婆。我自己以前也是人家的老婆,你知道的。”

“谁不是呢?我没有说你怎么着,亲爱的,如果再发生这样的事情,我觉得那是那幢房子的问题。那个地方很邪门,你不觉得吗?”

“我没觉得。我家的房子需要重新粉刷了。”

“我家也是。”

“我们得抓紧,不然等会儿又要下雨了。”

“谢谢你来帮我。”

“不用,我自己也觉得不舒服。感觉不对劲,但不知道哪里不对劲。我这段时间喜欢开着车到处兜,但轮子经常打滑,感觉控制不住方向盘,我一直在怀疑到底是我的问题还是车的问题。拉尔夫·纳德很不喜欢我这款车。”她们从厨房走过亚历山德拉的工作间。“这是什么?”

“我自己也不知道。一开始是准备做一个大型雕塑放到广场上,像卡尔德和摩尔那样的。我本来想,如果能做出来,就用青铜铸造,我以前都是用纸糊,我想做一些永久性的作品。做点木工和敲敲打打,对没性生活的我有好处。可是,两边的手总是撑不起来,其他组件也总是往下掉。”

“他们在搞鬼。”

“也许吧。在绕那些铁丝的时候,我好几次割破了手。你是不是很讨厌这些乱哄哄的铁丝圈?现在我想做得小一些,和真人那样大就好了。你别这样看着我,我能搞的定,我有信心。”

“你还在做波波吗?”

“不做了,做不了,尤其是自从上次做那个蜡人还给蜡人插钉子以后,我看到波波就恶心。”

“你应该找点别的活干干，累一些也没关系，我觉得即使得了胃溃疡也值得，我从前都不知道十二指肠在哪里。”

“没错，但以前做波波就是我的工作。我曾经想，如果有新的泥，我会产生新的激情，所以我上星期开车去考文垂买高岭土，可是原来那个破房子已经变成了新的铝墙板房，绿色的，很俗气，我都想吐。原来的那个老寡妇已经去世了，去年冬天在拖一根木头的时候突发心脏病，这根木头就归新房子的主人所有，这家人不想卖土，觉得太麻烦，不值得，他们更想在后院挖一个游泳池，建一个像样的院子。所以这条路已经断了。”

“不过，你现在气色很不错，好像比以前瘦了一些。”

“这也是一个症状吧?”

她们好不容易穿过个拥挤的盆栽大棚，走到后院里。后院的草长得很快，不修剪是不行了。蒲公英已经东倒西歪，各种杂草层层叠叠。这个夏天多雨，在被主人忽视的草地上，还长出来不少菌菇，现在这些菌菇已经长成了一团一团。此时，天上还是有黑压压的乌云，远处灰白，那里肯定在下大雨。在坍倒的石头围墙后面，野草已经长成了一堵绿色的天然墙，里面有水草，也有山莓。亚历山德拉知道山莓有刺，所以她穿上了很厚的男性牛仔裤，可是苏吉在雨衣里面只穿着黄褐色的泡泡纱裙和绛紫色的褶边衬衫，脚下穿着露脚指头的高跟鞋，颜色和牛血差不多。

“你好漂亮啊，”亚历山德拉说。“不过，你得回大棚里去找一双长筒橡胶靴穿上，这样才能保住你的鞋子和你的脚。顺便拿一把长柄剪子来，就是在钳口上有铰链的那把。其实，你只要把剪子拿来，到时你就待在院子里。你没有怎么到野外去过，到外面去的话你这件漂亮的泡泡纱裙子就毁了。”

“别，别，”苏吉说。“我真的想看看。我觉得很有趣，这就像找复活节彩蛋。”

苏吉回来的时候，亚历山德拉就站在当时站的地方，至少她记得当时她就站在那里，然后向苏吉演示她是怎么把那个符咒扔出去的。接着，她们俩涉水一边挥动剪刀一边向前走,走进数百种植物竞争阳光、水、二氧化碳和氮的小“丛林”。站在院子里的时候,这个地方看起来就是一团绿色,看不出其中有什么区别,但是一旦深入进去,这确确实实就是一片“丛林”,感觉有无数的植物种类,叶子和枝干千姿百态,充分体现了自然界的活力,但也吸引了昆虫和飞禽来吃花粉和种子。她们看到泥泞中的几个脚印,还有几个脚印踩在一堆交错重叠的草根上。山莓枝干上的刺差点刺到她们的手和眼睛,脚下有一团枯叶和枯枝,像面具遮住了泥泞。等她们走到亚历山德拉猜想那个符咒落地的地方,俩人弯下腰,那个地方十分拥挤,各种细枝和卷须为了争那么一点阳光和空间竞相往外面伸展。

苏吉好像是发现了什么所以很高兴地叫起来,可是,她最终只从泥里面掏出来一只高尔夫球,这只球的花纹是早就过时的格子图案,下半部分可能已经产生了化学反应而变了原色。

“操,”苏吉骂了一声。“它是怎么掉到这里的?高尔夫球场距离这里好几里路呢!”当然,蒙蒂以前很热衷打高尔夫,打球的时候不喜欢女人在旁边,不管是在球场上还是在俱乐部里面,因为她们随时可能笑出来,他也不喜欢她们穿那种色调柔和的衣服。看到这只球,苏吉就像看到前夫的身影,这好像是从另一个世界传递给她的信息。她把这个纪念品塞到雨衣的口袋里。

“可能是飞机上掉下来的吧,”亚历山德拉说。

这时,蚊虫发现了她们,冲击着、啃咬着她们的脸。苏吉举起一只手在嘴巴前面挥舞,想赶走这些蚊虫。“即使我们找到了,亲爱的,我们又能怎么化解呢?”

“总有办法。我这段时间看了一些书。很多事情是可以扭转的。我们可以把钉子拔出来,把蜡融化,把珍妮的人偶再变回到蜡烛的形状。我们再回忆一下我们那天晚上说了些什么,然后倒过来说一遍。”

“不可能吧,那些神圣的名字我记不到一半。”

“最关键的话是简说‘去死吧’,然后你说‘接招吧’,接着我们都咯咯地笑了。”

“真的吗？我们肯定是太激动了。”

她们俩弯着腰，护着眼睛，一步一步向前走，目不转睛地寻找闪光的铝箔纸。苏吉虽然穿着长筒橡胶靴，但长筒靴上面的腿被刺扎了几下，漂亮的伦敦雾雨衣被挂住了，扯断了几根线。她说：“我打赌它肯定没飞这么远，可能掉到中间密密麻麻的草丛里了。”

苏吉越唠叨，亚历山德拉就越体现母性。“可能吧，”她说。“我扔的时候觉得很轻，轻得有些怪异，扔出去后像在飘一样。”

“你干吗要扔到这里？是不是太冲动了？”

“我跟你说，当时我接到珍妮的电话，她请求我救她。我觉得心虚，很害怕。”

“亲爱的，你害怕什么？”

“你知道的，我怕死。”

“死的人又不是你。”

“反正跟我有关系。这几个星期，我一直觉得珍妮以前的症状我也都有。”

“你总是疑神疑鬼。”苏吉的雨衣和手腕受到了枝条和刺的攻击，于是，她奋力挥动长把剪刀，剪掉任何对她构成威胁的枝条。“操。这里居然有一只死松鼠，都缩掉了。这里就像垃圾场。你当时没看见那鬼东西落在哪里吗？你不会让它漂浮走了吧？”

“我用意念找过它，但没有得到任何信号回馈，可能是被铝箔纸隔绝了吧。”

“也可能是你的能力已经不如从前了。”

“很可能。有好几次我想让太阳出来，因为我觉得整天湿漉漉的很不舒服，结果反而下起了雨。”

苏吉变得越来越焦躁，剪刀挥动得越来越猛。“简最近很厉害。”

“简一直很厉害。她越来越强大了。可是你自己听到她说的，她不想逆转这个诅咒，她很喜欢目前这种状况。”

“我想你是不是高估了你的臂力，你能扔这么远吗？以前蒙蒂常抱怨，打高尔夫的人找球总是多走了好多路，都是在折返的途中找到球的。”

“我倒是觉得我可能扔得还更远。我说过，我真的感觉它像长翅膀飞了似的。”

“那么你继续往前走，我往回走。操，这些刺真够呛。真可恶。干吗要长这些东西呢？”

“还是有用处的，它们有果实，鸟可以吃，啮齿动物和臭鼬都可以吃。”

“好极了。”

“里面有些不是山莓，我最近才发现，它们是野玫瑰。我刚搬到东镇的时候，奥斯和我每年秋天都会到处找野玫瑰果做果酱。”

“你和奥斯真是一对好夫妻。”

“我倒觉得自己很可怜，一直只做个家庭主妇。”她对苏吉说，“我很高兴你帮我找那个东西，你真好，简直就是圣女。我也知道你已经烦了，你想出去就出去吧。”

“我没那么好，可能我也害怕了吧。在这里！”很奇怪，她的声音没有十五分钟前看到高尔夫球时那样兴奋。

亚历山德拉赶紧走过去，但她感觉宇宙中有股粗鲁恶毒的力量阻挡着她。她好不容易走到苏吉的身边，苏吉一直没有碰那个东西。那就在一个相对比较空的地方，被一些海乳草包围着，有几朵白色的小花在它的上面争相从阴影中突围出来。亚历山德拉弯腰看着那个皱巴巴的铝箔包装纸，包装纸没有生锈，但因为风吹雨淋而有些变色，她发现包装纸四周的泥土上有许多小虫，像粘在磁铁上面的铁屑似的。这些小虫虽然低级得多，它们的世界也小得多，但也跟她一样忙忙碌碌。她鼓足勇气碰了一下那个符咒。符咒像烤过的土豆一样。她把符咒捡起来，感觉没有一点分量，但她稍微一晃，里面居然有声音：是钉子的声音。她轻轻地打开铝箔纸。里面的钉子已经生锈了，而珍妮的小蜡像已经消失了。

“那是动物脂肪。”苏吉说。她本来想等亚历山德拉先说，后来等不及了就自己先开口。“有些住在地里面的小东西可能觉得好吃，就自己把它吃了，吃不掉的带回去给它们的小小东西吃。你看：它们没有吃掉这些头发。你还记得这些头发吗？你以为它们会烂掉吗？你想头发为什么会结成球堵住下水道？因为头发是不会烂的。就像高乐氏瓶一样。亲爱的，有一天，世界上什么东西都会消失，只剩下头发和高乐氏瓶。”

什么都消失了。珍妮的蜡像已经消失了。两个女人直挺挺地站在荆棘中间，细细的雨滴落在她们的脸上像钉子在刺一样。这样的雨滴意味着等一会儿会下很大的雨，下暴雨。天空阴沉沉，整个天都是灰色的，只有在西边接近天际线的地方有一道细细的蓝色，那地方很远，应该是在罗得岛的外面。“大自然就是个饥饿的老东西，”亚历山德拉说。她把铝箔纸和里面的针一起扔回到草丛里面。

“不仅饥饿。也很渴，”苏吉说。“你不是叫我喝东西吗？”苏吉感觉到亚历山德拉有莫名的恐惧，因此想安慰她，或者说挑逗她。她穿着漂亮的雨衣，站在草丛里面挺起胸，样子确实很诱人，尽管她的头发是红色的，她的嘴唇像猴子。可是，亚历山德拉似乎什么都看不到，似乎眼前的这个朋友是一个逐渐远去的影子，像货车后面挂着的广告，随着货车启动，距离逐渐遥远，很快就完全看不见。

布兰达最近推行一种新做法，就是让教会的成员轮流布道，今天布道的人是达里尔·范·霍恩。他在讲台上打开一本旧书，那本书不是《圣经》，而是红色封皮的《韦氏词典》。“蜈蚣。”他大声朗读，他的声音有很奇怪的共振。“掠食性的陆生节肢动物，身体由许多体节组成，每一节上均长有步足，共有二十一对步足和一对颚足，颚足呈钩状，锐利，钩端有毒腺口。”

达里尔抬起头。他戴着一副半月形眼镜，快遮住了他的整张脸。他的脸就像是由几块缝在一起，线还缝得不是很细致。“你们知道颚足吗？你们正眼看见过蜈蚣吗？你们这些幸运的人，你们见过蜈蚣吗？”他夸夸其谈，但下面十几个人都快睡着了。这些人坐得很分散。外面的天很潮湿闷热,从高高的窗户往外看,天空的颜色是灰色的,和循环纸的颜色差不多。“你们想想看,”达里尔用恳求的语气说。“这些颚足进化了亿万年,或者说是无穷长的时间,你们是不是很讨厌‘无穷’的概念?你们听到哪个混蛋说这两个字的时候是不是有下跪的念头?‘无穷!’我觉得刚才我说这两个字的时候也像混蛋,但不然还能怎么说呢?你们看那些小东西在水槽后面在地窖里面扭来扭去,可最终会进化成为掠食性节肢动物,这样说可以吧?这些节肢动物的嘴巴,如果你们觉得那是嘴巴的话,不过那和我们漂亮的嘴巴完全不一样,我跟你们说,那两只颚足是后来慢慢进化出来的,一开始里面并没有毒腺,后来DNA链条逐渐演变,随着蜈蚣不断生出小蜈蚣,这两条腿就变成了有毒的颚足。也就是毒牙。”他用食指和大拇指擦了嘴唇。“大家说这就是造物主的产物,但这是可怕的产物。”教堂外面的牌子上写着,今天布道的题目就是“造物弄人”。

下面稀稀拉拉的人都没有做声,甚至房子里的老木头也没有和往常一样嘎吱嘎吱地叫。布兰达自己也在讲坛旁边侧着身静静地坐着,被一枝很大的剑兰和插在石膏瓶里的蕨类植物遮掉了大半,这只石膏瓶是为纪念五十年前芬妮·勒夫克拉夫特难产的孩子而放在这里的。布兰达看起来脸色苍白,无精打采,这个夏天,她的身体时好时坏,东镇的夏天潮湿,对身体健康很不好。

“你们知道德国是怎么处置巫师的吗?”达里尔大声问。不过,那听起来好像是心血来潮的问题,出现得很突然。“他们让巫师坐在铁椅上,然后在下面烧火烤,也用烧红的钳子夹他们的肉,也有人用拇指夹或者刑架,也有用吊的。这些办法都用过。”这时,勒夫克拉夫特老太太朝萝丝·哈利布雷德身边靠,在她耳边说了句话,声音很响,但又听不清她在说什么。范·霍恩发现了这个情况,本来他对下面的人死气沉沉就有意见,现在就更加生气。“这是怎么回事?”他朝众人大喊。“你们是不是觉得这就是人性?是不是认为在人类历史上这种事情司空见惯?你们是不是觉得这和造物主的创造没有关系？你们是不是在怀疑我是个疯子在胡说八道？好吧。我们也可以一直这么等着，等到人们以信仰的名义来相互折磨。中国人曾经采用凌迟的刑罚，就是将犯人的皮一片片割下来，那是在中世纪的时候，他们还会把犯人当场开膛破肚，也有把犯人的鸡巴割下来塞到嘴巴里的。抱歉，我说这种事情可能让大家不舒服，我太激动了。我想说的是，这些都加起来，再乘以无数倍，也抵不上造物主创造的亲爱的兄弟姐妹之间的相互摧残，自从氨基酸从污泥里面冒出来，自从有了生命以来，这种相互摧残就一直存在。但是，以前没有女人会用巫术，漂亮的姑娘对蜈蚣也不会起恶毒的念头，日常的痛苦可能与巫师造成的痛苦一样痛苦，甚至更漫长。感觉像被人家上了螺栓，但我不知道这里面有什么热学原理。我已经不再想了，我打赌你们也不会想。你们都懂的。很恐怖，很可怕。天啊，真的是很恐怖。”他的眼镜从鼻梁上滑下来，他把眼镜扶正的时候，人家觉得他也顺便把脸扶正。下面有人发现，他的脸颊是湿的。

珍妮不在那里。她又进了医院，因为她发生了内出血。这就是这次布道的缘由。雷·内夫今天也不在，他接受了哈利布雷德教授的邀请，搭阿瑟最近刚买的赫雷斯霍夫新款十二点五英尺帆船去梅尔维尔岛。格雷塔在，她就一个人来。对于她在想什么，她想要什么，大家都觉得很难猜得透。她是德国裔，她的口音虽然不像人们嘲笑的那么难听，但如果你想往她的心灵深处看，她的民族特性会用一层罩子把她的心灵空间包裹起来。她留着短发，像甘草，没有什么色泽，戴着一副金框眼镜，眼镜背后的眼睛是蓝色的，和沾满油污的洗碗机一样颜色。她每个星期天都来，但这只表明她的民族特性，日耳曼人都像机器一样有规律，令人肃然起敬。

范·霍恩沉默了一会儿，他翻着词典，笨手笨脚，似乎手上戴着很厚的手套。勒夫克拉夫特老太太还在哈利布雷德太太的耳边说悄悄话，这时她说了一句大家都听得清楚的话。她问：“他为什么要说那些脏话？”哈利布雷德太太听了之后笑了起来。她个头很高，戴着一副很小的耳机，藏在黑灰色的卷发中间，她的头发像一团乱麻，看起来也像一个鸟窝。她的脸很小，脸色和胡桃木差不多，由于年复一年的阳光崇拜，她的脸上有无数的皱纹。她回了一句，但她回什么大家都听不清楚。另一边坐着多恩·波兰斯基，那女孩的脸很宽，像蒙古人，皮肤像熏过了的一样，和黑社会的亡命之徒一样面无表情，显得极其平静。她和萝丝之间有很强的心灵感应。

范·霍恩隐约听到下面的骚动，所以抬起头来，再把鼻梁上的眼镜向上推了一下。他有些不好意思地说："让你们久等了，不过我找到了，在这一页上有两个词条，一个是'绦虫'，另一个是'狼蛛'。'狼蛛'的解释是这样的：狼蛛属蜘蛛目的一科。步足粗壮，多刺，末端为三爪。因善跑、能跳、行动敏捷、性凶猛而得名。'绦虫'的解释是：一种巨大的肠道寄生虫，扁形动物门的一纲，全部寄生生活，成虫寄生于脊椎动物。大家要知道，这种东西很多，而不是造物主的偶然失误造成的，不能这么天真，这种东西很多，你们可能觉得我这样说是耸人听闻。我不知道你们是不是希望我赶快闭嘴，但我对寄生虫一直很感兴趣，我知道它们的害处。它们有各种形态，最小的是病毒和细菌，例如梅毒螺旋体，你们是不是觉得很亲切？绦虫是比较大的寄生虫，最大的绦虫可能长达三十英尺长，蛔虫也很大，大的蛔虫可能把你们的大肠全部堵住。它们最喜欢待在你们的肠子里，你们肠子里的大便是它们栖身之处。你们吃东西都是为它们谋福利，它们自己都不需要肠胃，只要有嘴巴和屁眼就行，不好意思，我说得粗俗了。但是，兄弟姐妹们，我们伟大的造物主就是用他高贵神圣的手造出了这些龌龊的小魔鬼。在这里我做了一些笔记，我是从百科全书里抄的，这里的灯光太暗了，我自己都看不大清楚。布兰达，我不明白你是怎么熬了这么久的。换成我，我早罢工了。好吧。玩笑归玩笑，我们还是言归正传吧。

"你们肠子里的蛔虫，一般大小和铅笔差不多，它们会在宿主体内产卵，这个很简单。别问我你们为什么会有蛔虫，在这个世界上，卫生条件不好的地方很多，只要你走出东镇，蛔虫的卵总是有办法钻到你的嘴巴里，不管你喜欢还是不喜欢。然后，它们会在你的盲肠里孵化，接着幼虫会穿过肠壁，进入你们的血管，进入你们的肺部。但是，你们不要以为那里就是它们的终点，不是的，亲爱的朋友们，这些蛔虫会作为母体，咬破你们肺部的毛细血管，进入你们的气囊气孔，通过呼吸树，抵达你们的会厌，然后让你们再次吞到肚子里去。你们相信自己有这么愚蠢吗？第二次进入你们的体内以后，它们就在那里定居下来，变成真正的蛔虫。

“还有一种是肺吸虫。你们一咳嗽吐痰，肺吸虫的卵就进入世界。”范·霍恩故意咳了一下作为示范。“它们在淡水中孵化，尤其是在第三世界国家，幼虫会钻进某种螺里面，不管是什么螺，它们喜欢就行。你们在听我说吗？在螺里面长大以后，它们会游出来，钻进小龙虾或者螃蟹柔软的肉里面。日本人喜欢生吃，要么就是不愿意烧熟，这样就把幼虫吃进去，然后幼虫穿过肠壁和横膈膜进入肺部，接着又和痰一起吐出来，重新循环。另一种寄生虫叫做阔节裂头绦虫，这个名字不好念，希望我没有念错。这种绦虫的胚胎原来在水里游，最初被水蚤吃了，然后鱼吃了水蚤，接着大鱼吃小鱼，最后的环节是人，这些小魔鬼不会被消化掉，而是会想办法穿过胃壁，在你们体内过好日子，不断繁殖。嘿，别不相信，这种事情有很多，但我不想在这里烦大家，也不希望你们过度解读我的话。不过，大家少安毋躁。你们得再听我念一小段。‘细粒棘球绦虫，又称包生绦虫。成虫寄生于犬科食肉动物，幼虫（棘球蚴）寄生于人和多种食草类家畜及其他动物。细粒棘球绦虫成虫也非常小，只有三到六毫米。相反，幼虫却很大，俗称水泡囊，可能和足球一样大。如果你们接触到携带细粒棘球绦虫的狗的粪便，细粒棘球绦虫就会进入你们的体内，引起一种人兽共患病。’

“所以，除了粪便和痰，上帝按照他自己的样子造出来的人，对于细粒棘球绦虫而言，也是细粒棘球绦虫进入狗的体内的中转站。你们也不要以为寄生虫不会相互利用。这里有一种可爱的虫叫做毛滴虫，听我再念一段，‘雌性生活在老鼠的膀胱里面，退化的雄性生活在雌性的子宫内’。退化，甚至百科全书也说它是退化的。嘿，再下面一句：‘所谓性携播常见于血吸虫，较小的雌性寄居在雄性的腹侧体壁凹槽里面’。这本书里面有绘图，我希望能跟你们分享。你们看，这条虫像手指，手指顶端有一个嘴巴，那是腹吸盘，这条虫就像一条剥了皮的香蕉,不过我相信,你们会觉得很恶心。"

此时,下面的人开始坐不住了。窗户的上面几格玻璃很亮,似乎闪光灯照在纸张的背后透过来,蜀葵的花朵在微风中频频点头。这样的微风在海上可能让阿瑟和雷的帆船倾覆,他们已经靠近戴尔岛,阿瑟不大适应这样的小帆船,他的心跳得很厉害,好像有一只小鸟在他的胸腔里拍打翅膀,他的大脑里好像有各种碎念在飞快旋转着。还没有,上帝啊,还没有! 范·霍恩因为一会儿看笔记一会儿抬头看人,他的脸忽上忽下,这些坐不住的人好像觉得这张脸像雪一样在渐渐融化,很快就要消失了。他很努力地想着该如何做总结陈词。接着,他说话的时候,他的声音听起来像是从地底下很远的地方传来的。

"所以,你们都知道,造物主创造的不仅仅是威猛的老虎,也不是温顺的狮子。那是毛绒玩具的原型而已,只是长得好看所以比较好卖。你们会买一个毛绒肝吸虫或者绦虫给小孩哄他们睡觉吗? 但是,我们经常把肝吸虫和绦虫吃到肚子里去。你们有没有在某个美丽的夏日傍晚,喝了一杯金汤力或者朗姆加可乐或者血腥玛丽,吃了一些奶酪和饼干? 感觉是不是很美妙? 在你们的肚子里面,蛔虫遇到消化了一半的牛排或者蘑菇鸡片的时候,它们的感觉也是很美妙的。蛔虫和我们大家一样,和我一样也和你们一样,都是造物主创造的,都是有尊严的,都是经过设计的,由有爱心的手设计创造的。当血吸虫的腹吸盘在你们的肚子里活动的时候,你们要知道,有一张伟大的脸庞在天上看着,微笑着,因为那是他的创造。我现在要问你们:这是不是很可怕? 你们有没有办法? 我有! 所以,下次请投票给我,好吗? 阿门!"

每一次教堂聚会,总会有陌生人来。今天来的陌生人是苏吉,她坐在后排,戴着宽檐草帽,盖住了她美丽的浅橙色头发,她也戴看一副圆形的眼镜,所以她能读油印赞美诗,也能在赞美诗的边缘空白处记笔记。她原来在《东镇闲话》的"东镇耳目"专栏已经恢复,杂志恢复这个专栏的目的是要让写一些更"性感"的文章。她听说了达里尔要做一个世俗的布道,所以就来旁听,准备写稿子。在坛台上的布兰达和达里尔,因为位置正对着门口,肯定看到了她在唱第一首赞美诗的时候偷偷溜进去,但格雷塔、多恩和萝丝则不一定意识到她的存在,后来,因为她又在大家唱"主啊,你竟这样眷顾我"的第一节的时候悄悄溜出去,所以,不同的"女巫"派别之间没有发生正面冲突。这时,格雷塔开始接连打哈欠,多恩无神的眼睛感觉痒得不行,勒夫克拉夫特老太太的鞋带也松开了,不过,这一切都是自然现象,下次苏吉照镜子的时候发现头上多了八到十根白头发,也是自然现象。

"她死了,"苏吉在电话里跟亚历山德拉说。"今天凌晨四点左右吧。只有克里斯在她身边,他当时还睡着了。值夜班的护士到病房里去,发现她已经没有脉搏。"

"达里尔去哪儿了?"

"他回家去睡觉。可怜的家伙,他的确是个尽职的丈夫,那么多天晚上都陪着她。已经连续好几个星期了,医生也都很惊讶她竟然撑了那么久。她的坚强超出任何人的想象。"

"她很坚强,"亚历山德拉说。她用很简单的话语表示致敬。她长期感到内疚,心情一直很郁闷,秋天到了,她更对什么东西都提不起兴趣。劳工节刚过,在她的院子里,野紫菀沿围墙长得很茂盛,和金黄色的秋麒麟与墨绿色的奶蓟草一样成为这里的主角。凉亭上的紫色葡萄已经成熟,没有被白头翁叼走的掉到地上,在砖头上形成一层酱。这些葡萄太酸,不好吃,今年,亚历山德拉没有做果酱的欲望,她都不想碰那些罐子。接着,她不知道该跟苏吉说什么,这时,她产生了一种最近越来越常有的感觉:她感觉身体好像不受自己控制,好像可以很清晰地看到自己的末日。到明年三月,她就四十岁了。每天晚上,她身上还是有莫名其妙的疼痛和瘙痒,但帕特森医生找不到任何原因。帕特森医生身材肥胖,秃头,双手也似乎膨胀了,是那么的宽厚和柔软,颜色是粉红的,总是很干净。"我感觉糟透了,"她说。

"别庸人自扰,"苏吉叹了口气说。她自己也感觉很疲倦,从她的声音就可以听出来。“再说人总是会死的。”

“我好想有人抱抱我，”亚历山德拉说。这句话有些出人意外。

“亲爱的，谁不想呢？”

“她也想。”

“她得到了。”

“你是说达里尔。”

“是的。最糟糕的是……”

“还有更糟糕的？”

“我本来不应该告诉你。这个秘密是简对我说的，你知道她最近和鲍勃·奥斯古德打得火热，那个秘密是帕特森医生对奥斯古德说的。”

“她怀孕了，”亚历山德拉说。

“你是怎么知道的？”

“不然还有什么比这个更糟糕的？这已经很糟糕很糟糕了，”她说。

“不知道。我想这个小孩也不应该来，我觉得达里尔还没有做好当爸爸的准备。”

“他准备干什么？”亚历山德拉俨然看到婴儿的胚胎蜷曲着，像一条大头鱼，也像一只装饰性门把手。

“哦，我猜想和以前差不多吧。他最近有新的朋友。我跟你说过教堂的事吧？”

“我读过你的‘东镇耳目’文章。按你写的看，他像是在上生物课。”

“没错。滑稽得很。他就喜欢干这种事情。你还记得《夜莺在伯克利广场歌唱》吗？对于萝丝、多恩和格雷塔，我没有什么可写的，但说实话，当她们的头凑到一起的时候，她们形成极大的能量，很震撼，像北极光。”

“我不知道她们一丝不挂的话是什么样子的，”亚历山德拉说。在她自己的印象中，她总是穿着衣服的，尽管印象中穿的衣服和当时穿的不一定一样。

“很丑，”苏吉说。“格雷塔浑身疙瘩，皱巴巴，像那个德国人雕的塑像，你知道那个人是谁吧?”

“丢勒。”

“没错。萝丝瘦骨嶙峋,像一支扫把,多恩就是一个无依无靠的小流浪儿,挺着个肚子,一点胸部都没有。布兰达……布兰达,我挺喜欢,”苏吉说。“我现在觉得,埃德就是我和布兰达沟通的中介。”

“我后来又去了那个地方,”亚历山德拉说。“我把那些生锈的钉子都捡回来,插在我身上许多地方,可是也没什么作用。帕特森医生说,他在我身上找不到一个肿瘤,哪怕良性肿瘤也没有。”

“哦,亲爱的,”苏吉惊呼。亚历山德拉意识到自己吓到了她,对方可能就要挂电话了。“你最近好怪!”

几天之后,简·斯玛特打电话来,她的声音充满愤怒。她说:“你千万不要说你没听说过!”

最近,亚历山德拉感觉简和苏吉都很喜欢跟她聊天,一个今天打电话来,另一个人隔天就也会打来。可能是她们扔了硬币,轮流值班。

“乔·马里诺也没告诉你吗?”简紧接着说。“他也是债权人之一。”

“乔和我已经不再见面了。真的。”

“真遗憾,”简说。“他很不错的。你是不是受不了意大利精灵?”

“他爱过我,”亚历山德拉说。她不想多解释,她知道对方肯定觉得她很笨。“但我不能逼他为了我而离开吉娜。”

“好吧,”简说。“这种解释比较有面子。”

“也许吧,简。无所谓。说说你的新闻吧。”

“不只是我的新闻,是整个东镇的新闻。他走了。他悄悄地溜了,亲爱的。”她的尾音有些伤人,但亚历山德拉觉得对方要伤的人不是她。

从简怒冲冲的样子,亚历山德拉自然而言想道:“鲍勃·奥斯古德?”

“达里尔!亲爱的,你醒醒吧。我们亲爱的达里尔,我们的领袖,给我们解闷的救赎者走了。他是和克里斯·盖布利尔一起走的。”

“克里斯?”

“你是对的,他就是那种人。”

“可是他……”

“他们有些人是有可能的。不过,这很不真实,他们不和平常人一样喜欢幻想。”

圣人、骗子、黑暗魔鬼、吉尔瑟尔和格狄亚波。亚历山德拉记得一年前到过那里,远远地看着雷诺别墅,然后露出又肥又白的大腿,蹚着水离开那个别墅。

“好吧,”她说。“我们是不是都很傻?”

“我们是‘天真’。我们生活在这么闭塞的地方,怎么会不天真呢?我们为什么在这里?你问过自己吗?因为我们的丈夫把我们插在这里,而我们就像雏菊一样,傻傻地果真在这里扎根。”

“所以你觉得是克里斯……”

“一直是。很明显。他和珍妮结婚就是为了这个。说真的,我真想把他们两个都杀了。”

“哦,简,这种事情,说都不要说。”

“是冲着她的钱去的,当然。他需要她卖掉房子的收入,虽然不多,但也可以应付一下那些讨债的人。可是,现在又加了那么多医院账单。鲍勃说,现在情况更加糟糕,理都理不清,银行的股东每天都来询问雷诺别墅抵押贷款的事情。他承认说,如果能找到合适的开发商,这块地是能抵贷款的,那里很适合建设高层公寓,当然这得经过规划委员会批准。鲍勃认为赫比·普林兹是比较容易说服的,他冬天都要去度假,每次花销都很大。”

“可是,他不是还留下实验室吗?他不是在开发太阳能涂料吗?这些东西……”

“亚历,你还不明白吗?那里什么也没有,从来都没有。都是我们的想象。”

“那么那几台钢琴呢?那些艺术品呢?”

“我们都不知道那些值多少钱。肯定有些财产,但很多所谓的艺术品贬值非常厉害,涂了汽车油漆的毛绒企鹅更不值钱。”

“他喜欢,”亚历山德拉说。她对那个人的心还没有彻底变。“他没有故意造假,我相信。他是个艺术家,他想给我们大家制造艺术体验。他做到了。比如你的音乐,你的大提琴被你们家的狗啃掉以前,你拉的勃拉姆斯特别有感觉,从此以后,你说话的腔调就和银行家一样。”

“你是个笨蛋!”简十分生气,说完就把电话给挂了。

亚历山德拉的喉咙里很痒,好像被许多话给憋住了,她的眼睛开始哗啦啦地流出眼泪。

过不了一个小时,苏吉就打电话来,这是姐妹团结一心的最后象征。不过,她也只是说:“哦,我的天啊! 那个恶心的克里斯……我从来没听他连贯说过一句话。”

“我想他是爱我们的。”亚历山德拉说的是达里尔·范·霍恩。“他就是没说出来。”

“你觉得他爱珍妮吗?”

“很可能吧,你看他带走了克里斯,因为克里斯和她长得很像。”

“他是个模范丈夫。”

“你这句话有些讽刺的意思。”

“我一直在想,亚历,他肯定知道我们对珍妮做了什么。有没有可能……”

“什么?”

“我们被他利用了?”

“他借我们的手杀了她?”亚历山德拉反问。

“是的,”苏吉说。“因为他和她结了婚,有了法律关系以后,他就会除掉她。”

亚历山德拉想不明白,很长时间以来,她一直觉得自己的脑子不如从前好使,偶尔灵光一下,她都会觉得很兴奋。从前,她的脑子十分强大,可以深入黑暗的隧道,可以拨开任何迷雾。“我真的很怀疑,”她最终说,“我不相信达里尔是有算计的。很多情景都是随机的,他不可能看得到那么远。”在她说话的过程中,亚历山德拉感觉他就浮现在自己的眼前,而且越来越清晰,她还可以看到他的房子的情景,那里现在空荡荡,像洞穴。她终于能把自己的灵魂投射出去,进入到那个萧索的空间。“他不可能创造这些情景,他没有这种能力,他能做的就是挖掘别人的能力,包括我们的能力。我们本来就有能力,他到东镇来之前,我们就常运用我们的能力。我想,”她对苏吉说,“他想做女人,他说过,但他也没做成。”

“是吗?”苏吉说。

“这种事情很痛苦,真的。”此时,亚历山德拉的喉咙又被噎住,泪腺又全部打开。但是,这种感觉给了她一些希望,尽管很不舒服,但也是新的开始。她终于有点振作起来。

“这样说你可能感觉好一些吧,”苏吉说。“珍妮也因此不会死得很可惜。丽贝卡在尼莫餐馆里说了很多,因为菲德尔和他们两人一起跑了,她说那里的有些事情,尤其是我们不再去了之后,很恐怖,简直耸人听闻。显然,克里斯和达里尔干了什么事情,珍妮是知道的,不过,她已经结婚了。”

“可怜的小家伙,”亚历山德拉说。“世界上有一种人,很可爱,但就是没什么用,我猜想她就是这样的人。”那是智慧中的天性使然。

“丽贝卡说,就连菲德尔也挺不高兴,”苏吉说。“但是,她恳求他留下来陪着她,他对她说他不想去捕龙虾,也不想去当勤杂工。这里也没有人愿意雇我们这种西班牙裔干什么。丽贝卡心都碎了。”

“这些男人!”亚历山德拉很大声地说。

“不就是吗?”

“哈利布雷德两口子怎么说?”

“很不好。萝丝听说阿瑟要搅和进达里尔的财务危机,都要发疯了。显然,他对达里尔关于硒的理论很感兴趣,甚至签署了伙伴关系协议,想得到他的专业知识。那就是达里尔的伎俩,他很善于忽悠人们和他签协议。她的背部痛得很厉害,现在,他们就在地板上铺一张席子上,她整天躺在席子上，让阿瑟读书给她听，他一般都读一些垃圾历史小说。这样一来，他就再也出不来了。”

“真是个难缠的女人，”亚历山德拉说。

“应该说是恶毒的女人，”苏吉说。“简说她的头就像包在钢丝绒里面的干苹果。”

“简怎么样？真的，我很担心，今天早上她和我通话，最后不欢而散。”

“是吗？她说鲍勃·奥斯古德认识普罗维登斯一个很厉害的人，我记得她说是住在霍普街，他能够帮她把大提琴的整个面板换掉，音色和意大利原装琴一模一样。这个人就是那种所谓的嬉皮士博士，不顾父母反对，跳出了体制，专注于自己热爱的手艺。但是她就用胶带粘起来，拉出来的声音有裂痕，但她说她就喜欢这样，这样听起来更自然。我觉得她确实有问题。我叫她到市区见面，去面包房吃个三明治什么的，或者去尼莫餐馆里也可以，因为现在丽贝卡不会再跟我们找别扭，但是她说不去，她害怕被那些人看到。布兰达和多恩和格雷塔吧，我想。我经常在码头街上碰到她们。我冲她们笑，她们也冲我笑。已经没有什么可争的了。她的脸色也很吓人。”她说的还是简，“苍白，像紧握的拳头。这时候还不到十月呢。”

“差不多了，”亚历山德拉说。“知更鸟已经飞走了。晚上你能听到鹅的声音吧。我今年准备让番茄烂在藤上。我每次进去地窖，去年做的那好多罐子酱都好像在责备我，我那几个讨厌的小鬼也彻底和意大利面一刀两断，我得承认，这种吃法会堆积热量，我自己也想尽量避免。”

“别傻，你已经很瘦了。前几天，我看见你从小超市里出来，我本要和你打招呼，但我在杂志社里采访那个新任的港监，那个人很幼稚，夸夸其谈，让我脱不了身。那个港监就是一个小孩，长发披肩，比托比更年轻。我当时刚好从窗户往外看，看到了你，我想，‘哇，亚历好漂亮啊！’你的头发梳成一个大辫子，还穿着那件有凸花纹的伊朗夹克……”

“是阿尔及利亚。”

“对，阿尔及利亚夹克，你入秋以来一直穿的那件。你还用一根长绳牵着科尔。”

“我去沙滩了。”亚历山德拉主动交代。“天气很好。一点风也没有。”她们接着又聊了几分钟，可能是想重新点燃她们原来的热情，她们聊了很多各自身体的状况，都说自己身体有每况愈下的趋势，可是，亚历山德拉觉得这些话以前都已经说过了，同时，她的直觉明白无误地告诉她，苏吉也有同样的感觉。

到了这个时节，我们都知道，再割一次草，今年就不用再割了，这时候会感觉非常幸福。亚历山德拉较大的儿子本原来说好了要在院子里干活换零花钱，但此时他又回到中学里去了，他一直在参加橄榄球训练，他的目标是成为像兰斯·阿尔沃斯那样的明星。他冲刺、迂回和跳跃能力都很强，也很享受伸长手去抓离地十英尺的球的感觉。玛茜在面包房咖啡角打工，每天的晚餐高峰时间去当服务员，很遗憾的是，她和一个总是在小超市门口晃悠的小混混勾搭上了。较小的两个琳达和埃里克已经分别读到了五年级和七年级，亚历山德拉在埃里克床下的一个纸杯子里发现了香烟头。此时，她推着割草机在长得参差不齐的草地上来来回回，黄色的长草叶像羽毛一样撒在地上。割草机咆哮着、冒着烟，自从奥斯走了以后，她就没有给割草机换过油。鼹鼠已经在地上挖了好几个洞准备过冬。她让割草机一直开着，一直开到没有了汽油，这样明年春天化油器才不会又堵塞。她想到清理里面的油污，但又觉得她干不了这样精细的活。在从工具棚走回厨房的路上，她经过工作间，看着那个雕塑骨架，突然终于意识到，她要做的就是她心目中的丈夫。这个用钉子钉和用铁丝绕的骨架又瘦又高，和结婚前的奥斯一样，她就喜欢他这个模样。她记得，刚结婚后的几年，他每次做噩梦，他就会用膝盖和肘部撞她，不过她挺喜欢他做噩梦，他之所以做噩梦，是因为他初为人夫，感到责任重大而且漫长。在婚姻的末段，他睡觉的时候一动不动，和死的雕像一样，只是他会出汗，还会轻轻地打呼噜。她把架子上的彩色土罐子拿下来，撒了一点土在肩膀上。她对头部和面部不那么担心，她担心较多的是脚，她意识到，对她而言，一个男人最重要的是手和脚，也就是身体的端点。不管中间的部分怎么样，理想男人的脚应该是细长的。从钉在十字架上的样子看，耶稣的脚板很精瘦，脚趾很长，走路肯定比较困难，他的手掌很硬很宽，好像是干了很多重活似的。达里尔的手看起来像橡胶做的，是他身上最令人讨厌的部分。她用从考文垂拉回来的最后一点陶土一点点实现她的理想，一只脚和一只手做得好一些就够，简单一点没问题，最终的作品是什么样的并不重要，关键是她传递的信息和力量，承载这些信息和力量的可能就是雕像的手指头和脚指头。对于头部，她用了一个中等大小的南瓜，那是她在第四公路的路边买的，那里一年有十个月都很荒凉，只有在收获的季节才热闹一些。她把南瓜掏空，在里面放了一把奥斯的彩色土，她只放一把，不放太多，因为她只想复制他作为丈夫的基本特征。彩色土里面有一种成分是在罗得岛找不到的：那是西部的土，干燥，沙性，有利于鼠尾草的生长。东部土多粘性，比较潮湿，不能用。有一天，她碰巧在橡树路看到一辆皮卡，皮卡挂着科罗拉多的牌子，底纹是绿色山脉，数字是白色的。她从后挡泥板伸手进去，扒下一把黄褐色的干泥，她把这些泥土带回家跟奥斯的彩色土放在一起。除了土，她还想给这个南瓜戴一顶帽子，于是，她开着斯巴鲁到普罗维登斯，去寻找一家专给布朗大学的学生提供特别场合服装的服装店，包括演戏的戏服，以及参加狂欢节和游行示威时穿的特别服装。

到了那里，她突发奇想，想到罗得岛设计学院当旁听生，迄今为止，她在雕刻方面的所有成就，都是来自她的原始本能。这里的学生都比她的孩子们大不了多少，但是，有一名老师引起了她的注意，他叫吉姆，来自新墨西哥的陶斯，是一名陶艺家，走路有点瘸，估计快要五十岁，可能因为经历较多的风雨，所以比较显老，同时，她也吸引了他的注意，尤其是她身材强壮丰满，像牛一样，乔·马里诺也有这样的感觉，他曾经叫她“奶牛”。经过了一点周折，他们最终结婚了，之后，吉姆带着她和她的小孩们到西部去，那里的生活没有那么压抑，心情十分愉快。在那里，只有霍皮人和纳瓦霍人的萨满会施法术。

“我的天啊，”苏吉说。这是在她离开之前在电话里跟她说的话。“你有什么秘诀？”

“我可以说，但你不可以写。”亚历山德拉很严肃地说。苏吉已经升任《东镇闲话》的编辑，很自然地染上了战后的无耻作风，每期都要披露丑闻，或者刊载某些人的忏悔，对一些无聊的谣言也是趋之若鹜，这些东西碰到克莱德·盖布利尔肯定会被毙掉。“你可以任意畅想。”亚历山德拉对这个比她年轻的闺蜜说。“你想象未来的生活是什么样的，最终就会是什么样。”

苏吉把这个秘诀转告给简，亲爱的简此时还在生气，都快变成怨妇了，所以，她的学生把钢琴上的黑白键联想成了墓穴里的白骨和黑暗，这里一切都是死的，都很僵硬，都很吓人，都散发着她的恶毒气息。她早就不把亚历山德拉当成可靠的朋友了。

她还瞒着苏吉，叫霍普街的那个嬉皮士博士把大提琴的面板换掉，把换下来的碎木包起来，塞到她死去的爸爸的一件黑色晚礼服的一个口袋里，那个口袋还装着纪念山姆·斯玛特的干草药。另一个口袋里装着一张破损的二十美元纸币，因为她已经厌倦了贫穷。她在晚礼服的翻领上撒了她的香水、尿液和经血，然后把这个味道古怪的符咒用清洁剂包装袋包起来，塞到床垫和弹簧中间，每天晚上她都睡在这包符咒上面。在一月份的一个冷得可怕的周末，她到后湾去看望她妈妈，刚好有一个个头不高但穿着很体面的男人也来喝茶，那个男人身上穿着晚礼服，脚下穿着真皮无带皮鞋，皮鞋擦得铮亮，和沸腾的柏油一样亮。他和父母一起住在波士顿栗山，他正要去酒店俱乐部路过这里。他眼皮很厚，看起来像眼睛外凸，眼球是浅蓝色的，和暹罗猫的眼球一样。他虽说是路过，但他待了很长时间，所以注意到了简身上有一种黑暗、刻薄和肮脏的气质，这种气质刚好可以激活他身上长期处于休眠状态的情欲。他没结过婚，他曾追求过一些人，但所有他追求的人都觉得他那么讲究打扮，不像男人，甚至怀疑他是同性恋，所以都拒绝了他。我们每个人都偶尔会突然觉醒，而在寒冷中绽放的花是最值得爱慕的。在这次短短的见面中，他还认定简有巨大的潜力，可能是他家里的齐本德耳和邓肯·法夫[1]古董家具、中国古漆器、窖藏年份酒、证券和银器的最理想管理人,这些财产总有一天是要由他继承的,虽然他的父母都还健在,甚至他的爷爷奶奶也还在世。家里有这样的老人,他还如履薄冰地管理着客户的资产,而且,他的体质对很多东西都过敏,对牛奶、糖、酒和盐都过敏,平常过日子都要小心翼翼,因此,他亟须有个能掌家的女人。第二天早上,趁简还没有开着那辆普利茅斯勇士老爷车消失,他就打电话给她,邀请她那天晚上到考泼利酒吧喝酒。她拒绝了。不过,随后这里下起了鹅毛大雪,让她走不掉。

有一天晚上,他打电话来,叫她冒雪去丽思酒店吃午饭。简拒绝了,还说了很刻薄的话。但是,从她说话的语气中,他看到了希望,最终捕获了她,将她带进位于布鲁克林的一幢豪宅里,这幢豪宅是由著名建筑师理查森的弟子设计的,有角楼,用了很多铁矿石作为墙体材料。

苏吉用肉豆蔻粉末撒在手镜上,直到她的脸基本看不见,只能看见一双有金色斑点的绿色眼球,或者她稍微侧过头去,能看见她的嘴唇,她的嘴唇像猴子,口红涂得太厚了。通过这副嘴唇,她向邪神萨那诺斯念了七遍咒语。接着,她把餐桌上的老旧塑料餐垫拿下来,放到垃圾袋里等周二让人收走。隔天,一个神采奕奕、长着沙黄色头发的男人来到《东镇闲话》编辑部,他来自康涅狄格州,说是要投放广告。他要找一条纯种魏玛猎狗和他的母狗交配。他在南镇租了一幢别墅,和他的小孩子们住在一起。他刚离婚不久,他帮他老婆实现了到法学院上学的愿望,结果,她学成之后办的第一个案子就是告他精神虐待。他的母狗跟着他,看起来很痛苦。那个男人的鼻子很长,不过长得有些偏,和埃德·帕斯利有点像,他头上有忧郁和智慧的光环,和克莱德·盖布利尔一样,他也和阿瑟·哈利布雷德一样有些刻板,可能是职业人士的共同特征吧。他穿着格子西装,看起来十分精干,像来自纽约北边的销售员,或者一个在舞台上弹着班卓琴边唱边跳的演员。和苏

① 齐本德耳和邓肯·法夫都是著名的美国古董家具品牌。

吉一样，他也想尽量表现得幽默一些。他是康涅狄格州斯坦福德人，他的工作属于新兴产业，具体而言就是贩卖和维修一种大家都叫文字处理器的电脑，这种电脑最近炒得十分火热。

最近，她的主要工作是写言情小说，这种小说写得飞快，基本上是在不断重复，对她而言信手拈来，她只要在旧小说的基础上改几段，重新取几个名字，或者给一些情感定式套用新词，就成了新的一部小说，故事曲折也一模一样。

苏吉是最晚离开东镇的，她穿着绒面革裙子、披着橙色头发、迈着长腿、甩着双臂从店门口走过的身影一直徘徊在码头街，就像你盯着亮光看了一会儿之后产生的彩色幻影。不过，那是几年前的事情。那个年轻的港监，是她在东镇的最后一个情人，现在已经大腹便便，也生了三个孩子，但是他还记得她以前很喜欢咬他的肩膀，说她喜欢他皮肤上的咸味。码头街经过了改造，为了方便从马槽到登陆广场（这个广场又恢复了原来的名称）的行人和车辆，码头街拓宽了不少，很多较小的转弯都被拉直了。很多新居民来到了东镇，有些人住在原来的雷诺别墅，不过这幢别墅已经真的变成了公寓楼。网球场得到保留，但是像暖房一样的顶棚拆掉了。那里新疏浚了一块地方，建了一个小游艇码头，这是为了吸引房客。白鹭到别的地方筑巢了。堤道抬高了，而且每隔五十码埋了一根管道，因此，这里再也没有被海水淹没过，准确地说，那么多年来，只有 1978 年 2 月暴风雪的时候被淹没过一次。这里的气候似乎比从前更温和，连雷电交加的风雨都很少发生。

珍妮·盖布利尔和她父母一起躺在卡昆斯卡索克公墓的一个新片区，花岗岩墓碑抛光得很光滑，地上的草修剪得很整齐。长得像天使、喜欢连环漫画册的克里斯，就是珍妮的弟弟，已经被纽约这个罪恶的城市给吞没了。律师现在普遍认为达里尔·范·霍恩是个假名，可是的确有好几项专利是用这个名字登记的。新公寓楼的居民报告称他们听到过窗台上时不时会发出噼噼啪啪的爆裂声，但找不到原因，也看到不少黄蜂突然暴毙。当时的财务安排和抵押文件都锁在银行的金库里，但已经没人对它们感兴趣了。大家感兴趣的是我们的脑子里留下什么印象，我们生活在什么样的氛围里面。

女巫们都走了，消失了。我们是女巫生活中的插曲，她们也是我们生活中的插曲。苏吉的蓝绿色幻影还徘徊在阳光灿烂的马路上，简的黑色轮廓还时不时地飘过月亮，关于她们是女巫的传言，包括她们曾经做过的邪恶事情，都变成了人们对东镇的印象，而对于我们住在这里的人，她们似乎给我们留下了看不见的遗产，我们时常会想到她们并产生莫名其妙的兴奋。从黑木洛克弄堂拐进橡树路的时候，我们会有这种感觉，我们在淡季到海滩上去散步的时候也会有这种感觉。大西洋的海面上总会罩着空中的积云，所有的丑闻都像烟雾一样，会自然而然地升腾，然后飘散在空中，成为传说。

# 女巫、寡妇及其他
## ——代译后记

《东镇女巫》和《东镇寡妇》这两部小说，可以合称“东镇故事”，是厄普代克的一个小系列，《女巫》出版于 1984 年，《寡妇》出版于 2008 年，是厄普代克的最后一部长篇小说。两个故事中间隔了 24 年。厄普代克喜欢写这样的系列小说，例如“兔子四部曲”和“贝克三部曲”，每一部之间都间隔很长的时间。

《女巫》出版之后，先后被改编成电影(1987)、音乐剧(2000)和电视连续剧(2009)。不过，作为读者、观众和译者，我觉得最值得推荐的，是这个故事的原始文字版本。

影视作品侧重于故事的魔幻色彩，三位女主人公都有不同的超能力，会呼风唤雨，也会作法作弄人甚至害死人，小说的男主人公在影视作品里面也具有很强的魔幻色彩，他是邪恶的象征，最终被三个女巫用她们的巫术制服。故事的魔幻性，在一定意义上，是影视作品的最大卖点。

另一个卖点是女性题材。三个女主人公都属于新女性，也可以说是觉醒的女性，摆脱了婚姻的桎梏，却又离不开男人，而邪恶的男主人公却利用了她们的渴望，将三个漂亮女人都勾引到自己的身边。

遗憾的是，《东镇女巫》电视连续剧并没有取得很大的成功，而是半途而废。

小说版的东镇故事则丰满得多，在体现上述两个题材的同时，充分体现了厄普代克的细腻观察和智慧，故事充满优美的细节，也不时出现作者的俏皮和讽刺。这两个方面都对翻译构成很大的挑战，希望读者能够放飞自己的想象，深入领会作者的用心。

故事发生地"东镇"位于风景如画的美国东北部老殖民地，也就是"新英格兰"，是欧洲人登陆美洲新大陆的最早落脚点，有很多种植园，充满历史感和神秘感。厄普代克在那里创造了一个类似于莫言的山东高密的东北部城镇，他对这个地方描写得十分细致，包括街道分布和城镇的构成，乃至走在每一条路上的感觉，都有很细致的描述，让读者有亲临其境的感觉。这些尤让译者战战兢兢，如履薄冰，害怕不能实现原作者吸引读者的意图(这几乎是肯定的)，但我还是很喜欢他赋予这个虚构城镇的细腻的现实感。

当然，对于真正的现实，他的描写也毫不含糊。在《寡妇》中，三个老寡妇先后去了加拿大落基山、埃及和中国，对这些地方的描写，包括景色和人文，都令人不得不佩服。如果他去过那些地方，那么他的观察和记忆力是超强的，如果他没去过，那么他的想象力是神奇的。

厄普代克先生对各种现象的细致描绘令人赞叹。魔法或者巫术是虚构的，作者可以自由地发挥，但巫术在欧洲(老大陆)有很长的历史，甚至在美国也可以追溯到殖民地时期，马萨诸塞州塞勒姆镇的女巫审判，很多人还记忆犹新。作者的灵感显然来自这个传统，很多细节应该都有历史依据。后来，在《寡妇》中，作者又想推翻巫术的合理性，也就是要证明巫术是不存在的，为此，他用很大的篇幅描写科学。科学是巫术的对立面，科学如果成立，则巫术不成立。所以，厄普代克很具体地交代了报复女巫的克里斯所做的科学实验和科学的报复手段。克里斯相信他的姐姐珍妮是被三个女巫用巫术害死的，所以他跟那个邪恶的达里尔学了科学知识，那不是一般的科学知识，而是深奥的量子物理学，利用游离电子，造成三个女巫之一简"触电"，诱发癌症发作。对于其中的科学道理，厄普代克做了详细的阐释，但译者是外行，无法证实书中所言的那个科学道理是否正确，只能尽量跟上他老人家的节奏。

当然，小说不是科普作品，科学描述和其他细节都是表面的，故事中必然还有众多的侧面。反正，作者的智慧是无穷的。至少，让人惊叹不已的是，在1984年创作《女巫》的时候，他居然埋下了伏笔，为以后用科学对抗巫术做了准备。同时，读者也能享受他的俏皮，感受到他对社会的关切，以及他对美好生活的向往。

厄普代克的幽默可以说是一道大餐的佐料，比如他取的一些名字，主要是商店的名字，像“啰嗦狐狸”和“饥饿绵羊”；比如他设计了一些女主人公用巫术作弄人的伎俩，包括让一个老太太突然间断了珍珠项链，让一个恶狠狠的女人口吐图钉和羽毛，这些细节都令人忍俊不禁。此外，他对每一个人物的描写，都透着俏皮，希望读者都能感受到。

《女巫》有较多的时代特征，或曰有较强的政治感。首先是女权运动，如前面提到，三个女巫都摆脱了婚姻的桎梏，因为自我觉醒，才获得了超能力。相对比较明显的是，厄普代克用更多的篇幅描写她们捕获男人的细节，乃至在《寡妇》中，这三个人都七老八十了，还不忘勾搭男人，居然也有成功的。因此，小说中有性描写，但这些描写虽大胆而不淫秽，不会让人感到不舒服。通过这样的描写，厄普代克让女性的主观能动性表现得淋漓尽致。另一个政治议题是反越战。这是当时那个年代的主流思想，厄普代克自然没有置之度外。

相比《女巫》，《寡妇》没有那么多社会政治议题，更像是一个老人在回顾一生的坎坷和收获，内容和语言都更为平和。好像是倦鸟知还，厄普代克更向往自然，尤其是空气更好、阳光更灿烂的西部，好像有些厌烦了腻乎乎的新英格兰，虽然那里有更多的文化，有更多的神秘色彩。

以上种种，都是在影视作品里感受不到的。读着小说，总是有到那个地方去看看的冲动，去探访每一条路、每一个角落，去见见那一张张面孔，去体验每一个生活的细节。希望拙译能让读者产生类似的冲动。至少，小说催发的想象，肯定是有的。

ISBN 978-7-5327-7507-1

9 787532 775071 >